中国现代
作家选集
典藏丛书

老舍选集 上

人民文学出版社

图书在版编目（CIP）数据

老舍选集：上中下/老舍著；傅光明编选.——北京：人民文学出版社，2023
（中国现代作家选集典藏丛书）
ISBN 978-7-02-018276-3

Ⅰ.①老… Ⅱ.①老…②傅… Ⅲ.①中国文学－现代文学－作品综合集 Ⅳ.①I216.2

中国国家版本馆CIP数据核字（2023）第186235号

责任编辑　温　淳
装帧设计　李思安
责任印制　张　娜

出版发行　人民文学出版社
社　　址　北京市朝内大街166号
邮政编码　100705

印　　刷　小森印刷（北京）有限公司
经　　销　全国新华书店等

字　　数　833千字
开　　本　880毫米×1230毫米　1/32
印　　张　37　插页9
印　　数　1—4000
版　　次　2023年11月北京第1版
印　　次　2023年11月第1次印刷

书　　号　978-7-02-018276-3
定　　价　138.00元（全三册）

如有印装质量问题，请与本社图书销售中心调换。电话：010－65233595

前　言

身为"旗人作家"的老舍，是中国现代文学史上一个独特卓异的巨大存在。他生于十九世纪最后一年、已陷入贫苦市民阶层的京城"旗族（正红旗）"之家。他是满族人、北京人，这是两个铸就他辉煌艺术生涯的精神支点，将两者合一，亦是开启、解读、诠释、探究老舍文学的钥匙。

老舍一生笔耕不辍，留下《骆驼祥子》《四世同堂》《茶馆》《牛天赐传》《猫城记》《离婚》《月牙儿》《正红旗下》等名篇。他的自由全在写作里，他喜欢拿"文牛""写家"自喻，无法忍受没了写作的闲在与自由。他是那种抱定为文艺而生，亦为文艺而死的纯净文人，心甘情愿自取精神上的烦恼。他管这叫"大愚"。"大愚"的气韵，成了老舍煮字生涯的生命线，这股气一直那么从容不迫地流动着，时而深邃有力，时而平缓冲淡，始终也不会枯萎。老舍用毕生心血织就了一幅色彩斑斓、缤纷多姿的文字图画。

言及小说，老舍曾自谦地说过，最初是抱着"写着玩玩"的心态写起来的，那时，还"不懂何为技巧，哪叫控制"，只好"信口开河，抓住一点，死不放手，夸大了还要夸大，而且津津自喜，以为自己的笔下跳脱畅肆"。这在他最早的三部长篇《老张的哲学》(1928)、《赵子曰》

（1928）和《二马》（1931）中，多有体征。

或因老舍前期创作在语言上过分强调保持生活化口语，原汁原味，一些批评家在几十年之后仍觉得他贫逗口舌之快，显出北京人特有的"贫嘴"。其实，老舍从一开始就自觉意识到这一点了。写《老张的哲学》时，因明显感到"以文字耍俏本来是最容易流于耍贫嘴的"，于是有所收敛，到写《赵子曰》，已有意力图使文字变得"挺拔利落"。无疑他是有意识地尝试用"顶俗浅白的字"造出"物境之美"，"把白话的真正香味烧出来。"

老舍自认《二马》比《老张的哲学》和《赵子曰》"细腻"，但只有到了写《骆驼祥子》《离婚》《月牙儿》和《我这一辈子》时，创作上经过了"长时间的培养"，他才觉有了"把一件复杂的事翻过来掉过去的调动"的本事。从《大明湖》里抽取而成的《月牙儿》体现着老舍小说形式上的诗意、成熟，艺术思想上的扎实、深邃。或者说，是思想的精进促使他的语言更有内蕴的劲道和张力，也使他的幽默风格起了变化。《骆驼祥子》《离婚》《四世同堂》《我这一辈子》《断魂枪》《正红旗下》无不如此。

《猫城记》（1933），无疑是老舍小说中形式最怪异又最引起争议的一部。历史地看，这实在是一篇货真价实的政治讽喻小说，它以西方小说叙事传统中"变形记"（从古罗马的奥维德到现代的卡夫卡）的想象形式，打造出一个火星上的奇特猫城，那"猫城人"在"矮人"野蛮的入侵下所暴露出的愚昧、麻木、妥协、自私、贪婪、要面子、苟且偷安的精神状态，正是在日寇蹂躏下国民们的写照！此后，《离婚》（1933）中的诸多人物，无论张大哥，还是老李、小赵，性情上并不比"猫人"好多少，奉行的一样是自私、怯懦、折中、敷衍的庸人哲学。《猫城记》是全景式扫描了庸人精神的方方面面,《离婚》则透过一个小小的财政所,折射出庸人社会的细节。因为老舍的笔"看住了"幽默,不再让它信马由缰地恣肆漫溢,节制分寸得恰到好处,《离婚》堪称老舍小说创作走向成熟的标志。

然而,最具"老舍味儿"的小说是《牛天赐传》(1934)。它不如《离婚》和《骆驼祥子》优秀,却最能以幽默加讽刺来勾画小人物的性格命运与灵魂镜像。单以幽默论老舍,《牛天赐传》和同一时期写成的《老舍幽默诗文集》(1934),构成一道独属于老舍幽默招牌的别样景致。

老舍的幽默独树一帜,有时竟到了成也幽默、败也幽默的程度。大体来说,老舍的"喜剧式"幽默用在散文里是成功的,那真是一种蕴满了灵性的饱含智慧的俏皮与诙谐,一旦渗入小说,便或多或少消解了作品的张力。对老舍和中国现代小说史来说,幸运的是,当老舍以成熟的悲剧家的姿态把幽默挥洒在小说里,艺术上的拿捏也那么准确到位时,具有文学经典意味的作品——《骆驼祥子》(1936)出现了。单就幽默来说,"一味幽默"的"毛病"没有了,而是"每逢遇到可以幽默一下的机会,我就必抓住它不放手。……它(《骆驼祥子》)的幽默是出自事实本身的可笑,而不是由文字里硬挤出来的"。另外,老舍在语言的运用上,《骆驼祥子》达到了炉火纯青的地步。他不无自得地说:"《祥子》可以朗诵。它的言语是活的。"

诚然,最令人惋惜的是,老舍一九六一年底动笔的《正红旗下》(1962)在写了个鸿篇巨制的开头之后,便束之高阁。事实上,老舍在二十世纪三十年代已有了以清末北京社会为背景,写一部自传性家族小说的构思,立意把它写成满人民族生活的风俗画和清末中国社会历史的写真存照。《正红旗下》用第一人称,故事的叙述与铺陈舒缓、老到,不温不火,语言纯熟、干净,内蕴十足,人物和结构尚未成型,却已呈现出壮阔、高贵的态势。可是,它终没能成为老舍积四十年文学创作之功的压卷之作,没能为二十世纪中国小说再奉献一部或可成为杰作的经典,殊为可惜。

老舍几乎是中国现代最会"讲故事"的小说家,他的中短篇小说同他的长篇小说一样好看,语言俗白鲜活、简劲自然,结构匀称严谨、疏密有致,在有限的篇幅里,用幽默激活讽喻,用诙谐撩拨鞭挞,用人物和故事穿透时代和历史,呈现出极具个性的小说文体模式,精神意蕴超越了纯粹"京味"与"满族情结"。

《月牙儿》(1935)和《我这一辈子》(1937)是老舍最出色的两个中篇。《月牙儿》是一篇充满悲剧美的诗意小说,巴金在怀念老舍的一篇散文中说:"他虽然含恨死去,却留下许多美好的东西在人间,那就是他那些不朽的作品。我单单提两三个名字就够了:《月牙儿》、《骆驼祥子》和《茶馆》。"

《月牙儿》表面是写一对母女被社会逼良为娼的故事,但它锋刃的笔锋无疑指向社会这座"大监狱"。小说的情节很简单,父亲去世后,母女俩相依为命。母亲为能养活女儿,用尽包括改嫁在内一切抗争的办法,最后不得不靠卖身支撑生活。随着女儿长大和母亲日渐地人老色衰,如何摆脱饥饿的生命抉择无情地落到女儿面前:是重叠母亲的"身影",靠出卖青春的肉体过活,还是走一条纯真清爽的"女儿"之路? 因为母亲"那个挣钱方法叫我哆嗦",女儿不惜与她瞧不起的母亲分手,却不得不像当初母亲一样"漂流"在险恶的社会漩涡,受到的是各种碰壁和屈辱,被诱骗失身以后,还在挣扎,她不甘就让自己清爽的女儿身沦落为一个打情骂俏的女招待。但一切的努力都拗不过"肚子饿是最大的真理","若真挣不上饭吃,女人得承认自己是女人,得卖肉!"而且,她像当初母亲靠"卖肉"养活自己一样,也靠"卖肉"养起了母亲。

然而,潜藏在她灵魂深处的"清爽"之气以及青春的生命之美并没有完全泯灭。表面看来,似乎她的"良心""自尊"和"道德"都让位给了用肉体换来的活命钱。那是因为"我爱活着,而不应当这样活着"。当她被"讲道德"的大官抓进"感化院",接着又被投进监狱以后,她竟清醒地意识到"自从我一进来,我就不再想出去,在我的经验中,世界比这儿并强不了许多"。一个清爽女儿的生命抗争就这样被毁灭了,可她对于这个世界的不屑却分明产生出悲剧精神的诗意美,正像小说开头时那"带点寒气的一钩儿浅金"月牙儿,凄清、悲切、幽怨,如"一阵晚风吹破一朵欲睡的花"。

在小说中,"月牙儿"还有更深一层的意味,它是作品中唯一的抒情物化对象,是唯一可以和女儿进行精神沟通的伴侣,甚至可说是互映的另一个自我,也是唯一使作品节奏与结构达到"匀调之美"的旋律载体。老舍说过,"《月牙儿》是有以散文诗写小说的企图的。"那诗意就全在这残缺的发出微弱而幽微的光的月牙儿上蕴溢出来。女儿的命运遭际不就形同一弯可怜的高悬无依的月牙儿?一次次的抗争都在预设的陷阱里灭顶,不正如同月牙儿被周遭的暗夜无声地吞噬?同时,堕落的肉体之下,不也还残存着月牙儿一缕莹白的"清爽"与高洁?

老舍不仅始终把眼瞄准底层,他也真有本事让性情最善良、地位又最低下的小人物遭受最悲惨的命运,《我这一辈子》全篇写的就是一个社会地位卑微的"臭脚巡""一辈子"的生活悲剧。小说以第一人称回忆的口吻写成,偶尔在"过去"和"如今"的时空出现一次闪回,亲切感中透出更多仇怨,情节的转承起落全在不动声色的平铺直叙里完成。像《月牙儿》一样,表面不起任何波澜,潜流里却纠结着巨大的悲剧。

让"我"背运的"丢老婆"和"兵变",只是"我"这一辈子经历的两件大事。老舍的笔从"我"十五岁学徒开始写起,叙事中时时夹杂着国民性批判,这表现在两个方面,一个是对"人",一个是对"制",两者又互动牵连。前者在"我"得出的人生经验里屡见不鲜,比如他常提醒自己"别再为良心而坏了事;良心在这年月并不值钱";又比如"在这群'不够本'的人们里活着,就是对付劲儿,别讲究什么'真'事儿"。还有像"总队长"不敢违抗冯大人的"条子","一个人的虚荣心每每比金钱还有力量。"这些自我感叹,都是随处可见的明证。

后者则最明显地表现在"我"对改制的看法上:"兵变"使大清国改为了民国,可大清的专制还有个"准谱儿",到了"自由"的民国,"一个小官都比老年间的头品大员多享着点福";"兵变"中"我"亲见了"辫子兵"就地正法一个孩子的罪恶行径以及军阀官僚的巧取豪夺;"在这么个以蛮横不讲理为荣,以破坏秩序为增光耀祖的社会里,巡警简直是多余。"

两个方面、两种角度的批判都异常深刻、尖锐,而这一切全在"我这一辈子"的沧桑阅历里潜移默化地生发蔓延,显出了老舍艺术上的匠心独运。他在《我怎样写〈小坡的生日〉》一文里曾说:"有人批评我,说我的文字缺乏书生气,太俗,太贫,近于车夫走卒的俗鄙;我一点不以此为耻!"《我这一辈子》纯然就是以一个老巡警口述自传的形式,将这样"俗鄙"的文学艺术呈现出来,语言、语气、语调、语式,乃至其中包含的各种神情、姿态，都活脱脱一个老北京巡警。这当然也是最老舍式的，近乎流水账似的俗白叙述，使一个"小人物"五味俱全的命运切片，淋漓尽致地展示在"大社会"的显微镜下，艺术上达到了一种大巧若拙的浑朴之境。

小说最后一段文字，既是对悲剧情节的升华，也是对悲剧艺术的点题。因为"我"的"笑"，是由一辈子的人生血泪得来；而悲剧又是一种含泪的笑的艺术。在"我"已经能够"摸到了死"的时候，却"还笑，笑我这一辈子的聪明本事，笑这出奇不公平的世界，希望等我笑到末一声，这世界就换个样儿吧！"悲剧似乎在"笑"中结束了，实际上却是在"笑"中延续着。这是老舍刻意要留下的巨大的艺术想象空间。

在老舍众多短篇小说里，《微神》（1933）和《断魂枪》（1935）或算最别致的两篇。《微神》第一段文字，是那样幽丽、温婉、轻柔、曼妙，远离了"俗""白"的铺陈，如此亦真亦幻、如影如梦、诗情浓郁的蕴染，哪像老舍的笔墨。老舍从不正面写爱情，"题材上不敢摸这个禁果"，即便写也"差不多老是把恋爱作为副笔"。这使《微神》成为老舍小说中唯一一篇以爱情为主题的"另类"精品。同时，也成了他最"心爱的一篇"小说。借用《微神》里的话，它是"自然而然地从心中滴下的诗的珠子"。

小说情节很简单：两个十七岁的男女初尝温馨恋爱，然后"我"去了南洋，几年回来，她已作了暗娼。这中间，她与一青年有过短暂的结合，但因始终情寄南洋而分手；还把自己卖给过一个阔家公子，却用这肉体"挣来的茶饭营养着"深藏在心里的真爱。初恋情感产生出一股巨大魔力。因为"是她打开了我的爱的园门"，纵使她当了暗娼，"我"依然"愿意娶她"。托朋友带话去，却"带回来她的几声狂笑"。当"我"终于借着"愚痴"的力量,第四次去找她时,她已因打胎而死。"一篮最鲜的玫瑰,瓣上带着我心上的泪,放在她灵前。"初恋结束了。但"我"由此开始了终生的虚空,"她在我心中永远不死"。

《微神》并非简单描写爱情,写青春的纯情,老舍的深刻在于写出了青春的欲望。这一点以往强调得不够。那样一个青春四溢的少女的肉体,无论她是来自贵族之家,还是市民社会,能够单靠情思来忍受成熟了的欲望的吞噬吗?从这个角度说,老舍笔下的"她"还是现代文学史上为着爱而具有了反叛意味的新女性形象。她不再受旧的伦理道德的束缚,情感上可以灵有所归,但肉体上她是自由的。她为着满足父亲的烟瘾,为着自己的生活和生理欲望,"凡给我钱的便买去我点筋肉的笑。"她甚至对着镜子练习迷人的笑,因为她"到底是自由的"。即便是四次打胎,"创痛过去便又笑了。"这笑里的泪是情感无所终的泪,更是欲望无所止的泪。

《微神》是一首含蓄表达情感的悲歌,更是一出抒写青春欲望的悲剧。"她"不同于《月牙儿》里的女主角,是为生活所迫而"卖肉"。她活得有自己的情,有自己的欲。她敢为真情摆脱欲,又敢为欲而忘乎情,最后被得不到的真情和摆脱不了的"欲海"所毁灭。

如同《月牙儿》脱胎于《大明湖》,《断魂枪》是老舍由计划要写的十万字长篇《二拳师》,浓缩成干净利落的五千字。

故事源于老舍亲历,他说:"过去我接触过很多拳师,也曾跟他们学过两手,材料很多。可是不能把这些都写上。我就捡最精彩的一段来写:有一个老先生枪法很好,最拿手的是'断魂枪',这是几辈祖传的。外地有个老人学的枪法不少,就不会他这一套,于是千里迢迢来求教枪法,可是他不教,说了很多好话,还有很多东西没说,让读者去想去。想什么呢？就让他们想想小说的'底'——许多好技术，就因个人的保守，而失传了。"他还在《〈大地龙蛇〉序》里探讨"东方文化"时说："人存而文化亡，必系奴隶。……一个文化的生存，必赖它有自我的批判，时时矫正自己，充实自己；以老牌号自夸自傲，固执的拒绝更进一步，是自取灭亡。"可将两段话视为《断魂枪》的精神脉象，或曰思想内核。老舍表面写的是枪，骨子里写的是文化。因此，"断魂"有了两层含义，一是五虎断魂枪法的超绝精进，直夺魂魄；二是文化与时代的断裂。

小说的引子"生命是闹着玩，事事显出如此"，意即任何生命个体都无法改变时代的变迁所带来的命运安排。这又是一个悲剧的模子。沙子龙亦不例外，"今天"的"火车，快枪，通商与恐怖"，早把他江湖曾经的一切都变成了昨日梦，"他的世界已被狂风吹了走"。因为"这是走镖已没有饭吃，而国术还没被革命党与教育家提倡起来的时候"。白天，他仿佛努力顺应着这种生不逢时的命运改变，把镖局改成客栈，"身上放了肉"，收了枪，养了鸽子。可到了晚上，他会关上门，禁不住独自"摸摸这凉、滑、硬而发颤的杆子"，在想象里回味起二十年没遇过敌手的那个"神枪沙"来。老舍最明白，"文化是三段，——过去，现在，将来。"显然，他有意用小说里的三个人物来做代表：固执保守着"不传，不传"的沙子龙，象征着"过去"自夸自傲的"老牌号"，他属于过去，是被历史淘汰了的；打把势卖艺摆弄花架子，靠花拳绣腿虚张声势的王三胜，代表着维持现状的"现在"；学了许多套路，已身手不凡却还孜孜以求、千里寻师的孙老者，代表的是那不时"矫正"和"充实"自己的希望——"未来"。因为在他的观念里，他懂得"拿过去的文化说吧，哪一项是自周秦迄今，始终未变，足为文化之源呢？哪一项是纯粹我们自己的，而未受外来的影响呢？"(《〈大地龙蛇〉序》)他是要博采众家之长，丰富自己的文化。"有文化的自由生存，才有历史的繁荣与延续。"这本就是老舍的思想。

小说在艺术处理上颇为圆润老到，特别是最后的结尾，真是神来之笔，令人叫绝。五虎断魂枪究竟怎样高妙，老舍始终让它影影绰绰的神龙见首不见尾。当王三胜们的奚落使"神枪沙子龙"没落于世，沙子龙选了个"夜静人稀"的时候，"一气把六十四枪刺下来"，望星空，遥想当年驰骋武林、野店荒林的威风，不能自拔。想起如今的世道，只有叹命运的无奈。他"用手指慢慢摸着冰凉的枪身"，微笑里甩出斩钉截铁的四个字"不传，不传"，全篇便戛然而止。

小说给读者留下的审美想象空间是巨大的，那一声似乎能撑破夜空的"不传"，铸满了多少深沉而凝重的历史沧桑。一阕"断魂"的残梦，就这样把"过去"的"文化"埋葬了。孤独而冷寂，悲壮而苍凉。一切又都是显得那么凄婉而无奈。

小说之外，老舍散文也堪称经典。常人以为散文原是最好写的文体，似乎针头线脑，婚丧情私，风俗物事，只要如实地拉闲扯杂下来，便能成就妙文佳构。要不，描写"零七碎八"的老舍散文如何算得上大家手笔？其实，这是一种误解。老舍精通写作之道，绝不光以"情真"和"形散神不散"的肤浅说词做注脚，他懂得如何将学养才华幻术般融入写作，让个性的灵气渗透进每一个字眼。

老舍不属于情感类型作家，如果他的创作单凭直抒胸臆式的铺陈渲泄，那就太浪费了出类拔萃的写作才华。像老舍这样有着深厚扎实的生活积累，对人生百态、世情千姿的观察体味敏锐细致、精微独到，对语言的运用又几乎炉火纯青的作家,在二十世纪中国作家中并不多见。老舍的散文也和他的小说一样,文字里面有一种被激活了的生命力,能随时打开读者的感官,令人痴迷入醉。老舍又是用文字绘画的丹青妙手,勾描人物,涂抹风景,神气活现,韵味十足。

老舍散文不外乎写景、记人、抒情、说文、论事几类,且文中细节十分平凡,语言也朴素直白到平头百姓看了会觉得自己也是当白话作家的料。那么,老舍运用何等的艺术手段,才能使一个个见棱见角的方块字鲜活起来?他不会用字典里的现成词语去掉书袋,也不会为诱惑读者故弄玄虚、雕饰矫情;他不板面孔、摆架子,也不云里雾里说空话,他是全凭思绪牵着笔头,化技巧于无形,自然、率真地从心底流出。写景如《趵突泉的欣赏》《吊济南》《五月的青岛》《大明湖之春》《想北平》《青蓉略记》等篇均如此,简约几笔,一幅幅文字写意活脱脱跃然纸上。

光把写景文字堆到一起不是本事,这样的文字常只有漂亮词藻,而无生气。老舍当然是把景语、情语谐成一体,浑然天成。他激活文字的方法,是那般如锥画沙,不落痕迹。他在《想北平》(1936)一文中,抒写对这座文化古城的深情眷恋,一处景便渗出刻骨铭心的一缕情,他想"把一切好听好看的字都浸在自己的心血里,像杜鹃似的啼出北平的俊伟"。

老舍在《我的母亲》(1943)这篇叫人啼泪的挚情之作里,"絮叨"起母亲的家长里短,不吝笔墨,他那么细微地描写,只为传达一个朴素的道理:"失了慈母便像花插在瓶子里,虽然还有色有香,却失去了根。有母亲的人,心里是安定的。"这言简意深的情语,分明是由母亲用血汗灌养生命的景语的结晶:"她一世未曾享过一天福,临死还吃的是粗粮。"文章以"心痛!心痛!"结束,真让读者落泪!落泪!

老舍的抒怀文字不多，当以《诗人》（1941）写得最好。更意味深长的是，它对老舍最后自沉太平湖做出了绝好注释。从中可以看出，老舍羡慕那"囚首垢面"中了魔的真诗人，他想成为那样的人而不能。他把诗人的气节、操守视为文人的最高境界，即"及至社会上真有了祸患，他会以身谏，他投水，他殉难"！老舍追求这种诗人情怀，他不从外形上"去学诗人的囚首垢面，或破鞋敝衣"，平日里是那么地平易、亲和、善良，骨子里的性情却是诗人的。有人疑问，在"文革"的"焚书坑儒"面前，假如老舍从容地幽它一默，不可以翻过"祸患"这道坎儿吗？不能！老舍的诗人气质恰是他不同于常人的地方。劫难中，身陷涡流，尊严被侮辱，置身无地，老舍唯有选择诗人式的"舍身全节"——"以身谏，他投水，他殉难"。对此，恐怕也只有诗人能理解透彻。

老舍还有一类幽默讽刺的散文。这些文字是轻松、俏皮的，也是智慧的。值得一提，老舍的幽默的作料全来自生活，他打趣、针砭、讽刺的那些人与事，都是生活本真以及病态社会众生相的反照。他把它们拆散、肢解了，搅拌上幽默的调料，放到语言的油锅里煎炒烹炸，盛出一道道色香味俱佳的菜肴，那技巧全在火候。

幽默的火候的确难于掌握，火候不到，半生不熟，如鲠在喉，难以下咽。火候大了，又满嘴油滑，利落了嘴皮子，舌头上的味蕾却受到亏待，余韵皆无。老舍有不少幽默散文，随便哪一篇信手翻来，都不会觉得过时、陈旧，他在几十年前幽默的一切人和物事，有许多仍在今天的生活里盘桓不去，《当幽默变成油抹》《考而不死是为神》《避暑》《习惯》《有了小孩以后》《多鼠斋杂谈》等篇什，真是百读不厌。

老舍的幽默无处不在，且幽默里的俏皮、机锋也无一不闪烁睿智的亮色。他幽默里的自嘲，绝不仅仅拿自己说事儿，常在一些人所谓表面"油滑"的背后潜隐着凝重的文化内涵。比如老舍在追忆一九二四年抵达伦敦接受英国海关检查时，曾风趣地写道："那时候，我的英文就很好。我能把它说得不像英语，不像德语，细听才听得出——原来是'华英官话'，那就是说，我很艺术地把几个英国字匀派在中国字里，如鸡兔之同笼。英国人把我说得一愣一愣的，我也把英国人说得直眨眼；他们说的他们明白，我说的我明白，也就很过得去了。"看似轻松的调侃，却把他接受过的英语教育奚落了一下。

老舍的幽默非但没过时，且具有恒久的魅力。他不是那种耍嘴皮子、卖弄搞笑的作家，他是真正有才华、有思想，又精通写作之道的语言大师。这一点顶重要，若不谙熟写作之道，思想、才华会憋在肚里烂掉，无人知晓。

中国现代文学史上，经得起时间磨砺，能让人不断阅读、挖掘、研究的作家并不很多，老舍是一个！感谢人民文学出版社诚邀，得以借编选之机重温老舍。言及编选体例，一言蔽之，小说两卷，散文一卷。小说卷几将老舍最具特色的中短篇小说悉数囊括，按发表时间排序；散文卷分散文、幽默散文和文论三辑，各辑内亦按发表时间排序。受编选体例、篇幅限制，本选集未收长篇作品。选编或有不当之处，敬请读者指正。

傅光明

2023 年 4 月 12 日

目　录

小铃儿	001
同盟	008
大悲寺外	020
微神	037
歪毛儿	050
开市大吉	061
柳家大院	069
抱孙	080
黑白李	091
眼镜	107
铁牛和病鸭	115
也是三角	127
牺牲	140
柳屯的	166

生灭	189
月牙儿	200
老字号	229
邻居们	236
善人	247
阳光	254
听来的故事	285
断魂枪	294
新时代的旧悲剧	303
新韩穆烈德	362

小 铃 儿

京城北郊王家镇小学校里，校长，教员，夫役，凑齐也有十来个人，没有一个不说小铃儿是聪明可爱的。每到学期开始，同级的学友多半是举他做级长的。

别的孩子入学后，先生总喊他的学名，惟独小铃儿的名字，—— 德森 —— 仿佛是虚设的。校长时常的说："小铃儿真像个小铜铃，一碰就响的！"

下了课后，先生总拉着小铃儿说长道短，直到别的孩子都走净，才放他走。那一天师生说闲话，先生顺便的问道："小铃儿你父亲得什么病死的？你还记得他的模样吗？"

"不记得！等我回家问我娘去！"小铃儿哭丧着脸，说话的时候，眼睛不住的往别处看。

"小铃儿看这张画片多么好，送给你吧！"先生看见小铃儿可怜的样子，赶快从书架上拿了一张画片给了他。

"先生！谢谢你 —— 这个人是谁？"

"这不是咱们常说的那个李鸿章吗！"

"就是他呀！呸！跟日本讲和的！"小铃儿两只明汪汪的眼睛，看看画片,又看先生。

"拿去吧! 昨天咱们讲的国耻历史忘了没有? 长大成人打日本去,别跟李鸿章一样!"

"跟他一样? 把脑袋打掉了,也不能讲和!"小铃儿停顿一会儿,又继续着说:"明天讲演会我就说这个题目,先生! 我讲演的时候,怎么脸上总发烧呢?"

"慢慢练就不红脸啦! 铃儿该回去啦! 好! 明天早早来!"先生顺口搭音的躺在床上。

"先生明天见吧!"小铃儿背起书包,唱着小山羊歌走出校来。

小铃儿每天下学,总是一直唱到家门,他母亲听见歌声,就出来开门;今天忽然变了:

"娘啊! 开门来!"很急躁的用小拳头叩着门。

"今天怎么这样晚才回来? 刚才你大舅来了!"小铃儿的母亲,把手里的针线,扦在头上,给他开门。

"在哪儿呢? 大舅! 大舅! 你怎么老不来啦?"小铃儿紧紧的往屋里跑。

"你倒是听完了! 你大舅等你半天,等的不耐烦,就走啦;一半天还来呢!"他母亲一边笑一边说。

"真是! 今天怎么竟是这样的事! 跟大舅说说李鸿章的事也好哇!"

"哟! 你又跟人家拌嘴啦? 谁? 跟李鸿章?"

"娘啊! 你要上学,可真不行,李鸿章早死啦!"从书包里拿出画片,给他母亲看,"这不是他;不是跟日本讲和的奸细吗!"

"你这孩子！一点规矩都不懂啦！等你舅舅来，还是求他带你学手艺去，我知道李鸿章干吗？"

"学手艺，我可不干！我现在当级长，慢慢的往上升，横是有做校长的那一天！多么好！"他摇晃着脑袋，向他母亲说。

"别美啦！给我买线去！青的白的两样一个铜子的！"

吃过晚饭小铃儿陪着母亲，坐在灯底下念书；他母亲替人家作些针黹。念乏了，就同他母亲说些闲话。

"娘啊！我父亲脸上有麻子没有？"

"这是打哪儿提起，他脸上甭提多么干净啦！"

"我父亲爱我不爱？给我买过吃食没有？"

"你都忘了！哪一天从外边回来不是先去抱你，你姑母常常的说他：'这可真是你的金蛋，抱着吧！将来真许作大官增光耀祖呢！'你父亲就眯睎眯睎的傻笑，搬起你的小脚指头，放在嘴边香香的亲着，气得你姑母又是恼又是笑。——那时你真是又白又胖，着实的爱人。"

小铃儿不错眼珠的听他母亲说，仿佛听笑话似的，待了半天又问道：

"我姑母打过我没有？"

"没有！别看她待我厉害，待你可是真爱。那一年你长口疮，半夜里啼哭，她还起来背着你，满屋子走，一边走一边说：'金蛋！金蛋！好孩子！别哭！你父亲一定还回来呢！回来给你带柿霜糖多么好吃！好孩子！别哭啦！'"

"我父亲那一年就死啦？怎么死的？"

"可不是后半年！你姑母也跟了他去，要不是为你，我还干什么活着？"小铃儿的母亲放下针线叹了一口气，那眼泪断了线的珠子般流下来！

"你父亲不是打南京阵亡了吗？哼！尸骨也不知道飞到哪里去呢！"

小铃儿听完，蹦下炕去，拿小拳头向南北画着，大声的说："不用忙！我长大了给父亲报仇！先打日本后打南京！"

"你要怎样？快给我倒碗水吧！不用想那个，长大成人好好的养活我，那才算孝子。倒完水该睡了，明天好早起！"

他母亲依旧作她的活计，小铃儿躺在被窝里，把头钻出来钻进去，一直到二更多天才睡熟。

"快跑，快跑，开枪！打！"小铃儿一拳打在他母亲的腿上。

"哟，怎么啦！这孩子又吃多啦！瞧！被子踹在一边去了，铃儿！快醒醒！盖好了再睡！"

"娘啊！好痛快！他们败啦！"小铃儿睁了睁眼睛，又睡着了。

第二天小铃儿起来的很早，一直的跑到学校，不去给先生鞠躬，先找他的学伴。凑了几个身体强壮的，大家蹲在体操场的犄角上。

小铃儿说："我打算弄一个会，不要旁人，只要咱们几个。每天早来晚走，咱们大家练身体，互相的打，打疼了，也不准急，练这么几年，管保能打日本去；我还多一层，打完日本再打南京。"

"好！好！就这么办！就举你作头目。咱们都起个名儿，让别人听不懂，好不好？"一个十四五岁头上长着疙瘩，名叫张纯的说。

"我叫一只虎，"李进才说："他们都叫我李大嘴，我的嘴真要跟老虎一样，非吃他们不可！"

"我，我叫花孔雀！"一个鸟贩子的儿子，名叫王凤起的说。

"我叫什么呢？ 我可不要什么狼和虎。"小铃儿说。

"越厉害越好啊！ 你说虎不好，我不跟你好啦！"李进才撇着嘴说。

"要不你叫卷毛狮子，先生不是说过：'狮子是百兽的王'吗！"王凤起说。

"不行！ 不行！ 我力气大，我叫狮子！ 德森叫金钱豹吧！"张纯把别人推开，拍着小铃儿的肩膀说。

正说的高兴，先生从那边嚷着说："你们不上教室温课去，蹲在那块干什么？"一眼看见小铃儿声音稍微缓和些，"小铃儿你怎么也蹲在那块？ 快上教室里去！"

大家慢腾腾的溜开，等先生进屋去，又凑在一块商议他们的事。

不到半个月，学校里竟自发生一件奇怪的事，——永不招惹人的小铃儿会有人给他告诉："先生！ 小铃儿打我一拳！"

"胡说！ 小铃儿哪会打人？ 不要欺侮他老实！"先生很决断的说，"叫小铃儿来！"

小铃儿一边擦头上的汗一边说："先生！ 真是我打了他一下，我试着玩来着，我不敢再……"

"去吧！ 没什么要紧！ 以后不准这样，这么点事，值得告诉？ 真是！"先生说完，小铃儿同那委委屈屈的小孩子都走出来。

"先生！ 小铃儿看着我们值日，他竟说我们没力气，不配当，他又管我们叫小日本，拿着教鞭当枪，比着我们。"几个小女孩子，都用那炭条似的小手，抹着眼泪。

"这样子！ 可真是学坏了！ 叫他来，我问他！"先生很不高兴的说。

"先生！她们值日，老不痛痛快快的吗，三个人搬一把椅子。——再说我也没拿枪比画她们。"小铃儿恶狠狠的瞪着她们。

"我看你这几天是跟张纯学坏了，顶好的孩子，怎么跟他学呢！"

"谁跟卷毛狮……张纯……"小铃儿背过脸去吐了吐舌头。

"你说什么？"

"谁跟张纯在一块来着！"

"我也不好意罚你，你帮着她们扫地去，扫完了，快画那张国耻地图。不然我可真要……"先生头也不抬，只顾改缀法的成绩。

"先生！我不用扫地了，先画地图吧！开展览会的时候，好让大家看哪！你不是说，咱们国的人，都不知道爱国吗？"

"也好！去画吧！你们也都别哭了！还不快扫地去，扫完了好回家！"

小铃儿同着她们一齐走出来，走不远，就看见那几个淘气的男孩子，在墙根站着，向小铃儿招手，低声的叫着："豹！豹！快来呀！我们都等急啦！"

"先生还让我画地图哪！"

"什么地图，不来不行！"说话时一齐蜂拥上来，拉着小铃儿向体操场去，他嘴直嚷：

"不行！不行！先生要责备我呢！"

"练身体不是为挨打吗？你没听过先生说吗？什么来着？对了：'斯巴达的小孩，把小猫藏在裤子里，还不怕呢！'挨打是明天的事，先走吧！走！"张纯一边比方着，一边说。

小铃儿皱着眉，同大家来到操场犄角说道：

"说吧！今天干什么？"

"今天可好啦！我探明白了！一个小鬼子，每天骑着小自行车，从咱们学校北墙外边过，咱们想法子打他好不好？"张纯说。

李进才抢着说："我也知道，他是北街洋教堂的孩子。"

"别粗心咧！咱们都带着学校的徽章，穿着制服，打他的时候，他还认不出来吗？"小铃儿说。

"好怯家伙！大丈夫敢作敢当，再说先生责罚咱们，不会问他，你不是说雪国耻得打洋人吗？"李进才指教员室那边说。

"对！——可是倘若把衣裳撕了，我母亲不打我吗？"小铃儿站起来，掸了掸身上的土。

"你简直的不用去啦！这么怯，将来还打日本哪？"王凤起指着小铃儿的脸说。

"干哪！听你们的！走……"小铃儿红了脸，同着大众顺着墙根溜出去，也没顾拿书包。

第二天早晨，校长显着极懊恼的神气，在礼堂外边挂了一块白牌，上面写着：

"德森张纯……不遵校规，纠众群殴，……照章斥退……"

（原载1923年1月《南开季刊》第二、三期合刊）

同　盟

"男子即使没别的好处，胆量总比女人大一些。"天一对爱人说，因为她把男人看得不值半个小钱。

"哼！"她的鼻子里响了声，天一的话只值得用鼻子回答。

"天一虽然没胆量，可是他的话说得不错；男子，至少是多数的男子，比你们女人胆儿大。天一，你很怕鬼，是不是？我就不管什么鬼不鬼，专好走黑路！"子敬对爱人说，拿天一作了她所看不起的男子的代表。

"哼！"她的鼻子里响了一声，把子敬和天一全看得不值半个小钱。

他们俩都以她为爱人，写信的时候都称她为"我的粉红翅的安琪儿"。可是她——玉春——高兴的时候才给他们一个"哼"。

看见子敬也挨了一哼，天一的心差点乐碎了："我怕鬼；也不是谁，那天电灯忽然灭了，吓得登时钻了被窝？"

"对了，也不是谁，那天看见一个老鼠，嘴唇都吓白了？"子敬也发了问。

"也不是谁，那天床上有个鸡毛，吓得直叫唤？"

"也不是谁，那天——"

玉春没等子敬说出男子胆大的证据，发了命令："都给我出去！"

二位先生立刻觉出服从是必要的,一齐微笑,一齐立起,一齐鞠躬,一齐出去。

出了她的屋门,二位立刻由情敌改为朋友。

"子敬,还得回去,圆上脸面。"天一说:"咱俩一齐上她的屋顶,表示男子登梯爬高也不眼晕?"

"万一要真眼晕,从房上滚下来呢,岂不是当场出丑?"子敬不赞成。

"再说,咱们的新洋服也六十多块一身呢;爬一身土? 不!"天一看了看自己的裤缝比子敬的直些,更不愿上房了。"你说怎么办?"

"咱们俩三天不去找她,"子敬建议:"到第三天晚上,你我前后脚到她那里去,假装咱们俩也三天没见面了,咱们一见面,你就问我:子敬,老没见呀,上哪儿啦? 我就造一片谣言,说什么表嫂被鬼迷住了,我去给赶鬼。然后我就问你;天一,老没见呀,上哪儿啦? 你就造一片谣言,说家里闹狐狸精,盆碗大酒坛子满屋里飞,你回家去捉妖。这个主意怎样?"

"不错,可也不十分高明,"天一取了批评的态度说:"第一,我三天不去,你要是偷偷的去了呢? 不公道!"

"一言为定,谁也不准私自去。咱们俩讲究联合起来,公开的,和她求爱;看到底谁能得胜,这才叫难能可贵! 谁要是背地里加油,谁就不算人!"子敬带着热情声明。

"好了;第二,咱们造谣,她可得信哪?"天一问。

"这里还有文章,"子敬非常的得意:"我刚才说什么时候去找她? 晚上。为什么要在晚上? 女人在晚上胆子更小。你我拚命的说鬼,小眼鬼,大眼鬼,牛头鬼,歪脖鬼,越多越好,越厉害越好,你说,她得害怕不?

她一害怕，咱俩就告辞，她还不央告咱们多坐一会儿？这，她已经算输了。咱们乐得多坐一会儿，可是不要再提半个鬼字。然后，你或者我，立起来说：唉！忘了，还得出城呢！好在路上只经过五六块坟地，不算什么；有鬼也打它个粉碎！你或是我这么说完就走。然后剩下的那位也立起来，也说些什么到亲戚家去守尸那类的话，也就出来。谁先走谁在巷口上等，咱们好一块儿回来。"

"她相信吗？"

"管她信不信呢，"子敬笑了："反正半夜里独自走道，女人就来不及。就是她不信咱们去打鬼守尸，她也得佩服咱们敢在半夜里独行。"

"对！现在要说第三，咱们三天不去，岂不是给小李个好机会？你难道不知道她给小李的哼声比给咱们的柔和着一半？"

"这——"子敬确是要思索会儿了；想了半天，有了主意："你要晓得，天一，在爱情的进程里须有柔有刚，忽近忽远；一味的缠磨，有时适足惹起厌恶，因为你老不给她想念你的机会，她自然对你不敬。反之，在相当的时节给她个休息三天，你看吧，她再见你的时候，管保另眼看待，就好像三个星期没看电影以后，连破片子也觉得有趣。咱们三天不去，而小李天天去，正可以减少他的价值，而增高我们的身份。咱们先约好，你给她买水果，我买鲜花；而且要理发刮脸，穿新洋服，这一下子要不把小李打退十里才怪！"

"有理！"天一十分佩服子敬。

"这只是一端，还有花样呢，"子敬似乎说开了头，话是源源而来。"咱们还可以当面和小李挑战，假如他也在那儿的话——我想咱们必定遇上他。咱们就可以老声老气的问他：小李，不跟我到王家坟绕个弯？或是,小李,跟我去守尸吧? 他一定说不去;在她面前,咱们又压过他一头。"

天一插嘴:"他要是不输气,真和咱们去,咱们岂不漏了底?"

"没那回事! 他干什么没事发疯去半夜绕坟地玩呀,他正乐得我们出去;他好多坐一会儿—— 可是适足以增加她的厌恶心。他又不认识咱们的亲戚,他去守哪门子尸呀;当然说不去。只要他一说不去,咱们就算战胜,因为女子的心细极了,她总要把爱人们全丝毫不苟的称量过,然后她挑选个最合适的 —— 最合适的,并非是最好的,你要晓得。你看,小李的长相,无须说,是比咱俩漂亮些。"

"哼!"天一差点把鼻子弄成三个鼻孔。

"可是,漂亮不是一切。假如个个女子'能'嫁梅博士,不见得个个就'愿'嫁他。小李漂亮及格,而无胆量,便不是最合适的;女子不喜欢女性的男人;除非是林黛玉那样的痨病鬼,才会爱那个傻公子宝玉,可是就连宝玉也到底比黛玉强健些,是不是? 看吧,我的计划决弄不出错儿来! 等把小李打倒,那便要看你我见个高低了。"子敬笑了。

天一看了看自己的拳头,并不比子敬的大,微觉失意。

小李果然是在她那里呢。

子敬先到,献上一束带露水的紫玫瑰。

她给他一个小指叫他挨了一挨,可是没哼。他的脸比小李的多着二两雪花膏。

天一次到,献上一筐包纸印洋字的英国罐形梨。

她给他一个小指叫他挨了一挨,可是没哼。他的头发比小李的亮得多着二十烛光。

"喝，小李，"二人一齐唱："领带该换了！"

她的眼光在小李的项下一扫。二人心中痒了一下。

"天一，老没见哪？别太用功了；得个学士就够了，何必非考留洋不可呢？"子敬独唱。

"不是；不用提了！"天一叹了口气："家里闹狐狸。"

"哟！"子敬的脸落下一寸。

"家里闹狐狸还往这儿跑干吗？"玉春说："别往下说，不爱听！"

天一的头一炮没响，心中乱了营。

"大概是闹完了？"子敬给他个台阶："别说了，怪叫人害怕！我倒不怕；小李你呢？"

"晚上不大爱听可怕的事。"小李回答。

子敬看了天一一眼。

"子敬，老没见哪？"天一背书似的问："上哪儿去？"

"也是可怕的事，所以不便说，怕小李害怕；表哥家里闹大头鬼，我——"

玉春把耳朵用手指堵上。

"呕，对不起！不说就是了。"子敬很快活的道歉。

小李站起来要走。

"咱们也走吧？"天一探探子敬的口气。

"你上哪儿？"子敬问。

"二舅过去了，得去守尸，家里还就是我有点胆子。你呢？"

"我还得出城呢，好在只过五六块坟地，遇上一个半个吊死鬼也还没什么。"子敬转问小李,"不出城和我绕个弯去?坟地上冒绿火,很有个意思。"

小李摇了摇头。

天一和小李先走了,临走的时候天一问小李愿意陪他守尸去不?小李又摇了摇头。

剩下子敬和玉春。

"小李都好,"他笑着说,"就是胆量太小,没有男子气。请原谅我,按说不应当背后讲究人,都是好朋友。"

"他的胆子不大。"她承认了。

"一个男人没有胆气可不大好办。"子敬叹惜着。

"一个男人要是不诚实,假充胆大,就更不好办。"她看着天花板说。

子敬胸中一恶心。

"请你告诉天一以后少来,我不愿意吃他的果子,更不愿意听闹狐狸!"

"一定告诉他:以后再来,我不约着他就是了。"

"你也少来,不愿意什么大头鬼小头鬼的吓着我的小李。小李的领带也用不着你提醒他换;我是干什么的?再说,长得俊也不在乎修饰;我就不爱看男人的头发亮得像电灯泡。"

天一一清早就去找子敬,心中觉得昨晚的经过确是战胜了小李——当着她承认了胆小。

子敬没在宿舍,因为入了医院。

子敬在医院里比不在医院里的人还健美，脸上红扑扑的好像老是刚吃过一杯白兰地。可是他要住医院——希望玉春来看他。假如她拿着一束鲜花来看他，那便足以说明她还是有意，而他还大有希望。

她压根儿没来！

于是他就很喜欢：她不来，正好。因为他的心已经寄放在另一地方。

天一来看他，带来一束鲜花，一筐水果，一套武侠爱情小说。到底是好朋友，子敬非常感谢天一；可是不愿意天一常来，因天一头一次来看朋友，眼睛就专看那个小看护妇，似乎不大觉得子敬是他所要的人。而子敬的心现在正是寄放在小看护妇的身上，所以既不以玉春无情为可恼，反觉得天一的探病为多事。不过，看在鲜花水果的面上，还不好意思不和天一瞎扯一番。

"不用叫玉春臭抖，我才有工夫给她再送鲜花呢！"子敬决定把玉春打入冷宫。

"她的鼻子也不美！"天一也觉出她的缺点。

"就会哼人，好像长鼻子不为吸气，只为哼气的！"

"那还不提，鼻子上还有一排黑雀斑呢！就仗着粉厚，不然的话，那只鼻子还不像个斑竹短烟嘴？"

"扇风耳朵！"

"故意的用头发盖住，假装不扇风！"

"上嘴唇多么厚！"

"下嘴唇也不薄，两片夹馅的鸡蛋糕，白叫我吻也不干！"

"高领子专为掩盖着一脖子泥！"

"小短手就会接人家的礼物！"

粉红翅的安琪儿变成一个小钱不值。

天一舍不得走；子敬假装要吃药，为是把天一支出去。二人心中的安琪儿现在不是粉红翅的了，而是像个玉蝴蝶：白帽，白衣，白小鞋，耳朵不扇风，鼻子不像斑竹烟嘴，嘴唇不像两片鸡蛋糕，脖子上没泥，而且胳臂在外面露着，像一对温泉出的藕棒，又鲜又白又香甜。这还不过是消极的比证；积极的美点正是非常的多：全身没有一处不活泼，不漂亮，不温柔，不洁净。先笑后说话，一嘴的长形小珍珠。按着你的头闭上了眼，任你参观，她是只顾测你的温度。然后，小白手指轻动，像蟋蟀的须儿似的，在小白本上写几个字。你碰她的鲜藕棒一下，不但不恼，反倒一笑。捧着药碗送到你的唇边。对着你的脸问你还要什么。子敬不想再出院，天一打算也赶紧搬进来，预防长盲肠炎。好在没病住院，自要纳费，谁也不把你撵出去。

子敬的鲜花与水果已经没地方放。因为天一有时候一天来三次；拿子敬当幌子，专为看她。子敬在院内把看护所应作的和帮助作的都尝试过，打清血针，照爱克司光，洗肠子；越觉得她可爱；老是那么温和，干净，快活。天一在院外把看护的历史族系住址籍贯全打听明白；越觉得她可爱：虽够不上大家闺秀，可也不失之为良家碧玉。子敬打算约她去看电影，苦于无法出口——病人出去看电影似乎不成一句话。天一打算请她吃饭，在医院外边每每等候半点多钟，一回没有碰到她。

"天一，"子敬最后发了言："世界上最难堪的是什么？"

"据我看是没病住医院。"天一也来得厉害。

"不对。是一个人发现了爱的花，而别人老在里面捣乱！"

"你是不喜欢我来？"

"一点不错；我的水果已够开个小铺子的了，你也该休息几天吧。"

"好啦，明天不再买果子就是，来还是要来的。假如你不愿意见我的话，我可以专来找她；也许约她出去走一走，没准！"

天一把子敬拿下马来了。子敬假笑着说。

"来就是了，何必多心呢！也许咱们是生就了的一对朋友兼情敌。"

"这么说，你是看上了小秀珍？"天一诈子敬一下。

"要不然怎会把她的名字都打听出来！"子敬也不示弱。

"那也是个本事！"天一决定一句不让。

"到底不如叫她握着胳臂给打清血针。你看，天一，这只小手按着这儿，那只小手嗞——打得浑身发麻！"

天一馋得直咽唾沫，非常的恨恶子敬；要不是看他是病人，非打他一顿不可，把清血药汁全打出来！

天一的脸气得像大肚坛子似的走了，决定明天再来。

天一又来了。子敬热烈的欢迎他。

"天一，昨天我不是说咱俩天生是好朋友一对？真的！咱们还得合作。"

"又出了事故？"天一惊喜各半的问。

"你过来，"子敬把声音低降得无可再低，"昨天晚上我看见给我治病的那个小医生吻她来着！"

"喝！"天一的脸登时红起来。"那怎么办呢？"

"还是得联合战线，先战败小医生再讲。"

"又得设计？老实不客气的说，对于设计我有点寒心，上次——"

"不用提上次,那是个教训,有上次的经验,这回咱们确有把握。上次咱们的失败在哪儿?"

"不诚实,假充大胆。"

"是呀。来,递给我耳朵。"以下全是嘀咕嘀咕。

秀珍七点半来送药——一杯开水,半片阿司匹灵。天一七点二十五分来到。

秀珍笑着和天一握手,又热又有力气。子敬看着眼馋,也和她握手,她还是笑着。

"天一,你的气色可不好,怎么啦?"子敬很关心的问。

"子敬,你的胆量怎样?假如胆小的话,我就不便说了。"

"我?为人总得诚实,我的胆子不大。可是,咱们都在这儿,还怕什么?说吧!"

"你知道,我也是胆小——总得说实话。你记得我的表哥?西医,很漂亮——"

"我记得他,大眼睛,可不是,当西医;他怎么啦?"

"不用提啦!"天一叹了一口气:"把我表嫂给杀了!"

"哟!"子敬向秀珍张着嘴。

"他不是西医吗,好,半夜三更撒吚症,用小刀把表嫂给解剖了!"天一的嘴唇都白了。

"要不怎么说,姑娘千万别嫁给医生呢!"子敬对秀珍说:"解剖有瘾,不定哪时一高兴便把太太作了试验,不是玩的!"

"我可怕死了!"天一直哆嗦:"大解八块,喝,我的天爷!秀珍女士,原谅我,大晚上的说这么可怕的事!"

"我才不怕呢,"秀珍轻慢的笑着:"常看死人。我们当看护的没有别的好处,就是在死人前面觉到了比常人有胆量,尸不怕,血不怕;除了医生就得属我们了。因此,我们就是看得起医生!"

"可是,医生作梦把太太解剖了呢?"天一问。

"那只是因为太太不是看护。假如我是医生的太太,天天晚上给他点小药吃,消食化水,不会作恶梦。"

"秀珍!"小医生在门外叫:"什么时候下班哪? 我楼下等你。"

"这就完事;你进来,听听这件奇事。"秀珍把医生叫了进来,"一位大夫在梦中把太太解剖了。"

"那不足为奇! 看护妇作梦把丈夫毒死当死尸看着,常有的事。胆小的人就是别娶看护妇,她一看不起他,不定几时就把他毒死,为是练习看守死尸。就是不毒死他,也得天天打他一顿。胆小的男人,胆大的女人,弄不到一块! 走啊,秀珍,看电影去!"

"再见——"秀珍拉着长声,手拉手和小医生走出去。

子敬出了院。

天一来看他。"干什么玩呢,子敬?"

"读点妇女心理,有趣味的小书!"子敬依然乐观。

"子敬,你不是好朋友,独自念妇女心理!"

"没的事! 来,咱们一块儿念。念完这本小书,你看吧,一来一个准! 就怕一样——四角恋爱。咱们就怕四角恋爱。上两回咱们都输了。"

"顶好由第三章,'三角恋爱'念起。"

"好吧。大概几时咱俩由同盟改为敌手,几时才真有点希望,是不是?"

"也许。"

(原载1933年3月1日《文艺月刊》第三卷第九期)

大悲寺外

黄先生已死去二十多年了。这些年中，只要我在北平，我总忘不了去祭他的墓。自然我不能永远在北平；别处的秋风使我倍加悲苦：祭黄先生的时节是重阳的前后，他是那时候死的。去祭他是我自己加在身上的责任；他是我最钦佩敬爱的一位老师，虽然他待我未必与待别的同学有什么分别；他爱我们全体的学生。可是，我年年愿看看他的矮墓，在一株红叶的枫树下，离大悲寺不远。

已经三年没去了，生命不由自主的东奔西走，三年中的北平只在我的梦中！

去年，也不记得为了什么事，我跑回去一次，只住了三天。虽然才过了中秋，可是我不能不上西山去；谁知道什么时候才再有机会回去呢。自然上西山是专为看黄先生的墓。为这件事，旁的事都可以搁在一边；说真的，谁在北平三天能不想办一万样事呢。

这种祭墓是极简单的：只是我自己到了那里而已，没有纸钱，也没有香与酒。黄先生不是个迷信的人，我也没见他饮过酒。

从城里到山上的途中，黄先生的一切显现在我的心上。在我有口气的时候，他是永生的。真的；停在我心中，他是在死里活着。每逢遇上个穿灰布大褂，胖胖的人，我总要细细看一眼。是的，胖胖的而穿灰布大衫，因黄先生而成了对我个人的一种什么象征。甚至于有的时候与同学们聚餐，"黄先生呢？"常在我的舌尖上；我总以为他是还活着。还不是这么说，我应当说：我总以为他不会死，不应该死，即使我知道他确是死了。

他为什么作学监呢？胖胖的，老穿着灰布大衫！他作什么不比当学监强呢？可是，他竟自作了我们的学监；似乎是天命，不作学监他怎能在四十多岁便死了呢！

胖胖的，脑后折着三道肉印；我常想，理发师一定要费不少的事，才能把那三道弯上的短发推净。脸像个大肉葫芦，就是我这样敬爱他，也就没法否认他的脸不是招笑的。可是，那双眼！上眼皮受着"胖"的影响，松松的下垂，把原是一对大眼睛变成了俩螳螂卵包似的，留个极小的缝儿射出无限度的黑亮。好像这两道黑光，假如你单单的看着它们，把"胖"的一切注脚全勾销了。那是一个胖人射给一个活动，灵敏，快乐的世界的两道神光。他看着你的时候，这一点点黑珠就像是钉在你的心灵上，而后把你像条上了钩的小白鱼，钓起在他自己发射出的慈祥宽厚光朗的空气中。然后他笑了，极天真的一笑，你落在他的怀中，失去了你自己。那件松松裹着胖黄先生的灰布大衫，在这时节，变成了一件仙衣。在你没看见这双眼之前，假如你看他从远处来了，他不过是团蠕蠕而动的灰色什么东西。

无论是哪个同学想出去玩玩，而造个不十二分有伤于诚实的谎，去到黄先生那里请假，黄先生先那么一笑，不等你说完你的谎——好像唯恐你自己说漏了似的——便极用心的用苏字给填好"准假证"。但是，你必须去请假。私自离校是绝对不行的。凡关乎人情的，以人情的办法办；凡关乎校规的，校规是校规；这个胖胖的学监！

他没有什么学问，虽然他每晚必和学生们一同在自修室读书；他读的都是大本的书，他的笔记本也是庞大的，大概他的胖手指是不肯甘心伤损小巧精致的书页。他读起书来，无论冬夏，头上永远冒着热汗，他决不是聪明人。有时我偷眼看看他，他的眉，眼，嘴，好像都被书的神秘给迷住；看得出，他的牙是咬得很紧，因为他的腮上与太阳穴全微微的动弹，微微的，可是紧张。忽然，他那么天真的一笑，叹一口气，用块像小床单似的白手绢抹抹头上的汗。

先不用说别的，就是这人情的不苟且与傻用功已足使我敬爱他——多数的同学也因此爱他。稍有些心与脑的人，即使是个十五六岁的学生，像那时候的我与我的学友们，还能看不出：他的温和诚恳是出于天性的纯厚，而同时又能丝毫不苟的负责是足以表示他是温厚，不是懦弱？还觉不出他是"我们"中的一个，不是"先生"们中的一个；因为他那种努力读书，为读书而着急，而出汗，而叹气，还不是正和我们一样？

到了我们有了什么学生们的小困难——在我们看是大而不易解决的——黄先生是第一个来安慰我们，假如他不帮助我们；自然，他能帮忙的地方便在来安慰之前已经自动的作了。二十多年前的中学学监也不过是挣六十块钱，他每月是拿出三分之一来，预备着帮助同学，即使我们都没有经济上的困难，他这三分之一的薪水也不会剩下。假如我们生了病，黄先生不但是殷勤的看顾，而且必拿来些水果，点心，或是小说，几乎是偷偷的放在病学生的床上。

但是，这位困苦中的天使也是平安中的君王——他管束我们。宿舍不清洁，课后不去运动……都要挨他的雷，虽然他的雷是伴着以泪作的雨点。

世界上，不，就说一个学校吧，哪能都是明白人呢。我们的同学里很有些个厌恶黄先生的。这并不因为他的爱心不普遍，也不是被谁看出他是不真诚，而是伟大与藐小的相触，结果总是伟大的失败，好似不如此不足以成其伟大。这些同学们一样的受过他的好处，知道他的伟大，但是他们不能爱他。他们受了他十样的好处后而被他申斥了一阵，黄先生便变成顶可恶的。我一点也没有因此而轻视他们的意思，我不过是说世上确有许多这样的人。他们并不是不晓得好歹，而是他们的爱只限于爱自己；爱自己是溺爱，他们不肯受任何的责备。设若你救了他的命，而同时责劝了他几句，他从此便永远记着你的责备——为是恨你——而忘了救命的恩惠。黄先生的大错处是根本不应来作学监，不负责的学监是有的，可是黄先生与不负责永远不能联结在一处。不论他怎样真诚，怎样厚道，管束。

他初来到学校，差不多没有一个人不喜爱他，因为他与别位先生是那样的不同。别位先生们至多不过是比书本多着张嘴的，我们佩服他们和佩服书籍差不多。即使他们是活泼有趣的，在我们眼中也是另一种世界的活泼有趣，与我们并没有多么大的关系。黄先生是个"人"，他与别位先生几乎完全不相同。他与我们在一处吃，一处睡，一处读书。

半年之后，已经有些同学对他不满意了，其中有的，受了他的规戒，有的是出于立异——人家说好，自己就偏说坏，表示自己有头脑，别人是顺竿儿爬的笨货。

经过一次小风潮，爱他的与厌恶他的已各一半了。风潮的起始，与他完全无关。学生要在上课的时间开会了，他才出来劝止，而落了个无理的干涉。他是个天真的人——自信心居然使他要求投票表决，是否该在上课时间开会！幸而投与他意见相同的票的多着三张！风潮虽然不久便平静无事了，可是他的威信已减了一半。

因此，要顶他的人看出时机已到：再有一次风潮，他管保得滚。谋着以教师兼学监的人至少有三位。其中最活动的是我们的手工教师，一个用嘴与舌活着的人，除了也是胖子，他和黄先生是人中的南北极。在教室上他曾说过，有人给他每月八百圆，就是提夜壶也是美差。有许多学生喜欢他，因为上他的课时就是睡觉也能得八十几分。他要是作学监，大家岂不是入了天国！每天晚上，自从那次小风潮后，他的屋中有小的会议。不久，在这小会议中种的子粒便开了花。校长处有人控告黄先生，黑板上常见"胖牛"，"老山药蛋"……

同时，有的学生也向黄先生报告这些消息。忽然黄先生请了一天的假。可是那天晚上自修的时候，校长来了，对大家训话，说黄先生向他辞职，但是没有准他。末后，校长说，"有不喜欢这位好学监的，请退学；大家都不喜欢他呢，我与他一同辞职。"大家谁也没说什么。可是校长前脚出去，后脚一群同学便到手工教员室中去开紧急会议。

第三天上黄先生又照常办事了，脸上可是好像瘦减了一圈。在下午课后他召集全体学生训话，到会的也就是半数。他好像是要说许多许多的话似的，及至到了台上，他第一个微笑就没笑出来，楞了半天，他极低细的说了一句："咱们彼此原谅吧！"没说第二句。

暑假后，废除月考的运动一天扩大一天。在重阳前，炸弹爆发了。英文教员要考，学生们不考；教员下了班，后面追随着极不好听的话。

及至事情闹到校长那里去，问题便由罢考改为撤换英文教员，因为校长无论如何也要维持月考的制度。虽然有几位主张连校长一齐推倒的，可是多数人愿意先由撤换教员作起。既不向校长作战，自然罢考须暂放在一边。这个时节，已经有人警告了黄先生："别往自己身上拢！"

可是谁叫黄先生是学监呢？他必得维持学校的秩序。

况且，有人设法使风潮往他身上转来呢。

校长不答应撤换教员。有人传出来，在职教员会议时，黄先生主张严办学生，黄先生劝告教员合作以便抵抗学生，黄学监……

风潮又转了方向，黄学监，已经不是英文教员，是炮火的目标。

黄先生还终日与学生们来往，劝告，解说，笑与泪交替的揭露着天真与诚意。有什么用呢？

学生中不反对月考的不敢发言。依违两可的是与其说和平的话不如说激烈的，以便得同学的欢心与赞扬。这样，就是敬爱黄先生的连暗中警告他也不敢了：风潮像个魔咒捆住了全校。

我在街上遇见了他。

"黄先生，请你小心点。"我说。

"当然的。"他那么一笑。

"你知道风潮已转了方向？"

他点了点头，又那么一笑，"我是学监！"

"今天晚上大概又开全体大会，先生最好不用去。"

"可是，我是学监！"

"他们也许动武呢！"

"打'我'？"他的颜色变了。

我看得出，他没想到学生要打他；他的自信力太大。可是同时他并不是不怕危险。他是个"人"，不是铁石作的英雄——因此我爱他。

"为什么呢？"他好似是诘问着他自己的良心呢。

"有人在后面指挥。"

"呕！"可是他并没有明白我的意思，据我看；他紧跟着问："假如我去劝告他们，也打我？"

我的泪几乎落下来。他问得那么天真，几乎是儿气的；始终以为善意待人是不会错的。他想不到世界上会有手工教员那样的人。

"顶好是不到会场去，无论怎样！"

"可是，我是学监！我去劝告他们就是了；劝告是惹不出事来的。谢谢你！"

我楞在那儿了。眼看着一个人因责任而牺牲，可是一点也没觉到他是去牺牲——一听见"打"字便变了颜色，而仍然不退缩！我看得出，此刻他决不想辞职了，因为他不能在学校正极紊乱时候抽身一走。"我是学监！"我至今忘不了这一句话，和那四个字的声调。

果然晚间开了大会。我与四五个最敬爱黄先生的同学，故意坐在离讲台最近的地方，我们计议好：真要是打起来，我们可以设法保护他。

开会五分钟后，黄先生推门进来了。屋中连个大气也听不见了。主席正在报告由手工教员传来的消息——就是宣布学监的罪案——学监进来了！我知道我的呼吸是停止了一会儿。

黄先生的眼好似被灯光照得一时不能睁开了，他低着头，像盲人似的轻轻关好了门。他的眼睁开了，用那对慈善与宽厚作成的黑眼珠看着大众。他的面色是，也许因为灯光太强，有些灰白。他向讲台那边挪了两步，一脚登着台沿，微笑了一下。

"诸位同学，我是以一个朋友，不是学监的地位，来和大家说几句话！"

"假冒为善！"

"汉奸！"

后边有人喊。

黄先生的头低下去，他万也想不到被人这样骂他。他决不是恨这样骂他的人，而是怀疑了自己，自己到底是不真诚，不然……

这一低头要了他的命。

他一进来的时候，大家居然能那样静寂，我心里说，到底大家还是敬畏他；他没危险了。这一低头，完了，大家以为他是被骂对了，羞愧了。

"打他！"这是一个与手工教员最亲近的学友喊的，我记得。跟着，"打！""打！"后面的全立起来。我们四五个人彼此按了按膝，"不要动"的暗号；我们一动，可就全乱了。我喊了一句。

"出去！"故意的喊得很难听，其实是个善意的暗示。

他要是出去——他离门只有两三步远——管保没有事了，因为我们四五个人至少可以把后面的人堵住一会儿。

可是黄先生没动！好像蓄足了力量，他猛然抬起头来。他的眼神极可怕了。可是不到半分钟，他又低下头去，似乎用极大的忏悔，矫正他的要发脾气。他是个"人"，可是要拿人力把自己提到超人的地步。我明白他那心中的变动：冷不防的被人骂了，自己怀疑自己是否正道；他的心告诉他——无愧；在这个时节，后面喊"打！"：他怒了；不应发怒，他们是些青年的学生——又低下头去。

随着说第二次低头,"打!"成了一片暴雨。

假如他真怒起来,谁也不敢先下手;可是他又低下头去——就是这么着,也还只听见喊打,而并没有人向前。这倒不是大家不勇敢,实在是因为多数——大多数——人心中有一句:"凭什么打这个老实人呢?"自然,主席的报告是足以使些人相信的,可是究竟大家不能忘了黄先生以前的一切;况且还有些人知道报告是由一派人造出来的。

我又喊了声,"出去!"我知道"滚"是更合适的,在这种场面上,但怎忍得出口呢!

黄先生还是没动。他的头又抬起来:脸上有点笑意,眼中微湿,就像个忠厚的小儿看着一个老虎,又爱又有点怕忧。

忽然由窗外飞进一块砖,带着碎玻璃碴儿,像颗横飞的彗星,打在他的太阳穴上。登时见了血。他一手扶住了讲桌。后面的人全往外跑。我们几个搀住了他。

"不要紧,不要紧。"他还勉强的笑着,血已几乎盖满他的脸。

找校长,不在;找校医,不在;找教务长,不在;我们决定送他到医院去。

"到我屋里去!"他的嘴已经似乎不得力了。

我们都是没经验的,听他说到屋中去,我们就搀扶着他走。到了屋中,他摆了两摆,似乎要到洗脸盆处去,可是一头倒在床上;血还一劲的流。

老校役张福进来看了一眼,跟我们说,"扶起先生来,我接校医去。"

校医来了,给他洗干净,绑好了布,叫他上医院。他喝了口白兰地,心中似乎有了点力量,闭着眼叹了口气。校医说,他如不上医院,便有极大的危险。他笑了。低声的说：

"死，死在这里；我是学监！我怎能走呢 —— 校长们都没在这里！"

老张福自荐伴着"先生"过夜。我们虽然极愿守着他，可是我们知道门外有许多人用轻鄙的眼神看着我们；少年是最怕被人说"苟事"的 —— 同情与见义勇为往往被人解释作"苟事"，或是"狗事"；有许多青年的血是能极热，同时又极冷的。我们只好离开他。连这样，当我们出来的时候还听见了："美呀！黄牛的干儿子！"

第二天早晨，老张福告诉我们，"先生"已经说胡话了。

校长来了，不管黄先生依不依，决定把他送到医院去。

可是这时候，他清醒过来。我们都在门外听着呢。那位手工教员也在那里，看着学监室的白牌子微笑，可是对我们皱着眉，好像他是最关心黄先生的苦痛的。我们听见了黄先生说：

"好吧，上医院；可是，容我见学生一面。"

"在哪儿？"校长问。

"礼堂；只说两句话。不然，我不走！"

钟响了。几乎全体学生都到了。

老张福与校长搀着黄先生。血已透过绷布，像一条毒花蛇在头上盘着。他的脸完全不像他的了。刚一进礼堂门，他便不走了，从绷布下设法睁开他的眼，好像是寻找自己的儿女，把我们全看到了。他低下头去，似乎已支持不住，就是那么低着头，他低声 —— 可是很清楚的 —— 说：

"无论是谁打我来着，我决不，决不计较！"

他出去了，学生没有一个动弹的。大概有两分钟吧。忽然大家全往外跑，追上他，看他上了车。

过了三天,他死在医院。

谁打死他的呢?

丁庚。

可是在那时节,谁也不知道丁庚扔砖头来着。在平日他是"小姐",没人想到"小姐"敢飞砖头。

那时的丁庚,也不过是十七岁。老穿着小蓝布衫,脸上长着小红疙疸,眼睛永远有点水锈,像敷着些眼药。老实,不好说话,有时候跟他好,有时候又跟你好,有时候自动的收拾宿室,有时候一天不洗脸。所以是小姐——有点忽东忽西的小性。

风潮过去了,手工教员兼任了学监。校长因为黄先生已死,也就没深究谁扔的那块砖。说真的,确是没人知道。

可是,不到半年的工夫,大家猜出谁了——丁庚变成另一个人,完全不是"小姐"了。他也爱说话了,而且永远是不好听的话。他永远与那些不用功的同学在一起了,吸上了香烟——自然也因为学监不干涉——每晚上必出去,有时候嘴里喷着酒味。他还作了学生会的主席。

由"那"一晚上,黄先生死去,丁庚变了样。没人能想到"小姐"会打人。可是现在他已不是"小姐"了,自然大家能想到他是会打人的。变动的快出乎意料之外,那么,什么事都是可能的了;所以是"他"!

过了半年,他自己承认了——多半是出于自夸,因为他已经变成个"刺儿头"。最怕这位"刺儿头"的是手工兼学监那位先生。学监既变成他的部下,他承认了什么也当然是没危险的。自从黄先生离开了学监室,我们的学校已经不是学校。

为什么扔那块砖？据丁庚自己说，差不多有五六十个理由，他自己也不知道哪一个最好，自然也没人能断定哪个最可靠。

据我看，真正的原因是"小姐"忽然犯了"小姐性"。他最初是在大家开会的时候，连进去也不敢，而在外面看风势。忽然他的那个劲儿来了，也许是黄先生责备过他，也许是他看黄先生的胖脸好玩而试试打得破与否，也许……不论怎么着吧，一个十七岁的孩子，天性本来是变鬼变神的，加以脸上正发红泡儿的那股忽人忽兽的郁闷，他满可以作出些无意作而作了的事。从多方面看，他确是那样的人。在黄先生活着的时候，他便是千变万化的，有时候很喜欢人叫他"黛玉"。黄先生死后，他便不知道他是怎回事了。有时候，他听了几句好话，能老实一天，趴在桌上写小楷，写得非常秀润。第二天，一天不上课！

这种观察还不只限于学生时代，我与他毕业后恰巧在一块作了半年的事，拿这半年中的情形看，他确是我刚说过的那样的人。拿一件事说吧。我与他全作了小学教师，在一个学校里，我教初四。已教过两个月，他忽然想换班，唯一的原因是我比他少着三个学生。可是他和校长并没这样说——为少看三本卷子似乎不大好出口。他说，四年级级任比三年级的地位高，他不甘居人下。这虽然不很像一句话，可究竟是更精神一些的争执。他也告诉校长：他在读书时是作学生会主席的，主席当然是大众的领袖，所以他教书时也得教第一班。

校长与我谈论这件事，我是无可无不可，全凭校长调动。校长反倒以为已经教了快半个学期，不便于变动。这件事便这么过去了。到了快放年假的时候，校长有要事须请两个礼拜的假，他打算求我代理几天。丁庚又答应了。可是这次他直接的向我发作了，因为他亲自请求校长叫他代理是不好意思的。我不记得我的话了,可是大意是我应着去代他向校长说说:我根本不愿意代理。

及至我已经和校长说了,他又不愿意,而且忽然的辞职,连维持到年假都不干。校长还没走,他卷铺盖走了。谁劝也无用,非走不可。

从此我们俩没再会过面。

看见了黄先生的坟,也想起自己在过去二十年中的苦痛。坟头更矮了些,那么些土上还长着点野花,"美"使悲酸的味儿更强烈了些。太阳已斜挂在大悲寺的竹林上,我只想不起动身。深愿黄先生,胖胖的,穿着灰布大衫,来与我谈一谈。

远处来了个人。没戴着帽,头发很长,穿着青短衣,还看不出他的模样来,过路的,我想;也没大注意。可是他没顺着小路走去,而是舍了小道朝我来了。又一个上坟的?

他好像走到坟前才看见我,猛然的站住了。或者从远处是不容易看见我的,我是倚着那株枫树坐着呢。

"你。"他叫着我的名字。

我楞住了,想不起他是谁。

"不记得我了? 丁——"

没等他说完我想起来了,丁庚。除了他还保存着点"小姐"气——说不清是在他身上哪处—— 他绝对不是二十年前的丁庚了。头发很长,而且很乱。脸上乌黑,眼睛上的水锈很厚,眼窝深陷进去,眼珠上许多血丝。牙已半黑,我不由的看了看他的手,左右手的食指与中指全黄了一半。他一边看着我,一边从袋里摸出一盒"大长城"来。

不知道为什么我觉得一阵悲惨。我与他是没有什么感情的，可是幼时的同学……我过去握住他的手；他的手颤得很厉害。我们彼此看了一眼，眼中全湿了；然后不约而同的看着那个矮矮的墓。

"你也来上坟？"这话已到我的唇边，被我压回去了。他点一枝烟，向蓝天吹了一口，看看我，看看坟，笑了。

"我也来看他，可笑，是不是？"他随说随坐在地上。

我不晓得说什么好，只好顺口搭音的笑了声，也坐下了。

他半天没言语，低着头吸他的烟，似乎是思想什么呢。烟已烧去半截，他抬起头来，极有姿式的弹着烟灰。先笑了笑，然后说：

"二十多年了！他还没饶了我呢！"

"谁？"

他用烟卷指了指坟头："他！"

"怎么？"我觉得不大得劲；深怕他是有点疯魔。

"你记得他最后的那句？决——不——计——较，是不是？"

我点点头。

"你也记得咱们在小学教书的时候，我忽然不干了？我找你去叫你不要代理校长？好，记得你说的是什么？"

"我不记得。"

"决不计较！你说的。那回我要和你换班次，你也是给了我这么一句。你或者出于无意，可是对于我，这句话是种报复，惩罚。它的颜色是红的一条布，像条毒蛇；它确是有颜色的。它使我把生命变成一阵颤抖；志愿，事业，全随颤抖化为——秋风中的落叶。像这棵枫树的叶子。你大概也知道，我那次要代理校长的原因？我已运动好久，叫他不能回任。可是你说了那么一句——"

"无心中说的。"我表示歉意。

"我知道。离开小学,我在河务局谋了个差事。很清闲,钱也不少。半年之后,出了个较好的缺。我和一个姓李的争这个地位。我运动,他也运动,力量差不多是相等,所以命令多日没能下来。在这个期间,我们俩有一次在局长家里遇上了,一块打了几圈牌。局长,在打牌的时候,露出点我们俩竞争很使他为难的口话。我没说什么,可是姓李的一边打出一个红中,一边说:'红的!我让了,决不计较!'红的!不计较!黄学监又立在我眼前,头上围着那条用血浸透的红布!我用尽力量打完了那圈牌,我的汗湿透了全身。我不能再见那个姓李的,他是黄学监第二,他用杀人不见血的咒诅在我魂灵上作祟:假如世上真有妖术邪法,这个便是其中的一种。我不干了。不干了!"他的头上出了汗。

"或者是你身体不大好,精神有点过敏。"我的话一半是为安慰他,一半是不信这种见神见鬼的故事。

"我起誓,我一点病没有。黄学监确是跟着我呢。他是假冒为善的人,所以他会说假冒为善的恶咒。还是用事实说明吧。我从河务局出来不久便成婚,"这一句还没说全,他的眼神变得像失了雏儿的恶鹰似的,瞪着地上一棵半黄的鸡爪草,半天,他好像神不附体了。我轻嗽了声,他一哆嗦,抹了抹头上的汗,说:"很美,她很美。可是——不贞。在第一夜,洞房便变成地狱,可是没有血,你明白我的意思?没有血的洞房是地狱,自然这是老思想,可是我的婚事老式的,当然感情也是老式的。她都说了,只求我,央告我,叫我饶恕她。按说,美是可以博得一切赦免的。可是我那时铁了心;我下了不戴绿帽的决心。她越哭,我越狠,说真的,折磨她给我一些愉快。末后，她的泪已干，她的话已尽，她说出最后的一句：'请用我心中的血代替吧，'她打开了胸，'给这儿一刀吧；你有一切的理由，我死，决不计较你！'我完了，黄学监在洞房门口笑我呢。我连动一动也不能了。第二天，我离开了家，变成一个有家室的漂流者，家中放着一个没有血的女人，和一个带着血的鬼！但是我不能自杀，我跟他干到底，他劫去我一切的快乐，不能再叫他夺去这条命！"

"丁：我还以为你是不健康。你看，当年你打死他，实在不是有意的。况且黄先生的死也一半是因为耽误了，假如他登时上医院去，一定不会有性命的危险。"我这样劝解；我准知道，设若我说黄先生是好人，决不能死后作祟，丁庚一定更要发怒的。

"不错。我是出于无心，可是他是故意的对我发出假慈悲的原谅，而其实是种恶毒的诅咒。不然，一个人死在眼前，为什么还到礼堂上去说那个呢？好吧，我还是说事实吧。我既是个没家的人，自然可以随意的去玩了。我大概走了至少也有十二三省。最后，我在广东加入了革命军。打到南京，我已是团长。设若我继续工作，现在来至少也作了军长。可是，在清党的时节，我又不干了。是这么回事，一个好朋友姓王，他是左倾的。他比我职分高。设若我能推倒他，我登时便能取得他的地位。陷害他，是极容易的事，我有许多对他不利的证据，但是我不忍下手。我们俩出死入生的在一处已一年多，一同入医院就有两次。可是我又不能抛弃这个机会；志愿使英雄无论如何也得辣些。我不是个十足的英雄，所以我想个不太激进的办法来。我托了一个人向他去说，他的危险怎样的大，不如及早逃走，把一切事务交给我，我自会代他筹画将来的安全。他不听。我火了。不能不下毒手。我正在想主意，这个不知死的鬼找我来了，没带着一个人。有些人是这样：至死总假装宽厚大方，一点不为自己的命想一想，好像死是最便宜的事，可笑。这个人也是这样，还在和我嘻嘻哈哈。我不等想好主意了，反正他的命是在我手心里，我对他直接的说了——我的手摸着手枪。他，他听完了，向我笑了笑。'要是你愿杀我，'他说，还是笑着，'请，我决不计较。'这能是他说的吗？怎能那么巧呢？我知道，我早就知道了，凡是我要成功的时候，'他'老借着个笑脸来报仇，假冒为善的鬼会拿柔软的方法来毁人。我的手连抬也抬不起来了，不要说还要拿枪打人。姓王的笑着，笑着，走了。他走了，能有我的好处吗？他的地位比我高。拿证据去告发他恐怕已来不及了，他能不马上想对待我的法子吗？结果，我得跑！到现在，我手下的小卒都有作团长的了，我呢？我只是个有妻室而没家，不当和尚而住在庙里的——我也说不清我是什么！"

乘他喘气，我问了一句："哪个庙事？"

"眼前的大悲寺！为是离着他近，"他指着坟头。

看我没往下问，他自动的说明：

"离他近，我好天天来诅咒他！"

不记得我又和他说了什么，还是什么也没说，无论怎样吧！我是踏着金黄的秋色下了山，斜阳在我的背后。我没敢回头，我怕那株枫树，叶子不是怎么红得似血！

（原载1933年7月1日《文艺月刊》第四卷第一期）

微　神

　　清明已过了，大概是；海棠花不是都快开齐了吗？今年的节气自然是晚了一些，蝴蝶们还很弱；蜂儿可是一出世就那么挺拔，好像世界确是甜蜜可喜的。天上只有三四块不大也不笨重的白云，燕儿们给白云上钉小黑丁字玩呢。没有什么风，可是柳枝似乎故意的转摆，像逗弄着四外的绿意。田中的晴绿轻轻的上了小山，因为娇弱怕累得慌，似乎是，越高绿色越浅了些；山顶上还是些黄多于绿的纹缕呢。山腰中的树，就是不绿的也显出柔嫩来，山后的蓝天也是暖和的，不然，雁们为何唱着向那边排着队去呢？石凹藏着些怪害羞的三月兰，叶儿还赶不上花朵大。

　　小山的香味只能闭着眼吸取，省得劳神去找香气的来源，你看，连去年的落叶都怪好闻的。那边有几只小白山羊，叫的声儿恰巧使欣喜不至过度，因为有些悲意。偶尔走过一只来，没长犄角就留下须的小动物，向一块大石发了会儿愣，又颠颠着俏式的小尾巴跑了。

　　我在山坡上晒太阳，一点思念也没有，可是自然而然的从心中滴下些诗的珠子，滴在胸中的绿海上，没有声响，只有些波纹是走不到腮上便散了的微笑；可是始终也没成功一整句。一个诗的宇宙里，连我自己好似只是诗的什么地方的一个小符号。

越晒越轻松，我体会出蝶翅是怎样的欢欣。我搂着膝，和柳枝同一律动前后左右的微动，柳枝上每一黄绿的小叶都是听着春声的小耳勺儿。有时看看天空，啊，谢谢那块白云，它的边上还有个小燕呢，小得已经快和蓝天化在一处了，像万顷蓝光中的一粒黑痣，我的心灵像要往哪儿飞似的。

远处山坡的小道，像地图上绿的省分里一条黄线。往下看，一大片麦田，地势越来越低，似乎是由山坡上往那边流动呢，直到一片暗绿的松树把它截住，很希望松林那边是个海湾。及至我立起来，往更高处走了几步，看看，不是；那边是些看不甚清的树，树中有些低矮的村舍；一阵小风吹来极细的一声鸡叫。

春晴的远处鸡声有些悲惨，使我不晓得眼前一切是真还是虚，它是梦与真实中间的一道用声音作的金线；我顿时似乎看见了个血红的鸡冠；在心中，村舍中，或是哪儿，有只——希望是雪白的——公鸡。

我又坐下了；不，随便的躺下了。眼留着个小缝收取天上的蓝光，越看越深，越高；同时也往下落着光暖的蓝点，落在我那离心不远的眼睛上。不大一会儿；我便闭上了眼，看着心内的晴空与笑意。

我没睡去，我知道已离梦境不远，但是还听得清清楚楚小鸟的相唤与轻歌。说也奇怪，每逢到似睡非睡的时候，我才看见那块地方——不晓得一定是哪里，可是在入梦以前它老是那个样儿浮在眼前。就管它叫作梦的前方吧。

这块地方并没有多大，没有山，没有海。像一个花园，可又没有清楚的界限。差不多是个不甚规则的三角，三个尖端浸在流动的黑暗里。一角上——我永远先看见它——是一片金黄与大红的花，密密层层的；

没有阳光，一片红黄的后面便全是黑暗，可是黑的背景使红黄更加深厚，就好像大黑瓶上画着红牡丹，深厚得至于使美中有一点点恐怖。黑暗的背景，我明白了，使红黄的一片抱住了自己的彩色，不向四外走射一点；况且没有阳光，彩色不飞入空中，而完全贴染在地上。我老先看见这块，一看见它，其余的便不看也会知道的，正好像一看见香山，准知道碧云寺在哪儿藏着呢。

其余的两角，左边是一个斜长的土坡，满盖着灰紫的野花，在不漂亮中有些深厚的力量，或者月光能使那灰的部分多一些银色而显出点诗的灵空；但是我不记得在哪儿有个小月亮。无论怎样，我也不厌恶它。不，我爱这个似乎被霜弄暗了的紫色，像年轻的母亲穿着暗紫长袍。右边的一角是最漂亮的，一个小草房，门前有一架细蔓的月季，满开着单纯的花，全是浅粉的。

设若我的眼由左向右转，灰紫，红黄，浅粉，像是由秋看到初春，时节倒流；生命不但不是由盛而衰，反倒是以玫瑰作香色双艳的结束。

三角的中间是一片绿草，深绿，软厚，微湿；每一短叶都向上挺着，似乎是听着远处的雨声。没有一点风，没有一个飞动的小虫；一个鬼艳的小世界，活着的只有颜色。

在真实的经验中，我没见过这么个境界。可是它永远存在，在我的梦前。英格兰的深绿，苏格兰的紫草小山，德国黑林的幽晦，或者是它的祖先们，但是谁准知道呢。从赤道附近的浓艳中减去阳光，也有点像它，但是它又没有虹样的蛇与五彩的禽，算了吧，反正我认识它。

我看见它多少多少次了。它和"山高月小，水落石出，"是我心中的一对画屏。可是我没到那个小房里去过。我不是被那些颜色吸引得不动一动,便是由它的草地上恍惚的走入另种色彩的梦境。它是我常遇到的朋友,彼此连姓名都晓得,只是没细细谈过心。我不晓得它的中心是什么颜色的,是含着一点什么神秘的音乐 —— 真希望有点响动!

这次我决定了去探险。

一想到了月季花下,或也因为怕听我自己的足音? 月季花对于我是有些端阳前后的暗示,我希望在哪儿贴着张深黄纸,印着个朱红的判官,在两束香艾的中间。没有。只在我心中听见了声"樱桃"的吆喝。这个地方是太静了。

小房子的门闭着。窗上门上都挡着牙白的帘儿,并没有花影,因为阳光不足。里边什么动静也没有,好像它是寂寞的发源地。轻轻的推开门,静寂与整洁双双的欢迎我进去,是,欢迎我;室中的一切是"人"的,假如外面景物是"鬼"的 —— 希望我没用上过于强烈的字。

一大间,用幔帐截成一大一小的两间。幔帐也是牙白的,上面绣着些小蝴蝶。外间只有一条长案,一个小椭圆桌儿,一把椅子,全是暗草色的,没有油饰过。椅上的小垫是浅绿的,桌上有几本书。案上有一盆小松,两方古铜镜,锈色比小松浅些。内间有一个小床,罩着一块快垂到地上的绿毯。床首悬着一个小篮,有些快干的茉莉花。地上铺着一块长方的蒲垫,垫的旁边放着双绣白花的小绿拖鞋。

我的心跳起来了! 我决不是入了济慈的复杂而光灿的诗境;平淡朴美是此处的音调,也决不是辜勒律芝的幻境,因为我认识那只绣着白花的小绿拖鞋。

爱情的故事永远是平凡的,正如春雨秋霜那样平凡。可是平凡的人们偏爱在这些平凡的事中找些诗意;那么,想必是世界上多数的事物是更缺乏色彩的;可怜的人们! 希望我的故事也有些应有的趣味吧。

没有像那一回那么美的了。我说"那一回",因为在那一天那一会儿的一切都是美的。她家中的那株海棠花正开成一个大粉白的雪球;沿墙的细竹刚拔出新笋;天上一片娇晴;她的父母都没在家;大白猫在花下酣睡。听见我来了,她像燕儿似的从帘下飞出来;没顾得换鞋,脚下一双小绿拖鞋像两片嫩绿的叶儿。她喜欢得像晨起的阳光,腮上的两片苹果比往常红着许多倍,似乎有两颗香红的心在脸上开了两个小井,溢着红润的胭脂泉。那时她还梳着长黑辫。

她父母在家的时候,她只能隔着窗儿望我一望,或是设法在我走去的时节,和我笑一笑。这一次,她就像一个小猫遇上了个好玩的伴儿;我一向不晓得她"能"这样的活泼。在一同往屋中走的工夫,她的肩挨上了我的。我们都才十七岁。我们都没说什么,可是四只眼彼此告诉我们是欣喜到万分。我最爱看她家壁上那张工笔百鸟朝凤;这次,我的眼匀不出工夫来。我看着那双小绿拖鞋;她往后收了收脚,连耳根儿都有点红了;可是仍然笑着。我想问她的功课,没问;想问新生的小猫有全白的没有,没问;心中的问题多了,只是口被一种什么力量给封起来,我知道她也是如此,因为看见她的白润的脖儿直微微的动,似乎要将些不相干的言语咽下去,而真值得一说的又不好意思说。

她在临窗的一个小红木凳上坐着,海棠花影在她半个脸上微动。有时候她微向窗外看看,大概是怕有人进来。及至看清没人,她脸上的花影都被欢悦给浸渍得红艳了。她的两手交换着轻轻的摸小凳的沿,显着不耐烦,可是欢喜的不耐烦。最后,她深深的看了我一眼,极不愿意而又不得不说的说,"走吧!"我自己已忘了自己,只看见,不是听见,两个什么字由她的口中出来? 可是在心的深处猜对那两个字的意思,因为我也有点那样的关切。我的心不愿动,我的脑知道非走不可。我的眼钉住了她的。她要低头,还没低下去,便又勇敢的抬起来,故意的,不怕的,羞而不肯的羞,迎着我的眼。直到不约而同的垂下头去,又不约而同的抬起来,又那么看。心似乎已碰着心。

我走,极慢的,她送我到帘外,眼上蒙了一层露水。我走到二门,回了回头,她已赶到海棠花下。我像一个羽毛似的飘荡出去。

以后,再没有这种机会。

有一次,她家中落了,并不使人十分悲伤的丧事。在灯光下我和她说了两句话。她穿着一身孝衣。手放在胸前,摆弄着孝衣的扣带。站得离我很近,几乎能彼此听得见脸上热力的激射,像雨后的禾谷那样带着声儿生长。可是,只说了两句极没有意思的话 —— 口与舌的一些动作;我们的心并没管它们。

我们都二十二岁了,可是五四运动还没降生呢。男女的交际还不是普通的事。我毕业后便作了小学的校长,平生最大的光荣,因为她给了我一封贺信。信笺的末尾 —— 印着一枝梅花 —— 她注了一行:不要回信。我也就没敢写回信。可是我好像心中燃着一束火把,无所不尽其极的整顿学校。我拿办好了学校作给她的回信;她也在我的梦中给我鼓着得胜的掌 —— 那一对连腕也是玉的手!

提婚是不能想的事。许多许多无意识而有力量的阻碍,像个专以力气自雄的恶虎,站在我们中间。

有一件足以自慰的,我那系着心的耳朵始终没听到她的定婚消息。

还有件比这更好的，我兼任了一个平民学校的校长，她担任着一点功课。我只希望能时时见到她，不求别的。她呢，她知道怎么躲避我——已经是个二十岁的大姑娘。她失去了十七八岁时的天真与活泼，可是增加了女子的尊严与神秘。

又过了二年，我上了南洋。到她家辞行的那天，她恰巧没在家。

在外国的几年中，我无从打听她的消息。直接通信是不可能的。间接的探问，又不好意思。只好在梦里相会了。说也奇怪，我在梦中的女性永远是"她"。梦境的不同使我有时悲泣，有时狂喜；恋的幻境里也自有种味道。她，在我的梦中，还是十七岁时的样子：小圆脸，眉眼清秀中带着一点媚意。身量不高！处处都那么柔软，走路非常的轻巧。那一条长黑的发辫，造成最动心的一个背影。我也记得她梳起头来的样儿，但是我总梦见那带辫的背影。

回国后，自然先探听她的一切。一切消息都像谣言她已作了暗娼！

就是这种刺心的消息，也没减少我的情热；不，我反倒更想见她，更想帮助她。我到她家去。已不在那里住，我只由墙外看见那株海棠树的一部分。房子早已卖掉了。

到底我找到她了。她已剪了发，向后梳拢着，在项部有个大绿梳子。穿着一件粉红长袍，袖子仅到肘部，那双臂，已不是那么活软的了。脸上的粉很厚，脑门和眼角都有些褶子。可是她还笑得很好看，虽然一点活泼的气象也没有了。设若把粉和油都去掉，她大概最好也只像个产后的病妇。她始终没正眼看我一次，虽然脸上并没有羞愧的样子，她也说也笑，只是心没在话与笑中，好像完全应酬我。我试着探问她些问题与经济状况，她不大愿意回答。她点着一枝香烟，烟很灵通的从鼻孔出来，她把左膝放在右膝上，仰着头看烟的升降变化，极无聊而又显着刚强，我的眼湿了，她不会看不见我的泪，可是她没有任何表示。她不住的看自己的手指甲，又轻轻的向后按头发，似乎她只是为她们活着呢。提到家中的人，她什么没告诉我。我只好走吧。临出来的时候，我把住址告诉给她——深愿她求我，或是命令我，作点事。她似乎根本没往心里听，一笑，眼看看别处，没有往外送我的意思。她以为我是出去了，其实我是立在门口没动，这么着，她一回头，我们对了眼光。只是那么一撺似的她转过头去。

初恋是青春的第一朵花，不能随便掷弃。我托人给她送了点钱去，留下了，并没有回话。

朋友们看出我的悲苦来，眉头是最会卖人的。她们善意的给我介绍女友，惨笑的摇首是我的回答。我得等着她。初恋像幼年的宝贝永远是最甜蜜的，不管那个宝贝是一个小布人，还是几块小石子。慢慢的，我开始和几个最知己的朋友谈论她，他们看在我的面上没说她什么，可是假装闹着玩似的暗刺我，他们看我太愚，也就是说她不配一恋。他们越这样，我越坚固。是她打开了我的爱的园门，我得和她走到山穷水尽。怜比爱少着些味道，可是更多着些人情。不久，我托友人向她说明，我愿意娶她。我自己没胆量去。友人回来，带回来她的几声狂笑。她没说别的，只狂笑了一阵。她是笑谁？笑我的愚，很好，多情的人不是每每有些傻气吗？这足以使人得意。笑她自己，那只是因为不好意思哭，过度的悲郁使人狂笑。

愚痴给我些力量，我决定自己去见她。要说的话都详细的编制好，演习了许多次，我告诉自己——只许胜，不许败。她没在家。又去了两次,都没见着。第四次去,屋门里停着小小的一口薄棺材,装着她。她是因打胎而死。

一篮最鲜的玫瑰,瓣上带着我心上的泪,放在她的灵前,结束了我的初恋,打开终生的虚空。为什么她落到这般光景? 我不愿再打听。反正她在我心中永远不死。

我正呆看着那双小绿拖鞋,我觉得背后的幔帐动了一动。一回头,帐子上绣的小蝴蝶在她的头上飞动呢。她还是十七八时的模样,还是那么轻巧,像仙女飞降下来还没十分立稳那样立着。我往后退了一步,似乎是怕一往前凑就能把她吓跑。这一退的工夫,她变了,变成二十多岁的样子。她也往后退了,随退随着脸上加着皱纹。她狂笑起来。我坐在那个小床上。刚坐下,我又起来了,扑过她去,极快;她在这极短的时间内,又变回十七岁时的样子。在一秒钟里我看见她半生的变化,她像是不受时间的拘束。我坐在椅子上,她坐在我的怀中。我自己也恢复了十五六年前脸血的红色,我觉得出。我们就这样坐着,听着彼此心血的潮荡。不知有多么久。最后,我找到音声,唇贴着她的耳边,问:

"你独自住在这里?"

"我不住在这里;我住在这儿。"她指着我的心说。

"始终你没忘了我,那么?"我握紧了她的手。

"被别人吻的时候,我心中看着你!"

"可是你许别人吻你?"我并没有一点妒意。

"爱在心里,唇不会闲着;谁教你不来吻我呢?"

"我不是怕得罪你的父母吗? 不是我上了南洋吗?"

她点了点头，可是"怕你失去一切，隔离使爱的心慌了。"

她告诉了我，她死前的光景。在我出国的那一年，她的母亲死去。她比较得自由了一些。出墙的花枝自会招来蜂蝶，有人便追求她，她还想念着我，可是肉体往往比爱少些忍耐力，爱的花不都是梅花。她接受了一个青年的爱，因为他长得像我。他非常的爱她，可是她还忘不了我，肉体的获得不就是爱的满足，相似的音貌不能代替爱的真形。他疑心了，她承认了她的心是在南洋。他们俩断绝了关系。这时候，她父亲的财产全丢了。她非嫁人不可。她把自己卖给一个阔家公子，为是供给她的父亲。

"你不会去教学挣钱？"我问。

"我只能教小学，那点薪水还不够父亲买烟吃的！"

我们俩都楞起来。我是想：假使我那时候回来，以我的经济能力说，能供给得起她的父亲吗？我还不是大睁白眼的看着她卖身？

"我把爱藏在心中，"她说，"拿肉体挣来的茶饭营养着它。我深恐肉体死了，爱便不存在，其实我是错了；先不用说这个吧。他非常的妒忌，永远跟着我，无论我是干什么，上哪儿去，他老随着我。他找不出我的破绽来，可是觉得出我是不爱他。慢慢的，他由讨厌变为公开的辱骂我，甚至于打我，他逼得我没法不承认我的心是另有所寄。忍无可忍也就顾不及饭碗问题了。他把我赶出来，连一件长衫也没给我留。我呢，父亲照样和我要钱，我自己得吃得穿，而且我一向是吃好的穿好的惯了。为满足肉体，还得利用肉体，身体是现成的本钱。凡给我钱的便买去我点筋肉的笑。我很会笑；我照着镜子练习那迷人的笑。环境的不同使人作退一步想，这样零卖，到是比终日叫那一个阔公子管着强一些。在街上，有多少人指着我的后影叹气，可是我到底是自由的，甚至是自傲的，有时候我与些打扮得不漂亮的女子遇上,我也有些得意。我一共打过四次胎,但是创痛过去便又笑了。

"最初。我颇有一些名气,因为我既是作过富宅的玩物,又能识几个字,新派旧派的人都愿来照顾我,我没工夫去思想。甚至于不想积蓄一点钱,我完全为我的服装香粉活着。今天的漂亮是今天的生活。明天自有明天管照着自己,身体的疲倦,只管眼前的刺激,不顾将来,不久,这种生活也不能维持了。父亲的烟是无底的深坑。打胎需要许多花费。以前不想剩钱;钱自然不会自己剩下。我连一点无聊的傲气也不敢存了。我得极下贱的去找钱了,有时候是明抢。有人指着我的后影叹气,我也回头向他笑一笑了。打一次胎增加两三岁。镜子是不欺人的,我已老丑了。疯狂足以补足衰老。我尽着肉体的所能伺候人们,不然,我没有生意。我敞着门睡着,我是大众的,不是我自己的,一天廿四小时,什么时间也可以买我的身体。我消失在欲海里。在清醒的世界中我并不存在。我看着人们在我身上狂动,我的手指算计着钱数。我不思想,只是盘算——怎能多进五毛钱。我不哭,哭不好看。只为钱着急,不管我自己。"

她休息了一会儿,我的泪已滴湿她的衣襟。

"你回来了!"她继续着说:"你也三十多了;我记得你是十七岁的小学生。你的眼已不是那年——多少年了?——看我那双绿拖鞋的眼。可是,多少还是你自己,我,早已死了。你可以继续作那初恋的梦,我已无梦可作。我始终一点也不怀疑,我知道你要是回来,必定要我。及至见着你,我自己已找不到我自己,拿什么给你呢? 你没回来的时候,我永远不拒绝,不论是对谁说,我是爱你;你回来了,我只好狂笑。单等我落到这样,你才回来,这不是有意戏弄人? 假如你永远不回来,我老有个南洋作我的梦景,你老有个我在你的心中,岂不很美? 你偏偏的回来了,而且回来这样迟——"

"可是来迟了并不就是来不及了。"我插了一句。

"晚了就是来不及了。我杀了自己。"

"什么?"

"我杀了我自己。我命定的只能住在你心中,生存在一首诗里,生死有什么区别? 在打胎的时候我自己下了手。有你在我左右,我没法子再笑。不笑,我怎么挣钱? 只有一条路,名字叫死。你回来迟了,我别再死迟了;我再晚死一会儿,我便连住在你心中的希望也没有了。我住在这里,这里便是你的心。这里没有阳光,没有声响,只有一些颜色。颜色是更持久的,颜色画成咱们的记忆。看那双小鞋,绿的,是点颜色,你我永远认识它们。"

"但是我也记得那双脚。许我看看吗?"

她笑了,摇摇头。

我很坚决,我握住她的脚,扯下她的袜,露出没有肉的一支白脚骨。

"去吧。"她推了我一把。"从此你我无缘再见了! 我愿住在你的心中,现在不行了;我愿在你心中永远是青春。"

太阳已往西斜去;风大了些,也凉了些,东方有些黑云。春光在一个梦中惨淡了许多。我立起来,又看见那片暗绿的松树。立了不知有多久。远处来了些蠕动的小人,随着一些听不甚真的音乐。越来越近了,田中惊起许多白翅的鸟,哀鸣着向山这边飞。我看清了,一群人们匆匆的走,带起一些灰土。三五鼓手在前,几个白衣的在后,最后是一口棺材。春天也要埋人的。撒起一把纸钱，蝴蝶似的落在麦田上。东方的黑云更厚了，柳条的绿色加深了许多，绿得有些凄惨。心中茫然，只想起那双小绿拖鞋。像两片树叶在永生的树上作着春梦。

（原载1933年10月1日《文学》第一卷第四号）

歪毛儿

小的时候，我们俩——我和白仁禄——下了学总到小茶馆去听评书。我俩每天的点心钱不完全花在点心上，留下一部分给书钱。虽然茶馆掌柜孙二大爷并不一定要我们的钱，可是我俩不肯白听。其实，我俩真不够听书的派儿：我那时脑后梳着个小坠根，结着红绳儿；仁禄梳俩大歪毛。孙二大爷用小笸箩打钱的时候，一到我俩面前便低声的说，"歪毛子！"把钱接过去，他马上笑着给我们抓一大把煮毛豆角，或是花生米来："吃吧，歪毛子！"他不大爱叫我小坠根，我未免有点不高兴。可是说真的，仁禄是比我体面的多。他的脸正像年画上的白娃娃的，虽然没有那么胖。单眼皮，小圆鼻子，清秀好看。一跑，俩歪毛左右开弓的敲着脸蛋，像个拨浪鼓儿。青嫩头皮，剃头之后，谁也想轻敲他三下——剃头打三光。就是稍打重了些，他也不急。

他不淘气，可是也有背不上书来的时候。歪毛仁禄背不过书来本可以不挨打，师娘不准老师打他，他是师娘的歪毛宝贝：上街给她买一缕白棉花线，或是打俩小钱的醋，都是仁禄的事儿。可是他自己找打。每逢背不上书来，他比老师的脾气还大。他把小脸憋红，鼻子皱起一块儿，对先生说："不背！不背！"不等老师发作，他又添上："就是不背，看你怎样！"老师磨不开脸了，只好拿板子吧。仁禄不擦磨手心，也不迟宕，单眼皮眨巴的特别快，摇着俩歪毛，过去领受手板。打完，眼泪在眼眶里转，转好大半天，像水花打旋而渗不下去的样儿。始终他不许泪落下来。过了一会儿，他的脾气消散了，手心搓着膝盖，低着头念书，没有声音，小嘴像热天的鱼，动得很快很紧。

奇怪，这么清秀的小孩，脾气这么硬。

到了入中学的年纪，他更好看了。还不甚胖，眉眼可是开展了。我们脸上都起了小红脓泡，他还是那么白净。后一天入中学，上一班的学生便有一个挤了他一膀子，然后说："对不起，姑娘！"仁禄一声没出，只把这位学友的脸打成发面包子。他不是打架呢，是拚命，连劝架的都受了点误伤。第二天，他没来上课。他又考入别的学校。

一直有十几年的工夫，我们俩没见面。听说，他在大学毕了业，到外边去作事。

去年旧历年前的末一次集，天很冷。千佛山上盖着些厚而阴寒的黑云。尖溜溜的小风，鬼似的揉人鼻子与耳唇。我没事，住的又离山水沟不远，想到集上看看。集上往往也有几本好书什么的。

我以为天寒人必少，其实集上并不冷静；无论怎冷，年总是要过的。我转了一圈，没看见什么对我的路子的东西——大堆的海带菜，财神的纸像，冻得铁硬的猪肉片子，都与我没有多少缘分。本想不再绕，可是极南边有个地摊，摆着几本书，引起我的注意，这个摊子离别的买卖有两三丈远，而且地点是游人不大来到的。设若不是我已走到南边，设若不是我注意书籍，我决不想过去。我走过去，翻了翻那几本书——都是旧英文教科书，我心里说，大年底下的谁买旧读本？看书的时候，我看见卖书人的脚,一双极旧的棉鞋,可是缎子的;袜子还是夏季的单线袜。别人都跺跺着脚,天是真冷;这双脚好像冻在地上,不动。把书合上我便走开了。

大概谁也有那个时候:一件极不相干的事,比如看见一群蚁擒住一个绿虫,或是一个癞狗被打,能使我们不痛快半天,那个挣扎的虫或是那条癞狗好似贴在我们心上,像块病似的。这双破缎子鞋就是这样贴在我的心上。走了几步,我不由的回了头。卖书的正弯身摆那几本书呢。其实我并没给弄乱:只那么几本,也无从乱起。我看出来,他不是久干这个的。逢集必赶的卖零碎的不这样细心。他穿着件旧灰色棉袍,很单薄,头上戴着顶没人要的老式帽头。由他的身上,我看到南圩子墙,千佛山,山上的黑云,结成一片清冷。我好似被他吸引住了。决定回去,虽然觉得不好意思的。我知道,走到他跟前,我未必敢端详他。他身上有那么一股高傲劲儿,像破庙似的,虽然破烂而仍令人心中起敬。我说不上来那几步是怎样走回去的,无论怎说吧,我又立在他面前。

我认得那两只眼,单眼皮儿。其余的地方我一时不敢相认,最清楚的记忆也不敢反抗时间,我俩已十几年没见了。他看了我一眼,赶快把眼转向千佛山去:一定是他了,我又认出这个神气来。

"是不是仁禄哥?"我大着胆问。

他又扫了我一眼,又去看山,可是极快的又转回来。他的瘦脸上没有任何表示,只是腮上微微的动了动,傲气使他不愿与我过话,可是"仁禄哥"三个字打动了他的心。他没说一个字,拉住我的手。手冰硬。脸朝着山,他无声的笑了笑。

"走吧,我住的离这儿不远。"我一手拉着他,一手拾起那几本书。

他叫了我一声。然后待了一会儿,"我不去!"

我抬起头来,他的泪在眼内转呢。我松开他的手,把几本书夹起来,假装笑着,"你走也得走,不走也得走!"

"待一会儿我找你去好了。"他还是不动。

"你不用!"我还是故意打哈哈似的说:"待一会儿?管保再也找不到你了?"

他似乎要急,又不好意思;多么高傲的人也不能不原谅梳着小辫时候的同学。一走路,我才看出他的肩往前探了许多。他跟我来了。

没有五分钟便到了家。一路上,我直怕他和我转了影壁。他坐在屋中了,我才放心,仿佛一件宝贝确实落在手中。可是我没法说话了。问他什么呢?怎么问呢?他的神气显然的是很不安,我不肯把他吓跑了。

想起来了,还有瓶白葡萄酒呢。找到了酒,又发现了几个金丝枣。好吧,就拿这些待客吧。反正比这么僵坐着强。他拿起酒杯,手有点颤。喝下半杯去,他的眼中湿了一点,湿得像小孩冬天下学来喝着热粥时那样。

"几时来到这里的?"我试着步说。

"我?有几天了吧?"他看着杯沿上一小片木塞的碎屑,好像是和这片小东西商议呢。

"不知道我在这里?"

"不知道。"他看了我一眼,似乎表示有许多话不便说,也不希望我再问。

我问定了。讨厌,但我俩是幼年的同学。"在哪儿住呢?"

他笑了,"还在哪儿住?凭我这个样?"还笑着,笑得极无聊。

"那好了,这儿就是你的家,不用走了。咱们一块儿听鼓书去。趵突泉有三四处唱大鼓的呢:《老残游记》,嗳?"我想把他哄喜欢了。"记得小时候一同去听《施公案》?"

我的话没得到预期的效果,他没言语。但是我不失望。劝他酒,酒会打开人的口。还好,他对酒倒不甚拒绝,他的两脸渐渐有了红色。我的主意又来了:

"说,吃什么?面条?饺子?饼?说,我好去预备。"

"不吃,还得卖那几本书去呢!"

"不吃?你走不了!"

待了老大半天,他点了点头,"你还是这么活泼!"

"我?我也不是咱们梳着小辫时的样子了!光阴多么快,不知不觉的三十多了,想不到的事!"

"三十多也就该死了。一个狗才活十来年。"

"我还不那么悲观。"我知道已把他引上了路。

"人生还就不是个好玩艺!"他叹了口气。

随着这个往下说,一定越说越远:我要知道的是他的遭遇。我改变了战略,开始告诉他我这些年的经过,好歹的把人生与悲观扯在里面,好不显着生硬。费了许多周折,我才用上了这个公式——"我说完了,该听你的了。"

其实他早已明白我的意思,始终他就没留心听我的话。要不然,我在引用公式以前还得多绕几个弯儿呢。他的眼神把我的话删短了好多。我说完,他好似没法子了,问了句:

"你叫我说什么吧?"

这真使我有点难堪。律师不是常常逼得犯人这样问么？可是我扯长了脸，反正我俩是有交情的。爽性直说了吧，这或者倒合他的脾气：

"你怎么落到这样？"

他半天没回答出。不是难以出口，他是思索呢。生命是没有什么条理的，老朋友见面不是常常相对无言么？

"从哪里说起呢？"他好像是和生命中那些小岔路商议呢。"你记得咱们小的时候，我也不短挨打？"

"记得，都是你那点怪脾气。"

"还不都在乎脾气，"他微微摇着头。"那时候咱俩还都是小孩子，所以我没对你说过；说真的那时节我自己也还没觉出来是怎回事。后来我才明白了，是我这两只眼睛作怪。"

"不是一双好好的眼睛吗？"我说。

"平日是好好的一对眼；不过，有时候犯病。"

"怎样犯病？"我开始怀疑莫非他有点精神病。

"并不是害眼什么的那种肉体上的病，是种没法治的毛病。有时候忽然来了，我能看见些——我叫不出名儿来。"

"幻像？"我想帮他的忙。

"不是幻像，我并没看见什么绿脸红舌头的。是些形象。也还不是形象；是一股神气。举个例说，你就明白了，你记得咱们小时候那位老师？很好的一个人，是不是？可是我一犯病，他就非常的可恶，我所以跟他横着来了。过了一会儿，我的病犯过去，他还是他，我白挨一顿打。只是一股神气，可恶的神气。"

我没等他说完就问："你有时候你也看见我有那股神气吧？"

他微笑了一下："大概是，我记不甚清了。反正咱俩吵过架，总有一回是因为我看你可恶。万幸，我们一入中学就不在一处了。不然……你知道，我的病越来越深。小的时候，我还没觉出这个来，看见那股神气只闹一阵气就完了；后来，我管不住自己了，一旦看出谁可恶来，就是不打架，也不能再和他交往，连一句话也不肯过。现在，在我的记忆中只有幼年的一切是甜蜜的，因为那时病还不深。过了二十，凡是可恶的都记在心里！我的记忆是一堆丑恶相片！"他楞起来了。

"人人都可恶？"我问。

"在我犯病的时节，没有例外。父母兄弟全可恶。要是敷衍，得敷衍一切，生命那才难堪。要打算不敷衍，得见一个打一个，办不到。慢慢的，我成了个无家无小没有一个朋友的人。干吗再交朋友呢？怎能交朋友呢？明知有朝一日便看出他可恶！"

我插了一句："你所谓的可恶或者应当改为软弱，人人有个弱点，不见得就可恶。"

"不是弱点。弱点足以使人生厌，可也能使人怜悯。譬如对一个爱喝醉了的人，我看见的不是这个。其实不用我这对眼也能看出点来，你不信这么试试，你也能看出一些，不过不如我的眼那么强就是了。你不用看人脸的全部，而单看他的眼，鼻子，或是嘴，你就看出点可恶来。特别是眼与嘴，有时一个人正和你讲道德说仁义，你能看见他的眼中有张活的春画正在动。那嘴，露着牙喷粪的时节单要笑一笑！越是上等人越可恶。没受过教育的好些，也可恶，可是可恶得明显一些；上等人会遮掩。假如我没有这么一对眼，生命岂不是个大骗局？还举个例说吧，有一回我去看戏，旁边来了个三十多岁的人，很体面，穿得也讲究。我的眼一斜，看出来，他可恶。我的心中冒了火。不干我的事，诚然；可是，为什么可恶的人单要一张体面的脸呢？ 这是人生的羞耻与错处。正在这么个当儿，查票了。这位先生没有票，瞪圆了眼向查票员说："我姓王，没买过票，就是日本人查票，我姓王的还是不买！"我没法管束自己了。我并不是要惩罚他，是要把他的原形真面目打出来。我给了他一个顶有力的嘴巴。你猜他怎样？ 他嘴里嚷着，走了。要不怎说他可恶呢。这不是弱点，是故意的找打 —— 只可惜没人常打他。他的原形是追着叫化子乱咬的母狗。幸而我那时节犯了病，不然，他在我眼中也是个体面的雄狗了。"

"那么你很愿意犯病！"我故意的问。

他似乎没听见，我又重了一句，他又微笑了笑。"我不能说我以这个为一种享受；不过，不犯病的时候更难堪 —— 明知人们可恶而看不出，明知是梦而醒不了。病来了，无论怎样吧，我不至于无聊。你看，说打就打，多少有点意思。最有趣的是打完了人，人们还不敢当面说我什么，只在背后低声的说，这是个疯子。我没遇上一个可恶而硬正的人；都是些虚伪的软蛋。有一回我指着个军人的脸说他可恶，他急了，把枪掏出来，我很喜欢。我问他：你干什么？ 哼，他把枪收回去了，走出老远才敢回头看我一眼；可恶而没骨头的东西！"他又楞了一会儿。"当初，我是怕犯病。一犯病就吵架，事情怎会作得长远？ 久而久之，我怕不犯病了。不犯病就得找事去作，闲着是难堪的事。可是有事便有人，有人就可恶。一来二去，我立在了十字路口：长期的抵抗呢？ 还是敷衍一下？不能决定。病犯了不由的便惹是非，可是也有一月两月不犯的时候。我能专等着犯病，什么也不干？ 不能！ 刚要干点什么，病又来了。生命仿佛是拉锯玩呢。有一回，半年多没犯病。好了，我心里说，再找回人生的旧辙吧；既然不愿放火，烟还是由烟筒出去好。我回了家，老老实实去作孝子贤孙。脸也常刮一刮，表示出诚意的敷衍。既然看不见人中的狗脸，我假装看见狗中的人脸，对小猫小狗都很和气，闲着也给小猫梳梳毛，带着狗去溜个圈。我与世界复和了。人家世界本是热热闹闹的混，咱干吗非硬拐硬碰不可呢。这时候，我的文章作多了。第一，我想组织家庭，把油盐柴米的责任加在身上也许会治好了病。况且，我对妇人的印象比较的好。在我的病眼中经过的多数是男人。虽然这也许是机会不平的关系，可是我硬认定女子比男子好一些。作文章吗？人们大概都很会替生命作文章。我想，自要找到个理想的女子，大概能马马虎虎的混几十年。文章还不尽于此，原先我不是以眼的经验断定人人可恶吗，现在改了。我这么想了：人人可恶是个推论，我并没亲眼看见人人可恶呀。也许人人可恶，而我不永远是犯着病，所以看不出。可也许世上确有好人，完全人，就是立在我的病眼前面，我也看不出他可恶来。我并不晓得哪时犯病；看见面前的人变了样，我才晓得我是犯了病？焉知没有我已犯病而看不出人家可恶的时候呢？假如那是个根本不可恶的人。这么一作文章，我的希望更大了。我决定不再硬了，结婚，组织家庭，生胖小子；人家都快活的过日子，我干吗放着熟葡萄不吃，单捡酸的吃呢？文章作得不错。"

他休息了一会儿，我没敢催促他。给他满上了酒。

"还记得我的表妹？"他突然的问："咱们小时候和她一块儿玩耍过。"

"小名叫招弟儿？"我想起来，那时候她耳上戴着俩小绿玉艾叶儿。

"就是。她比我小两岁，还没出嫁；等着我呢，好像是。想作文章就有材料,你看她等着我呢。我对她说了一切,她愿意跟我。我俩定了婚。"他又半天没言语,连喝了两三口酒。"有一天,我去找她,在路上我又犯了病。一个七八岁小女孩,拿着个粗碗,正在路中走。来了辆汽车。听见喇叭响,她本想往前跑,可是跑了一步,她又退回来了。车到了跟前,她蹲下了。车幸而猛的收住。在这个工夫,我看见车夫的脸,非常的可恶。在事实上他停住了车;心里很愿意把那个小女孩轧死,轧,来回的轧,轧碎了。作文章才无聊呢。我不能再找表妹去了。我的世界是个丑恶的,我不能把她也拉进来。我又跑了出来;给她一封极简短的信 —— 不必再等我了。有过希望以后,我硬不起来了。我忽然的觉到,焉知我自己不可恶呢,不更可恶呢? 这一疑虑,把硬气都跑了。以前,我见着可恶的便打,至少是瞪他那么一眼,使他哆嗦半天。我虽不因此得意,可是非常的自信 —— 信我比别人强。及至一想结婚,与世界共同敷衍,坏了;我原来不比别人强,不过只多着双病眼罢了。我再没有勇气去打人了,只能消极的看谁可恶就躲开他。很希望别人指着脸子说我可恶,可是没人肯那么办。"他又愣了一会儿。"生命的真文章比人作的更周到? 你看,我是刚从狱里出来。是这么回事,我和土匪们一块混来着。我既是也可恶,跟谁在一块不可以呢。我们的首领总算可恶得到家,接了赎款还把票儿撕了。绑来票砌在炕洞里。我没打他,我把他卖了,前几天他被枪毙了。在公堂上,我把他的罪恶都抖出来。他呢,一句也没扳我,反倒替我解脱。所以我只住了几天狱,没定罪。顶可恶的人原来也有点好心:撕票儿的恶魔不卖朋友! 我以前没想到过这个。耶稣为仇人,为土匪祷告:他是个人物。他的眼或者就和我这对一样,可是他能始终是硬的,因为他始终是软的。普通人只能软,不能硬,所以世界没有骨气。我只能硬，不能软，现在没法安置我自己。人生真不是个好玩艺。"

他把酒喝净，立起来。

"饭就好。"我也立起来。

"不吃！"他很坚决。

"你走不了，仁禄！"我有点急了。"这儿就是你的家！"

"我改天再来，一定来！"他过去拿那几本书。

"一定得走？连饭也不吃？"我紧跟着问。

"一定得走！我的世界没有友谊。我既不认识自己，又好管教别人。我不能享受有秩序的一个家庭，像你这个样。只有瞎走乱撞还舒服一些。"

我知道，无须再留他了。楞了一会儿，我掏出点钱来。

"我不要！"他笑了笑："饿不死。饿死也不坏。"

"送你件衣裳横是行了吧？"我真没法儿了。

他楞了会儿。"好吧，谁叫咱们是幼时同学呢。你准是以为我很奇怪，其实我已经不硬了。对别人不硬了。对自己是没法不硬的，你看那个最可恶的土匪也还有点骨气。好吧，给我件你自己身上穿着的吧。那件毛衣便好。有你身上的一些热气便不完全像礼物了。我太好作文章！"

我把毛衣脱给他。他穿在棉袍外边，没顾得扣上钮子。

空中飞着些雪片，天已遮满了黑云。我送他出去，谁也没说什么，一个阴惨的世界，好像只有我们俩的脚步声儿。到了门口，他连头也没回，探着点身在雪花中走去。

（原载1933年10月1日《文艺月刊》第四卷第四期）

开市大吉

我，老王，和老邱，凑了点钱，开了个小医院。老王的夫人作护士主任，她本是由看护而高升为医生太太的。老邱的岳父是庶务兼会计。我和老王是这么打算好，假如老丈人报花账或是携款潜逃的话，我们俩就揍老邱；合着老邱是老丈人的保证金。我和老王是一党，老邱是我们后约的，我们俩总得防备他一下。办什么事，不拘多少人，总得分个党派，留个心眼。不然，看着便不大像回事儿。加上王太太，我们是三个打一个，假如必须打老邱的话。老丈人自然是帮助老邱喽，可是他年岁大了，有王太太一个人就可把他的胡子扯净了。老邱的本事可真是不错，不说屈心的话。他是专门割痔疮，手术非常的漂亮，所以请他合作。不过他要是找揍的话，我们也不便太厚道了。

我治内科，老王花柳，老邱专门痔漏兼外科，王太太是看护士主任兼产科，合着我们一共有四科。我们内科，老老实实的讲，是地道二五八。一分钱一分货，我们的内科收费可少呢。要敲是敲花柳与痔疮，老王和老邱是我们的希望。我和王太太不过是配搭，她就根本不是大夫，对于生产的经验她有一些，因为她自己生过两个小孩。至于接生的手术，反正我有太太决不叫她接生。可是我们得设产科，产科是最有利的。只要顺顺当当的产下来,至少也得住十天半月的;稀粥烂饭的对付着,住一天拿一天的钱。要是不顺顺当当的生产呢,那看事作事,临时再想主意。活人还能叫尿憋死?

我们开了张。"大众医院"四个字在大小报纸已登了一个半月。名字起的好——办什么赚钱的事儿,在这个年月,就是别忘了"大众"。不赚大众的钱,赚谁的? 这不是真情实理吗? 自然在广告上我们没这么说,因为大众不爱听实话的;我们说的是:"为大众而牺牲,为同胞谋幸福。一切科学化,一切平民化,沟通中西医术,打破阶级思想。"真花了不少广告费,本钱是得下一些的。把大众招来以后,再慢慢收拾他们。专就广告上看,谁也不知道我们的医院有多么大。院图是三层大楼,那是借用近邻转运公司的相片,我们一共只有六间平房。

我们开张了。门诊施诊一个星期,人来的不少,还真是"大众",我挑着那稍像点样子的都给了点各色的苏打水,不管害的是什么病。这样,延迟过一星期好正式收费呀;那真正老号的大众就干脆连苏打水也不给,我告诉他们回家洗洗脸再来,一脸的滋泥,吃药也是白搭。

忙了一天,晚上我们开了紧急会议,专替大众不行啊,得设法找"二众"。我们都后悔了,不该叫"大众医院"。有大众而没贵族,由哪儿发财去? 医院不是煤油公司啊,早知道还不如干脆叫"贵族医院"呢。老邱把刀子沾了多少回消毒水,一个割痔疮的也没来! 长痔疮的阔老谁能上"大众医院"来割?

老王出了主意:明天包一辆能驶的汽车,我们轮流的跑几趟,把二姥姥接来也好,把三舅母装来也行。一到门口看护赶紧往里搀,接上这么三四十趟,四邻的人们当然得佩服我们。

我们都很佩服老王。

"再赁几辆不能驶的。"老王接着说。

"干吗？"我问。

"和汽车行商量借给咱们几辆正在修理的车，在医院门口放一天。一会儿叫咕嘟一阵。上咱们这儿看病的人老听外面咕嘟咕嘟的响，不知道咱们又来了多少坐汽车的。外面的人呢，老看着咱们的门口有一队汽车，还不唬住？"

我们照计而行，第二天把亲戚们接了来，给他们碗茶喝，又给送走。两个女看护是见一个搀一个，出来进去，一天没住脚。那几辆不能活动而能咕嘟的车由一天亮就运来了，五分钟一阵，轮流的咕嘟，刚一出太阳就围上一群小孩。我们给汽车队照了个像，托人给登晚报。老邱的丈人作了篇八股，形容汽车往来的盛况。当天晚上我们都没能吃饭，车咕嘟得太厉害了，大家都有点头晕。

不能不佩服老王，第三天刚一开门，汽车，进来位军官。老王急于出去迎接，忘了屋门是那么矮，头上碰了个大包。花柳！老王顾不得头上的包了，脸笑得一朵玫瑰似的，似乎再碰它七八个包也没大关系。三言五语，卖了一针六〇六。我们的两位女看护给军官解开制服，然后四只白手扶着他的胳臂，王太太过来先用小胖食指在针穴轻轻点了两下，然后老王才给用针。军官不知道东西南北了，看着看护一个劲儿说："得劲！得劲！得劲！"我在旁边说了话，再给他一针。老邱也是福至心灵，早预备好了——香片茶加了点盐。老王叫看护扶着军官的胳臂，王太太又过来用小胖食指点了点，一针香片下去了。军官还说得劲，老王这回是自动的又给了他一针龙井。我们的医院里吃茶是讲究的，老是香片龙井两着沏。两针茶，一针六〇六，我们收了他二十五块钱。本来应当是十元一针，因为三针，减收五元。我们告诉他还得接着来，有十次管保除根。反正我们有的是茶，我心里说。

把钱交了，军官还舍不得走，老王和我开始跟他瞎扯，我就夸奖他的不瞒着病——有花柳，赶快治，到我们这里来治，准保没危险。花柳是伟人病，正大光明，有病就治，几针六〇六，完了，什么事也没有。就怕像铺子里的小伙计，或是中学的学生，得了药藏藏掩掩，偷偷的去找老虎大夫，或是袖口来袖口去买私药——广告专贴在公共厕所里，非糟不可。军官非常赞同我的话，告诉我他已上过二十多次医院。不过哪一回也没有这一回舒服。我没往下接碴儿。

老王接过去，花柳根本就不算病，自要勤扎点六〇六。军官非常赞同老王的话，并且有事实为证——他老是不等完全好了便又接着去逛；反正再扎几针就是了。老王非常赞同军官的话，并且愿拉个主顾，军官要是长期扎扎的话，他愿减收一半药费：五块钱一针。包月也行，一月一百块钱，不论扎多少针。军官非常赞同这个主意，可是每次得照着今天的样子办，我们都没言语，可是笑着点了点头。

军官汽车刚开走，迎头来了一辆，四个丫环搀下一位太太来。一下车，五张嘴一齐问：有特别房没有？我推开一个丫环，轻轻的托住太太的手腕，搀到小院中。我指着转运公司的楼房说，"那边的特别室都住满了。您还算得凑巧，这里——我指着我们的几间小房说——还有两间头等房，您暂时将就一下吧。其实这两间比楼上还舒服，省得楼上楼下的跑，是不是，老太太？"

老太太的第一句话就叫我心中开了一朵花，"唉，这还像个大夫——

病人不为舒服，上医院来干吗？东生医院那群大夫，简直的不是人！"

"老太太，您上过东生医院？"我非常惊异的问。

"刚由那里来，那群王八羔子！"

乘着她骂东生医院——凭良心说，这是我们这里最大最好的医院——我把她搀到小屋里，我知道，我要是不引着她骂东生医院，她决不会住这间小屋，"您在那儿住了几天？"我问。

"两天；两天就差点要了我的命！"老太太坐在小床上。

我直用腿顶着床沿，我们的病床都好，就是上了点年纪，爱倒。"怎么上那儿去了呢？"我的嘴不敢闲着，不然，老太太一定会注意到我的腿的。

"别提了！一提就气我个倒仰——。你看，大夫，我害的是胃病，他们不给我东西吃！"老太太的泪直要落下来。

"不给您东西吃？"我的眼都瞪圆了。"有胃病不给东西吃？蒙古大夫！就凭您这个年纪？老太太您有八十了吧？"

老太太的泪立刻收回去许多，微微的笑着："还小呢。刚五十八岁。"

"和我的母亲同岁，她也是有时候害胃口疼！"我抹了抹眼睛。"老太太，您就在这儿住吧，我准把那点病治好了。这个病全仗着好保养，想吃什么就吃；吃下去，心里一舒服，病就减去几分，是不是，老太太？"

老太太的泪又回来了，这回是因为感激我。"大夫，你看，我专爱吃点硬的，他们偏叫我喝粥，这不是故意气我吗？"

"您的牙口好，正应当吃口硬的呀！"我郑重的说。

"我是一会儿一饿，他们非到时候不准我吃！"

"糊涂东西们！"

"半夜里我刚睡好,他们把小玻璃棍放在我嘴里,试什么度。"

"不知好歹!"

"我要便盆,那些看护说,等一等,大夫就来,等大夫查过病去再说!"

"该死的玩艺儿!"

"我刚挣扎着坐起来,看护说,躺下。"

"讨厌的东西!"

我和老太太越说越投缘,就是我们的屋子再小一点,大概她也不走了。爽性我也不再用腿顶着床了,即使床倒了,她也能原谅。

"你们这里也有看护呀?"老太太问。

"有,可是没关系,"我笑着说。"您不是带来四个丫环吗?叫她们也都住院就结了。您自己的人当然伺候的周到;我干脆不叫看护们过来,好不好?"

"那敢情好啦,有地方呀?"老太太好像有点过意不去了。

"有地方,您干脆包了这个小院吧。四个丫环之外,不妨再叫个厨子来,您爱吃什么吃什么。我只算您一个人的钱,丫环厨子都白住,就算您五十块钱一天。"

老太太叹了口气:"钱多少的没有关系,就这么办吧。春香,你回家去把厨子叫来,告诉他就手儿带两只鸭子来。"

我后悔了:怎么才要五十块钱呢? 真想抽自己一顿嘴巴! 幸而我没说药费在内;好吧,在药费上找齐儿就是了;反正看这个来派,这位老太太至少有一个儿子当过师长。况且,她要是天天吃火烧夹烤鸭,大概不会三五天就出院,事情也得往长里看。

医院很有个样子了：四个丫环穿梭似的跑出跑入，厨师傅在院中墙根砌起一座炉灶，好像是要办喜事似的。我们也不客气，老太太的果子随便拿起就尝，全鸭子也吃它几块。始终就没人想起给她看病，因为注意力全用在看她买来什么好吃食。

老王和我总算开了张，老邱可有点挂不住了。他手里老拿着刀子。我都直躲他，恐怕他拿我试试手。老王直劝他不要着急，可是他太好胜，非也给医院弄个几十块不甘心。我佩服他这种精神。

吃过午饭，来了！割痔疮的！四十多岁，胖胖的，肚子很大。王太太以为他是来生小孩，后来看清他是男性，才把他让给老邱。老邱的眼睛都红了。三言五语，老邱的刀子便下去了。四十多岁的小胖子疼得直叫唤，央告老邱用点麻药。老邱可有了话：

"咱们没讲下用麻药哇！用也行，外加十块钱。用不用？快着！"

小胖子连头也没敢摇。老邱给他上了麻药。又是一刀，又停住了："我说，你这可有管子，刚才咱们可没讲下割管子。还往下割不割？往下割的话，外加三十块钱。不的话，这就算完了。"

我在一旁，暗伸大指，真有老邱的！拿住了往下敲，是个办法！

四十多岁的小胖子没有驳回，我算计着他也不能驳回。老邱的手术漂亮，话也说得脆，一边割管子一边宣传："我告诉你，这点事儿值得你二百块钱；不过，我们不敲人；治好了只求你给传传名。赶明天你有工夫的时候，不妨来看看。我这些家伙用四万五千倍的显微镜照，照不出半点微生物！"

胖子一声也没出，也许是气胡涂了。

老邱又弄了五十块。当天晚上我们打了点酒，托老太太的厨子给作了几样菜。菜的材料多一半是利用老太太的。一边吃一边讨论我们的事业，我们决定添设打胎和戒烟。老王主张暗中宣传检查身体，凡是要考学校或保寿险的，哪怕已经作下寿衣，预备下棺材，我们也把体格表填写得好好的；只要交五元的检查费就行。这一案也没费事就通过了。老邱的老丈人最后建议，我们匀出几块钱，自己挂块匾。老人出老办法。可是总算有心爱护我们的医院，我们也就没反对。老丈人已把匾文拟好——仁心仁术。陈腐一点，不过也还恰当。我们议决，第二天早晨由老丈人上早市去找块旧匾。王太太说，把匾油饰好，等门口有过娶妇的，借着人家的乐队吹打的时候，我们就挂匾。到底妇女的心细，老王特别显着骄傲。

（原载1933年10月10日《矛盾》第二卷第二期）

柳家大院

这两天我们的大院里又透着热闹，出了人命。

事情可不能由这儿说起，得打头儿来。先交代我自己吧，我是个算命的先生。我也卖过酸枣落花生什么的，那可是先前的事了。现在我在街上摆卦摊，好了呢一天也抓弄个三毛五毛的。老伴儿早死了，儿子拉洋车。我们爷儿俩住着柳家大院的一间北房。

除了我这间北房，大院里还有二十多间房呢。一共住着多少家子？谁记得清！住两间房的就不多，又搭上今个搬来，明儿又搬走，我没有那么好记性。大家见面招呼声"吃了吗"，透着和气；不说呢，也没什么。大家一天到晚为嘴奔命，没有工夫扯闲盘儿。爱说话的自然也有啊，可是也得先吃饱了。

还就是我们爷儿俩和王家可以算作老住户，都住了一年多了。早就想搬家，可是我这间屋子下雨还算不十分漏；这个世界哪去找不十分漏水的屋子？不漏的自然有哇，也得住得起呀！再说，一搬家又得花三份儿房钱，莫如忍着吧。晚报上常说什么"平等"，铜子儿不平等，什么也不用说。这是实话。就拿媳妇们说吧，娘家要是不使彩礼，她们一定少挨点揍，是不是？

王家是住两间房。老王和我算是柳家大院里最"文明"的人了。"文明"是三孙子，话先说在头里。我是算命的先生，眼前的字儿颇念一气。天天我看俩大子的晚报。"文明"人，就凭看篇晚报，别装孙子啦！老王是给一家洋人当花匠，总算混着洋事。其实他会种花不会，他自己晓得；若是不会的话，大概他也不肯说。给洋人院里剪草皮的也许叫作花匠；无论怎说吧，老王有点好吹。有什么意思？剪草皮又怎么低得呢？老王想不开这一层。要不怎么穷人没起色呢，穷不是，还好吹两句！大院里这样的人多了，老跟"文明"人学；好像"文明"人的吹胡子瞪眼睛是应当应分。反正他挣钱不多，花匠也罢，草匠也罢。

老王的儿子是个石匠，脑袋还没石头顺溜呢，没见过这么死巴的人。他可是好石匠，不说屈心话。小王娶了媳妇，比他小着十岁，长得像搁陈了的窝窝头，一脑袋黄毛，永远不乐，一挨揍就哭，还是不短挨揍。老王还有个女儿，大概也有十四五岁了，又贼又坏。他们四口住两间房。

除了我们两家，就得算张二是老住户了；已经在这儿住了六个多月。虽然欠下俩月的房钱，可是还对付着没叫房东给撵出去。张二的媳妇嘴真甜甘，会说话；这或者就是还没叫撵出去的原因。自然她只是在要房租来的时候嘴甜甘；房东一转身，你听她那个骂。谁能不骂房东呢；就凭那么一间狗窝，一月也要一块半钱？！可是谁也没有她骂得那么到家，那么解气。连我这老头子都有点爱上她了，不为别的，她真会骂。可是，任凭怎么骂，一间狗窝还是一块半钱。这么一想，我又不爱她了。没真章儿，骂骂算得了什么呢。

张二和我的儿子同行，拉车。他的嘴也不善，喝俩铜子的猫尿能把全院的人说晕了；穷嚼！我就讨厌穷嚼，虽然张二不是坏心肠的人。张二有三个小孩,大的检煤核,二的滚车辙,三的满院爬。

提起孩子来了,简直的说不上来他们都叫什么。院子里的孩子足够一混成旅,怎能记得清楚呢?男女倒好分,反正能光眼子就光着。在院子里走道总得小心点;一慌,不定踩在谁的身上呢。踩了谁也得闹一场气。大人全憋着一肚子委屈,可不就抓个碴儿吵一阵吧。越穷,孩子越多,难道穷人就不该养孩子?不过,穷人也真得想个办法。这群小光眼子将来都干什么去呢?又跟我的儿子一样,拉洋车?我倒不是说拉洋车就低得,我是说人就不应当拉车;人吗,当牲口?可是,好些个还活不到拉车的年纪呢。今年春天闹瘟疹,死了一大批。最爱打孩子的爸爸也咧着大嘴的哭,自己的孩子有个不心疼的?可是哭完也就完了,小席头一卷,夹出城去;死了死了,省吃是真的。腰里没钱心似铁,我常这么说。这不像一句话,是得想个办法!

除了我们三家子,人家还多着呢。可是我只提这三家子就够了。我不是说柳家大院出了人命吗?死的就是王家那个小媳妇——像窝窝头的那位。我又说她像窝窝头,这可不是拿死人打哈哈。我也不是说她"的确"像窝窝头。我是替她难受,替和她差不多的姑娘媳妇们难受。我就常思索,凭什么好好的一个姑娘,养成像窝窝头呢?从小儿不得吃,不得喝,还能油光水滑的吗?是,不错,可是凭什么呢?

少说闲话吧;是这么回事:老王第一个不是东西。我不是说他好吹吗?是,事事他老学那些"文明"人。娶了儿媳妇,喝,他不知道怎么好了。一天到晚对儿媳妇挑鼻子弄眼睛,派头大了。为三个钱的油,两个大的醋,他能闹得翻江倒海。我知道,穷人肝气旺,爱吵架。老王可是有点存心找毛病;他闹气,不为别的,专为学学"文明"人的派头。他是公公；妈的，公公几个子儿一个！我真不明白，为什么穷小子单要充"文明"，这是哪一股儿毒气呢？早晨，他起得早，总得也把小媳妇叫起来，其实有什么事呢？他要立这个规矩，穷酸！她稍微晚起来一点，听吧，这一顿揍！

我知道，小媳妇的娘家使了一百块的彩礼。他们爷儿俩大概再有一年也还不清这笔亏空，所以老拿小媳妇泄气。可是要专为这一百块钱闹气，也倒罢了，虽然小媳妇已经够冤枉的。他不是专为这点钱。他是学"文明"人呢，他要作足了公公的气派。他的老伴不是死了吗，他想把婆婆给儿媳妇的折磨也由他承办。他变着方儿挑她的毛病。她呢，一个十七岁的孩子可懂得什么？跟她要排场？我知道他那些排场是打哪儿学来的：在茶馆里听那些"文明"人说的。他就是这么个人——和"文明"人要是过两句话，替别人吹几句，脸上立刻能红堂堂的。在洋人家里剪草皮的时候，洋人要是跟他过一句半句的话，他能把尾巴摆动三天三夜。他确是有尾巴。可是他摆了一辈子的尾巴了，还是他妈的住破大院啃窝窝头。我真不明白！

老王上工去的时候，把磨折儿媳妇的办法交给女儿替他办。那个贼丫头！我一点也没有看不起穷人家的娘娘的意思；她们给人家作丫环去呀，作二房去呀，当窑姐去呀，是常有的事（不是应该的事），那能怨她们吗？不能！可是我讨厌王家这个二姐，她和她爸爸一样的讨人嫌，能钻天觅缝的给她嫂子小鞋穿，能大睁白眼的造旱谣言给嫂子使坏。我知道她为什么这么坏，她是由那个洋人供给着在一个工读学校念书，她一万多个看不上她的嫂子。她也穿双整鞋，头发上也戴着把梳子，瞧她那个美！我就这么琢磨这回事：世界上不应当有穷有富。可是穷人要是狗着有钱的，往高处爬，比什么也坏。老王和二妞就是好例子。她嫂子要是作双青布新鞋，她变着方儿给踩上泥，然后叫他爸爸骂儿媳妇。我没工夫细说这些事儿，反正这个小媳妇没有一天得着好气；有的时候还吃不饱。

小王呢，石厂子在城外，不住在家里。十天半月的回来一趟，一定揍媳妇一顿。在我们的柳家大院，揍儿媳妇是家常便饭。谁叫老婆吃着男子汉呢，谁叫娘家使了彩礼呢，挨揍是该当的。可是小王本来可以不揍媳妇，因为他轻易不家来，还愿意回回闹气吗？哼，有老王和二妞在旁边唧咕啊。老王罚儿媳妇挨饿，跪着；到底不能亲自下手打，他是自居为"文明"人的，哪能落个公公打儿媳妇呢？所以挑唆儿子去打；他知道儿子是石匠，打一回胜似别人打五回的。儿子打完了媳妇，他对儿子和气极了。二妞呢，虽然常拧嫂子的胳臂，可也究竟是不过瘾，恨不能看着哥哥把嫂子当作石头，一哑子锤碎才痛快，我告诉你，一个女人要是看不起一个女人的，那就是活对头。二妞自居女学生；嫂子不过是花一百块钱买来的一个活窝窝头。

王家的小媳妇没有活路。心里越难受，对人也越不和气；全院里没有爱她的人。她连说话都忘了怎么说了。也有痛快的时候，见神见鬼的闹"撞客"。总是在小王揍完她走了以后，她又哭又说，一个人闹欢了。我的差事来了，老王和我借宪书，抽她的嘴巴。他怕鬼，叫我去抽。等我进了她的屋子，把她安慰得不哭了——我没抽过她，她要的是安慰，几句好话——他进来了，掐她的人中，用草纸熏；其实他知道她已缓醒过来，故意的惩治她。每逢到这个节骨眼，我和老王吵一架。平日他们吵闹我不管；管又有什么用呢？我要是管，一定是向着小媳妇；这岂不更给她添堵？所以我不管。不过，每逢一闹撞客，我们俩非吵不可了，因为我是在那儿，眼看着，还能一语不发？奇怪的是这个，我们俩吵架，院里的人总说我不对；妇女们也这么说。他们以为她该挨揍。他们也说我多事。男的该打女的，公公该管教儿媳妇，小姑子该给嫂子气受，他们这群男女信这个！怎么会信这个呢？谁教给他们的呢？那个王八蛋三孙子"文明"可笑，又可哭，肚子饿得像两层皮的臭虫，还信"文明"呢？！

前两天，石匠又回来了。老王不知怎么一时心顺，没叫儿子揍媳妇，小媳妇一见大家欢天喜地，当然是喜欢，脸上居然有点像要笑的意思。二妞看见了这个，仿佛是看见天上出了两个太阳。一定有事！她嫂子正在院子里作饭，她到嫂子屋里去搜开了。一定是石匠哥哥给嫂子买来了贴己的东西，要不然她不会脸上笑出来。翻了半天，什么也没翻出来。我说"半天"，意思是翻得很详细；小媳妇屋里的东西还多得了吗？我们的大院里凑到一块也找不出两张整桌子来，要不怎么不闹贼呢。我们要是有钱票，是放在袜筒儿里。

二妞的气大了。嫂子脸上敢有笑容？不管查得出私弊查不出，反正得惩治她！

小媳妇正端着锅饭澄米汤，二妞给了她一脚。她的一锅饭出了手。"米饭"！不是丈夫回来，谁敢出主意吃"饭"！她的命好像随着饭锅一同出去了。米汤还没澄干，稀粥似的，雪白的饭，摊在地上。她拚命用手去捧，滚烫，顾不得手；她自己还不如那锅饭值钱呢。实在太热，她捧了几把，疼到了心上，米汁把手糊住。她不敢出声，咬上牙，扎着两只手，疼得直打转。

"爸！瞧她把饭全洒在地上啦！"二妞喊。

爷儿俩全出来了。老王一眼看见饭在地上冒热气，登时就疯了。他只看了小王那么一眼，已然是说明白了："你是要媳妇。还是要爸爸？"

小王的脸当时就涨紫了，过去揪住小媳妇的头发，拉倒在地。小媳妇没出一声，就人事不知了。

"打！往死了打！打！"老王在一旁嚷，脚踢起许多土来。

二妞怕嫂子是装死，过去拧她的大腿。

院子里的人都出来看热闹，男人不过来劝解，女的自然不敢出声；男人就是喜欢看别人揍媳妇——给自己的那个老婆一个榜样。

我不能不出头。老王很有揍我一顿的意思。可是我一出头，别的男人也蹭过来。好说歹说，算是劝开了。

第二天一清早，小王老王全去作工。二妞没上学，为是继续给嫂子气受。

张二嫂动了善心，过来看看小媳妇，因为张二嫂自信会说话，所以一安慰小媳妇，可就得罪了二妞。她们俩抬起来了。当然二妞不行，她还说得过张二嫂！"你这个丫头要不下窑子，我不姓张！"一句话就把二妞骂闷过去了，"三秃子给你俩大子，你就叫他亲嘴；你当我没看见呢？有这么回事没有？有没有？"二嫂的嘴就堵着二妞的耳朵眼，二妞直往后退，还说不出话来。

这一场过去，二妞搭讪着上了街，不好意思再和嫂子闹了。

小媳妇一个人在屋里，工夫可就大啦。张二嫂又过来看一眼，小媳妇在炕上躺着呢，可是穿着出嫁时候的那件红袄。张二嫂问了她两句，她也没回答，只扭过脸去。张家的小二，正在这么工夫跟个孩子打起来，张二嫂忙着跑去解围,因为小二被敌人给按在底下了。

二妞直到快吃饭的时候才回来,一直奔了嫂子的屋子去,看看她作好了饭没有。二妞向来是不动手作饭的,女学生吗! 一开屋门,她失了魂似的喊了一声,嫂子在门梁上吊着呢! 院子的人全吓惊了,没人想起把她摘下来,好鞋不踩臭狗屎,谁肯往人命事儿里搀合呢?

二妞捂着眼吓成孙子了。"还不找你爸爸去?!"不知道谁说了这么一句,她扭头就跑,仿佛鬼在后头追她呢。

老王回来也傻了。小媳妇是没有救儿了;这倒不算什么,脏了房,人家房东能饶得了他吗? 再娶一个,只要有钱;可是上次的债还没归清呢? 这些个事叫他越想越气,真想咬吊死鬼儿几块肉才解气!

娘家来了人,虽然大嚷大闹,老王并不怕。他早有了预备,早问明白了二妞,小媳妇是受张二嫂的挑唆才想上吊;王家没逼她死,王家没给她气受。你看,老王学"文明"人真学得到家,能瞪着眼扯谎。

张二嫂可抓了瞎,任凭怎么能说会道,也禁不住贼咬一口,入骨三分! 人命,就是自己能分辩,丈夫回来也得闹一阵。打官司自然是不会打的,柳家大院的人还敢打官司? 可是老王和二妞要是一口咬定,小媳妇的娘家要是跟她要人呢,这可不好办! 柳家大院是不讲情理的,老王要是咬定了她,她还就真跑不了。谁叫自己平日爱说话呢,街坊们有不少恨着她的,就棍打腿,他们还不一拥而上把她"打倒",用个晚报上的字眼。果不其然,张二一回来就听说了,自己的媳妇惹了祸。谁还管青红皂白,先揍完再说,反正打媳妇是理所当然的事。张二嫂挨了顿好的,全大院都觉得十分的痛快。

小媳妇的娘家不打官司;要钱;没钱再说厉害的。老王怕什么偏有什么；前者娶儿媳妇的钱还没还清，现在又来了一档子！可是，无论怎样，也得答应着拿钱，要不然屋里放着吊死鬼，总不像句话。

小王也回来了，十分的像个石头人，可是我看得出，他的心里很难过，谁也没把死了的小媳妇放在心上，只有小王进到屋中，在尸首旁边坐了半天。要不是他的爸爸"文明"，我想他决不会常打她。可是，爸爸"文明"，儿子也自然是要孝顺了，打吧！一打，他可就忘了他的胳臂本是砸石头的。他一声没出，在屋里坐了好大半天，而且把一条新裤子——就是没补钉的呀——给媳妇穿上。他的爸爸跟他说什么，他好像没听见。他一个劲儿的吸蝙蝠牌的烟，眼睛不错眼珠的看着点什么——别人都看不见的一点什么。

娘家要一百块钱——五十是发送小媳妇的，五十归娘家人用。小王还是一语不发。老王答应了拿钱。他第一个先找了张二去。"你的媳妇惹的祸，没什么说的，你拿五十，我拿五十；要不然我把吊死鬼搬到你屋里来。"老王说得温和，可又硬张。

张二刚喝了四个大子的猫尿，眼珠子红着。他也来得不善："好王大爷的话，五十？我拿！看见没有？屋里有什么你拿什么好了。要不然我把这两个大孩子卖给你，还不值五十块钱？小三的妈！把两个大的送到王大爷屋里去！会跑会吃，决不费事，你又没个孙子，正好吗！"

老王碰了个软的。张二屋里的陈设大概一共值不了四个子儿！俩孩子？叫张二留着吧。可是，不能这么轻轻的便宜了张二；拿不出五十呀，三十行不行？张二唱开了《打牙牌》，好像很高兴似的。"三十干吗？还是五十好了，先写在账上，多咱我叫电车轧死，多咱还你。"

老王想叫儿子揍张二一顿。可是张二也挺壮，不一定能揍了他。张二嫂始终没敢说话,这时候看出一步棋来,乘机会自己找找脸:"姓王的你等着好了,我要不上你屋里去上吊,我不算好老婆,你等着吧!"

老王是"文明"人,不能和张二嫂斗嘴皮子。而且他也看出来,这种野娘们什么也干得出来,真要再来个吊死鬼,可就更吃不了兜着走了。老王算是没敲上张二,张二由《打牙牌》改成了《刀劈三关》。

其实老王早有了"文明"主意,跟张二这一场不过是虚晃一刀。他上洋人家里去,洋大人没在家,他给洋太太跪下了,要一百块钱。洋太太给了他,可是其中的五十是要由老王的工钱扣的,不要利钱。

老王拿着钱回来了,鼻子朝着天。

开张殃榜就使了八块;阴阳生要不开这张玩艺,麻烦还小得了吗,这笔钱不能不花。

小媳妇总算死得值,一身新红洋缎的衣裤,新鞋新袜子,一头银白铜的首饰。十二块钱的棺材。还有五个和尚念了个光头三。娘家弄了四十多块去;老王无论如何不能照着五十的数给。

事情算是过去了,二妞可遭了报,不敢进屋子,无论干什么,她老看见嫂子在门梁上挂着,穿着红袄,向她吐舌头。老王得搬家。可是,脏房谁来住呢?自己住着,房东也许马马虎虎不究真儿;搬家,不叫赔房才怪呢。可是二妞不敢进屋睡觉也是个事儿。况且儿媳妇已经死了,何必再住两间房?让出那一间去,谁肯住呢?这倒难办了。

老王又有了高招儿,儿媳妇变成吊死鬼,他更看不起女人了。四五十块花在吊死鬼身上,还叫她娘家拿走四十多,真堵得慌。因此,连二妞的身分也落下来了。干脆把她打发了,进点彩礼,然后赶紧再给儿子续上一房。二妞不敢进屋子呀,正好,去她的。卖个三百二百的,除给儿子续娶之外，自己也得留点棺材本儿。

他搭讪着跟我说这个事。我以为要把二妞给我的儿子呢；不是，他是托我给留点神，有对事的外乡人肯出三百二百的就行。我没说什么。

正在这个时候，有人来给小王提亲，十八岁的大姑娘，能洗能作，才要一百廿块钱的彩礼。老王更急了，好像立刻把二妞铲下去才痛快。

房东来了，因为上吊的事吹到他耳朵里。老王把他虎回去了：房脏了，我现在还住着呢！这个事怨不上来我呀，我一天到晚不在家；还能给儿媳妇气受？架不住有坏街坊，要不是张二的娘们，我的儿媳妇能想起上吊？上吊也倒没什么，我呢现在又给儿子张罗着，反正混着洋事，自己没钱呀，还能和洋人说句话，接济一步。就凭这回事说吧，洋人送了我一百块钱！

房东叫他给唬住了，跟旁人一打听，的的确确是由洋人那儿拿来的钱，而且大家都很佩服老王。房东没再对老王说什么，不便于得罪混洋事的。可是张二这个家伙不是好调货，欠下两个月的房租，还由着娘们拉舌头扯簸箕，撵他搬家！张二嫂无论怎么会说，也得补上俩月的房钱，赶快滚蛋！

张二搬走了，搬走的那天，他又喝得醉猫似的。

等着看吧。看二妞能卖多少钱，看小王又娶个什么样的媳妇。什么事呢！"文明"是三孙子，还是那句！

（原载1933年11月《大众画报》第一期）

抱　孙

　　难怪王老太太盼孙子呀；不为抱孙子，娶儿媳妇干吗？也不能怪儿媳妇成天着急；本来吗，不是不努力生养呀，可是生下来不活，或是不活着生下来，有什么法儿呢！就拿头一胎说吧：自从一有孕，王老太太就禁止儿媳妇有任何操作，夜里睡觉都不许翻身。难道这还算不小心？哪里知道，到了五个多月，儿媳妇大概是因为多眨巴了两次眼睛，小产了！还是个男胎；活该就结了！再说第二胎吧，儿媳妇连眨巴眼都拿着尺寸；打哈欠的时候有两个丫环在左右扶着。果然小心谨慎没错处，生了个大白胖小子。可是没活了五天，小孩不知为了什么，竟自一声没出，神不知鬼不觉的与世长辞了。那是十一月天气，产房里大小放着四个火炉，窗户连个针尖大的窟窿也没有，不要说是风，就是风神，想进来是怪不容易的。况且小孩还盖着四床被，五条毛毯，按说够温暖的了吧？哼，他竟自死了。命该如此！

　　现在，王少奶奶又有了喜，肚子大得惊人，看着颇像轧马路的石碾。看着这个肚子，王老太太心里仿佛长出两只小手，成天抓弄得自己怪要发笑的。这么丰满体面的肚子，要不是双胎才怪呢！子孙娘娘有灵，赏给一对白胖小子吧！王老太太可不只是祷告烧香呀，儿媳妇要吃活人脑子，老太太也不驳回。半夜三更还给儿媳妇送肘子汤，鸡丝挂面……儿媳妇也真作脸，越躺着越饿，点心点心就能吃二斤翻毛月饼；吃得顺着枕头往下流油，被窝的深处能扫出一大碗什锦来。孕妇不多吃怎么生胖小子呢？婆婆儿媳对于此点完全同意。婆婆这样，娘家妈也不能落后啊。她是七趟八趟来"催生"，每次至少带来八个食盒。两亲家，按着哲学上说，永远应当是对仇人。娘家妈带来的东西越多，婆婆越觉得这是有意羞辱人；婆婆越加紧张罗吃食，娘家妈越觉得女儿的嘴亏。这样一竞争，少奶奶可得其所哉，连嘴犄角都吃烂了。

收生婆已经守了七天七夜，压根儿生不下来。偏方儿，丸药，子孙娘娘的香灰，吃多了；全不灵验。到第八天头上，少奶奶连鸡汤都顾不得喝了，疼得满地打滚。王老太太急得给子孙娘娘跪了一股香，娘家妈把天仙庵的尼姑接来念催生咒；还是不中用。一直闹到半夜，小孩算是露出头发来。收生婆施展了绝技，除了把少奶奶的下部全抓破了别无成绩。小孩一定不肯出来。长似一年的一分钟，竟自过了五六十来分，还是只见头发不见孩子。有人说，少奶奶得上医院。上医院？王老太太不能这么办。好吗，上医院去开肠破肚不自自然然的产出来，硬由肚子里往外掏！洋鬼子，二毛子，能那么办；王家要"养"下来的孙子，不要"掏"出来的。娘家妈也发了言，养小孩还能快了吗？小鸡生个蛋也得到了时候呀！况且催生咒还没念完，忙什么？不敬尼姑就是看不起神仙！

又耗了一点钟，孩子依然很固执。少奶奶直翻白眼。王老太太眼中含着老泪，心中打定了主意：保小的不保大人。媳妇死了，再娶一个；孩子更要紧。她翻白眼呀，正好一狠心把孩子拉出来。找奶妈养着一样的好,假如媳妇死了的话。告诉了收生婆,拉!娘家妈可不干了呢,眼看着女儿翻了两点钟的白眼!孙子算老几,女儿是女儿。上医院吧,别等念完催生咒了;谁知道尼姑们念的是什么呢,假如不是催生咒,岂不坏了事?把尼姑打发了。婆婆还是不答应;"掏",行不开!婆婆不赞成,娘家妈还真没主意。嫁出的女儿泼出的水,活是王家的人,死是王家的鬼呀。两亲家彼此瞪着,恨不能咬下谁一块肉才解气。

又过了半点多钟,孩子依然不动声色,干脆就是不肯出来。收生婆见事不好,抓了一个空儿溜了。她一溜,王老太太有点拿不住劲儿了。娘家妈的话立刻增加了许多分量:"收生婆都跑了,不上医院还等什么呢?等小孩死在胎里哪!"

"死"和"小孩"并举,打动了王太太的心。可是"掏"到底是行不开的。

"上医院去生产的多了,不是个个都掏。"娘家妈力争,虽然不一定信自己的话。

王老太太当然不信这个;上医院没有不掏的。

幸而娘家爹也赶到了。娘家妈的声势立刻浩大起来。娘家爹也主张上医院。他既然也这样说,只好去吧。无论怎说,他到底是个男人。虽然生小孩是女人的事,可是在这生死关头,男人的主意多少有些力量。

两亲家,王少奶奶,和只露着头发的孙子,一同坐汽车上了医院。刚露了头发就坐汽车,真可怜的慌,两亲家不住的落泪。

一到医院,王老太太就炸了烟①。怎么,还得挂号?什么叫挂号呀?

---

① 炸了烟,大发脾气的意思。

生小孩子来了，又不是买官米打粥，按哪门子号头呀？王老太太气坏了，孙子可以不要了，不能挂这个号。可是继而一看，若是不挂号，人家大有不叫进去的意思。这口气难咽，可是还得咽；为孙子什么也得忍受。设若自己的老爷还活着，不立刻把医院拆个土平才怪；寡妇不行，有钱也得受人家的欺侮。没工夫细想心中的委屈，赶快把孙子请出来要紧。挂了号，人家要预收五十块钱。王老太太可抓住了："五十？五百也行，老太太有钱！干脆要钱就结了，挂哪门子浪号，你当我的孙子是封信呢！"

医生来了。一见面，王老太太就炸了烟，男大夫？男医当当接生婆？我的儿媳妇不能叫男子大汉给接生。这一阵还没炸完，又出来两个大汉，抬起儿媳妇就往床上放。老太太连耳朵都哆嗦开了！这是要造反呀，人家一个年青青的孕妇，怎么一群大汉来动手脚的？"放下，你们这儿有懂人事的没有？要是有的话，叫几个女的来！不然，我们走！"

恰巧遇上个顶和气的医生，他发了话："放下，叫她们走吧！"

王老太太咽了口凉气，咽下去砸得心中怪热的，要不是为孙子，至少得打大夫几个最响的嘴巴！现官不如现管，谁叫孙子故意闹脾气呢。抬吧，不用说废话。两个大汉刚把儿媳妇放在帆布床上，看！大夫用两只手在她肚子上这一阵按！王老太太闭上了眼，心中骂亲家母：你的女儿，叫男子这么按，你连一声也不发，德行！刚要骂出来，想起孙子；十来个月的没受过一点委屈，现在被大夫用手乱杵，嫩皮嫩骨的，受得住吗？她睁开了眼，想警告大夫。哪知道大夫反倒先问下来了："孕妇净吃什么来着？这么大的肚子！你们这些人没办法，什么也给孕妇吃，吃得小孩这么肥大。平日也不来检验，产不下来才找我们！"他没等王老太太回答,向两个大汉说:"抬走!"

王老太太一辈子没受过这个。"老太太"到哪儿不是圣人,今天竟自听了一顿教训! 这还不提,话总得说得近情近理呀;孕妇不多吃点滋养品,怎能生小孩呢,小孩怎会生长呢? 难道大夫在胎里的时候专喝西北风? 西医全是二毛子! 不便和二毛子辩驳;拿娘家妈杀气吧,瞪着她! 娘家妈没有意思挨瞪,跟着女儿就往里走。王老太太一看,也忙赶上前去。那位和气生财的大夫转过身来:"这儿等着!"

两亲家的眼都红了。怎么着,不叫进去看看? 我们知道你把儿媳妇抬到哪儿去啊? 是杀了,还是剐了啊? 大夫走了。王老太太把一肚子邪气全照顾了娘家妈:"你说不掏,看,连进去看看都不行! 掏? 还许大切八块呢! 宰了你的女儿活该! 万一要把我的孙子——我的老命不要了。跟你拚了吧!"

娘家妈心中打了鼓,真要把女儿切了,可怎办? 大切八块不是没有的事呀,那回医学堂开会不是大玻璃箱里装着人腿人腔子吗? 没办法! 事已至此,跟女儿的婆婆干吧! "你倒怨我? 是谁一天到晚填我的女儿来着? 没听大夫说吗? 老叫儿媳妇的嘴不闲着,吃出毛病来没有? 我见人见多了,就没看见一个像你这样的婆婆!"

"我给她吃? 她在你们家的时候吃过饱饭吗?"王太太反攻。

"在我们家里没吃过饱饭,所以每次看女儿去得带八个食盒!"

"可是呀,八个食盒,我填她,你没有?"

两亲家混战一番,全不示弱,骂得也很具风格。

大夫又回来了。果不出王老太太所料,得用手术。手术二字虽听着耳生,可是猜也猜着了,手要是竖起来,还不是开刀问斩? 大夫说:用手术，大人小孩或者都能保全。不然，全有生命的危险。小孩已经误了三小时，而且决不能产下来，孩子太大。不过，要施手术，得有亲族的签字。

王老太太一个字没听见。掏是行不开的。

"怎样？快决定！"大夫十分的着急。

"掏是行不开的！"

"愿意签字不？快着！"大夫又紧了一板。

"我的孙子得养出来！"

娘家妈急了："我签字行不行？"

王老太太对亲家母的话似乎特别的注意："我的儿媳妇！你算哪道？"

大夫真急了，在王老太太的耳根子上扯开脖子喊："这可是两条人命的关系！"

"掏是不行的！"

"那么你不要孙子了？"大夫想用孙子打动她。

果然有效，她半天没言语。她的眼前来了许多鬼影，全似乎是向她说："我们要个接续香烟的，掏出来的也行！"

她投降了。祖宗当然是愿要孙子；掏吧！"可有一样，掏出来得是活的！"她既是听了祖宗的话，允许大夫给掏孙子，当然得说明了——要活的。掏出个死的来干吗用？只要掏出活孙子来，儿媳妇就是死了也没大关系。

娘家妈可是不放心女儿："准能保大小都活着吗？"

"少说话！"王老太太教训亲家太太。

"我相信没危险,"大夫急得直流汗,"可是小孩已经耽误了半天,难保没个意外;要不然请你签字干吗?"

"不保准呀? 乘早不用费这道手!"老太太对祖宗非常的负责任;好吗,掏了半天都再不会活着,对的起谁!

"好吧,"大夫都气晕了,"请把她拉回去吧! 你可记住了,两条人命!"

"两条三条吧,你又不保准,这不是瞎扯!"

大夫一声没出,抹头就走。

王老太太想起来了,试试也好。要不是大夫要走,她决想不起这一招儿来。"大夫,大夫! 你回来呀,试试吧!"

大夫气得不知是哭好还是笑好。把单子念给她听,她画了个十字儿。

两亲家等了不晓得多么大的时候,眼看就天亮了,才掏了出来,好大的孙子,足分量十三磅! 王老太太不晓得怎么笑好了,拉住亲家母的手一边笑一边刷刷的落泪。亲家母已不是仇人了,变成了老姐姐。大夫也不是二毛子了,是王家的恩人,马上赏给他一百块钱才合适。假如不是这一掏,叫这么胖的大孙子生生的憋死,怎对祖宗呀? 恨不能跪下就磕一阵头,可惜医院里没供着子孙娘娘。

胖孙子已被洗好,放在小儿室内。两位老太太要进去看看。不只是看看,要用一夜没洗过的老手指去摸摸孙子的胖脸蛋。看护不准两亲家进去,只能隔着玻璃窗看着。眼看着自己的孙子在里面,自己的孙子,连摸摸都不准! 娘家妈摸出个红封套来——本是预备赏给收生婆的——递给看护;给点运动费,还不准进去? 事情都来得邪,看护居然不收。王老太太揉了揉眼,细端详了看护一番,心里说:"不像洋鬼子姐呀，怎么给赏钱都不接着呢？也许是面生，不好意思的？有了，先跟她闲扯几句，打开了生脸就好办了。"指着屋里的一排小篮说："这些孩子都是掏出来的吧？"

"只是你们这个，其余的都是好好养下来的。"

"没那个事，"王老太太心里说，"上医院来的都得掏。"

"给孕妇大油大肉吃才掏呢。"看护有点爱说话。

"不吃，孩子怎能长这么大呢！"娘家妈已和王老太太立在同一战线上。

"掏出来的胖宝贝总比养下来的瘦猴儿强！"王老太太有点觉得不掏出来的孩子没有住医院的资格。"上医院来'养'，脱了裤子放屁，费什么两道手！"

无论怎说，两亲家干瞪眼进不去。

王老太太有了主意，"丫环，"她叫那个看护，"把孩子给我，我们家去。还得赶紧去预备洗三请客呢！"

"我既不是丫环，也不能把小孩给你。"看护也够和气的。

"我的孙子，你敢不给我吗？医院里能请客办事吗？"

"用手术取出来的，大人一时不能给小孩奶吃，我们得给他奶吃。"

"你会，我们不会？我这快六十的人了，生过儿养过女，不比你懂得多；你养过小孩吗？"老太太也说不清看护是姑娘，还是媳妇，谁知道这头戴小白盔的是什么呢。

"没大夫的话，反正小孩不能交给你！"

"去把大夫叫来好了，我跟他说；还不愿意跟你费话呢！"

"大夫还没完事呢，割开肚子还得缝上呢。"

看护说到这里，娘家妈想起来女儿。王老太太似乎还想不起儿媳妇是谁。孙子没生下来的时候，一想起孙子便也想到媳妇；孙子生下来了，似乎把媳妇忘了也没什么。娘家妈可是要看看女儿，谁知道女儿的肚子上开了多大一个洞呢？割病室不许闲人进去，没法，只好陪着王老太太瞭望着胖小子吧。

好容易看见大夫出来了。王老太太赶紧去交涉。

"用手术取小孩，顶好在院里住一个月。"大夫说。

"那么三天满月怎么办呢？"王老太太问。

"是命要紧，还是办三天要紧呢？产妇的肚子没长上，怎能去应酬客人呢？"大夫反问。

王老太太确是以为办三天比人命要紧，可是不便于说出来，因为娘家妈在旁边听着呢。至于肚子没长好，怎能招待客人，那有办法："叫她躺着招待，不必起来就是了。"

大夫还是不答应。王老太太悟出一条理来："住院不是为要钱吗？好，我给你钱，叫我们娘们走吧，这还不行？"

"你自己看看去，她能走不能？"大夫说。

两亲家反都不敢去了。万一儿媳妇肚子上还有个盆大的洞，多么吓人？还是娘家妈爱女儿的心重，大着胆子想去看看。王老太太也不好意思不跟着。

到了病房，儿媳妇在床上放着的一张卧椅上躺着呢，脸就像一张白纸。娘家妈哭得放了声，不知道女儿是活还是死。王老太太到底心硬，只落了一半个泪，紧跟着炸了烟："怎么不叫她平平正正的躺下呢？这是受什么洋刑罚呢？"

"直着呀,肚子上缝的线就绷了,明白没有?"大夫说。

"那么不会用胶粘上点吗?"王老太太总觉得大夫没有什么高明主意。

娘家妈想和女儿说几句话,大夫也不允许。两亲家似乎看出来,大夫不定使了什么坏招儿,把产妇弄成这个样。无论怎说吧,大概一时是不能出院。好吧。先把孙子抱走,回家好办三天呀。

大夫也不答应,王老太太急了。"医院里洗三不洗?要是洗的话,我把亲友全请到这儿来;要是不洗的话,再叫我抱走;头大的孙子,洗三不请客办事,还有什么脸得活着?"

"谁给小孩奶吃呢?"大夫问。

"雇奶妈子!"王老太太完全胜利。

到底把孙子抱出来了。王老太太抱着孙子上了汽车,一上车就打嚏喷,一直打到家,每个嚏喷都是照准了孙子的脸射去的。到了家,赶紧派人去找奶妈子,孙子还在怀中抱着,以便接收嚏喷。不错,王老太太知道自己是着了凉;可是至死也不能放下孙子。到了晌午,孙子接了至少有二百多个嚏喷,身上慢慢的热起来。王老太太更不肯撒手了。到了下午三点来钟,孙子烧得像块火炭了。到了夜里,奶妈子已雇妥了两个,可是孙子死了,一口奶也没有吃。

王老太太只哭了一大阵;哭完了,她的老眼瞪圆了:"掏出来的!掏出来的能活吗?跟医院打官司!那么沉重的孙子会只活了一天,哪有的事?全是医院的坏,二毛子们!"

王老太太约上亲家母,上医院去闹。娘家妈也想把女儿赶紧接出来,医院是靠不住的!

把儿媳妇接出来了；不接出来怎好打官司呢？接出来不久，儿媳妇的肚子裂了缝，贴上"产后回春膏"也没什么用，她也不言不语的死了。好吧，两案归一，王老太太把医院告了下来。老命不要了，不能不给孙子和媳妇报仇！

（原载1933年12月1日《东方杂志》第三十卷第二十三号）

黑 白 李

爱情不是他们哥儿俩这档子事的中心,可是我得由这儿说起。

黑李是哥,白李是弟,哥比弟大着五岁。俩人都是我的同学,虽然白李刚一入中学,黑李和我就毕业了。黑李是我的好友,因为常到他家去,所以对白李的事儿我也略知一二。五年是个长距离,在这个时代。这哥儿俩的不同正如他们的外号 —— 黑,白。黑李要是古人,白李是现代的。他们俩并不因此打架吵嘴,可是对任何事的看法也不一致。黑李并不黑;只是在左眉上有个大黑痣。因此他是"黑李";弟弟没有那么个记号,所以是"白李";这在给他们送外号的中学生们看,是很逻辑的。其实他俩的脸都很白,而且长得极相似。

他俩都追她 —— 恕不道出姓名了 —— 她说不清到底该爱谁,又不肯说谁也不爱。于是大家替他们弟兄捏着把汗。明知他俩不肯吵架,可是爱情这玩艺是不讲交情的。

可是,黑李让了。

我还记得清清楚楚:正是个初夏的晚间,落着点小雨,我去找他闲谈,他独自在屋里坐着呢,面前摆着四个红鱼细磁茶碗。我们俩是用不着客气的,我坐下吸烟,他摆弄那四个碗。转转这个,转转那个,把红鱼要一点不差的朝着他。摆好,身子往后仰一仰,像画家设完一层色那么退后看看。然后,又逐一的转开,把另一面的鱼们摆齐。又往后仰身端详了一番,回过头来向我笑了笑,笑得非常天真。

他爱弄这些小把戏。对什么也不精通,可是什么也爱动一动。他并不假充行家,只信这可以养性。不错,他确是个好脾性的人。有点小玩艺,比如粘补旧书等等,他就能平安的销磨半日。

叫了我一声,他又笑了笑,"我把她让给老四了",按着大排行,白李是四爷,他们的伯父屋中还有弟兄呢。"不能因为个女子失了兄弟们的和气。"

"所以你不是现代人。"我打着哈哈说。

"不是;老狗熊学不会新玩艺了。三角恋爱,不得劲儿。我和她说了,不管她是爱谁,我从此不再和她来往。觉得很痛快!"

"没看见过?这么讲恋爱的。"

"你没看见过?我还不讲了呢。干她的去,反正别和老四闹翻了。赶明儿咱俩要来这么一出的话,希望不是你收兵,就是我让了。"

"于是天下就太平了?"

我们笑开了。

过了有十天吧,黑李找我来了。我会看,每逢他的脑门发暗,必定是有心事。每逢有心事,我俩必喝上半斤莲花白。我赶紧把酒预备好,因为他的脑门不大亮吗。

喝到第二盅上,他的手有点哆嗦。这个人的心里存不住事。遇上点事,他极想镇定,可是脸上还泄露出来。他太厚道。

"我刚从她那儿来。"他笑着,笑得无聊;可还是真的笑,因是要对个好友道出胸中的闷气。这个人若没有好朋友,是一天也活不了的。

我并不催促他;我俩说话用不着忙,感情都在话中间那些空子里流露出来呢。彼此对看着,一齐微笑,神气和默中的领悟,都比言语更有分量。要不怎么白李一见我俩喝酒就叫我们"一对糟蛋"呢。

"老四跟我好闹了一场。"他说。我明白这个"好"字——第一他不愿说兄弟间吵了架,第二不愿只说弟弟不对,即使弟弟真是不对。这个字带出不愿说而又不能不说的曲折。"因为她。我不好,太不明白女子心理。那天不是告诉我,我让了吗?我是居心无愧之好,她可出了花样。她以为我是故意羞辱她。你说对了,我不是现代人,我把恋爱看成该怎样就怎样的事,敢情人家女子愿意'大家'在后面追随着。她恨上了我。这么报复一下——我放弃了她,她断绝了老四。老四当然跟我闹了。所以今天又找她去,请罪。她骂我一顿,出出气,或者还能和老四言归于好。我这么希望。哼,她没骂我。她还叫我和老四都作她的朋友。这个,我不能干,我并没这么明对她讲,我上这儿跟你说说。我不干,她自然也不再理老四。老四就得再跟我闹。"

"没办法!"我替他补上这一小句。待了会儿,"我找老四一趟,解释一下?"

"也好。"他端着酒盅楞了会儿,"也许没用。反正我不再和她来往。老四再跟我闹呢,我不言语就是了。"

我们俩又谈了些别的,他说这几天正研究宗教。我知道他的读书全凭兴之所至,决不因为谈到宗教而想他有点厌世,或是精神上有什么大的变动。

哥哥走,弟弟来了。白李不常上我这儿来,这大概是有事。他在大学还没毕业,可是看起来比黑李精明着许多。他这个人,叫你一看,你就觉得他应当到处作领袖。每一句话,他不是领导着你走上他所指出的路子,便是把你绑在断头台上。他没有客气话,和他哥正相反。

我对他也不便太客气了,省得他说我是"糟蛋"。

"老二当然来过了?"他问;黑李是大排行行二。"也当然跟你谈到我们的事?"我自然不便急于回答,因为有两个"当然"在这里。果然,没等我回答,他说了下去:"你知道,我是借题发挥?"

我不知道。

"你以为我真要那个女玩艺?"他笑了,笑得和他哥哥一样,只是黑李的向来不带着这不屑于对我笑的劲儿。"我专为和老二捣乱,才和她来往;不然,谁有工夫招呼她? 男与女的关系。从根儿上说,还不是兽欲的关联? 为这个,我何必非她不行? 老二以为这个兽欲的关系应当叫作神圣的,所以他郑重的向她磕头,及至磕了一鼻子灰,又以为我也应当去磕,对不起,我没那个瘾!"他哈哈的笑起来。

我没笑,也不敢插嘴。我很留心听他的话,更注意看他的脸。脸上处处像他哥哥,可是那股神气又完全不像他的哥哥。这个,使我忽而觉得是和一个顶熟识的人说话,忽而又像和个生人对坐着。我有点不舒坦——看着个熟识的面貌,而找不到那点看惯了的神气。

"你看,我不磕头;得机会就吻她一下。她喜欢这个,至少比受几个头更过瘾。不过,这不是正笔。正文是这个,你想我应当老和二爷在一块儿吗?"

我当时回答不出。

他又笑了笑——大概心中是叫我糟蛋呢。"我有我的前途,我的计划;他有他的。顶好是各走各的路,是不是?"

"是;你有什么计划?"我好容易想起这么一句;不然便太僵得慌了。

"计划,先不告诉你。得先分家,以后你就明白我的计划了。"

"因为要分居,所以和老二吵;借题发挥?"我觉得自己很聪明似的。

他笑着点了头,没说什么,好像准知道我还有一句呢。我确是有一句:"为什么不明说,而要吵呢?"

"他能明白我吗? 你能和他一答一和的说,我不行。我一说分家,他立刻就得落泪。然后,又是那一套——母亲去世的时候,说什么来着? 不是说咱俩老得和美吗? 他必定说这一套,好像活人得叫死人管着似的。还有一层,一听说分家,他管保不肯,而愿把家产都给了我,我不想占便宜。他老拿我当作'弟弟',老拿自己的感情限定住别人的举止,老假装他明白我,其实他是个时代落伍者。这个时代是我的,用不着他来操心管我。"他的脸上忽然的很严重了。

看着他的脸,我心中慢慢的起了变化——白李不仅是看不起"两糟蛋"的狂傲少年了,他确是要树立住自己,我也明白过来,他要是和黑李慢慢的商量,必定要费许多动感情的话,要讲许多弟兄间的情义;即使他不讲,黑李总要讲的。与其这样,还不如吵,省得拖泥带水,他要一刀两断,各自奔前程。再说,慢慢的商议。老二决不肯干脆的答应。老四先吵嚷出来,老二若还不干,便是显着要霸占弟弟的财产了。猜到这里,我心中忽然一亮:

"你是不是叫我对老二去说?"

"一点不错。省得再吵。"他又笑了。"不愿叫老二太难堪了，究竟是弟兄。"似乎他很不喜说这末后的两个字——弟兄。

我答应了给他办。

"把话说得越坚决越好。二十年内，我俩不能作弟兄。"他停了一会儿，嘴角上挤出点笑来。"也给老二想了，顶好赶快结婚，生个胖娃娃就容易把弟弟忘了。二十年后，我当然也落伍了，那时候，假如还活着的话，好回家作叔叔。不过，告诉他，讲恋爱的时候要多吻少磕头，要死追，别死跪着。"他立起来，又想了想，"谢谢你呀"。他叫我明明的觉出来，这一句是特意为我说的，他并不负要说的责任。

为这件事，我天天找黑李去。天天他给我预备好莲花白。吃完喝完说完，无结果而散。至少有半个多月的工夫是这样。我说的，他都明白，而且愿意老四去闯练闯练。可是临完的一句老是"舍不得老四呀！"

"老四的计划？计划？"他走过来，走过去，这么念道。眉上的黑痣夹陷在脑门的皱纹里，看着好似缩小了些。"什么计划呢？你问问他，问明白我就放心了。"

"他不说。"我已经这么回答过五十多次了。

"不说便是有危险性！我只有这么一个弟弟！叫他跟我吵吧，吵也是好的。从前他不这样，就是近来和我吵。大概还是为那个女的！劝我结婚？没结婚就闹成这样，还结婚！什么计划呢？真！分家？他爱要什么拿什么好了。大概是我得罪了他，我虽不跟他吵，我知道我也有我的主张。什么计划呢？他要怎样就怎样好了，何必分家……"

这样来回磨，一磨就是一点多钟。他的小玩艺也一天比一天增多：

占课，打卦，测字，研究宗教……什么也没能帮助他推测出老四的计划，只添了不少小恐怖。这可并不是说，他显着怎样的慌张。不，他依旧是那么婆婆慢慢的。他的举止动作好像老追不上他的感情，无论心中怎着急，他的动作是慢的，慢得仿佛是拿生命当作玩艺儿似的逗弄着。

我说老四的计划是指着将来的事业而言，不是现在有什么具体的办法。他摇头。

就这么耽延着，差不多又过了一个多月。

"你看，"我抓住了点理，"老四也不催我，显然他说的是长久之计，不是马上要干什么。"

他还是摇头。

时间越长，他的故事越多。有一个礼拜天的早晨，我看见他进了礼拜堂。也许是看朋友，我想。在外面等了他会儿。他没出来。不便再等了，我一边走一边想：老李必是受了大的刺激——失恋，弟兄不和，或者还有别的。只就我知道的这两件事说，大概他已经支持不下去。他的动作仿佛是拿生命当作小玩艺，那正是因他对任何小事都要慎重的考虑。茶碗上的花纹摆不齐都觉得不舒服。那一件小事也得在他心中摆好，摆得使良心上舒服。上礼拜堂去祷告，为是坚定良心。良心是古圣先贤给他制备好了的，可是他又不愿将一切新事新精神一笔抹杀。结果，他"想"怎样老不如"已是"怎样来得现成，他不知怎样才好。他大概是真爱她，可是为弟弟不能不放弃她，而且失恋是说不出口的。他常对我说，"咱们也坐一回飞机"。说完，他一笑，不是他笑呢，是"身体发肤，受之父母"笑呢。

过了晌午，我去找他。按说一见面就得谈老四，在过去的一个多月都是这样。这次他变了花样,眼睛很亮,脸上有点极静适的笑意,好像是又买着一册善本的旧书。

"看见你了",我先发了言。

他点了点头,又笑了一下,"也很有意思"!

什么老事情被他头次遇上,他总是说这句。对他讲个闹鬼的笑话,也是"很有意思"!他不和人家辩论鬼的有无,他信那个故事,"说不定世上还有比这更奇怪的事"。据他看,什么事都是可能的。因此,他接受的容易,可就没有什么精到的见解。他不是不想多明白些,但是每每在该用脑子的时候,他用了感情。

"道理都是一样的,"他说,"总是劝人为别人牺牲。"

"你不是已经牺牲了个爱人?"我愿多说些事实。

"那不算,那是消极的割舍,并非由自己身上拿出点什么来。这十来天,我已经读完'四福音书'。我也想好了,我应当分担老四的事,不应当只不准他离开我。你想想吧,设若他真是专为分家产,为什么不来跟我明说?"

"他怕你不干。"我回答。

"不是!这几天我用心想过了,他必是真有个计划,而且是有危险性的。所以他要一刀两断,以免连累了我。你以为他年青,一冲子性?他正是利用这个骗咱们;他实在是体谅我,不肯使我受屈。把我放在安全的地方,他好独作独当的去干。必定是这样!我不能撒手他,我得为他牺牲!母亲临去世的时候——"他没往下说,因为知道我已听熟了那一套。

我真没想到这一层。可是还不深信他的话;焉知他不是受了点宗教的刺激而要充分的发泄感情呢？

我决定去找白李，万一黑李猜得不错呢！是，我不深信他的话，可也不敢要悬虚。

怎么找也找不到白李。学校，宿舍，图书馆，网球场，小饭铺，都看到了，没有他的影儿。和人们打听，都说好几天没见着他。这又是白李之所以为白李；黑李要是离家几天，连好朋友们他也要通知一声。白李就这么人不知鬼不觉的不见了。我急出一个主意来——上"她"那里打听打听。

她也认识我，因为我常和黑李在一块儿。她也好几天没见着白李。她似乎很不满意李家兄弟，特别是对黑李。我和她打听白李，她偏跟我谈论黑李。我看出来，她确是注意——假如不是爱——黑李。大概她是要圈住黑李，作个标本。有比他强的呢，就把他免了职；始终找不到比他高明的呢，最后也许就跟了他。这么一想，虽然只是一想，我就没乘这个机会给他和她再撮合一下；按理说应当这么办，可是我太爱老李，总觉得他值得娶个天上的仙女。

从她那里出来，我心中打开了鼓。白李上哪儿去了呢？不能告诉黑李！一叫他知道了，他能立刻登报找弟弟，而且要在半夜里起来占课测字。可是，不说吧，我心中又痒痒。干脆不找他去？也不行。

走到他的书房外边，听见他在里面哼唧呢。他非高兴的时候不哼唧着玩。可是平日他哼唧，不是诗便是那句代表一切歌曲的"深闺内，端的是玉无瑕"。这次的哼唧不是这些。我细听了听，他是练习圣诗呢。他没有音乐的耳朵，无论什么，到他耳中都是一个味儿。他唱出的时候，自然也还是一个味儿。无论怎样吧,反正我知道他现在是很高兴。为什么事高兴呢?

我进到屋中,他赶紧放下手中的圣诗集,非常的快活:"来得正好,正想找你去呢! 老四刚走。跟我要了一千块钱去。没提分家的事,没提!"

显然他是没问弟弟,那笔钱是干什么用。要不然他不能这么痛快。他必是只求弟弟和他同居,不再管弟弟的行动;好像即使弟弟有带危险的计划,自要不分家,便也没什么可怕的了。我看明白了这点。

"祷告确是有效,"他郑重的说。"这几天我天天祷告,果然老四就不提那回事了。即使他把钱都扔了,反正我还落下个弟弟!"

我提议喝我们照例的一壶莲花白。他笑着摇摇头:"你喝吧,我陪着吃菜,我戒了酒。"

我也就没喝,也没敢告诉他,我怎么各处去找老四。老四既然回来了,何必再说? 可是我又提起"她"来。他连接碴儿也没接,只笑了笑。

对于老四和"她",似乎全没什么可说的了。他给我讲了些圣经上的故事。我一面听着,一面心中嘀咕 —— 老李对弟弟与爱人所取的态度似乎有点不大对;可是我说不出所以然来。我心中不十分安定,一直到回在家中还是这样。

又过了四五天,这点事还在我心中悬着。有一天晚上,王五来了。他是在李家拉车,已经有四年了。

王五是个诚实可靠的人,三十多岁,头上有块疤 —— 据说是小时候被驴给啃了一口。除了有时候爱喝口酒,他没有别的毛病。

他又喝多了点，头上的疤都有点发红。

"干吗来了，王五？"我和他的交情不错，每逢我由李家回来得晚些，他总张罗把我拉回来，我自然也老给他点酒钱。

"来看看你。"说着便坐下了。

我知道他是来告诉我点什么。"刚沏上的茶，来碗？"

"那敢情好；我自己倒；还真有点渴！"

我给了他支烟卷，给他提了个头儿："有什么事吧？"

"哼，又喝了两壶，心里痒痒；本来是不应当说的事！"他用力吸了口烟。

"要是李家的事，你对我说了准保没错。"

"我也这么想，"他又停顿了会儿，可是被酒气催着，似乎不能不说："我在李家四年零三十五天了！现在叫我很难。二爷待我不错，四爷呢，简直是我的朋友。所以不好办。四爷的事，不准我告诉二爷；二爷又是那么傻好的人。对二爷说吧，又对不起四爷——我的朋友。心里别提多么为难了！论理说呢，我应当向着四爷。二爷是个好人，不错；可究竟是个主人。多么好的主人也还是主人，不能肩膀齐为弟兄。他真待我不错，比如说吧，在这老热天，我拉二爷出去，他总设法在半道上耽搁会儿，什么买包洋火呀，什么看看书摊呀，为什么？为是叫我歇歇，喘喘气。要不怎说，他是好主人呢，他好，咱也得敬重他，这叫作以好换好。久在街上混，还能不懂这个？"

我又让了他碗茶，显出我不是不懂"外面"的人。他喝完，用烟卷指着胸口说："这儿，咱这儿可是爱四爷。怎么呢？四爷年青，不拿我当个拉车的看。他们哥儿俩的劲儿——心里的劲儿——不一样。二爷吧，一看天气热就多叫我歇会儿，四爷就不管这一套，多么热的天也说拉着他飞跑。可是四爷和我聊起来的时候；他就说，证什么人应当拉着人呢？他是为我们拉车的——天下的拉车的都算在一块儿——抱不平。二爷对'我'不错，可想不到大家伙儿。所以你看，二爷来的小，四爷来的大。四爷不管我的腿，可是管我的心；二爷是家长里短，可怜我的腿，可不管这儿。"他又指了指心口。

我晓得他还有话呢，直怕他的酒气被酽茶给解去，所以又紧他一板："往下说呀，王五！都说了吧，反正我还能拉老婆舌头，把你搁里！"

他摸了摸头上的疤，低头想了会儿。然后把椅子往前拉了拉，声音放得很低："你知道，电车道快修完了？电车一开，我们拉车的全玩完！这可不是为我自个儿发愁，是为大家伙儿。"他看了我一眼。

我点了点头。

"四爷明白这个；要不怎么我俩是朋友呢。四爷说：王五，想个办法呀！我说：四爷，我就有一个主意，揍！四爷说：王五，这就对了，揍！一来二去，我们可就商量好了。这我不能告诉你。我要说的是这个，"他把声音放得很低了，"我看见了，侦探跟上了四爷！未必然是为这件事，可是叫侦探跟着总不妥当。这就来到坐蜡的地方了：我要告诉二爷吧：对不起四爷；不告诉吧，又怕把二爷也饶在里面。简直的没法儿！"

把王五支走，我自己琢磨开了。

黑李猜的不错，白李确是有个带危险性的计划。计划大概不一定就是打电车，他必定还有厉害的呢。所以要分家，省得把哥哥拉扯在内。他当然是不怕牺牲，也不怕牺牲别人，可是还不肯一声不发的牺牲了哥哥——把黑李牺牲了并无济于事。电车的事来到眼前，连哥哥也顾不得了。

我怎办呢？警告黑李是适足以激起他的爱弟弟的热情。劝白李，不但没用，而且把王五搁在里边。

事情越来越紧了，电车公司已宣布出开车的日子。我不能再耗着了，得告诉黑李去。

他没在家，可是王五没出去。

"二爷呢？"

"出去了。"

"没坐车？"

"好几天了，天天出去不坐车？"

由王五的神气，我猜着了："王五，你告诉了他？"

王五头上的疤都紫了："又多喝了两盅不由的就说了。"

"他呢？"

"他直要落泪。"

"说什么来着？"

"问了我一句——老五，你怎样？我说，王五听四爷的。他说了声，好。别的没说，天天出去，也不坐车。"

我足足的等了三点钟，天已大黑，他才回来。

"怎样？"我用这两个字问到了一切。

他笑了笑，"不怎样。"

决没想到他这么回答我。我无须再问了，他已决定了办法。我觉得非喝点酒不可，但是独自喝有什么味呢。我只好走吧。临别的时候，我题了句:"跟我出去玩几天,好不好?"

"过两天再说吧。"他没说别的。

感情到了最热的时候是会最冷的。想不到他会这样对待我。

电车开车的头天晚上,我又去看他。他没在家,直等到半夜,他还没回来。大概是故意的躲我。

王五回来了,向我笑了笑,"明天!"

"二爷呢?"

"不知道。那天你走后,他用了不知什么东西,把眉毛上的黑痦子烧去了,对着镜子直出神。"

完了,没了黑痣,便是没有了黑李。不必再等他了。

我已经走出大门,王五把我叫住:"明天我要是——"他摸了摸头上的疤,"你可照应着点我的老娘!"

约摸五点多钟吧,王五跑进来,跑得连裤子都湿了。"全——揍了!"他再也说不出话来。直喘了不知有多大工夫,他才缓过气来,抄起茶壶对着嘴喝了一气。"啊!全揍了!马队冲下来,我们才散。小马六叫他们拿去了,看得真真的。我们吃亏没有家伙,专仗着砖头哪行!小马六要玩完"。

"四爷呢?"我问。

"没看见。"他咬着嘴唇想了想,"哼,事闹得不小!要是拿的话呀,准保是拿四爷。他是头目。可也别说,四爷并不傻,别看他青年。小马六要玩完,四爷也许不能。"

"也没看见二爷?"

"他昨天就没回家。"他又想了想,"我得在这儿藏两天。"

"那行。"

第二天早晨,报纸上登出——砸车暴徒首领李——当场被获,一同被获的还有一个学生,五个车夫。

王五看着纸上那些字只认得一个"李"字,"四爷玩完了!四爷玩完了!"低着头假装抓那块疤,泪落在报上。

消息传遍了全城,枪毙李——和小马六,游街示众。

毒花花的太阳,把路上的石子晒得烫脚,街上可是还挤满了人。一辆敞车上坐着两个人,手在背后捆着。土黄制服的巡警,灰色制服的兵,前后押着,刀光在阳光下发着冷气。车越走越近了,两个白招子随着车轻轻的颤动。前面坐着的那个,闭着眼,额上有点汗,嘴唇微动,像是祷告呢。离我不远,他在我头前坐着摆动过去。我的泪迷住了我的心。等车过去半天,我才醒了过来,一直跟着车走到行刑场。他一路上连头也没抬一次。

他的眉皱着点,嘴微张着,胸上汪着血,好像死的时候还正在祷告。我收了他的尸。

过了几个月,我在上海遇见了白李,要不是我招呼他,他一定就跑过去了。

"老四!"我喊了他一声。

"啊?"他似乎受了一惊。"呕,你?我当是老二复活了呢。"

大概我叫得很像黑李的声调,并非有意的,或者是在我心中活着的黑李替我叫了一声。

白李显着老了一些,更像他的哥哥了。我们俩并没说多少话,他好似不大愿意和我多谈。只记得他的这么两句:

"老二大概是进了天堂,他在那里顶合适了;我还在这儿砸地狱的门呢。"

(原载1934年1月1日《文学季刊》创刊号)

眼　镜

宋修身虽然是学着科学，可是在日常生活上不管什么科学科举的那一套。他相信饭馆里苍蝇都是消过毒的，所以吃芝麻酱拌面的时候不劳手挥目送的瞎讲究。他有对儿近视眼，也有对儿近视镜。可是他除非读书的时候不戴上它们。据老说法：越戴镜子眼越坏。他信这个。得不戴就不戴，譬如走路逛街，或参观运动会的时候，他的镜子是在手里拿着。即使什么也看不见，而且脑袋常常的发晕，那也活该。

他正往学校里走。溜着墙根，省得碰着人；不过有时候踩着狗腿。这回，眼镜盒子是卷在两本厚科学杂志里。他准知道这个办法不保险，所以走几步，站住摸一摸。把镜子丢了，上堂听课才叫抓瞎。况且自己的财力又不充足，买对眼镜说不定就会破产。本打算把盒子放在袋里，可是身上各处的口袋都没有空地方：笔记本，手绢，铅笔，橡皮，两个小瓶，一块吃剩下的烧饼，都占住了地盘。还是这么拿着吧，小心一点好了；好在盒子即使掉在地上也会有响声的。

一拐弯，碰上了个同学。人家招呼他，他自然不好不答应。站住说了几句。来了辆汽车，他本能的往里手一躲，本来没有躲的必要，可是眼力不济，得特别的留神，于是把鼻子按在墙上。汽车和朋友都过去了，他紧赶了几步,怕是迟到。走到了校门,一摸,眼镜盒子没啦!登时头上见了汗。抹回头去找,哪里有个影儿。拐弯的地方,老放着几辆洋车。问拉车的,他们都没看见,好像他们也都是近视眼似的。又往回找到校门,只摸了两手的土。心里算是别扭透了!掏出那块干烧饼狠命的摔在校门上,假如口袋里没这些零碎?假如不是遇上那个臭同学?假如不躲那辆闯丧的汽车?巧!越巧心里越堵得慌!一定是被车夫拾了去,瞪着眼不给,什么世界!天天走熟了的路,掉了东西会连告诉一声都不告诉,而捡起放在自己的袋里?一对近视镜有什么用?

宋修身的鼻子按在墙上的时候,眼镜盒子落在墙根。车夫王四看见了。

王四本想告诉一声,可是一看是"他",一年到头老溜墙根,没坐过一回车。话到了嘴边,又回去了。汽车刚拐过去,他顺手捡起盒子,放在腰中。

当着别的车夫,不便细看,可是心中不由得很痛快,坐在车上舒舒服服的微笑。

他看见宋修身回来了,满头是汗,怪可怜的。很想拿出来还给他。可是别人都说没看见,自己要是招认了,吃了又吐,怪不好意思的。况且给他也是白给,他还能给点报酬?白叫他拿去,而且还得叫朋友们奚落一场——喝,拾了东西连一声都不出,怕我们抢你的?喝,拾了又白给了人家,真大方?莫若也说没看见。拾了就是拾了,活该。学生反正比拉车的阔。

宋修身往回走,王四拉起车来,搭讪着说,"别这儿耗着啦,东边去搁会儿。"心里可是说,"今儿个咱算票不了啦,连盒子带镜子还不卖个块儿八七的?!"到了个僻静地方,放下车,把盒子掏出来。

好破的盒子,大概换洋火也就是换上一小包。盒子上面的布全磨没了,倒好,油汪汪的,上边还好像粘着点柿子汁儿。打开,眼镜框子还不坏,挺粗挺黑——王四就是不喜欢细铁丝似的那路镜框,看见戴稀软活软的镜框的人,他连"车"也不问一声。用手弹了弹耳插子,不像是铁的,可也不是木头的——许是玳瑁的!他心中一跳。

镜子真脏,往外凸着,上面净是一圈一圈的纹,腻着一圈圈的土,越到镜边上越厚。镜子底下还压着半根火柴。他把火柴划着,扔在地上。从车厢里拿出小破蓝布掸子来。给镜子哈了两口气,开始用掸子布擦。连哈了四次气,镜子才有个样儿,又沾了一回唾沫,才完全擦干净。自己戴了戴,不行,架子太小,戴不上;宋修身本是个小头小脸的人。"卖不出去,连自己戴着玩都不行!"王四未免有点失望。可是继而一想:拉车戴眼镜,不大像样儿;再说,怎能卖不出去呢?

拉着车,找着一个破货摊。"嗻,卖给你这个。"

"不要。"摆摊的人——一个红鼻子黄眼的家伙——连看也没看,虽然他的摊上有许多眼镜,而且有老式绣花的镜套子呢。

王四不想打架,连"妈的真和气!"都没说出声来。

又遇上个挑筐买卖破烂的,"嗻,卖给你这个,玳瑁框子!"

"没见过这样的玳瑁!"挑筐的看了一眼,"干脆要多少钱?"

"干脆你给多少?"王四把镜子递过去。

"二十子儿。"

"什么?"王四把镜子抢回来。

"给的不少。平光好卖,老花镜也好卖;这是近视镜。框子是化学的,说不定挑来挑去就弄碎了;白赔二十枚。"

王四的心凉了,可是还不肯卖;二十子? 早知道还送给那个溜墙根的学生呢!

不卖了,他决定第二天把镜子送归原主;也许倒能得几毛钱的报酬。

第二天早晨,王四把车放在拐弯的地方。学校打了钟,溜墙根的近视眼还没来。一直等到十点多,还是没他的影儿。拉了趟买卖,约摸有十二点多了,又特意放回来。学生下了课,只是不见那个近视眼。

宋修身没来上课。

眼镜丢了以后,他来到教室里。虽然坐在前面,黑板上的字还是模糊不清。越看不清,越用力看;下了课,他的脑袋直抽着疼。他越发心里堵得慌。第二堂是算术习题。他把眼差不多贴在纸上,算了两三个题,他的心口直发痒,脑门非常的热。他好像把自己丢失了。平日最欢喜算术,现在他看着那些字码心里起急。心中熟记的那些公式,都加上了点新东西——眼镜,汽车,车夫。公式和懊恼搀杂在一块,把最喜爱的一门功课变成了最讨厌的一些气人的东西。他不能再安坐在课室里,他想跑到空旷的地方去嚷一顿才痛快。平日所不爱想的事,例如生命观等,这时候都在心中冒出来。一个破近视镜,拾去有什么用? 可是竟自拾去! 经济的压迫,白拾一根劈柴也是好的。不怨那个车夫。虽然想到这个,心中究竟是难过。今天的功课交不上。明天当然还是头疼。配镜子去,作不到。学期开始的时候,只由家中拿来七十几块钱,下俩月的饭费还没有着落。家中打的粮不少,可是卖不出去。想到了父亲,哥哥,一天到头受苦受累,粮可是卖不出去。平日他没工夫想这些问题,也不肯想这些问题;今天,算术的公式好像给它们匀出来点地方。他想不出一个办法,他头一次觉得生命没着落,好像一切稳定的东西都随着眼镜丢了,眼前事事模糊不清。他不想退学,也想不出继续求学的意义。

长极了的一点钟,好容易才过去。下课的钟声好像不和平日一样,好像有点特别的声调,是一种把大家都叫到野地去喊叫的口令。他出了教室,有一股怨气引着他走出校门;第三堂不上了,也没去请假。他就没想到还有什么第三堂,什么请假的规则。

溜着墙根,他什么也没想,又像想着点什么。到了拐弯的地方,他想起眼镜。几个车夫在那儿说话呢,他想再过去问问他们,可是低着头走了过去。

第二天,他没去上课。

王四没有等到那个近视眼。一天的工夫,心老在车箱里——那里有那个破眼镜盒子。不知道为什么老忘不了它。

将要收车的时候,小赵来了。小赵家里开着个小杂货铺,可是他不大管铺子里的事。他的父亲很希望他能管点事,可是叫他管事他就偷钱;儿子还不如伙计可靠呢。小赵的父亲每逢行个人情,或到庙里烧香,必定戴上平光的眼镜——八毛钱在小摊儿上买的。大铺户的掌柜和先生们都戴平光的眼镜,以便在戏馆中,庙会上,表示身分。所以小铺掌柜也不能落伍。小赵并不希望他父亲一病身亡,虽然死了也并没大关系。假如父亲马上死了,他想不出怎样表示出他变成了正式的掌柜,除非他也戴上平光的眼镜。八毛钱买的眼镜,价值不限于八毛。那是掌权立业,袋中老带着几块现洋的象征。

他常和王四们在一块儿。每逢由小铺摸出几毛来,他便和王四们押个宝,或者有时候也去逛个土窑子。车夫们都管他叫"小赵",除非赌急红了脸才称呼他"少掌柜",而在这种争斗的时节,他自己也开始觉到身分。平日,他没有什么脾气,对王四们都很"自己"。

"押押?我的庄?"小赵叫他们看了看手中的红而脏的毛票,然后掏出烟卷,吸着。

王四从耳朵上取下半截烟,就着小赵的火儿吸着。

大家都蹲在车后面。

不大一会儿,王四那点铜子全另找到了主人。他脑袋上的筋全不服气的涨起来。想往回捞一捞——"嗐,红眼,借给我几个子儿!"

红眼把手中的铜子押上,押了五道;手中既空,自然不便再回答什么,挤着红眼专等看骰子。

王四想不出招儿来。赌气子立起来,向四外看了看,看有巡警往这里来没有。虽然自己是输了,可是巡警要抓的话,他也跑不了。

小赵赢了,问大家还接着干不。大家还愿意干,可是小赵得借给他们资本。小赵满手是土,把铜子和毛票一齐放在腰里:"别套着烂,要干,拿钱。"

大家快要称呼他"少掌柜"了。卖烧白薯的李六过来了。"每人一块,赵掌柜的给钱!"小赵要宴请众朋友。"这还不离,小赵!"大家围上了白薯挑子。王四也弄了块,深呼吸的吃着。

吃完白薯,王四想起来了:"小赵,给你这个。"从车厢里把眼镜找出来:"别看盒子破,里面有好玩艺儿。"

小赵一见眼镜,"掌柜的"在心中放大起来;把没吃完的白薯扔在地上,请了野狗的客。果然是体面的镜子,比父亲的还好。戴上试试。不行,"这是近视镜,戴上发晕!"

"戴惯就好了。"王四笑着说。

"戴惯?为戴它,还得变成近视眼?"小赵觉得不上算,可是又真爱眼镜。试着走了几步。然后,摘下来,看看大家。大家都觉得戴上镜子确是体面。王四领着头说:

"真有个样儿!"

"就是发晕呢!"小赵还不肯撒手它。

"戴惯就好了!"王四觉得只有这一句还像话。

小赵又戴上镜子,看了看天。"不行,还是发晕!"

"你拿着吧,拿着吧。"王四透着很"自己"。"送给你的,我拿着没用。拿着吧,等过二年,你的眼神不这么足了,再戴也就合适了。"

"送给我的?"小赵钉了一句。"真的?操!换个盒子还得好几毛!"

"真送给你,我拿着没用;卖,也不过卖个块儿八七的!"王四更显着"自己"了。

"等我数数,"小赵把毛票都掏出来,给了李六白薯钱。"还有六毛,才他妈的赢了两毛!"

"你还有铜子呢!"有人提醒他一声。

"至多也就有一毛来钱的铜子,"小赵可是没往外掏它们,大家也不就深信他的话。小赵可是并不因为赢得少而不高兴;他的确很欢喜。往常,他每耍必输。输几毛原不算什么,不过被大家拿他当"大头",有些难堪。今天总算恢复了名誉,虽然连铜子算上才三毛来钱——也许是三毛多，铜子的分量怪沉的吗。"王四，我也不白要你的。看见没？有六毛。你三毛，我三毛，像回事儿不像？"

王四没想到他能给三毛。他既然开通，不妨再挤一下："把铜子再掏出点来，反正是赢去的。"

"吹！吉祥钱，腰里带着好。明儿个还得跟你们干呢！"小赵觉得明天再来，一定还要赢的。这两天运气必是不坏。

"好啦，三毛。三毛买那么好的镜子！"王四把票子接过来。放在贴肉的小兜里。

"你不是说送给我吗？这小子！"

"好啦，好啦，朋友们过得多，不在乎这个。"

小赵把眼镜放在盒子里，走开。"明儿再干！"走了几步，又把盒子打开。回头看了看，拉车的们并没把眼看着他。把镜子又戴上，眼前成了模糊的一片。可是不肯马上摘下来——戴惯就好了。他觉得王四的话有理。有眼镜不戴，心中难过。况且掌柜们都必须戴镜子的。眼镜，手表，再安上一个金门牙；南岗子的小凤要不跟我才怪呢！

刚一拐弯，猛的听见一声喇叭。他看不清，不知往哪面儿躲。他急于摘镜子……

学校附近，这些日子了，不见了溜墙根的近视学生，不见了小赵，不见了王四。"王四这些日子老在南城搁车。"李六告诉大家。

（原载1934年1月《青年界》第五卷第一号）

铁牛和病鸭

王明远的乳名叫"铁柱子"。在学校里他是"铁牛"。好像他总离不开铁。这个家伙也真是有点"铁"。大概他是不大爱吃石头罢了;真要吃上几块的话,那一定也会照常的消化。

他的浑身上下,看哪儿有哪儿,整像匹名马。他可比名马还泼辣一些,既不娇贵,又没脾气。一年到头,他老笑着。两排牙,齐整洁白,像个小孩儿的。可是由他说话的时候看,他的嘴动得那么有力量,你会承认这两排牙,看着那么白嫩好玩,实在能啃碎石头子儿。

认识他的人们都知道这么一句 —— 老王也得咧嘴。这是形容一件最累人的事。王铁牛几乎不懂什么叫累得慌。他要是咧了嘴,别人就不用想干了。

铁牛不念《红楼梦》——"受不了那套妞儿气!"他永远不闹小脾气,真的。"看看这个,"他把袖子搂到肘部,敲着筋粗肉满的胳臂,"这么粗的小棒锤,还闹小性,羞不羞?"顺势砸自己的胸口两拳,咚咚的响。

他有个志愿,要和和平平的作点大事。他的意思大概是说,作点对别人有益的事,而且要自自然然作成,既不锣鼓喧天,也不杀人流血。

由他的谈吐举动上看,谁也看不出他曾留过洋,念过整本的洋书,他说话的时候永不夹杂着洋字。他看见洋餐就挠头，虽然请他吃，他也吃得不比别人少。不服洋服，不会跳舞，不因为街上脏而堵上鼻子，不必一定吃美国橘子。总而言之，他既不闹中国脾气，也不闹外国脾气。比如看电影，《火烧红莲寺》和《三剑客》，对他，并没有多少分别。除了"妞儿气"的片子，都"不坏"。

他是学农的。这与他那个"和和平平的作点大事"颇有关系。他的态度大致是这样：无论政治上怎样革命，人反正得吃饭。农业改良是件大事。他不对人们用农学上的专名词；他研究的是农业，所以心中想的是农民，他的感情把研究室的工作与农民的生活联成一气。他不自居为学者。遇上好转文的人，他有句善意的玩笑话："好不好由武松打虎说起？"《水浒传》是他的"文学"。

自从留学回来，他就在一个官办的农场作选种的研究与试验。这个农场的成立，本是由几个开明官儿偶然灵机一动，想要关心民瘼，所以经费永远没有一定的着落。场长呢，是照例每七八个月换一位，好像场长的来去与气候有关系似的。这些来来往往的场长们，人物不同，可是风格极相似，颇似秀才们作的八股儿。他们都是咧着嘴来，咧着嘴去，设若不是"场长"二字在履历上有点作用，他们似乎还应当痛哭一番。场长既是来熬资格，自然还有愿在他们手下熬更小一些资格的人。所以农场虽成立多年，农场试验可并没有作过。要是有的话，就是铁牛自己那点事儿。

为他，这个农场在用人上开了个官界所不许的例子——场长到任，照例不撤换铁牛。这已有五六年的样子了。

铁牛不大记得场长们的姓名，可是他知道怎样央告场长。在他心中，场长，不管姓甚名谁，是必须央告的。"我的试验需要长的时间。我爱我的工作。能不撤换我，是感激不尽的！请看看我的工作来，请来看看！"场长当然是不去看的；提到经费的困难；铁牛请场长放心，"减薪我也乐意干，我爱这个工作！"场长手下的人怎么安置呢？铁牛也有办法："只要准我在这儿工作，名义倒不拘。"薪水真减了，他照常的工作，而且作得颇高兴。

可有一回，他几乎落了泪。场长无论如何非撤他不可。可是头天免了职，第二天他照常去作试验，并且拉着场长去看他的工作："场长，这是我的命！再有些日子，我必能得到好成绩；这不是一天半天能作成的。请准我上这里作试验好了，什么我也不要。到别处去，我得从头另作，前功尽弃。况且我和这个地方有了感情，这里的一切是我的手，我的脚。我永不对它们发脾气，它们也老爱我。这些标本，这些仪器，都是我的好朋友！"他笑着，眼角里有个泪珠。耶稣收税吏作门徒①必是真事，要不然场长怎会心一软，又留下了铁牛呢？从此以后，他的地位稳固多了，虽然每次减薪，他还是跑不了。"你就是把钱都减了去，反正你减不去铁牛！"他对知己的朋友总这样说。

他虽不记得场长们的姓名，他们可是记住了他的。在他们天良偶尔发现的时候，他们便想起铁牛。因此，很有几位场长在高升了之后，偶尔凭良心作某件事，便不由的想"借重"铁牛一下，向他打个招呼。铁牛对这种"抬爱"老回答这么一句："谢谢善意，可是我爱我的工作，这是我的命！"他不能离开那个农场，正像小孩离不开母亲。

---

① 耶稣收税吏作门徒，见《新约·马太福音》第九章第九节至十三节。

为维持农场的存在，总得作点什么给人们瞧瞧，所以每年必开一次农品展览会。职员们在开会以前，对铁牛特别的和气。"王先生，多偏劳！开完会请你吃饭！"吃饭不吃饭，铁牛倒不在乎；这是和农民与社会接触的好机会。他忙开了：征集，编制，陈列，讲演，招待，全是他，累得"四脖子汗流"。有的职员在旁边看着，有点不大好意思。所以过来指摘出点毛病，以便表示他们虽没动手，可是眼睛没闲着。铁牛一边擦汗一边道歉："幸亏你告诉我！幸亏你告诉我！"对于来参观的农民，他只恨长着一张嘴，没法儿给人人掰开揉碎的讲。

　　有长官们坐在中间，好像兔儿爷摊子的开会纪念像片里，十回有九回没铁牛。他顾不得照像。这一点，有些职员实在是佩服了他。所以会开完了，总有几位过来招呼一声："你可真累了，这两天！"铁牛笑得像小姑娘穿新鞋似的："不累，一年才开一次会，还能说累？"

　　因此，好朋友有时候对他说，"你也太好脾性了，老王！"

　　他笑着，似乎是要害羞："左不是多卖点力气，好在身体棒。"他又搂起袖子来，展览他的胳臂。他决听不出朋友那句话是有不满而故意欺侮他的意思。他自己的话永远是从正面说，所以想不到别人会说偏锋话。有的时候招得朋友不能不给他解释一下，他这才听明白。可是"谁有工夫想那么些个弯子！我告诉你，我的头一放在枕头上，就睡得像个球；要是心中老绕弯儿，怎能睡得着？人就仗着身体棒；身体棒，睁开眼就唱。"他笑开了。

　　铁牛的同学李文也是个学农的。李文的腿很短，嘴很长，脸很瘦，心眼很多。被同学们封为"病鸭"。病鸭是牢骚的结晶，袋中老带着点"补丸"之类的小药，未曾吃饭先叹口气。他很热心的研究农学，而且深信改良农事是最要紧的。可是他始终没有成绩。他倒不愁得不到地位,而是事事人人总跟他闹别扭。就了一个事,至多半年就得散伙。即使事事人人都很顺心,他所坐的椅子,或头上戴的帽子,或作试验用的器具,总会跟他捣乱;于是他不能继续工作。世界上好像没有给他预备下一个可爱的东西,一个顺眼的地方,一个可以交往的人;他只看他自己好,而人人事事和样样东西都跟他过不去。不是他作不出成绩来,是到处受人们的排挤,没法子再作下去。比如他刚要动手作工,旁边有位先生说了句:"天很冷啊!"于是他的脑中转开了螺丝:什么意思呢,这句话?是不是说我刚才没有把门关严呢? 他没法安心工作下去。受了欺侮是不能再作工的。早晚他要报复这个,可是马上就得想办法,他和这位说天气太冷的先生势不两立。

他有时候也能交下一两位朋友,可是交过了三个月,他开始怀疑,然后更进一步去试探,结果是看出许多破绽,连朋友那天穿了件蓝大衫都有作用。三几个月的交情于是吵散。一来二去,他不再想交友。他慢慢把人分成三等,一等是比他位分高的,一等是比他矮的,一等是和他一样儿高的。他也决定了,他可以成功,假如他能只交比他高的人,不理和他肩膀齐的,管辖着役使着比他矮的。"人"既选定,对"事"便也有了办法。"拿过来"成了他的口号。非自己拿到一种或多种事业,终身便一无所成。拿过来自己办,才能不受别人的气。拿过来自己办,椅子要是成心捣乱,砸碎了兔崽子! 非这样不可,他是热心于改良农事的;不能因受闲气而抛弃了一生的事业;打算不受闲气,自己得站在高处。

有志者事竟成,几年的工夫他成了个重要的人物,"拿过来"不少的事业。原先本是想拿过来便去由自己作,可是既拿过来一样,还觉得不稳固。还有斜眼看他的人呢！于是再去拿。越拿越多，越多越复杂，各处的椅子不同，一种椅子有一种气人的办法。他要统一椅子都得费许多时间。因此，每拿过来一个地方，他先把椅子都漆白了，为是省得有污点不易看见。椅子倒是都漆白了，别的呢？他不能太累了，虽然小药老在袋中，到底应当珍惜自己；世界上就是这样，除了你自己爱你自己，别人不会关心。

他和铁牛有好几年没见了。

正赶上开农业学会年会。堂中坐满了农业专家。台上正当中坐着病鸭，头发挺长，脸色灰绿，长嘴放在胸前，眼睛时开时闭，活像个半睡的鸭子。他自己当然不承认是个鸭子；时开时闭的眼，大有不屑于多看台下那群人的意思。他明知道他们的学问比他强，可是他坐在台上，他们坐在台下；无论怎说，他是个人物，学问不学问的，他们不过是些小兵小将。他是主席，到底他是主人。他不能不觉着得意，可是还要露出有涵养，所以眼睛不能老睁着，好像天下最不要紧的事就是作主席。可是，眼睛也不能老闭着，也得留神下边有斜眼看他的人没有。假如有的话，得设法收拾他。就是在这么一睁眼的工夫，他看见了铁牛。

铁牛仿佛不是来赴会，而是料理自家的丧事或喜事呢。出来进去，好似世上就忙了他一个人了。

有人在台上宣读论文。病鸭的眼闭死了，每隔一分多钟点一次头，他表示对论文的欣赏，其实他是琢磨铁牛呢。他不愿承认他和铁牛同过学，他在台上闭目养神，铁牛在台下当"碎催"，好像他们不能作过学友；现在距离这么远，原先也似乎相离不应当那么近。他又不能不承认铁牛确是他的同学，这使他很难堪：是可怜铁牛好呢，还是夸奖自己好呢？

小说__铁牛和病鸭

铁牛是不是看见了他而故意的躲着他？或者也许铁牛自惭形秽不敢上前？是不是他应当显着大度包容而先招呼铁牛？他不能决定，而越发觉得"同学"是件别扭事。

台下一阵掌声，主席睁开了眼。到了休息的时间。

病鸭走到会场的门口，迎面碰上了铁牛。病鸭刚看见他，便赶紧拿着尺寸一低头，理铁牛不理呢？得想一想。可是他还没想出主意，就觉出右手像掩在门缝里那么疼了一阵。一抽手的工夫，他听见了："老李！还是这么瘦？老李——"

病鸭把手藏在衣袋里，去暗中舒展舒展；翻眼看了铁牛一下，铁牛脸上的笑意像个开花弹似的，从脸上射到空中。病鸭一时找不到相当的话说。他觉得铁牛有点过于亲热。可又觉得他或者没有什么恶意——"还是这么瘦"打动了自怜的心，急于找话说，往往就说了不负责任的话。"老王，跟我吃饭去吧？"说完很后悔，只希望对方客气一下。可是铁牛点了头。病鸭脸上的绿色加深了些。"几年没有见了，咱们得谈一谈！"铁牛这个家伙是赏不得脸的。

两个老同学一块儿吃饭，在铁牛看，是最有意思的。病鸭可不这样看——两个人吵起来才没法下台呢！他并不希望吵，可是朋友到一块儿，有时候不由的不吵。脑子里一转弯，不能不吵；谁还能禁止得住脑子转弯？

铁牛是看见什么吃什么，病鸭要了不少的菜。病鸭自己可是不吃，他的筷子只偶尔的夹起一小块锅贴豆腐。"我只能吃点豆腐。"他说。他把"豆腐"两个字说得不像国音，也不像任何方音，听着怪像是外国字。他有好些字这么说出来。表示他是走南闯北，自己另制了一份儿"国语"。

"哎？"铁牛听不懂这两个字。继而一看他夹的是豆腐，才明白过来："咱可不行；豆腐要是加上点牛肉或者还沉重点儿。我说，老李，你得注意身体呀。那么瘦还行？"

太过火了！ 提一回正足以打动自怜的情感。紧自说人家瘦，这是看不起人！病鸭的脑子里皱上了眉。不便往下接着说，换换题目吧：

"老王，这几年净在哪儿呢？"

"——农场，不坏的小地方。"

"场长是谁？"

幸而铁牛这回没忘了——"赵次江。"

病鸭微微点了点头，唯恐怕伤了气。"他呀？ 待你怎样？"

"无所谓，他干他的，我干我的；只希望他别撤换我。"铁牛为是显着和气。也动了一块豆腐。

"拿过来好了。"病鸭觉得说了这半天，只有这一句还痛快些。"老王，你干吧！"

"我当然是干哪，我就怕干不下去，前功尽弃。咱们这种工作要是没有长时间，是等于把钱打了水漂儿。"

"我是让你干场长。现成的事，为什么不拿过来？ 拿过来，你爱怎办怎办；赵次江是什么玩艺！"

"我当场长，"铁牛好像听见了一件奇事。"等过个半年来的，好被别人顶了？"

有点给脸不兜着！ 病鸭心里默演对话："你这小子还不晓得李老爷有多大势力？ 轻看我？ 你不放心哪，我给你一手儿看看。"他略微一笑，说出声来："你不干也好，反正咱们把它拿过来好了。咱们有的是人。你帮忙好了。你看看，我说不叫赵次江干，他就干不了！这话可不用对别人说。"

铁牛莫名其妙。

病鸭又补上一句："你想好了，愿意干呢，我还是把场长给你。"

"我只求能继续作我的试验；别的我不管。"铁牛想不出别的话。

"好吧，"病鸭又"那么"说了这两个字，好像德国人在梦里练习华语呢。

直到年会开完，他们俩没再坐在一块谈什么。从铁牛那面儿说，他觉得病鸭是拿着一点精神病作事呢。"身体弱，见了喜神也不乐。"编好了这么句唱儿，就把病鸭忘了。

铁牛回到农场不久，场长果然换了。新场长对他很客气，头一天到任便请他去谈话：

"王先生，李先生的老同学。请多帮忙，我们得合作。老实不客气的讲，兄弟对于农学是一窍不通。不过呢，和李先生的关系还那个。王先生帮忙就是了，合作，我们合作。"

铁牛想不出，他怎能和个不懂农学的人合作。"精神病！"他想到这么三个字，就顺口说出来。

新场长好像很明白这三个字的意思，脸沉下去："兄弟老实不客气的讲，王先生，这路话以后请少说为是。这倒与我没关系，是为你好。你看，李先生打发我到这儿来的时候，跟我谈了几句那天你怎么与他一同吃饭，说了什么。李先生露出一点意思，好像是说你有不合作的表示。不过他决不因为这个便想——啊，同学的面子总得顾到。请原谅我这样太不客气！据我看呢，大家既是朋友，总得合作。我们对于李先生呢，也理当拥护。自然我们不拥护他，那也没什么。不过是我们 —— 不是李先生 —— 先吃亏罢了。"

铁牛莫名其妙。

新场长到任后第一件事是撤换人，第二件事是把椅子都漆白了。第一件与铁牛无关，因为他没被撤职。第二件可不这样，场长派他办理油饰椅子，因这是李先生视为最重要的事，所以选派铁牛，以表示合作的精神。

铁牛既没那个工夫，又看不出漆刷椅子的重要，所以不管。

新场长告诉了他："我接收你的战书；不过，你既是李先生的同学，我还得留个面子，请李先生自己处置这回事。李先生要是 —— 什么呢，那我可也就爱莫能助了！"

"老李 ——"铁牛刚一张嘴，被场长给截住：

"你说的是李先生？原谅我这样爽直，李先生大概不甚喜欢你这个'老李'。"

"好吧，李先生知道我的工作，他也是学农的。场长就是告诉他，我不管这回事，他自然会晓得我什么不管。假如他真不晓得，他那才真是精神病呢。"铁牛似乎说高了兴："我一见他的面，就看出来，他的脸是绿的。他不是坏人，我知道他；同学好几年，还能不知道这个？假如他现在变了的话，那一定是因为身体不好。我看见不是一位了，因为身体弱常闹小性。我一见面就劝了他一顿，身体弱，脑子就爱转弯。看我，身体棒，睁开眼就唱。"他哈哈的笑起来。

场长一声没出。

过了一个星期，铁牛被撤了差。

小说__铁牛和病鸭

他以为这一定不能是病鸭的主意,因此他并不着慌。他计划好:援据前例,第二天还照常来工作;场长真禁止他进去呢,再找老李——老李当然要维持老同学的。

可是,他临出来的时候,有人来告诉他:"场长交派下来,你要明天是——的话,可别说用巡警抓你。"

他要求见场长,不见。

他又回到试验室,呆呆的坐了半天,几年的心血……

不能,不能是老李的主意,老李也是学农的,还能不明白我的工作的重要?他必定能原谅咱铁牛,即使真得罪了他。什么地方得罪了他呢?想不出来。除非他真是精神病。不能,他那天不是还请我吃饭来着?不论怎着吧,找老李去,他必定能原谅我。

铁牛越这样想越心宽,一见到病鸭,必能回职继续工作。他看着试验室内东西,心中想象着将来的成功——再有一二年,把试验的结果拿到农村去实地应用,该收一个粮的便收两个……和和平平的作了件大事!他到农场去绕了一圈,地里的每一棵谷每一个小木牌,都是他的儿女。回到屋内,给老李写了封顶知己的信,告诉他在某天去见他。把信发了,他觉得已经是一天云雾散。

按着信上规定的时间去见病鸭,病鸭没在家。可是铁牛不肯走,等一等好了。

等到第四个钟头上,来了个仆人:"请不用等我们老爷了,刚才来了电话,中途上暴病,入了医院。"

铁牛顾不得去吃饭,一直跑到医院去。

病人不能接见客人。

"什么病呢?"铁牛和门上的人打听。

"没病,我们这儿的病人都没病。"门上的人倒还和气。

"没病干吗住院?"

"那咱们就不晓得了,也别说,他们也多少有点病。"

铁牛托那个人送进张名片。

待了一会,那个人把名片拿起来,上面有几个铅笔写的字:"不用再来,咱们不合作。"

"和和平平的作件大事!"铁牛一边走一面低声的念道。

(原载1934年1月1日《文学》第二卷第一号)

也是三角

从前线上溃退下来,马得胜和孙占元发了五百多块钱的财。两支快枪,几对镯子,几个表……都出了手,就发了那笔财。在城里关帝庙租了一间房,两人享受着手里老觉着痒痒的生活。一人作了一身洋缎的衣裤,一件天蓝的大夹袄,城里城外任意的逛着,脸都洗得发光,都留下平头。不到两个月的工夫,钱已出去快一半。回乡下是万不肯的;作买卖又没经验,而且资本也似乎太少。钱花光再去当兵好像是唯一的,而且并非完全不好的途径。两个人都看出这一步。可是,再一想,生活也许能换个样,假如别等钱都花完,而给自己一个大的变动。从前,身子是和军衣刺刀长在一块,没事的时候便在操场上摔脚,有了事便朝着枪弹走。性命似乎一向不由自己管着,老随着口令活动。什么是大变动?安稳的活几天,比夜间住关帝庙,白天逛大街,还得安稳些。得安份儿家!有了家,也许生活自自然然的就起了变化。因此而永不再当兵也未可知,虽然在行伍里不完全是件坏事。两人也都想到这一步,他们不能不想到这一步,为人要没成过家,总是一辈子的大缺点。成家的事儿还得赶快的办,因为钱的出手仿佛比军队出发还快。钱出手不能不快,弟兄们是热心肠的,见着朋友,遇上叫化子多央告几句,钱便不由的出了手。婚事要办得马上就办，别等到袋里只剩了铜子的时候。两个人也都想到这一步，可是没法儿彼此商议。论交情，二人是盟兄弟，一块儿上过阵，一块儿入过伤兵医院，一块儿吃过睡过抢过，现在一块儿住着关帝庙。衣裳袜子可以不分；只是这件事没法商议。衣裳吃喝越不分彼此，越显着义气。可是俩人不能娶一个老婆，无论怎说。钱，就是那一些；一人娶一房是办不到的。还不能口袋底朝上，把洋钱都办了喜事。刚入了洞房就白瞪眼，要空拳头玩，不像句话。那么，只好一个娶妻，一个照旧打光棍。叫谁打光棍呢，可是？论岁数，都三十多了；谁也不是小孩子。论交情，过得着命；谁肯自己成了家，叫朋友楞着翻白眼？把钱平分了，各自为政；谁也不能这么说。十几年的朋友，一旦忽然散伙，连想也不能这么想。简直的没办法。越没办法越都常想到：三十多了；钱快完了；也该另换点事作了，当兵不是坏事，可是早晚准碰上一两个枪弹。逛窑子还不能哥儿俩挑一个"人儿"呢，何况是娶老婆？俩人都喝上四两白干，把什么知心话都说了，就是"这个"不能出口。

　　马得胜——新印的名片，字国藩，算命先生给起的——是哥，头像个木瓜，脸皮并不很粗，只是七棱八瓣的不整庄。孙占元是弟，肥头大耳朵的，是猪肉铺的标准美男子。马大哥要发善心的时候先把眉毛立起来，有时候想起死去的老母就一边落泪一边骂街。孙老弟永远很和气，穿着便衣问路的时节也给人行举手礼。为"那件事"，马大哥的眉毛已经立了三天，孙老弟越发的和气，谁也不肯先开口。

　　马得胜躺在床上，手托着自己那个木瓜，怎么也琢磨不透"国藩"到底是什么意思。其实心里本不想琢磨这个。孙占元就着煤油灯念《大八义》，遇上有女字旁的字，眼前就来了一顶红轿子，轿子过去了，他也忘了念到哪一行。赌气子不念了,把背后贴着金玉兰像片的小圆镜拿起来,细看自己的牙。牙很齐,很白,很没劲,翻过来看金玉兰,也没劲,胖娘们一个。不知怎么想起来:"大哥,小洋凤的《玉堂春》妈的才没劲!"

"野娘们都妈的没劲!"大哥的眉毛立起来,表示同情于盟弟。

盟弟又翻过镜子看牙,这回是专看两个上门牙,大而白亮亮的不顺眼。

俩人全不再言语,全想着野娘们没劲,全想起和野娘们完全不同的一种女的——沏茶灌水的,洗衣裳作饭,老跟着自己,生儿养女,死了埋在一块。由这个又想到不好意思想的事,野娘们没劲,还是有个正经的老婆。马大哥的木瓜有点发痒,孙老弟有点要坐不住。更进一步的想到,哪怕是合伙娶一个呢。不行,不能这么想。可是全都这么想了,而且想到一些更不好意思想的光景。虽然不好意思,但也有趣。虽然有趣,究竟是不好意思。马大哥打了个很勉强的哈欠,孙老弟陪了一个更勉强的。关帝庙里住的卖猪头肉的回来了。孙占元出去买了个压筐的猪舌头。两个弟兄,一人点心了一半猪舌头,一饭碗开水,还是没劲。

他们二位是庙里的财主。这倒不是说庙里都是穷人。以猪头肉作坊的老板说,炕里头就埋着七八百油腻很厚的洋钱。可是老板的钱老在炕里埋着。以后殿的张先生说,人家曾作过县知事,手里有过十来万。可是知事全把钱抽了烟,姨太太也跟人跑了。谁也比不上这兄弟俩,有钱肯花,而且不抽大烟。猪头肉作坊卖得着他们的钱,而且永远不驳价儿,该多少给多少,并不因为同住在关老爷面前而想打点折扣。庙里的人没有不爱他们的。

最爱他们哥俩的是李永和先生。李先生大概自幼就长得像汉奸,要不怎么,谁一看见他就马上想起"汉奸"这两个字来呢。细高身量,尖脑袋,脖子像棵葱,老穿着通天扯地的瘦长大衫。脚上穿着缎子鞋,走道儿没一点响声。他老穿着长衣服,而且是瘦长。据说,他也有时候手里很紧,正像庙里的别人一样。可是不论怎么困难,他老穿着长衣服;没有法子的时候,他能把贴身的衣袄当了或是卖了,但是总保存着外边的那件。所以他的长衣服很瘦,大概是为穿空心大袄的时候,好不太显着里边空空如也,而且实际上也可以保存些暖气。这种办法与他的职业大有关系。他必须穿长袍和缎子鞋。说媒拉纤,介绍典房卖地倒铺底,他要不穿长袍便没法博得人家信仰。他的自己的信仰是成三破四的"佣钱",长袍是他的招牌与水印。

自从二位财主一搬进庙来,李永和把他们看透了。他的眼看人看房看地看货全没多少分别,不管人的鼻子有无,他看你值多少钱,然后算计好"佣钱"的比例数。他与人们的交情止于佣钱到手那一天——他准知道人们不再用他。他不大答理庙里的住户们,因为他们差不多都曾用过他,而不敢再领教。就是张知事照顾他的次数多些,抽烟的人是楞吃亏也不愿起来的。可是近来连张知事都不大招呼他了,因为他太不客气。有一次他把张知事的紫羔皮袍拿出去,而只带回几粒戒烟丸来。"顶好是把烟断了,"他教训张知事,"省得叫我拿羊皮皮袄满街去丢人;现在没人穿羊皮,连狐腿都没人屑于穿!"张知事自然不会一赌气子上街去看看,于是躺在床上差点没瘾死过去。

李永和已经吃过二位弟兄好几顿饭。第一顿吃完,他已把二位的脉都诊过了。假装给他们设计想个生意,二位的钱数已在他的心中登记备了案。他继续着白吃他们,几盅酒的工夫把二位的心事全看得和写出来那么清楚。他知道他们是萤火虫的屁股,亮儿不大,再说当兵不比张知事,他们急了会开打。所以他并不勒紧了他们,好在先白吃几顿也不坏。等到他们找上门来的时候,再勒他们一下,虽然是一对萤火虫,到底亮儿是个亮儿;多吧少吧,哪怕只闹新缎子鞋穿呢,也不能得罪财神爷——他每到新年必上财神庙去借个头号的纸元宝。

二位弟兄不好意思彼此商议那件事,所以都偷偷的向李先生谈论过。李先生一张嘴就使他们觉到天下的事还有许多他们不晓得的呢。

"上阵打仗,立正预备放的事儿,你们弟兄是内行;行伍出身,那不是瞎说的!"李先生说,然后把声音放低了些:"至于娶妻成家的事儿,我姓李的说句大话,这里边的深沉你们大概还差点经验。"

这一来,马孙二位更觉非经验一下不可了。这必是件极有味道,极重要,极其"妈的"的事。必定和立正开步走完全不同。一个人要没尝这个味儿,就是打过一百回胜仗也是瞎掰!

得多少钱呢,那么?

谈到了这个,李先生自自然然的成了圣人。一句话就把他们问住了:"要什么样的人呢?"

他们无言答对,李先生才正好拿出心里那部"三国志"。原来女人也有三六九等,价钱自然不都一样。比如李先生给陈团长说的那位,专说放定时候用的喜果就是一千二百包,每包三毛五分大洋。三毛五;十包三块五;一百包三十五;一千包三百五;一共四百二十块大洋,专说喜果!此外,还有"小香水"、"金刚钻"的金刚钻戒指,四个!此外……

二位兄弟心中几乎完全凉了。幸而李先生转了个大弯:咱们弟兄自然是图个会洗衣裳作饭的，不挑吃不挑喝的，不拉舌头扯簸箕的，不偷不摸的，不叫咱们戴绿帽子的，家贫志气高的大姑娘。

这样大姑娘得多少钱一个呢？

也得三四百，岳父还得是拉洋车的。

老丈人拉洋车或是赶驴倒没大要紧；"三四百"有点噎得慌。二弟兄全觉得噎得慌，也都勾起那个"合伙娶"。

李先生——穿着长袍缎子鞋——要是不笑话这个办法，也许这个办法根本就不错。李先生不但没摇头，而且拿出几个证据，这并不是他们的新发明。就是阔人们也有这么办的，不过手续上略有不同而已。比如丁督办的太太常上方将军家里去住着，虽然方将军府并不是她的娘家。

况且李先生还有更动人的道理：咱们弟兄不能不往远处想，可也不能太往远处想。该办的也就得办，谁知道今儿个脱了鞋，明天还穿不穿！生儿养女，谁不想生儿养女？可是那是后话，目下先乐下子是真的。

二位全想起枪弹满天飞的光景。先前没死，活该；以后谁敢保不死？死了不也是活该？合伙娶不也是活该？难处自然不少，比如生了儿子算谁的？可是也不能"太往远处想"，李先生是圣人，配作个师部的参谋长！

有肯这么干的姑娘没有呢？

这比当窑姐强不强？李先生又问住了他们。就手儿二位不约而同的——他俩这种讨教本是单独的举动——把全权交给李先生。管他舅子的，先这么干了再说吧。他们无须当面商量，自有李先生给从中斡旋与传达意见。

事实越来越像真的了，二位弟兄没法再彼此用眼神交换意见；娶妻，即使是用有限公司的办法，多少得预备一下。二位费了不少的汗才打破这个羞脸，可是既经打破，原来并不过火的难堪，反倒觉得弟兄的交情更厚了——没想到的事！二位决定只花一百二十块的彩礼，多一个也不行。其次，庙里的房别辞退，再在外边租一间，以便轮流入洞房的时候，好让换下班来的有地方驻扎。至于谁先上前线，孙老弟无条件的让给马大哥。马大哥极力主张抓阄决定，孙老弟无论如何也不服从命令。

吉期是十月初二。弟兄们全作了件天蓝大棉袍，和青缎子马褂。

李先生除接了十元的酬金之外，从一百二十元的彩礼内又留下七十。

老林四不是卖女儿的人。可是两个儿子都不孝顺，一个住小店，一个不知下落，老头子还说得上来不自己去拉车？女儿也已经二十了。老林四并不是不想给她提人家，可是看要把女儿再撒了手，自己还混个什么劲？这不纯是自私，因为一个车夫的女儿还能嫁个阔人？跟着自己呢，好吧歹吧，究竟是跟着父亲；嫁个拉车的小伙子，还未必赶上在家里好呢。自然这个想法究竟不算顶高明，可是事儿不办，光阴便会走得很快，一晃儿姑娘已经二十了。

他最恨李先生，每逢他有点病不能去拉车，李先生必定来递嘻和①。他知道李先生的眼睛是看着姑娘。老林四的价值，在李先生眼中：就在乎他有个女儿。老林四有一回把李先生一个嘴巴打出门外。李先生也没着急，也没生气，反倒更和气了，而且似乎下了决心，林姑娘的婚事必须由他给办。

---

① 递嘻和，装和气，讨好于人。

林老头子病了。李先生来看他好几趟。李先生自动的借给老林四钱,叫老林四给扔在当地。

病到七天头上,林姑娘已经两天没有吃什么。当没的当,卖没的卖,借没地方去借。老林四只求一死,可是知道即使死了也不会安心——扔下个已经两天没吃饭的女儿。不死,病好了也不能马上就拉车去,吃什么呢?

李先生又来了,五十块现洋放在老林四的头前:"你有了棺材本,姑娘有了吃饭的地方——明媒正娶。要你一句干脆话。行,钱是你的。"他把洋钱往前推一推。"不行,吹!"

老林四说不出话来,他看着女儿,嘴动了动——你为什么生在我家里呢? 他似乎是说。

"死,爸爸,咱们死在一块儿!"她看着那些洋钱说,恨不能把那些银块子都看碎了,看到底谁——人还是钱——更有力量。

老林四闭上了眼。

李先生微笑着,一块一块的慢慢往起拿那些洋钱,微微的有点铮铮的响声。

他拿到十块钱上,老林四忽然睁开眼了,不知什么地方来的力量,"拿来!"他的两只手按在钱上。"拿来!"他要李先生手中的那十块。

老林四就那么趴着,好像死了过去。待了好久,他抬起点头来:"姑娘,你找活路吧,只当你没有过这个爸爸。"

"你卖了女儿?"她问。连半个眼泪也没有。

老林四没作声。

"好吧,我都听爸爸的。"

"我不是你爸爸。"老林四还按着那些钱。

李先生非常的痛快,颇想夸奖他们父女一顿,可是只说了一句:"十月初二娶。"

林姑娘并不觉得有什么可羞的,早晚也得这个样,不要卖给人贩子就是好事。她看不出面前有什么光明,只觉得性命像更钉死了些;好歹,命是钉在了个不可知的地方。那里必是黑洞洞的,和家里一样,可是已经被那五十块白花花的洋钱给钉在那里,也就无法。那些洋钱是父亲的棺材与自己将来的黑洞。

马大哥在关帝庙附近的大杂院里租定了一间小北屋,门上贴了喜字。打发了一顶红轿把林姑娘运了来。

林姑娘没有可落泪的,也没有可兴奋的。她坐在炕上,看见个木瓜脑袋的人。她知道她变成木瓜太太,她的命钉在了木瓜上。她不喜欢这个木瓜,也说不上讨厌他来,她的命本来不是她自己的,她与父亲的棺材一共才值五十块钱。

木瓜的口里有很大的酒味。她忍受着;男人都喝酒,她知道。她记得父亲喝醉了曾打过妈妈。木瓜的眉毛立着,她不怕;木瓜并不十分厉害,她也不喜欢。她只知道这个天上掉下来的木瓜和她有些关系,也许是好,也许是歹。她承认了这点关系,不大愿想关系的好歹。她在固定的关系上觉得生命的渺茫。

马大哥可是觉得很有劲。扛了十几年的枪杆,现在才抓到一件比枪杆还活软可爱的东西。枪弹满天飞的光景,和这间小屋里的暖气,绝对的不同。木瓜旁边有个会呼吸的,会服从他的,活东西。他不再想和盟弟共享这个福气,这必须是个人的,不然便丢失了一切。他不能把生命刚放在肥美的土里,又拔出来;种豆子也不能这么办!

第二天早晨,他不想起来,不愿再见孙老弟。他盘算着以前不会想到的事。他要把终身的事画出一条线来,这条线是与她那一条并行的。因为并行,这两条线的前进有许多复杂的交叉与变化,好像打秋操时摆阵式那样。他是头道防线,她是第二道,将来会有第三道,营垒必定一天比一天稳固。不能再见盟弟。

但是他不能不上关帝庙去,虽然极难堪。由北小屋到庙里去,是由打秋操改成游戏,是由高唱军歌改成打哈哈凑趣,已经画好了的线,一到关帝庙便涂抹净尽。然而不能不去,朋友们的话不能说了不算。这样的话根本不应当说,后悔似乎是太晚了。或者还不太晚,假如盟弟能让步呢?

盟弟没有让步的表示!孙老弟的态度还是拿这事当个笑话看。既然是笑话似的约定好,怎能翻脸不承认呢?是谁更要紧呢,朋友还是那个娘们?不能决定。眼前什么也没有了。只剩下晚上得睡在关帝庙,叫盟弟去住那间小北屋。这不是换防,是退却,是把营地让给敌人!马大哥在庙里懊睡了一下半天。

晚上,孙占元朝着有喜字的小屋去了。

屋门快到了,他身上的轻松劲儿不知怎的自己销灭了。他站住了,觉得不舒服。这不同逛窑子一样。天下没有这样的事。他想起马大哥,马大哥昨天夜里成了亲。她应当是马大嫂。他不能进去!

他不能不进去,怎知道事情就必定难堪呢?他进去了。

林姑娘呢 —— 或者马大嫂合适些 —— 在炕沿上对着小煤油灯发楞呢。

他说什么呢?

他能强奸她吗? 不能。这不是在前线上;现在他很清醒。他木在那里。

把实话告诉她? 他头上出了汗。

可是他始终想不起磨回头①就走,她到底"也"是他的,那一百二十块钱有他的一半。

他坐下了。

她以为他是木瓜的朋友,说了句:"他还没回来呢。"

她一出声,他立刻觉出她应该是他的。她不甚好看,可是到底是个女的。他有点恨马大哥。像马大哥那样的朋友,军营里有的是;女的,妻,这是头一回。他不能退让。他知道他比马大哥长得漂亮,比马大哥会说话。成家立业应该是他的事,不是马大哥的。他有心问问她到底爱谁,不好意思出口,他就那么坐着,没话可说。

坐得工夫很大了,她起了疑。

他越看她,越舍不得走。甚至于有时候想过去硬搂她一下;打破了羞脸,大概就容易办了。可是他坐着没动。

不,不要她,她已经是破货。还是得走。不,不能走;不能把便宜全让给马得胜;马得胜已经占了不小的便宜!

她看他老坐着不动,而且一个劲儿的看着她,她不由的脸上红了。他确是比那个木瓜好看,体面,而且相当的规矩。同时,她也有点怕他,或者因为他好看。

---

① 磨回头,转过头来,也作抹回头。

她的脸红了。他凑过来。他不能再思想，不能再管束自己。他的眼中冒了火。她是女的，女的，女的，没工夫想别的了。他把事情全放在一边，只剩下男与女；男与女，不管什么夫与妻，不管什么朋友与朋友。没有将来，只有现在，现在他要施展出男子的威势。她的脸红得可爱！

她往炕里边退，脸白了。她对于木瓜，完全听其自然，因为婚事本是为解决自己的三顿饭与爸爸的一口棺材；木瓜也好，铁梨也好，她没有自由。可是她没预备下更进一步的随遇而安。这个男的确是比木瓜顺眼，但是她已经变成木瓜太太！

见她一躲，他痛快了。她设若坐着不动，他似乎没法儿进攻。她动了，他好像抓着了点儿什么，好像她有些该被人追击的错处。当军队乘胜追迫的时候，谁也不拿前面溃败着的兵当作人看，孙占元又尝着了这个滋味。她已不是任何人，也不和任何人有什么关系。她是使人心里痒痒的一个东西，追！他也张开了口，这是个习惯，跑步的时候得喊一二三——四，追敌人得不干不净的卷着。一进攻，嘴自自然然的张开了："不用躲，我也是——"说到这儿，他忽然的站定了，好像得了什么暴病，眼看着棚。

他后悔了。为什么事前不计议一下呢！？ 比如说，事前计议好：马大哥缠她一天，到晚间九点来钟吹了灯，假装出去撒尿，乘机把我换进来，何必费这些事，为这些难呢？马大哥大概不会没想到这一层，哼，想到了可是不明告诉我，故意来叫我碰钉子。她既是成了马大嫂，难道还能承认她是马大嫂外兼孙大嫂？

她乘他这么发楞的当儿，又凑到炕沿，想抽冷子跑出去。可是她没法能脱身而不碰他一下。她既不敢碰他，又不敢老那么不动。她正想主意，他忽然又醒过来，好像是。

"不用怕，我走。"他笑了。"你是我们俩娶的，我上了当。我走。"

她万也没想到这个。他真走了。她怎么办呢？他不会就这么完了，木瓜也当然不肯撒手。假如他们俩全来了呢？去和父亲要主意，他病病歪歪的还能有主意？找李先生去，有什么凭据？她楞一会子，又在屋里转几个小圈。离开这间小屋，上哪里去？在这儿，他们俩要一同回来呢？转了几个圈，又在炕沿上楞着。

约摸着有十点多钟了，院中住的卖柿子的已经回来了。

她更怕起来，他们不来便罢，要是来必定是一对儿！

她想出来：他们谁也不能退让，谁也不能因此拚命。他们必会说好了。和和气气的，一齐来打破了羞脸，然后……

她想到这里，顾不得拿点什么，站起就往外走，找爸爸去。她刚推开门，门口立着一对，一个头像木瓜，一个肥头大耳朵的，都露着白牙向她笑，笑出很大的酒味。

［原载1934年1月1日《文艺月刊》（新年特大号）第五卷第一期］

牺　牲

　　言语是奇怪的东西。拿种类说，几乎一个人有一种言语。只有某人才用某几个字，用法完全是他自己的；除非你明白这整个的人，你决不能了解这几个字。你一辈子也未必明白得了几个人，对于言语乘早不用抱多大的希望；一个语言学家不见得能都明白他太太的话，要不然语言学家怎会有时候被太太罚跪在床前呢。

　　我认识毛先生还是三年前的事。我们俩初次见面的光景，我还记得很清楚，因为我不懂他的话，所以十分注意的听他自己解释，因而附带的也记住了当时的情形。我不懂他的话，可不是因为他不会说国语。他的国语就是经国语推行委员会考试也得公公道道的给八十分。我听得很清楚，但是不明白。假如他用他自己的话写一篇小说，极精美的印出来，我一定还是不明白，除非每句都有他自己的注解。

　　那正是个晴美的秋天，树叶刚有些黄的；蝴蝶们还和不少的秋花游戏着。这是那种特别的天气：在屋里吧，作不下工去，外边好像有点什么向你招手，出来吧，也并没什么一定可作的事：使人觉得工作可惜，不工作也可惜。我就正这么进退两难，看看窗外的天光，我想飞到那蓝色的空中去；继而一想，飞到那里又干什么呢？ 立起来，又坐下，好多次了，正像外边的小蝶那样飞起去又落下来。秋光把人与蝶都支使得不知怎样好了。

最后，我决定出去看个朋友，仿佛看朋友到底像回事，而可以原谅自己似的。来到街上，我还没有决定去找哪个朋友。天气给了我个建议。这样晴爽的天，当然是到空旷的地方去，我便想到光惠大学去找老梅，因为大学既在城外，又有很大的校园。

从楼下我就知道老梅是在屋里呢：他屋子的窗户都开着，窗台上还晒着两条雪白的手巾。我喊了他一声，他登时探出头来，头发在阳光下闪出个白圈儿似的。他招呼我上去，我便连蹦带跳的上了楼。不仅是他的屋子，楼上各处的门与窗都开着呢，一块块的阳光印在地板上，使人觉得非常的痛快。老梅在门口迎接我。他趿拉着鞋片，穿着短衣，看着很自在；我想他大概是没有功课。

"好天气？！"我们俩不约而同的问出来，同时也都带出赞美的意思。

屋里敢情还有一位呢，我不认识。

老梅的手在我与那位的中间一拉线，我们立刻郑重的带出笑容，而后彼此点头，牙都露出点来，预备问"贵姓"。可是老梅都替我们说了："——君；毛博士。"我们又彼此龇了龇牙。我坐在老梅的床上；毛博士背靠着窗，斜向屋门立着；老梅反倒坐在把椅子上；不是他们俩很熟，就是老梅不大敬重这位博士，我想。

一边和老梅闲扯，我一边端详这位博士。这个人有点特别。他是"全份武装"的穿着洋服，该怎样的全就怎样了，例如手绢是在胸袋里掖着，领带上别着个针，表链在背心中下部横着，皮鞋尖擦得很亮等等。可是衣裳至少也像穿过三年的，鞋底厚得不很自然，显然是曾经换过掌儿。他不是"穿"洋服呢，倒好像是为谁许下了愿，发誓洋装三年似的；手绢必放在这儿，领带的针必别在那儿，都是一种责任，一种宗教上的律条。他不使人觉到穿西服的洋味儿，而令人联想到孝子扶杖披麻的那股勉强劲儿。

他的脸斜对着屋门，原来门旁的墙上有一面不小的镜子，他是照镜子玩呢。他的脸是两头跷，中间洼，像个元宝筐儿，鼻子好像是睡摇篮呢。眼睛因地势的关系——在元宝翅的溜坡上——也显着很深，像两个小圆槽，槽底上有点黑水；下巴往起跷着，因而下齿特别的向外，仿佛老和上齿顶得你出不来我进不去的。

他的身量不高，身上不算胖，也说不上瘦，恰好支得起那身责任洋服，可又不怎么带劲。脖子上安着那个元宝脑袋，脑袋上很负责的长着一大下黑头发，过度负责的梳得极光滑。

他照着镜子，照得有来有去的，似乎很能欣赏他自己的美好。可是我看他特别。他是背着阳光，所以脸的中部有点黑暗，因为那块十分的低洼。一看这点洼而暗的地方，我就赶紧向窗外看看，生怕是忽然阴了天。这位博士把那么晴好的天气都带累得使人怀疑它了。这个人别扭。

他似乎没心听我们俩说什么，同时他又舍不得走开；非常的无聊，因为无聊所以特别注意他自己。他让我想到：这个人的穿洋服与生活着都是一种责任。

我不记得我们是正说什么呢，他忽然转过脸来，低洼的眼睛闭上了一小会儿，仿佛向心里找点什么。及至眼又睁开，他的嘴刚要笑就又改变了计划，改为微声叹了口气，大概是表示他并没在心中找到什么。他的心里也许完全是空的。

"怎样，博士？"老梅的口气带出来他确是对博士有点不敬重。

博士似乎没感觉到这个。利用叹气的方便，他吹了一口："噗！"仿佛天气很热似的。"牺牲太大了！"他说，把身子放在把椅子上，脚伸出很远去。

"哈佛的博士，受这个洋罪，哎？"老梅一定是拿博士开心呢。

"真哪！"博士的语声差不多是颤着："真哪！一个人不该受这个罪！没有女朋友，没有电影看，"他停了会儿，好像再也想不起他还需要什么——使我当时很纳闷，于是总而言之来了一句："什么也没有！"幸而他的眼是那样注，不然一定早已落下泪来；他千真万确的是很难过。

"要是在美国？"老梅又帮了一句腔。

"真哪！那怕是在上海呢：电影是好的，女朋友是多的。"他又止住了。

除了女人和电影，大概他心里没"吗儿"了，我想。我试了他一句："毛博士，北方的大戏好啊，倒可以看看。"

他楞了半天才回答出来："听外国朋友说，中国戏野蛮！"

我们都没了话。我有点坐不住了。待了半天，我建议去洗澡；城里新开了一家澡堂，据说设备得很不错。我本是约老梅去，但不能不招呼毛博士一声，他既是在这儿，况且又那么寂寞。

博士摇了摇头："危险哪！"

我又胡涂了；一向在外边洗澡，还没淹死我一回呢。

"女人按摩！澡盆里……"他似乎很害怕。

明白了：他心中除了美国，只有上海。

"此地与上海不同。"我给他解释了这么些。

"可是中国还有哪里比上海更文明？"他这回居然笑了，笑得很不顺眼——嘴差点碰到脑门，鼻子完全陷进去。

"可是上海又比不了美国？"老梅是有点故意开玩笑。

"真哪！"博士又郑重起来："美国家家有澡盆，美国的旅馆间间房子有澡！盆要洗，花——一放水：凉的热的，随意对；要换一盆，花——把陈水放了，从新换一盆，花——"他一气说完，每个"花"字都带着些吐沫星，好像他的嘴就是美国的自来水龙头。最后他找补了一小句："中国人脏得很！"

老梅乘博士"花花"的工夫，已把袍子，鞋，穿好。

博士先走出去，说了一声，"再见哪"。说得非常的难听，好像心里满蓄着眼泪似的。他是舍不得我们，他真寂寞；可是他又不能上"中国"澡堂去，无论是多么干净！

等到我们下了楼，走到院中，我看见博士在一个楼窗里面望着我们呢。阳光斜射在他的头上，鼻子的影儿给脸上印了一小块黑；他的上身前后的微动，那个小黑块也忽长忽短的动。我们快走到校门了，我回了回头，他还在那儿立着；独自和阳光反抗呢，仿佛是。

在路上，和在澡堂里，老梅有几次要提说毛博士，我都没接碴儿。他对博士有点不敬，我不愿被他的意见给我对那个人的印象加上什么颜色，虽然毛博士给我的印象并不甚好。我还不大明白他，我只觉得他像个半生不熟的什么东西——他既不是上海的小流氓，也不是美国华侨的子孙：不像中国人，也不像外国人。他好像是没有根儿。我的观察不见得正确，可是不希望老梅来帮忙；我愿自己看清楚了他。在一方面，我觉得他别扭；在另一方面，我觉得他很有趣——不是值得交往，是"龙生九种，种种各别"的那种有趣。

不久，我就得到了个机会。老梅托我给代课。老梅是这么个人：谁也不知道他怎样布置的，每学期中他总得请上至少两三个礼拜的假。这一回是，据他说，因为他的大侄子被疯狗咬了，非回家几天不可。

老梅把钥匙交给了我，我虽不在他那儿睡，可是在那里休息和预备功课。

过了两天，我觉出来，我并不能在那儿休息和预备功课。只要我一到那儿，毛博士——正好像他的姓有些作用——毛儿似的就飞了来。这个人寂寞。有时候他的眼角还带着点泪，仿佛是正在屋里哭，听见我到了，赶紧跑过来，连泪也没顾得擦。因此，我老给他个笑脸，虽然他不叫我安安顿顿的休息会儿。

虽然是菊花时节了。可是北方的秋晴还不至使健康的人长吁短叹的悲秋。毛博士可还是那么忧郁。我一看见他，就得望望天色。他仿佛会自己制造一种苦雨凄风的境界，能把屋里的阳光给赶了出去。

几天的工夫，我稍微明白些他的言语了。他有这个好处：他能满不理会别人怎么向他发楞。谁爱发楞谁发楞，他说他的。他不管言语本是要彼此传达心意的；跟他谈话，我得设想着：我是个留声机，他也是个留声机；说就是了，不用管谁明白谁不明白。怪不得老梅拿博士开玩笑呢，谁能和个留声机推心置腹的交朋友呢？

不管他怎样吧，我总想治治他的寂苦；年青青的不该这样。

我自然不敢再提洗澡与听戏。出去走走总该行了。

"怎能一个人走呢？ 真！"博士又叹了口气。

"一个人怎就不能走呢？"我问。

"你总得享受生命吧？"他反攻了。

"啊！"我敢起誓，我没这么胡涂过。

"一个人去走！"他的眼睛，虽然那么洼，冒出些火来。

"我陪着你，那么？"

"你又不是女人。"他叹了口长气。

我这才明白过来。

待了半天，他又找补了句："中国人太脏，街上也没法走。"

此路不通，我又转了弯。"找朋友吃小馆去，打网球去；或是独自看点小说，练练字……"我把小布尔乔亚的谋杀光阴的办法提出一大堆；有他那套责任洋服在面前，我不敢提那些更有意义的事儿。

他的回答倒还一致，一句话抄百宗：没有女人，什么也不能干。

"那么，找女人去好啦！"我看准阵势，总攻击了。"那不是什么难事。"

"可是牺牲又太大了！"他又放了个胡涂炮。

"嗯？"也好，我倒有机会练习眨巴眼了；他算把我引入了迷魂阵。

"你得给她买东西吧？你得请她看电影，吃饭吧？"他好像是审我呢。

我心里说："我管你呢！"

"自然是得买，自然是得请。这是美国的规矩，必定要这样。可是中国人穷啊；我，哈佛的博士，才一个月拿二百块洋钱——我得要求加薪！——那里省得出这一笔费用？"他显然是说开了头，我很注意的听。"要是花了这么笔钱，就顺当的定婚、结婚，也倒好了，虽然定婚要花许多钱,还能不买俩金戒指么? 金价这么贵! 结婚要花许多钱,蜜月必须到别处玩去,美国的规矩。家中也得安置一下:钢丝床是必要的,洋澡盆是必要的,沙发是必要的,钢琴是必要的,地毯是必要的。哎,中国地毯还好,连美国人也喜爱它! 这得用几多钱? 这还是顺当的话,假如你花了许多钱买东西,请看电影,她不要你呢? 钱不是空花了?! 美国常有这种事呀,可是美国人富哇。拿哈佛说,男女的交际,单讲吃冰激凌的钱,中国人也花不起! 你看——"

我等了半天,他也没往下说,大概是把话头忘了;也许是被"中国"气迷糊了。

我对这个人没办法。他只好苦闷他的吧。

在老梅回来以前,我天天听到些美国的规矩,与中国的野蛮。还就是上海好一些,不幸上海还有许多中国人,这就把上海的地位低降了一大些。对于上海,他有点害怕:野鸡,强盗,杀人放火的事,什么危险都有,都因为有中国人。他眼中的中国人,完全和美国电影中的一样。"你必须用美国的精神作事,必须用美国人的眼光看事呀!"他谈到高兴的时候——还算好,他能因为谈讲美国而偶尔的笑一笑——老这样嘱咐我。什么是美国精神呢? 他不能简单的告诉我。他得慢慢的讲述事实,例如家中必须有澡盆,出门必坐汽车,到处有电影园,男人都有女朋友,冬天屋里的温度在七十以上,女人们好看,客厅必有地毯……我把这些事都串在一处,还是不大明白美国精神。

老梅回来了,我觉得有点失望:我很希望能一气明白了毛博士,可是老梅一回来,我不能天天见他了。这也不能怨老梅。本来吗,咬他的侄子的狗并不是疯的,他还能不回来吗?

把功课教到哪里交待明白了，我约老梅去吃饭。就手儿请上毛博士。我要看看到底他是不能享受"中国"式的交际呢，还是他舍不得钱。

他不去。可是善意的辞谢："我们年青的人应当省点钱，何必出去吃饭呢？我们将来必须有个小家庭，像美国那样的。钢丝床，澡盆，电炉。"说到这儿，他似乎看出一个理想的小乐园：一对儿现代的亚当夏娃在电灯下低语。"沙发，两人读着《结婚的爱》，那是真正的快乐，真哪！现在得省着点……"

我没等他说完，扯着他就走。对于不肯花钱，是他有他的计划与目的，假如他的话是可信的；好了，我看看他享受一顿可口的饭不享受。

到了饭馆，我才明白了，他真不能享受！他不点菜，他不懂中国菜。"美国也很多中国饭铺，真哪。可是，中国菜到底是不卫生的。上海好，吃西餐是方便的。约上女朋友吃吃西餐，倒那个！"

我真有心告诉他，把他的姓改为"毛尔"或"毛利司"，岂不很那个？可是没好意思。我和老梅要了菜。

菜来了，毛博士吃得确不带劲。他的洼脸上好像要滴下水来，时时的向着桌上发楞。老梅又开玩笑了：

"要是有两三个女朋友，博士？"

博士忽然的醒过来："一男一女；人多了是不行的。真哪。在自己的小家庭里，两个人炖一只鸡吃吃，真惬意！"

"也永远不请客？"老梅是能板着脸装傻的。

"美国人不像中国人这样乱交朋友，中国人太好交朋友了，太不懂爱惜时间，不行的！"毛博士指着脸子教训老梅。

我和老梅都没挂气；这位博士确是真诚，他真不喜欢中国人的一切——除了地毯。他生在中国，最大的牺牲，可是没法儿改善。他只能厌恶中国人，而想用全力组织个美国式的小家庭，给生命与中国增点光。自然，我不能相信美国精神就像是他所形容的那样，但是他所看见的那些，他都虔诚的信仰，澡盆和沙发是他的上帝。我也想到，设若他在美国就像他在中国这样，大概他也是没看见什么。可是他确看见了美国的电影园，确看见了中国人不干净，那就没法办了。

因此，我更对他注意了。我决不会治好他的苦闷，也不想分这份神了。我要看清楚他到底是怎回事。

虽然不给老梅代课了，可还不短找他去，因此也常常看到毛博士。有时候老梅不在，我便到毛博士屋里坐坐。

博士的屋里没有多少东西。一张小床，旁边放着一大一小两个铁箱。一张小桌，铺着雪白的桌布，摆着点文具，都是美国货。两把椅子，一张为坐人，一张永远坐着架打字机。另有一张摇椅，放着个为卖给洋人的团龙绣枕。他没事儿便在这张椅上摇，大概是想把光阴摇得无奈何了，也许能快一点使他达到那个目的。窗台上放着几本洋书。墙上有一面哈佛的班旗，几张在美国照的像片。屋里最带中国味的东西便是毛博士自己，虽然他也许不愿这么承认。

到他屋里去过不是一次了，始终没看见他摆过一盆鲜花，或是贴上一张风景画或照片。有时候他在校园里偷折一朵小花，那只为插在他的洋服上。这个人的理想完全是在创造一个人为的，美国式的，暖洁的小家庭。我可以想到，设若这个理想的小家庭有朝一日实现了，他必定终日放着窗帘，就是外面的天色变成紫的，或是太阳从西边出来，他也没那么大工夫去看一眼。大概除了他自己与他那点美国精神，宇宙一切并不存在。

在事实上也证明了这个。我们的谈话限于金钱，洋服，女人，结婚，美国电影。有时候我提到政治，社会的情形，文艺，和其他的我偶尔想起或哄动一时的事，他都不接碴儿。不过，设若这些事与美国有关系，他还肯敷衍几句，可是他另有个说法。比如谈到美国政治，他便告诉我一件事实：美国某议员结婚的时候，新夫妇怎样的坐着汽车到某礼拜堂，有多少巡警去维持秩序，因此教堂外观者如山如海！对别的事也是如此，他心目中的政治，美术，和无论什么，都是结婚与中产阶级文化的光华方面的附属物。至于中国，中国还有政治，艺术，社会问题等等？他最恨中国电影；中国电影不好，当然其他的一切也不好。对中国电影最不满意的地方便是男女不搂紧了热吻。

几年的哈佛，使他得到那点美国精神，这我明白。我不明白的是：难道他不是生在中国？他的家庭不是中国的？他没在中国——在上美国以前——至少活了廿来岁？为什么这样不明白不关心中国呢？

我试验多少次了，他的家中情形如何，求学与作事的经验……哼！他的嘴比石头子儿还结实！这就奇怪了，他永远赶着别人来闲扯，可是他又不肯说自己的事！

和他交往了快一年了，我似乎看出点来：这位博士并不像我所想的那么简单。即使他是简单，他的简单必是另一种。他必是有一种什么宗教性的诫律，使他简单而又深密。

他既不放松了嘴，我只好从新估定他的外表了。每逢我问到他个人的事，我留神看他的脸。他不回答我的问题，可是他的脸并没完全闲着。他一定不是个坏人，他的脸卖了他自己。他的深密没能完全胜过他的简单,可是他必须要深密。或者这就是毛博士之所以为毛博士了;要不然,还有什么活头呢。人必须有点抓得住自己的东西。有的人把这点东西永远放在嘴边上,有的人把它永远埋在心里头。办法不同,立意是一个样的。毛博士想把自己拴在自己的心上。他的美国精神与理想的小家庭是挂在嘴边的,可是在这后面,必是在这"后面",才是真的他。

他的脸,在我试问他的时候,好像特别的洼了。从那最洼的地方发出一点黑晕,慢慢的布满了全脸,像片雾影。他的眼,本来就低深不易看到,此时便更往深处去了,仿佛要完全藏起去。他那些彼此永远挤着的牙轻轻咬那么几下,耳根有点动,似乎是把心中的事严严的关住,唯恐走了一点风。然后,他的眼忽然的发出些光,脸上那层黑影渐渐的卷起,都卷入头发里去。"真哪"! 他不定说什么呢,与我所问的没有万分之一的关系。他胜利了,过了半天还用眼角撩我几下。

只设想他一生下来便是美国博士,虽然是简截的办法,但是太不成话。问是问不出来,只好等着吧。反正他不能老在那张椅上摇着玩,而一点别的不干。

光阴会把人事筛出来。果然,我等到一件事。

快到暑假了,我找老梅去。见着老梅,我当然希望也见到那位苦闷的象征。可是博士并没露面。

我向外边一歪头,"那位呢"?

"一个多星期没露面了。"老梅说。

"怎么了?"

"据别人说,他要辞职,我也知道的不多,"老梅笑了笑,"你晓得,他不和别人谈私事。"

"别人都怎说来?"我确是很热心的打听。

"他们说,他和学校订了三年的合同。"

"你是几年?"

"我们都没合同,学校只给我们一年的聘书。"

"怎么单单他有呢?"

"美国精神,不订合同他不干。"

整像毛博士!

老梅接着说:"他们说,他的合同是中英文各一份,虽然学校是中国人办的。博士大概对中国文字不十分信任。他们说,合同订的是三年之内两方面谁也不能辞谁,不得要求加薪,也不准减薪。双方签字,美国精神。可是,干了一年——这不是快到暑假了吗——他要求加薪,不然,他暑后就不来了。"

"呕,"我的脑子转了个圈。"合同呢?"

"立合同的时候是美国精神,不守合同的时候便是中国精神了。"老梅的嘴往往失于刻薄。

可是他这句话暗示出不少有意思的意思来。老梅也许是顺口的这么一说,可是正说到我的心坎上。"学校呢?"我问。

"据他们说,学校拒绝了他的请求;当然的,有合同吗?"

"他呢?"

"谁知道! 他自己的事不对别人讲。就是跟学校有什么交涉,他也永远是写信,他有打字机。"

"学校不给他增薪,他能不干了吗?"

"没告诉你吗,没人知道?"老梅似乎有点看不起我。"他不干,是他自己失了信用；可是我准知道，学校也不会拿着合同跟他打官司，谁有工夫闹闲气。"

"你也不知道他要求增薪的理由？呕，我是胡涂虫！"我自动的撤销这一句，可是又从另一方面提出一句来："似乎应当有人去劝劝他！"

"你去吧；没我！"老梅又笑了。"请他吃饭，不吃；喝酒，不喝；问他什么，不说；他要说的，别人听着没味儿；这么个人，谁有法儿像个朋友似的去劝告呢？"

"你可也不能说，这位先生不是很有趣的？"

"那要凭怎么看了。病理学家看疯人都很有趣。"

老梅的语气不对，我听着。想了想，我问他："老梅，博士得罪了你吧？我知道你一向对他不敬，可是——"

他笑了。"耳朵还不离，有你的！近来真有点讨厌他了。一天到晚，女人女人女人，谁那么爱听！"

"这还不是真正的原因。"我又给了他一句。我深知道老梅的为人：他不轻易佩服谁；可是谁要是真得罪了他，他也不轻易的对别人讲论。原先他对博士不敬，并无多少含意，所以倒肯随便的谈论；此刻，博士必是真得罪了他，他所以不愿说了，不过，经我这么一问，他也没了办法。

"告诉你吧，"他很勉强的一笑："有一天，博士问我，梅先生，你也是教授？我就说了，学校这么请的我，我也没法。可是，他说，你并不是美国的博士？我说，我不是；美国博士值几个子儿一枚？我问他。他没说什么，可是脸完全绿了。这还不要紧，从那天起，他好像记死了我。他甚至写信质问校长：梅先生没有博士学位，怎么和有博士学位的——"

而且是美国的 —— 挣一样多的薪水呢？我不晓得他从哪里探问出我的薪金数目。"

"校长也不好，不应当让你看那封信。"

"校长才不那么胡涂；博士把那封信也给了我一封，没签名。他大概是不屑与我为伍。"老梅笑得更不自然了。青年都是自傲的。

"哼，这还许就是他要求加薪的理由呢！"我这么猜。

"不知道。咱们说点别的？"

辞别了老梅，我打算在暑假放学之前至少见博士一面，也许能打听得出点什么来。凑巧，我在街上遇见了他。他走得很急。眉毛拧着，脸洼得像个羹匙。不像是走道呢，他似乎是想把一肚子怨气赶出去。

"哪儿去，博士？"我叫住了他。

"上邮局去。"他说，掏出手绢 —— 不是胸袋掖着的那块 —— 擦了擦汗。

"快暑假了，到哪里去休息？"

"真哪！听说青岛很好玩，像外国。也许去玩玩。不过 ——"

我准知道他要说什么，所以没等"不过"的下回分解说出来，便又问："暑后还回来吗？"

"不一定。"或者因为我问得太急，所以他稍微说走了嘴：不一定自然含有不回来的意思。他马上觉到这个，改了口："不一定到青岛去。"假装没听见我所问的。"一定到上海去的。痛快的看几次电影；在北方作事，牺牲太大了，没好电影看！上学校来玩啊，省得寂寞！"话还没说利索，他走开了，一迈步就露出要跑的趋势。

我不晓得他那个"省得寂寞"是指着谁说的。至于他的去留，只好等暑假后再看吧。

刚一考完，博士就走了，可是没把东西都带去。据老梅的猜测：博士必是到别处去谋事，成功呢便用中国精神硬不回来，不管合同上定的是几年。找不到事呢就回来，表现他的美国精神。事实似乎与这个猜测应合：博士支走了三个月的薪水。我们虽不愿往坏处揣度人，可是他的举动确是令人不能必定往好处想。薪水拿到手里究竟是牢靠些，他只信任他自己，因为他常使别人不信任他。

过了暑假，我又去给老梅代课。这回请假的原因，大概连老梅自己也不准知道，他并没告诉我吗。好在他准有我这么个替工，有原因没有的也没多大关系了。

毛博士回来了。

谁都觉得这么回来是怪不得劲的，除了博士自己。他很高兴。设若他的苦闷使人不表同情，他的笑脸看着有点多余。他是打算用笑表示心中的快活，可是那张脸不给他作劲。他一张嘴便像要打哈欠，直到我看清他的眼中没有泪，才醒悟过来；他原来是笑呢。这样的笑，笑不笑没多大关系。他紧自这么笑，闹得我有点发毛咕。

"上青岛去了吗？"我招呼他。他正在门口立着。

"没有。青岛没有生命，真哪！"他笑了。

"啊？"

"进来，给你件宝贝看！"

我，傻子似的，跟他进去。

屋里和从前一样，就是床上多了一个蚊帐。他一伸手从蚊帐里拿出个东西，遮在身后："猜！"

我没这个兴趣。

"你说，是南方女人，还是北方女人好？"他的手还在背后。

我永远不回答这样的问题。

他看我没意思回答，把手拿到前面来，递给我一张像片。而后肩并肩的挤着我，脸上的笑纹好像真要在我脸上走似的；没说什么；他的嘴，也不知是怎么弄的，直唧唧的响。

女人的像片。拿像片断定人的美丑是最容易上当的，我不愿说这个女人长得怎么样。就它能给我看到的，不过是年纪不大，头发烫得很复杂而曲折，小脸，圆下颏，大眼睛。不难看，总而言之。

"定了婚，博士？"我笑着问。

博士笑得眉眼都没了准地方，可是没出声。

我又看了看像片，心中不由得怪难过的。自然，我不能代她断定什么；不过，我倘若是个女子……

"牺牲太大了！"博士好容易才说出话来："可是值得的，真哪！现在的女人多么精，才廿一岁，什么都懂，仿佛在美国留过学！头一次我们看完电影，她无论怎说也得回家，精呀！第二次看电影，还不许我拉她的手，多么精！电影票都是我打的！最后的一次看电影才准我吻了她一下，真哪！花多少钱也值得，没空花了；我临来，她送我到车站，给我买来的水果！花点钱，值得，她永远是我的；打野鸡不行呀，花多少钱也不行，而且有危险的！从今天起，我要省钱了。"

我插进去一句："你花钱还费吗？"

"哎哟！"元宝底上的眼睛居然弩出来了。"怎么不费钱？！一个人，吃饭，洗衣服。哪样不花钱！两个人也不过花这多，饭自己作，衣服自已洗。夫妇必定要互助呀。"

"那么，何必格外省钱呢？"

"钢丝床要的吧？澡盆要的吧？沙发要的吧？钢琴要的吧？结婚要花钱的吧？蜜月要花钱的吧？家庭是家庭哟！"他想了想："结婚请牧师也得送钱的！"

"干吗请牧师？"

"郑重；美国的体面人都请牧师祝婚，真哪！"他又想了想："路费！她是上海的；两个人从上海到这里，二等车！中国是要不得的，三等车没法坐的！你算算一共要几多钱？你算算看！"他的嘴咕弄着，手指也轻轻的掐，显然是算这笔账呢。大概是一时算不清，他皱了皱眉。紧跟着又笑了："多少钱也得花的！假如你买个五千元的钻石，不是为戴上给人看么？一个南方美人，来到北方，我的，能不光荣些么？真哪，她是上海最美的女子了；这还不值得牺牲么？一个人总得牺牲的！"

我始终还是不明白什么是牺牲。

替老梅代了一个多月的课，我的耳朵里整天嗡嗡着上海，结婚，牺牲，光荣，钢丝床……有时候我编讲义都把这些编进去，而得从新改过；他已把我弄胡涂了。我真盼老梅早些回来，让我去清静两天吧。观察人性是有意思的事，不过人要像年糕那样粘，把我的心都粘住，我也有受不了的时候。

老梅还有五六天就回来了。正在这个时候，博士又出了新花样。他好像一篇富于技巧的文章，正在使人要生厌的时候，来几句漂亮的。

他的喜劲过去了。除了上课以外，他总在屋里拍拉拍拉的打字。拍拉过一阵，门开了，溜着墙根，像条小鱼似的，他下楼去送信。照直去，照直回来；在屋里咚咚的走。走着走着，叹一口气，声音很大，仿佛要把楼叹倒了，以便同归于尽似的。叹过气以后，他找我来了，脸上带着点顶惨淡的笑。"噗"！他一进门先吹口气，好像屋中净是尘土。然后，"你们真美呀，没有伤心的事！"

他的话老有这么种别致的风格，使人没法答碴儿。好在他会自动的给解释："没法子活下去，真难哪！哭也没用，光阴是不着急的！恨不能飞到上海去！"

"一天写几封信？"我问了句。

"一百封也是没用的！我已经告诉她，我要自杀了！这样不是生活，不是！"博士连连的摇头。

"好在到年假才还不到三个月。"我安慰着他，"不是年假里结婚吗？"

他没有回答，在屋里走着。待了半天："就是明天结婚，今天也是难过的！"

我正在找些话说，他忽然像忘了些什么重要的事，一闪似的便跑出去。刚进到他的屋中，拍拉，拍拉，拍，打字机又响起来。

老梅回来了。我在年假前始终没找他去。在新年后，他给我转来一张喜帖，用英文印的。我很替毛博士高兴，目的达到了，以后总该在生命的别方面努力了。

年假后两三个星期了，我去找老梅。谈了几句便又谈到毛博士。

"博士怎样？"我问，"看见博士太太没有？"

"谁也没看见她；他是除了上课不出来，连开教务会议也不到。"

"咱俩看看去？"

老梅摇了头："人家不见，同事中有碰过钉子的了。"

这个，引动了我的好奇心。没告诉老梅，我自己要去探险。

毛博士住着五间小平房，院墙是三面矮矮的密松。远远的，我看见院中立着个女的，细条身框，穿着件黑袍，脸朝着阳光。她一动也不动，手直垂着，连蓬松的头发好像都镶在晴冷的空中。我慢慢的走，她始终不动。院门是两株较高的松树，夹着一个绿短棚子。我走到这个小门前了，与她对了脸。她像吓了一跳，看了我一眼，急忙转身进去了。在这极短的时间内，我得了个极清楚的印象：她的脸色青白，两个大眼睛像迷失了的羊那样悲郁，头发很多很黑，和下边的长黑袍联成一段哀怨，她走得极轻快，好像把一片阳光忽然的全留在屋子外边。我没去叫门，慢慢的走回来了。我的心中冷了一下，然后觉得茫然的不自在。到如今我还记得这个黑衣女。

大概多数的男人对于女性是特别显着侠义的。我差不多成了她的义务侦探了。博士是否带她常出去玩玩，譬如看看电影？他的床是否钢丝的？澡盆？沙发？当他跟我闲扯这些的时候，我觉得他毫无男子气。可是由看见她以后，这些无聊的事都在我心中占了重要的地位。自然，这些东西的价值是由她得来的。我钻天觅缝的探听，甚至于贿赂毛家的仆人——他们用着一个女仆。我所探听到的是他们没出去过，没有钢丝床与沙发。他们吃过一回鸡，天天不到九点钟就睡觉……

我似乎明白些毛博士了。凡是他口中说的——除了他真需个女人——全是他视为作不到的，所以作不到的原因是他爱钱。他梦想要作个美国人；及至来到钱上，他把中国固有的夫为妻纲与美国的资产主义联合到一块。他自己便是他所恨恶的中国电影，什么在举动上都学好莱坞的，而根本上是中国的，他是个自私自利而好摹仿的猴子。设若他没上过美国，他一定不会这么样，他至少要在人情上带出点中国气来。他上过美国，自觉着他为中国当个国民是非常冤屈的事。他可以依着自己的方便，在美国精神的装饰下，作出一切。结婚，大概只有早睡觉的意义。

我没敢和老梅提说这个，怕他耻笑我；说真的，我实在替那个黑衣女抱不平。可是，我不敢对他说；青年们的想像是不易往厚道里走的。

春假了，由老梅那里我听来许多人的消息：有的上山去玩，有的到别处去逛。我听不到博士夫妇的。学校里那么多人，好像没人注意他们俩——按普通的理说，新夫妇是最使人注意的。

我决定去看看他们。

校园里的垂柳已经绿得很有个样儿了。丁香可是才吐出颜色来。教员们，有的没去旅行，差不多都在院中种花呢。到了博士的房子左近，他正在院中站着。他还是全份武装的穿着洋服，虽然是在假期里。阳光不易到的地方，还是他的脸的中部。隔着松墙我招呼了他一声：

"没到别处玩玩去，博士？"

"哪里也没有家里好。"他的眼瞭了远处一下。

"美国人不是讲究旅行么？"我一边说一边往门那里凑。

他没回答我。看着我，他直往后退，显出不欢迎我进去的神气。我老着脸，一劲的前进。他退到屋门，我也离那儿不远了。他笑得极不自然了，牙咬了两下，他说了话：

"她病了，改天再招待你呀。"

"好吧。"我也笑了笑。

"改天来——"他没说完下半截便进去了。

我出了门,校园中的春天似乎忽然逃走了。我非常的不愉快。

又过了十几天,我给博士一个信儿,请他夫妇吃饭。我算计着他们大概可以来;他不交朋友,她总不会也愿永远囚在家中吧?

到了日期,博士一个人来了。他的眼边很红,像是刚揉了半天的。脸的中部特别显着洼,头上的筋都跳着。

"怎啦,博士?"我好在没请别人,正好和他谈谈。

"妇人,妇人都是坏的!都不懂事!都该杀的!"

"和太太吵了嘴?"我问。

"结婚是一种牺牲,真哪!你待她天好,她不懂,不懂!"博士的泪落下来了。

"到底怎回事?"

博士抽答了半天,才说出三个字来:"她跑了!"他把脑门放在手掌上,哭起来。

我没想安慰他。说我幸灾乐祸也可以,我确是很高兴,替她高兴。

待了半天,博士抬起头来,没顾得擦泪,看着我说:

"牺牲太大了!叫我,真!怎样再见人呢!?我是哈佛的博士,我是大学的教授!她一点不给我想想!妇人!"

"她为什么走了呢?"我假装皱上眉。

"不晓得。"博士净了下鼻子。"凡是我以为对的,该办的,我都办了。"

"比如说?"

"储金,保险,下课就来家陪她,早睡觉,多了,多了!是我见到的,我都办了;她不了解,她不欣赏!每逢上课去,我必吻她一下,还要怎样呢?你说!"

我没的可说,他自己接了下去。他是真憋急了,在学校里他没一个朋友。"妇女是不明白男人的!定婚,结婚,已经花了多少钱,难道她不晓得?结婚必须男女两方面都要牺牲的。我已经牺牲了那么多,她牺牲了什么?到如今,跑了,跑了!"博士立起来,手插在裤袋里,眉毛拧着:"跑了!"

"怎办呢?"我随便问了句。

"没女人我是活不下去的!"他并没看我,眼看着他的领带。"活不了!"

"找她去?"

"当然!她是我的!跑到天边,没我,她是个'黑'人!她是我的,那个小家庭是我的,她必得老跟着我!"他又坐下了,又用手托住脑门。

"假如她和你离婚呢?"

"凭什么呢?难道她不知道我爱她吗?不知道那些钱都是为她花了吗?就没点良心吗?离婚?我没有过错!"

"那是真的。"我自己知道这是什么意思。

他抬头看了我一眼,气好像消了些,舐了舐嘴唇,叹了口气:"真哪,我一见她脸上有些发白,第二天就多给她一个鸡子儿吃!我算尽到了心!"他又不言语了,呆呆的看着皮鞋尖。

"你知道她上哪儿了?"

博士摇了摇头。又坐了会儿,他要走。我留他吃饭,他又摇头:"我回去,也许她还回来。我要是她,我一定回来。她大概是要回来的。我回去看看。我永远爱她,不管她待我怎样。"他的泪又要落下来,勉强的笑了笑,抓起帽子就往外走。

这时候,我有点可怜他了。从一种意义上说,他的确是个牺牲者 —— 可是不能怨她。

过了两天,我找他去,他没拒绝我进去。

屋里安设得很简单,除了他原有的那份家具,只添上了两把藤椅,一个长桌,桌上摆着他那几本洋书。这是书房兼客厅;西边有个小门,通到另一间去,挂着个洋花布单帘子。窗上都挡着绿布帘,光线不十分足。地板上铺着一领厚花席子。屋里的气味很像个欧化了的日本家庭,可是没有那些灵巧的小装饰。

我坐在藤椅上,他还坐那把摇椅,脸对着花布帘子。

我们俩当然没有别的可谈。他先说了话:

"我想她会回来,到如今竟自没消息,好狠心!"说着,他忽然一挺身,像是要立起来,可是极失望的又缩下身去。原来那个花布帘被一股风吹得微微一动。

这个人已经有点中了病!我心中很难过了。可是,我一想:结婚刚三个多月,她就逃走,想必她是真受不住了;想必她也看出来,这个人是无希望改造的。三个月的监狱生活是满可以使人铤而走险的。况且,性欲的生活,有时候能使人一天也受不住的 —— 由这种生活而起的厌恶比毒药还厉害。我由博士的气色和早睡的习惯已猜到一点,现在我要由他的口中证实了。我和他谈一些严重的话。便换换方向,谈些不便给多于两个人听的。他也很喜欢谈这个,虽然更使他伤心。他把这种事叫"爱"。他很"爱"她,有时候一夜"爱"四次。他还有个理论:

"受过教育的人性欲大,真哪。下等人的操作使他们疲倦,身体上疲倦。我们用脑子的,体力是有余的,正好借这个机会运动运动。况且,因为我们用脑子,所以我们懂得怎样'爱',下等人不懂!"

我心里说,"要不然她怎会跑了呢!"

他告诉我许多这种经验,可是临完更使他悲伤——没有女人是活不下去的!我去了几次,慢慢的算是明白了他的一部分:对于女人,他只管"爱",而结婚与家庭设备的花费是"爱"的代价。这个代价假如轻一点,"博士"会给增补上所欠的分量。"一个美国博士,你晓得,在女人心中是占分量的。"他说,附带着告诉我:"你想要个美的,大学毕业的,年青的,品行端正的女人,先去得个博士,真哪!"

他的气色一天不如一天了。对那个花布帘,他越发注意了;说着说着话,他能忽然立起来,走过去,掀一掀它。而后回来,坐下,不言语好大半天。脸比绿窗帘绿得暗一些。

可是他始终没要找她去,虽然嘴里常这么说。我以为即使他怕花了钱而找不到她,也应当走一走,或至少是请几天假。因为他自己说她要把"博士"与"教授"的尊严一齐给他毁掉了。为什么他不躲几天,而照常的上课,虽然是带着眼泪?后来我才明白:他要大家同情他,因为他的说法是这个:"嫁给任何人,就属于任何人,况且嫁的是博士?从博士怀中逃走,不要脸,没有人味!"他不能亲自追她去。但是他需要她,他要"爱"。他希望她回来,因为他不能白花了那些钱。这个,尊严与"爱",牺牲与耻辱,使他进退两难,哭笑皆非,一天不定掀多少次那个花布帘。他甚至于后悔没娶个美国女人了,中国女人是不懂事,不懂美国精神的!

人生在某种文化下，不是被它——文化——管辖死，便是因反抗它而死。在人类的任何文化下，也没有多少自由。毛博士的事是没法解决的。他肩着两种文化的责任，而想把责任变成享受。洋服也得规矩的穿着，只是把脖子箍得怪难受。脖子是他自己的，但洋服是文化呢！

木槿花一开，就快放暑假了。毛博士已经有几天没出屋子。据老梅说，博士前几天还上课，可是在课堂上只讲他自己的事，所以学校请他休息几天。

我又去看他，他还穿着洋服在椅子上摇呢，可是脸已不像样儿了，最洼的那一部分已经像陷进去的坑，眼睛不大爱动了，可是他还在那儿坐着。我劝他到医院去，他摇头："她回来，我就好了；她不回来，我有什么法儿呢？"他很坚决，似乎他的命不是自己的。"再说，"他喘了半天气才说出来："我已经天天喝牛肉汤；不是我要喝，是为等着她；牺牲，她跑了我还得为她牺牲！"

我实在找不到话说了。这个人几乎是可佩服的了。待了半天，他的眼忽然的亮了，抓住椅子扶手，直起胸来，耳朵侧着，"听！她回来了！是她！"他要立起来，可是只弄得椅子前后的摇了几下，他起不来。

外边并没有人。他倒了下去，闭上了眼，还喘着说："她——也——许——明天来。她是——我——的！"

暑假中，学校给他家里打了电报，来了人，把他接回去。以后，没有人得到过他的信。有的人说，到现在他还在疯人院里呢。

（原载1934年4月1日《文学》第二卷第四号）

柳 屯 的

要计算我们村里的人们，在头几个手指上你总得数到夏家，不管你对这一家子的感情怎么样。夏家有三百来亩地，这就足以说明了一大些，即使承认我们的村子不算是很小。

夏老者在庚子年前就信教。要说他藉着信教去横行霸道，真是屈心的话；拿这个去得些小便宜，那倒有之。他的儿子夏廉也信教。

他们有三百来亩地，这倒比信教不信教还要紧；不过，他们父子决不肯抛弃了宗教，正如不肯舍割一两亩地。假如他们光信教而没有这些产业，大概偶尔到乡间巡视的洋牧师决不会特意的记住他们的姓名。事实上他们是有三百来亩地，而且信教，这便有了文章。

我说过了，他们不横行霸道；可是他们的心里颇有个数儿。要说为村里的公益事儿拿个块儿八毛的，夏家父子的钱袋好像天衣似的，没有缝儿。"我们信教，不开发这个。"信教的利益，这还是消极的，在这里等着你呢。全村里的人没有愿公然说他们父子刻薄的，可也没有人捧场夸奖他们厚道。他们不跳出圈去欺侮人，人们也不敢无故的找寻他们，彼此敬而远之。不过，有的时候，人们还非去找夏家父子不可；这可就没的可说了。周瑜打黄盖，愿打愿挨。"知道我们厉害呀，别找上门来！

事情是事情！"他们父子虽不这么明说，可确是这么股子劲儿。无论买什么，他们总比别人少花点儿；但是现钱交易，一手递钱，一手交货，他们管这个叫作教友派儿。至于偶尔被人家捉了大头，就是说明了"概不退换"，也得退换；教友派儿在这种关节上更露出些力量。没人敢惹他们，而他们又的确不是刺儿头——从远处看。找上门来挨剋，他们父子实在有些无形的硬翎儿。

要是由外表上看，他们离着精明还远得很呢。夏老者身上最出色的是一对罗圈腿。成天拐拉拐拉的出来进去，出来进去，好像失落了点东西，找了六十多年还没有找着。被罗圈腿闹得身量也显着特别的矮，虽然努力挺着胸口也不怎么尊严。头也不大，眉毛比胡子似乎还长，因此那几根胡子老像怪委屈的。红眼边；眼珠不是黄的，也不是黑的，更说不上是蓝的，就那么灰不拉的，瘪瘪着；看人的时候永远拿鼻子尖瞄准儿，小尖下巴颏也随着跷起来。夏廉比父亲体面些，个子也高些。长脸，笑的时候仿佛都不愿脸上的肉动一动。眼睛老望着远处，似乎心中永远有点什么问题。他最会发愣。父亲要像个小颠蒜，儿子就像个楞青辣椒。

我和夏廉小时候同过学。我不知道他们父子的志愿是什么，他们不和别人谈心，嘴能像实心的核桃那么严。可是我晓得他们的产业越来越多。我也晓得，凡是他们要干的，哪怕是经过三年五载，最后必达到目的。在我的记忆中，他们似乎没有失败过。他们会等：一回不行，再等；还不行，再等！坚忍战败了光阴，精明会抓住机会，往好里说，他们确是有可佩服的地方。很有几个人，因为看夏家这样一帆风顺，也信了教；他们以为夏家所信的神必是真灵验。这个想法的对不对是另一问题，夏家父子的成功是事实。

他们父子可并非没遇过困难，也并非不怕遇上困难，但是当患难临头，他们不惜力：父亲拐拉着腿，儿子板死了脸，干！过蝗虫，他们和蝗虫开仗；下腻虫，和腻虫宣战。方法好不好的，先干点什么再说。唱野台戏谢龙王或虫神，他们连一个小钱也不拿："我们信教，不开发这个。"

或者不仅是我一个人有时候这么想：他们父子是不是有朝一日也会失败呢？以我自己说，这不是出于忌妒，我并无意看他们的哈哈笑；这是一种好奇的推测。我总以为人究竟不能胜过一切，谁也得有消化不了的东西。拿人类全体说，我愿意，希望，咱们能战胜一切，就个人说，我不这么希望，也没有这种信仰。拿破仑碰了钉子，也该碰。

在思想上，我相信这个看法是不错的。不错，我是因看见夏家父子而想起这个来，但这并不是对他们的诅咒。

谁知道这竟自像诅咒呢！我不喜欢他们的为人，真的；可也没想到他们果然会失败。我并不是看见苍蝇落在胶上，便又可怜它了，不是；他们的失败实在太难堪了，太奇怪了；这件"事"使我的感情与理智分道而驰了。

前五年吧，我离开了家乡一些日子。等到回家的时候，我便听说许多关于——也不大利于——我的老同学的话。把这些话凑在一处，合成这么一句：夏廉在柳屯——离我们那里六里多地的一个小村子——弄了个"人儿"。

这种事要是搁在别人的身上，原来并没什么了不得的。夏廉，不行。第一，他是教友；打算弄人儿就得出教。据我们村里的人看，无论是在白莲教，耶稣教，只要一出教就得倒运。自然，夏廉要倒运，正是一些人所希望的，所以大家的耳朵都竖起来，心中也微微有点跳。至于以教会的观点看这件事的合理与否的，也有几位，可是他们的意见并没引起多大的注意——太带洋味儿。

第二，夏廉，夏廉！居然弄人儿！把信教不信教放在一边，单说这个"人"，他会弄人儿，太阳确是可以打西边出来了，也许就是明天早晨！

夏家已有三辈是独传。夏廉有三个女儿，一个儿子。这个儿子活到十岁上就死了。夏嫂身体很弱，不见得再能生养。三辈子独传，到这儿眼看要断根！这个事实是大家知道的，可是大家并不因此而使夏廉舒舒服服的弄人儿，他的人缘正站在"好"的反面儿。

"断根也不能动洋钱"，谁看见那个楞辣椒也得这么想，这自然也是大家所以这样惊异的原因。弄人儿，他？他！

还有呢，他要是讨个小老婆，为是生儿子，大家也不会这么见神见鬼的。他是在柳屯搭上了个娘们。"怪不得他老往远处看呢，柳屯！"大家笑着嘀咕，笑得好像都不愿费力气，只到嗓子那溜儿，把未完的那些意思交给眼睛挤咕出来。

除了夏廉自己明白他自己，别人都不过是瞎猜；他的嘴比蛤蜊还紧。可是比较的，我还算是他的熟人，自幼儿的同学。我不敢说是明白他，不过讲猜测的话，我或者能猜个八九不离十。拿他那点宗教说，大概除了他愿意偶尔有个洋牧师到家里坐一坐，和洋牧师喜欢教会里有几家基本教友，别无作用。他当义和拳或教友恐怕没有多少分别。上帝有一位还是有十位，对于他，完全没关系。牧师讲道他便听着，听完博爱他并不少占便宜。可是他愿作教友。他没有朋友，所以要有个地方去——

教会正是个好地方。"你们不理我呀,我还不爱交接你们呢;我自有地方去,我是教友!"这好像明明的在他那长脸上写着呢。

他不能公然的娶小老婆,他不愿出教。可是没儿子又是了不得的事。他想偷偷的解决了这个问题。搭上个娘们,等到有了儿子再说。夏老者当然不反对,祖父盼孙子自有比父亲盼儿子还盼得厉害的。教会呢,洋牧师不时常来,而本村的牧师还不就是那么一回事。上帝本是洋人带过来的。反正没晴天大日头的用敞车往家里拉人,就不算是有意犯教规,大家闭闭眼,事情还有过不去的?

至于图省钱,那倒未必。搭人儿不见得比娶小省钱。为得儿子,他这一回总算下了决心,不能不咬咬牙。"教友"虽不是官衔,却自有作用,而儿子又是必不可少的,闭了眼啦,花点钱!

这是我的猜测,未免有点刻薄,我知道;但是不见得比别人的更刻薄。至于正确的程度,我相信我的是最优等。

在家没住了几天,我又到外边去了两个月。到年底下我回家来过年,夏家的事已发展到相当的地步:夏廉已经自动的脱离教会,那个柳屯的人儿已接到家里来。我真没想到这事儿会来得这么快。但是我无须打听,便能猜着:村里人的嘴要是都咬住一个地方,不过三天就能把长城咬塌了一大块。柳屯那位娘们一定是被大家给咬出来了,好像猎狗掘兔子窝似的,非扒到底儿不拉倒。他们死咬一口,教会便不肯再装聋卖傻,于是……这个,我猜对了。

可是,我还有不知道的。我遇见了夏老者。他的红眼边底下有些笑纹,这是不多见的。那几根怪委屈的胡子直微微的动,似乎是要和我谈一谈。我明白了:村里人们的嘴现在都咬着夏家,连夏老头子也有点撑不住了；他也想为自己辩护几句。我是刚由外边回来的，好像是个第三者，他正好和我诉诉委屈。好吧，蛤蜊张了嘴，不容易的事，我不便错过这个机会。

他的话是一派的夸奖那个娘们，他很巧妙的管她叫作"柳屯的"。这个老家伙有两下子，我心里说。他不为这件"事"辩护，而替她在村子里开道儿。村儿里的事一向是这样：有几个人向左看，哪怕是原来大家都脸朝右呢，便慢慢的能把大家都引到左边来。她既是来了，就得设法叫她算个数；这老头子给她砸地基呢。"柳屯的"，不卑不亢的，简直的有些诗味！

"太好了，'柳屯的'！'"他的红眼边忙着眨巴。"比大嫂强多了，真泼辣！ 能洗能作，见了人那份和气，公是公，婆是婆！ 多费一口子的粮食，可是咱们白用一个人呢！ 大嫂老有病，横草不动，竖草不拿；'柳屯的'什么都拿得起来！ 所以我就对廉儿说了。"老头子抬着下巴颏看准了我的眼睛，我知道他是要给儿子掩饰了："我就说了，廉儿呀，把她接来吧，咱们'要'这么一把手！"说完，他向我眨巴眼，红眼边一劲的动，看看好像是孙猴子的父亲。他是等着我的意见呢。

"那就很好。"我只说了这么一句四面不靠边的。

"实在是神的意思！"他点头赞叹着。"你得来看看她；看见她，你就明白了。"

"好吧，大叔，明儿个去给你老拜年。"真的，我想看看这位柳屯的贤妇。

第二天我到夏家去拜年，看见了"柳屯的"。

她有多大岁数，我说不清，也许三十，也许三十五，也许四十。大概说她在四十五以下准保没错。我心里笑开了，好劲个"人儿"！高高的身量，长长的脸，脸上擦了一斤来的白粉，可是并不见得十分白；鬓角和眉毛都用墨刷得非常整齐：好像新砌的墙，白的地方还没全干，可是黑的地方真黑真齐。眼睛向外弩着，故意的慢慢眨巴眼皮，恐怕碰了眼珠似的。头上不少的黄发，也用墨刷过，可是刷得不十分成功；戴着朵红石榴花。一身新蓝洋缎棉袄棉裤，腋下搭拉着一块粉洋纱手绢。大红新鞋，至多也不过一尺来的长。

我简直的没话可说，心里头一劲儿的要笑，又有点堵得慌。

"柳屯的"倒有的说。她好像也和我同过学，有模有样的问我这个那个的。从她的话里我看出来，她对于我家和村里的事知道得很透彻。她的眼皮慢慢那么向我眨巴了几下，似乎已连我每天吃几个馍馍都看了去！她的嘴可是甜甘，一边张罗客人的茶水，一边儿说；一边儿说着，一边儿用眼角儿扫着家里的人；该叫什么的便先叫出来，而后说话，叫得都那么怪震心的。夏老者的红眼边上有点湿润，夏老太太——一个瘪嘴弯腰的小老太太——的眼睛随着"柳屯的"转；一声爸爸一声妈，大概给二位老者已叫迷糊了。夏廉没在家。我想看看夏大嫂去，因为听说她还病着。夏家二位老人似乎没什么表示，可是眼睛都瞧着"柳屯的"，像是跟她要主意；大概他们已承认：交际来往，规矩礼行这些事，他们没有"柳屯的"那样在行，所以得问她。她忙着就去开门，往西屋里让。陪着我走到窗前。便交待了声："有人来了。"然后向我一笑，"屋里坐，我去看看水。"我独自进了西屋。

夏大嫂是全家里最老实可爱的人。她在炕上围着被子坐着呢。见了我，她似乎非常的喜欢。可是脸上还没笑利索，泪就落下来了："牛儿叔！牛儿叔！"她叫了我两声。我们村里彼此称呼总是带着乳名的，孙子呼祖父也得挂上小名。她像是有许多的话，可是又不肯说，抹了抹泪，向窗外看了看，然后向屋外指了一下。我明白她的意思。

我问她的病状，她叹了口气："活不长了；死了也不能放心！"那个娘们实在是夏嫂心里的一块病，我看出来。即使我承认夏嫂是免不掉忌妒，我也不能说她的忧虑是完全为自己，她是个最老实可爱的人。我和她似乎都看出来点危险来，那个娘们！

由西屋出来，我遇上了"她"，在上房的檐下站着呢。很亲热的赶过来，让我再坐一坐，我笑了笑，没回答出什么来。我知道这一笑使我和她结下仇。这个娘们眼里有活，她看清这一笑的意思，况且我是刚从西屋出来。出了大门，我吐了口气，舒畅了许多；在她的面前，我也不怎么觉着别扭。我曾经作过一个恶梦，梦见一个母老虎，脸上擦着铅粉。这个"柳屯的"又勾起这个恶梦所给的不快之感。我讨厌这个娘们，虽然我对她并没有丝毫地位的道德的成见。只是讨厌她，那一对弩出的眼睛！

年节过去，我又离开了故乡，到次年的灯节才回来。

似乎由我一进村口，我就听到一种嘤嘤喳喳的声音；在这声音当中包着的是"柳屯的"。我一进家门，大家急于报告的也是她。

在我定了定神之后，我记得已听见他们说：夏老头子的胡子已剩下很少，被"柳屯的"给扯去了多一半。夏老太太常给这个老婆跪着。夏大嫂已经分出去另过。夏廉的牙齿都被嘴巴搧了去……我怀疑我莫不是作梦呢！不是梦，因为我歇息了一会儿以后，他们继续的告诉我："柳屯的"把夏家完全拿下去了。他们你一言我一语的争着说，我相信了这是真事,可是记不清他们说的都是什么了。

我一向不大信《醒世姻缘》中的故事;这个更离奇。我得亲眼去看看!眼见为真,不然我不能信这些话。

第二天,村里唱戏,早九点就开锣。我也随着家里的人去看热闹;其实我的眼睛专在找"她"。到了戏台的附近,台上已打了头通。台下的人已不少,除了本村的还有不少由外村来的。因为地势与户口的关系,戏班老是先在我们这里驻脚。二通锣鼓又响了,我一眼看见了"她"。她还是穿着新年的漂亮衣服,脸上可没有擦粉——不像一小块新砌的墙了,可是颇似一大扇棒子面的饼子。乡下的戏台搭得并不矮,她抓住了台沿,只一悠便上去了。上了台,她一直扑过文场去,"打住!"她喝了一声。锣鼓立刻停了。我以为她是要票一出什么呢。《送亲演礼》,或是《探亲家》,她演,准保合适,据我想。不是,我没猜对,她转过身来,两步就走到台边,向台下的人一挥手。她的眼弩得像一对小灯笼。说也奇怪,台下大众立刻鸦雀无声了。我的心凉了:在我离开家乡这一年的工夫,她已把全村治服了。她用的是什么方法,我还没去调查,但大家都不敢惹她确是真的。

"老街坊们!"她的眼珠弩得特别的厉害,台根底下立着的小孩们,被她吓哭了两三个。"老街坊们!我娘们先给你们学学夏老王八的样儿!"她的腿圈起来,眼睛拿鼻尖作准星,向上半仰着脸,在台上拐拉了两个圈。台下居然有人哈哈的笑起来。

走完了场,她又在台边站定,眼睛整扫了一圈,开始骂夏老王八。她的话,我没法记录下来,我脑中记得的那些字绝对不够用的。况且在事实上,夏老头儿并不那样老与生殖器有密切的关系,像她所形容的。

她足足骂了三刻钟，一句跟着一句，流畅而又雄厚。设若不是她的嗓子有点不跟劲，大概骂个两三点钟是可以保险的。可奇的是大家听着！

她下了台，戏就开了，观众们高高兴兴的看戏，好像刚才那一幕，也是在程序之中的。我的脑子里转开了圈，这是啥事儿呢？本来不想听戏，我就离开戏台，到"地"里去溜达。

走出不远，迎面松儿大爷撅撅着胡子走来了。

"听戏去，松儿大爷？新喜，多多发财！"我作了个揖。

"多多发财！"老头子打量了我一番。"听戏去？这个年头的戏！"

"听不听不吃劲！"我迎合着说。老人都有这宗脾气，什么也是老年间的好；其实松儿大爷站在台底下，未必不听得把饭也忘了吃。

"看怎么不吃劲了！"老头儿点头咂嘴的说。

"松儿大爷，咱们爷儿俩找地方聊聊去，不比听戏强？城里头买来的烟卷！"我掏出盒"美丽"来，给了老头子一支。松儿大爷是村里的圣人，我这盒烟卷值金子，假如我想打听点有价值的消息；夏家的事，这会儿在我心中确是有些价值。怎会全村里就没有敢惹她的呢？这像块石头压着我的心。

把烟点着，松儿大爷带着响吸了两口，然后翻着眼想了想："走吧，家里去！我有二百一包的，焖得酽酽的，咱们扯他半天，也不癞！"

随着松儿大爷到了家。除了松儿大娘，别人都听戏去了。给他们拜完了年，我就手也把大娘给撵出去："大娘，听戏去，我们看家！"她把茶——真是二百一包的——给我们沏好，瘪着嘴听戏去了。

等松儿大爷审过了我——我挣多少钱，国家大事如何……我开始审他。

"松儿大爷,夏家的那个娘们是怎回事?"

老头子头上的筋跳起来,仿佛有谁猛孤丁的揍了他的嘴巴。"臭狗屎! 提她?"拍的往地上唾了一口。

"可是没人敢惹她!"我用着激将法。

"新鞋不踩臭狗屎!"

我看出来村里有一部分人是不屑于理她,或者是因为不屑援助夏家父子。不踩臭狗屎的另一方面便是由着她的性反,所以我把"就没人敢出来管教管教她?"咽了回去,换上:"大概也有人以为她怪香的?"

"那还用说! 一斗小米,二尺布,谁不向着她;夏家爷儿俩一辈子连个屁也不放在街上!"

这又对了,一部分人已经降服了她。她肯用一斗小米二尺布收买人,而夏家父子舍不得个屁。

"教会呢?"

"他爷们栽了,挂洋味的全不理他们了!"

他们父子的地位完了,这里大概含着这点意思,我想:有的人或者宁自答理她,也不同情于他们;她是他们父子的惩罚;洋神仙保佑他们父子发了财,现在中国神仙借着她给弄个底儿掉! 也许有人还相信她会呼风唤雨呢!

"夏家现在怎样了呢?"我问。

"怎么样?"松儿大爷一气灌完一大碗浓茶,用手背擦了擦胡子:"怎么样? 我给他们算定了,出不去三四年,全完! 咱这可不是血口喷人,盼着人家倒霉,大年灯节的! 你看,夏大嫂分出去了,这是半年前的事了。那时候,柳屯这个娘们一天到晚挑唆:啊,没病装病,死吃一口，谁受得了？三个丫头，哪个不是赔钱货！夏老头子的心活了，给了大嫂三十亩地，让她带着三个女儿去住西小院那三间小南屋。由那天起，夏廉没到西院去过一次。他的大女儿是九月出的门子，他们全都过去吃了三天，可是一个子儿没给大嫂。夏廉和他那个爸爸觉得这是个便宜——白吃儿媳妇三天！"

"大嫂的娘家自然帮助她些了？"我问。

"那是自然；可有一层，他们都擦着黑儿来，不敢叫柳屯的娘们看见。她在西墙那边老预备着个梯子，一天不定往西院瞭望多少回。没关系的人去看夏大嫂，墙头上有整车的村话打下来；有点关系的人，那更好了，那个娘们拿刀在门口堵着！"松儿大爷又唾了一口。

"没人敢惹她？"

松儿大爷摇了摇头。"夏大嫂是虾蟆垫桌腿，死挨！"

"她死了，那个娘们好成为夏大嫂？"

"还用等她死了？现在谁敢不叫那个娘们'大嫂'呢？'二嫂'都不行！"

"松儿大爷你自己呢？"按说，我不应当这么挤兑这个老头子！

"我？"老头子似乎挂了劲，可是事实又叫他泄了气："我不理她！"又似乎太泄气，所以补上："多咱她找到我的头上来，叫她试试，她也得敢！我要跟夏老头子换换地方，你看她敢扯我的胡子不敢！夏老头子是自找不自在。她给他们出坏道儿，怎么占点便宜，他们听她的；这就完了。既听了她的，她就是老爷了！你听着，还有呢：她和他们不是把夏大嫂收拾了吗？不到一个月，临到夏老两口子了。她把他们也赶出去了。老两口子分了五十亩地，去住场院外那两间牛棚。夏老头子可真急了，背起梢马子就要进城，告状去。他还没走出村儿去，她追了上来，一把扯回他来，左右开弓就是几个嘴巴子，跟着便把胡子扯下半边，临完给他下身两脚。夏老头子半个月没下地。现在，她住着上房，产业归她拿着，看吧！"

"她还能谋害夏廉？"我插进一句去。

"那，谁敢说怎样呢！反正有朝一日，夏家会连块土坯也落不下，不是都被她拿了去，就是因为她闹丢了。我不知道别的，我知道这家子要玩完！没见过这样的事，我快七十岁的人了！"

我们俩都半天没言语。后来还是我说了："松儿大爷，他们老公母俩和夏大嫂不会联合起来跟她干吗？"

"那不就好了吗，我的傻大哥！"松儿大爷的眼睛挤出点不得已的笑意来。"那个老头子混蛋哪。她一面欺侮他，一面又教给他去欺侮夏大嫂。他不敢惹她，可是敢惹大嫂呢。她终年病病歪歪的，还不好欺侮。他要不是这样的人，怎能会落到这步田地？那个娘们算把他们爷俩的脉摸准了！夏廉也是这样呀，他以为父亲吃了亏，便是他自己的便宜。要不怎说没法办呢！"

"只苦了个老实的夏大嫂！"我低声的说。

"就苦了她！好人掉在狼窝里了！"

"我得看看夏大嫂去！"我好像是对自己说呢。

"乘早不必多那个事，我告诉你句好话！"他很"自己"的说。

"那个娘们敢卷我半句，我叫她滚着走！"我笑了笑。

松儿大爷想了会儿："你叫她滚着走，又有什么好处呢？"

我没话可说。松儿大爷的哲理应当对"柳屯的"敢这样横行负一部分责任。同时，为个人计，这是我们村里最好的见解。谁也不去踩臭狗屎，可是狗屎便更臭起来；自然还有说它是香的人！

辞别了松儿大爷，我想看看大嫂去；我不能怕那个"柳屯的"，不管她怎么厉害——村里也许有人相信她会妖术邪法呢！但是，继而一想：假如我和她干起来，即使我大获全胜，对夏大嫂有什么好处呢？我是不常在家里的人；我离开家乡，她岂不因此而更加倍的欺侮夏大嫂？除非我有彻底的办法，还是不去为妙。

不久，我又出了外，也就把这件事忘了。

大概有三年我没回家，直到去年夏天才有机会回去休息一两个月。

到家那天，正赶上大雨之后。田中的玉米，高粱，谷子；村内外的树，都绿得不能再绿。连树影儿，墙根上，全是绿的。在都市中过了三年，乍到了这种静绿的地方，好像是入了梦境；空气太新鲜了，确是压得我发困。我强打着精神，不好意思去睡，跟家里的人闲扯开了。扯来扯去，自然而然的扯到了"她"。我马上不困了，可是同时也觉出乡村里并非是一首绿的诗。在大家的报告中，最有趣的是"她"现在正传教！我一听说，我想到了个理由：她是要把以前夏家父子那点地位恢复了来，可是放在她自己身上。不过，不管理由不理由吧，这件事太滑稽了。"柳屯的"传教？谁传不了教，单等着她！

据他们说，那是这么回事：村里来了一拨子教徒，有中国人，也有外国人。这群人是相信祷告足以治病，而一认罪便可以被赦免的。这群人与本地的教会无关，而且本地的教友也不参加他们的活动。可是他们闹腾得挺欢：偷青的张二楞，醉鬼刘四，盗嫂的冯二头，还有"柳屯的"，全认了罪。据来的那俩洋人看，这是最大的功成，已经把张二楞们的像片——对了，还有时常骂街的宋寡妇也认了罪，纯粹因为白得一张像片；洋人带来个照相机——寄到外国去。奇迹！

这群人走了之后，"柳屯的"率领着刘四一干人等继续宣传福音，每天太阳压山的时候在夏家的场院讲道。

我得听听去！

有蹲着的，有坐着的，有立着的，夏家的场院上有二三十个人。我一眼看见了我家的长工赵五。

"你干吗来了？"我问他。

赵五的脸红了，迟迟顿顿的说："不来不行！来过一次，第二次要是不来，她卷祖宗三代！"

我也就不必再往下问了。她是这村的"霸王"。

柳树尖上还留着点金黄的阳光，蝉在刚来的凉风里唱着，我正呆看着这些轻摆的柳树，忽然大家都立起来，"她"来了！她比三年前胖了些，身上没有什么打扮修饰，可是很利落。她的大脚走得轻而有力，弩出的眼珠向平处看，好像全世界满属她管似的。她站住，眼珠不动，全身也全不动，只是嘴唇微张："祷告！"大家全低下头。她并不闭眼，直着脖颈念念有词，仿佛是和神面对面的讲话呢。

正在这时候，夏廉轻手蹑脚的走来，立在她的后面，很虔敬的低下头，闭上眼。我没想到，他倒比从前胖了些。焉知我们以为难堪的，不是他的享受呢？猪八戒玩老雕，各好一路——我们村里很有些圣明的俗语儿。

她的祷告大略是："愿上帝赶紧叫夏老头子一个跟头摔死。叫夏娘们一口气不来，堵死，叫夏娘们的大丫头让野汉子操死。叫那个二丫头下窑子，三丫头半掩门……阿门！"

奇怪的是，没有一个人觉着这个可笑，或是可恶；大家一齐随着说"阿门"。莫非她真有妖术邪法？我真有点发胡涂！

我很想和夏廉谈一谈。可是"柳屯的"看着我呢——用她的眼角。夏廉是她的猫，狗，或是个什么别的玩艺。他也看见我了，只那么一眼，就又低下头去。他拿她当作屏风，在她后面，他觉得安全，虽然他的牙是被她打飞了的。我不十分明白他俩的真正关系，我只想起：从前村里有个看香的妇人，顶着白狐大仙。她有个"童儿"，才四十多岁。这个童儿和夏廉是一对儿，我想不起更好的比拟。这个老童儿随着白狐大仙的代表，整像耍猴子的身后随着的那个没有多少毛儿的羊。这个老童儿在晚上和白狐大仙的代表一个床上睡，所以他多少也有点仙气。夏廉现在似乎也有点仙气，他祷告的很虔诚。

我走开了，觉着"柳屯的"的眼随着我呢。

夏老者还在地里忙呢，我虽然看见他几次，始终没能谈一谈，他躲着我。他已不像样子了，红眼边好像要把夏天的太阳给比下去似的。可是他还是不惜力，仿佛他要把被"柳屯的"所夺去的都从地里面补出来，他拿着锄向地咬牙。

夏大嫂，据说，已病得快死了。她的二女儿也快出门子，给的是个当兵的。大概是个排长，可是村里都说他是个军官。

我们村里的人，对于教会的人是敬而远之；对于"县"里的人是手段与敬畏并用；大家最怕的，真怕的，是兵。"柳屯的"大概也有点怕兵，虽然她不说。她现在自己是传教的；是乡绅，虽然没有"县"里的承认；也自己宣传她在县里有人。她有了乡间应有的一切势力（这是她自创的，他是个天才，）只是没有兵。

对于夏二姑娘的许给一个"军官"，她认为这是夏大嫂诚心和她挑战。她要不马上剪除她们，必是个大患。她要是不动声色的置之不理，总会不久就有人看出她的弱点。赵五和我研究这回事来着。据赵五说，无论"柳屯的"怎样欺侮夏大嫂，村里是不会有人管的。阔点的人愿意看着夏家出丑，穷人全是"柳屯的"属下。不过，"柳屯的"至今还没动手，因为她对"兵"得思索一下。这几天她特别的虔诚，祷告的特别勤，赵五知道。云已布满，专等一声雷呢，仿佛是。

不久，雷响了。夏家二姑娘，在夏大嫂的三个女儿中算是最能干的。据"柳屯的"看，自然是最厉害的。有一天，三姐在门外买线，二姐在门内指导着——因为快出门子了，不好意思出来。这么个工夫，"柳屯的"也出来买线，三姐没买完就往里走，脸已变了颜色。二姐在门内说了一句："买你的！"

"柳屯的"好像一个闪似的，就扑到门前："我操你夏家十三辈的祖宗！你要吃大兵的肉棍，就在太太眼前大模大样的，我不把你臊豆子撕烂了！"

二姐三姐全跑进去了，"柳屯的"在后面追。我正在不远的一棵柳树下坐着呢。我也赶到，生怕她把二姐的脸抓坏了。可是这个娘们敢情知道先干什么，她奔了夏大嫂去。两拳，夏大嫂就得没了命。她死了，"柳屯的"便名正言顺的是"大嫂了"；而后再从容的收拾二姐三姐。把她们卖了也没人管，夏老者是第一个不关心她们的，夏廉要不是为儿子还不弄来"柳屯的"呢，别人更提不到了。她已经进了屋门，我赶上了。在某种情形下，大概人人会掏点坏，我揪住了她，假意的劝解，可是我的眼睛尽了它们的责任。二妞明白我的眼睛，她上来了，三妞的胆子也壮起来。大概她们常梦到的快举就是这个，今天有我给助点胆儿，居然实现了。

我嘴里说着好的，手可是用足了力量；差点劲的男人还真弄不住她呢。正在这么个工夫，"柳屯的"改变了战略——好利害的娘们！

"牛儿叔，我娘们不打架；"她笑着，头往下一低，拿出一些媚劲，"我吓着她们玩呢。小丫头子，有了婆婆家就这么扬气，搁着你的！"说完，她撩了我一眼，扭着腰儿走了。

光棍不吃眼前亏，她真要被她们捶巴两下子，岂不把威风扫尽——她觉出我的手是有些力气。

不大会儿，夏廉来了。他的脸上很难看，他替她来管教女儿了，我心里说。我没理他。他瞪着二妞，可是说不出来什么，或者因为我在一旁，他不知怎样好了。二妞看着他，嘴动了几动，没说出什么来。又楞了会儿，她往前凑了凑，对准了他的脸就是一口，呸！他真急了，可是他还没动手，已经被我揪住。他跟我争巴了两下，不动了。看了我一眼，头低下去："哎——"叹了口长气，"谁叫你们都不是小子呢！"这个人是完全被"柳屯的"拿住，而还想为自己辩护。他已经逃不出她的手，所以更恨她们——谁叫她们都不是男孩子呢！

二姑娘啐了爸爸一个满脸花，气是出了，可是反倒哭起来。

夏廉走到屋门口，又楞住了。他没法回去交差。又叹了口气，慢慢的走出去。

我把二妞劝住。她刚住声，东院那个娘们骂开了："你个贼王八，兔小子，连你自己操出来的丫头都管不了。……"

我心中打开了鼓,万一我走后,她再回来呢? 我不能走,我叫三姐把赵五喊来。叫赵五安置在那儿,我才敢回家。赵五自然是不敢惹她的,可是我并没叫他打前敌,他只是作会儿哨兵。

回到家中,我越想越不是滋味:我和她算是宣了战,她不能就这么完事。假如她结队前来挑战呢? 打群架不是什么稀罕的事。完不了,她多少是栽了跟头。我不想打群架,哼,她未必不晓得这个! 她在这几年里把什么都拿到手,除了有几家 —— 我便是其中的一个 —— 不肯理他,虽然也不肯故意得罪她;我得罪了她,这个娘们要是有机会,是满可以作个"女拿破仑",她一定跟我完不了。设若她会写书,她必定会写出顶好的农村小说,她真明白一切乡人的心理。

果然不出我所料,当天的午后,她骑着匹黑驴,打着把雨伞 —— 太阳毒得好像下火呢 —— 由村子东头到西头,南头到北头,叫骂夏老王八,夏廉 —— 贼兔子 —— 和那两个小窑姐。她是骂给我听呢。她知道我必不肯把她拉下驴来揍一顿,那么,全村还是她的,没人出来拦她吗。

赵五头一个吃不住劲了,他要求我换个人去保护二妞。他并非有意激动我,他是真怕;可是我的火上来了:"赵五,你看我会揍她一顿不会?"

赵五眨巴了半天眼睛:"行啊;可是好男不跟女斗,是不是?"

可就是,怎能一个男子去打女人家呢! 我还得另想高明主意。

夏大嫂的病越来越沉重。我的心又移到她这边来:先得叫二妞出门子,落了丧事可就不好办了,逃出一个是一个。那个"军官"是张店的人,离我们这儿有十二三里路。我派赵五去催快娶 —— 自然是得了夏大嫂的同意。赵五愿意走这个差,这个比给二妞保镖强多了。

我是这么想,假如二妞能被人家顺顺当当的娶了走,"柳屯的"便算又栽了个跟头——谁不知道她早就憋住和夏大嫂闹呢?好,夏大嫂的女婿越多,便越难收拾,况且这回是个"军官"!我也打定了主意,我要看着二妞上了轿。那个娘们敢闹,我揍她。好在她有个闹婚的罪名,我们便好上县里说去了。

据我们村里的人看,人的运气,无论谁,是有个年限的;没人能走一辈子好运,连关老爷还掉了脑袋呢。我和"柳屯的"那一幕,已经传遍了全村,我虽没说,可是三妞是有嘴有腿的。大家似乎都以为这是一种先兆——"柳屯的"要玩完。人们不敢惹她,所以愿意有个人敢惹她,看打擂是最有趣的。

"柳屯的"大概也扫听着这么点风声,所以加紧的打夏廉,作为一种间接的示威。夏廉的头已肿起多高,被她往磨盘上撞的。

张店的那位排长原是个有名有姓的人,他是和家里闹气而跑出去当了兵;他现在正在临县驻扎。赵五回来交差,很替二妞高兴——"一大家子人呢,准保有吃有喝;二姑娘有点造化!"他们也答应了提早结婚。

"柳屯的"大概上十回梯子,总有八回看见我:我替夏大嫂办理一切,她既下不了地,别人又不敢帮忙,我自然得卖点力气了——一半也是为气"柳屯的"。每逢她看见我,张口就骂夏廉,不但不骂我,连夏大嫂也摘干净了。我心里说,自要你不直接冲锋,我便不接碴儿,咱们是心里的劲!

夏廉,有一天晚上找我来了;他头上顶着好几个大青包,很像块长着绿苔的山子石。坐了半天,我们谁也没说话。我心里觉得非常的乱,不知思想什么好；他大概也不甚好受。我为是打破僵局，没想就说了句："你怎能受她这个呢！"

"我没法子！"他板着脸说，眉毛要皱上，可是不成功，因为那块都肿着呢。

"我就不信一个男子汉——"

他没等我说完，就接了下去："她也有好处。"

"财产都被你们俩弄过来了，好处？"我没好意的笑着。

他不出声了，两眼看着屋中的最远处；不愿再还口；可是十分不爱听我的话；一个人有一个主意——他愿挨揍而有财产。"柳屯的"，从一方面说，是他的宝贝。

"你干什么来了？"我不想再跟他多费话。

"我——"

"说你的！"

"我——；你是有意跟她顶到头儿吗？"

"夏大嫂是你的元配，二妞是你的女儿！"

他没往下接碴；简单的说了一句："我怕闹到县里去！"

我看出来了："柳屯的"是决不能善罢甘休，他管不了；所以来劝告我。他怕闹到县里去——钱！到了县里，没钱是不用想出来的。他不能舍了"柳屯的"：没有她，夏老者是头一个必向儿子反攻的。夏廉有相当的厉害，可是打算大获全胜非仗着"柳屯的"不可。真要闹到县里去，而"柳屯的"被扣起来，他便进退两难了：不设法弄出她来吧，他失去了靠山；弄出她来吧，得花钱；所以他来劝我。

"我不要求你帮助夏大嫂——你自己的妻子；你也不用管我怎样对

待'柳屯的'。咱们就说到这儿吧。"

第二天,"柳屯的"骑着驴,打着伞,到县城里骂去了:由东关骂到西关,还骂的是夏老王八与夏廉。她试试。试试城里有人抓她或拦阻她没有。她始终不放心县里。没人拦她,她打着得胜鼓回来了;当天晚上,她在场院召集布道会,咒诅夏家,并报告她的探险。

战事是必不可避免的,我看准了。只好预备打吧,有什么法子呢?没有大糜乱,是扫不清咱们这个世界的污浊的;以大喻小,我们村里这件事也是如此。

这几天村里的人都用一种特别的眼神看我,虽然我并没想好如何作战——不过是她来,我决不退缩。谣言说我已和那位"军官"勾好,也有人说我在县里打垫妥当;这使我很不自在。其实我完全是"玩玩票",不想勾结谁。赵五都不肯帮助我,还用说别人?

村里的人似乎永远是圣明的。他们相信好运是有年限的,果然是这样;即使我不信这个,也敌不过他们——他们只要一点偶合的事证明了天意。正在夏家二妞要出阁之前,"柳屯的"被县里拿了去。村里的人知道底细,可是暗中都用手指着我。我真一点也不知道。

过了几天,消息才传到村中来:村里的一位王姑娘,在城里当看护。恰巧县知事的太太生小孩,把王姑娘找了去。她当笑话似的把"柳屯的"一切告诉了知事太太,而知事太太最恨作小老婆的,因为知事颇有弄个"人儿"的愿望与表示。知事太太下命令叫老爷"办"那个娘们,于是"柳屯的"就被捉进去。

村里人不十分相信这个,他们更愿维持"柳屯的"交了五年旺运的说法,而她所以倒霉还是因为我。松儿大爷一半满意,一半慨叹的说:

"我说什么来着？出不了三四年，夏家连块土坯也落不下！应验了吧？县里，二三百亩地还不是白填进去！"

夏廉决定了把她弄出来，楞把钱花在县里也不能叫别人得了去——他的爸爸也在内。

夏老者也没闲着，没有"柳屯的"，他便什么也不怕了。

夏家父子的争斗，引起一部分人的注意——张二楞，刘四，冯二头，和宋寡妇等全决定帮助夏廉。"柳屯的"是他们的首领与恩人。连赵五都还替她吹风——"到了县衙门，'柳屯的'还骂呢，硬到底！没见她走的时候呢，叫四个衙役搀着她！四个呀，衙役！"

夏二姐平平安安的被娶了走。暑天还没过去，夏大嫂便死了；她笑着死的。三姐被她的大姐接了走。夏家父子把夏大嫂的东西给分了。宋寡妇说："要是'柳屯的'在家，夏大嫂那份黄杨木梳一定会给了我！夏家那俩爷们一对死王八皮！"

"柳屯的"什么时候能出来，没人晓得。可是没有人忘了她，连孩子们都这样的玩耍："我当'柳屯的'，你当夏老头？"他们这样商议；"我当'柳屯的'！我当'柳屯的！'我的眼会努着！"大家这么争论。

连我自己也觉得有点对不起她了，虽然我知道这是可笑的。

（原载1934年5月16日《东方杂志》第三十一卷第十号）

生　灭

"梅！"文低声的叫，已想好的话忽然全乱了；眼从梅的脸上移开，向小纯微笑。

小纯，八个月的小胖老虎，陪着爸笑了，鼻的左右笑出好几个肉坑。

文低下头去；天真的笑，此时，比刀还厉害。

小纯失去了爸的眼，往娘的胸部一撞，仰脸看娘。娘正面向窗出神，视线远些好能支持住泪。小纯无聊的啊啊了一阵，嘴中的粉色牙床露出些来。往常在灯下，文每每将一片棉花贴在那嫩团团的下巴上，往墙上照影；梅娇唤着：小老头，小老头；小纯啊啊着，莫名其妙的笑，有时咯咯的笑出声来。今晚，娘只用手松拢着他，看着窗；绿窗帘还没有放下来。

小纯又作出三四种声音，信意的编成短句，要唤出大人心中的爱。娘忍不住了，低下头猛的吻了小纯的短发几下，苦痛随着泪滴在发上。"不是胃病！"本想多说，可是苦痛随着这简短的爆发又封住了心，像船尾的水开而复合。没擦自己的眼；她轻轻把小纯的头发用手掌拭干。

文觉得自己是畜类。当初，什么样的快乐没应许过她？都是欺骗，欺骗！他自己痛苦；可是她的应该大着多少倍呢？他想着婚前的景象……那时候的她……不到二年……不能再想；再想下去，他就不能承认过去的真实,而且也得不到什么安慰。他不能完全抛弃了希望。只有希望能折减罪过,虽然在过去也常这么着,而并没多大用处。"没有小纯的时候,不也常常不爱吃东西?"他笑得没有半分力量。想起在怀上小纯以前的梅,那时她的苍白是偶尔的,像初开的杜鹃,过一会儿便红上来。现在……"别太胆小了,不能是那个。"他把纯抱过来,眼撩着梅;梅的脸,二年的工夫,仿佛是另一个人了;和纯的乳光的脸蛋比起来,她确是个母亲样子了。她照镜子的时候该怎样难过呢?"乖,跟爸爸,给唱唱。"可是他没有唱,他找不到自己的声音。只是纯的凉而柔滑的脸,给他的唇一种舒适,心中也安静了些。

梅倒在床上,脸埋在枕里。

文颠动着小纯,在屋里转,任凭小纯揪他的耳朵,抓他的头发。他的眼没离开梅:那就是梅吗? 和梅同过四年的学,连最初的相遇——在注册室外——他还记得很清楚。那时候的梅像个翠鸟似的。现在床上这一个人形,难道还是她? 她想什么呢? 生命就是这么无可捉摸的暗淡吗? 腿一软似的,他坐在床沿上。惭愧而假笑的脸贴着小纯的胖腮,"妈不哭,小纯不哭。"小纯并没有哭,只是直躲爸的脸——晚上,胡子茬又硬起来——掏出口中的手指在爸的脸上画。

梅的头微微转起点来:"和点代乳粉试试,纯,来!"她慢慢坐起来,无意的看了腹部一眼;要打嗝,没打出来。

"胃不好,奶当然不好。"文极难堪的还往宽处想。他看罐上的说明。

"就快点吧,到吃的时候了;吃了好睡!"梅起急。

这不是往常夫妻间的小冲突的那种急,文看出来:这是一种不知怎好的暴躁,是一触即发的悲急。文原谅她,这不由她;可是在原谅中他觉到一点恐怖。他忙把粉调好。

小纯把头一口咽了。梅的心平下一点去，极轻妙而严重的去取第二匙。文看着她的手，还是那么白润，可是微微浮肿着，白润得不自然。纯辨明了滋味，把第二口白汁积在口中，想主意，而后照着喷牙练习那种喷法噗了一口，白汁顺嘴角往下流，鼻上也落了几小颗白星。文的喉中噎了一下，连个"乖"也没能叫出。

"宝纯纯！"梅在慌中镇定，把对一切苦恼的注意都移到纯的身上来，她又完全是母亲了："来，吃，吃——"自己吧嗒着嘴，又轻轻给了他一匙。

纯的胖腿踢蹬起来，虽然没哭——他向来不爱哭——可是啊啊了一串，表示决不吃这个新东西。

"算了吧，"男人性急，"啊——"可是没什么办法。

梅叹了口气，不完全承认失败，又不肯逼迫娃娃，把怀解开："吃吧，没养分！"

小纯像蜜蜂回巢似的奔了乳头去，万忙中找了爸一眼。爸要钻进地里去。纯吃得非常香甜，用手指拨弄着那个空闲的乳头。梅不错眼珠的看着娃娃的腮，好似没有一点思想；甘心的，毫不迟疑的，愿把自己都给了纯。可是"没养分"！她呆呆的看着那对小腮，无限的空虚。文看着妻的胸。那曾经把他迷狂了的胸，因小纯而失了魅力，现在又变成纯的毒物——没有养分！他听着哺乳的微声，温善的宣布着大人的罪恶。他觉到自己的尊严逐渐的消失。小纯的眼渐渐闭上了，完全信靠大人，必须含着乳睡去。吃净了一边，换过方向来，他又睁开眼，湿润的双唇弯起一些半睡中的娇笑。文扭过头去。梅机械的拍着小腿，纯睡去了。

多么难堪的静寂。要再不说点什么，文的心似乎要炸了。伏在梅的耳旁，他轻轻的说："明天上孟老头那里看看去；吃剂药看。"他还希望那是胃病，胃病在这当儿是必要的，救命的！

梅点点头，"吃汤药，奶可就更不好了。"她必须为小纯而慎重，她自己倒算不了什么。

"告诉老孟，说明白了，有小孩吃奶。"文的希望是无穷的，仿佛对一个中医的信心能救济一切。

一夜，夫妻都没睡好；小纯一会一醒，他饿。两只小手伸着时，像受了惊似的往上抬，而后闭着眼咧咧几声；听到娘的哼唧又勉强睡去；一会儿又醒。梅强打精神哼唧着，轻轻的拍着他，有时微叹一声，一种困乏隐忍悔恨爱惜等混合成的叹息。文大气不出，睁着眼看着黑暗。他什么也不敢想，可是什么都想到了，越想越迷惘。一个爱的行为，引起生死疾痛种种解不开的压迫。谁曾这么想过呢，在两年前？

春晨并没有欣喜，梅的眼底下发青，脸上灰白。文不敢细看她。他不断的打哈欠，泪在面上挂着，傻子似的。他去请假，赶回来看孩子；梅好去诊看。

小纯是豪横的，跟爸撕纸玩，揪爸的鼻子……不过，玩着玩着便啊啊起来，似微含焦急。爸会用新方法使他再笑得出了声，可是心中非常难过。他时时看那个代乳粉罐。钱是难挣的，还能不供给小纯代乳粉，假如他爱吃的话；但是他不吃。小纯瘦起来，一天到晚哭哭咧咧，以至于……他不敢再想。马上就看看纯，是否已经瘦了些呢？纯的眼似乎有点陷下，双眼皮的沟儿深了些，可怜的更俊了！

钱！不愿想它；敢不想么？事事物物上印着它的价值！他每月拿

六十块。他不嫌少。可是住房、穿衣、吃饭、交际、养小孩都仗着这六十块;到底是紧得出不来气,不管嫌少不嫌。为小纯,他们差不多有一年了,没作过一件衣裳,没去看一次电影或戏。为小纯,梅辞了事。梅一月须喝五块钱的牛奶。但小纯是一切;钱少,少花就是了,除了为小纯的。谁想到会作父母呢? 当结婚的时候,钱是可以随便花的。两个大学毕业生还怕抓不到钱么? 结婚以后,俩人都去作事,虽然薪水都不像所期望的那么高,可是有了多花,没了少花,还不是很自由的么? 早上出去,晚上回来,三间小屋的家庭不过像长期的旅舍。"随便"增高了浪漫的情味。爱出去吃饭,立起就走;爱自己作便合力的作。生活像燕那样活泼,一切都被心房的跳跃给跳过去,如跳栏竞走那样。每天晚上会面是一个恋的新试验……只有他俩那些不同而混在一处的味道是固定的,在帐子上,杯沿上,手巾上,挂着,流动着。

"我们老这样!"

"我们老这样!"

老这样,谁怕钱少呢? 够吃喝就好。谁要储蓄呢? 两个大学毕业生还愁没有小事情么么。"我们就老这样自由,老这样相爱!"生活像没有顾虑的花朵,接受着春阳的晴暖。

慢慢的,可是,这个简单的小屋里有了个可畏的新现象,一个活的什么东西伸展它的势力,它会把这个小巢变成生命的监狱! 他们怕!

怕有什么用呢,到底有了小纯。母性的尊傲担起身上的痛苦;梅的惊喜与哭泣使文不安而又希冀。为减少她的痛苦,他不叫她再去作事,给他找了个女仆。他俩都希望着,都又害怕。谁知道怎样作父母呢? 最显然的是觉到钱的压迫。两个大学毕业生,已有一个不能作事的了。文不怕;梅说:只要小孩断了奶便仍旧去作事。可是他们到底是怕。没有过的经验来到,使他们减少了自信,知道一个小孩带来多少想不到的累赘呢。不由的,对这未来的生命怀疑了。谁也不肯明说设法除掉了它,可是眼前不尽光明……

文和纯有时不约而同的向窗外看;纯已懂得找娘,文是等着看梅的脸色。她那些不同的脸色与表情,他都能背得过来。假如她的脸上是这样……或那样……文的心跳上来,落下去,恐慌与希望互有胜负的在心中作战。小纯已有点发急,抓着桌子打狠儿。"爸抱上院院?"戴上白帽,上院中去,纯又笑了。

"妈来喽!"文听见砖地上的脚步声。脚步的轻快是个吉兆;果然由影壁后转过一个笑脸来。她夹着小皮包,头扬着点,又恢复了点婚前的轻俏。

文的心仿佛化在笑里了。

顾不得脱长袍,梅将小纯接过去,脸偎着脸。长袍的襟上有一大块油渍,她也不理会;一年前,杀了她也不肯穿它满街去走。

"问了孟老头儿,不是喜;老头儿笑着说的,我才不怕他!"梅的眼非常的亮,给言语增加上些力量。

"给我药方,抓几剂?"文自行恢复了人的资格。"我说不能呢;还要怎么谨慎?难道吻一下也——没的事!"从梅的皮包里掏出药方,"脉濡大,膈中结气……"一边念,一边走,没顾得戴帽子。

吃了两剂,还是不见好。小纯两太阳下的肉翅儿显然的落下去。梅还时时的恶心。

文的希望要离开他。现象坏。梅又发愣了,终日眼泪扑洒的。小纯还不承认代乳粉。白天，用稀粥与嫩鸡子对付，他也乖乖的不闹；晚间，没有奶不睡。

　　夜间，文把眉皱得紧紧的思前想后。现象坏！怎这么容易呢？总是自己的过错；怎能改正或削减这个过错呢；他喉中止不住微响了。梅也没睡去，她明白这个响声。她呜咽起来。

　　文想安慰她，可是张不开口；夜似封闭了他的七窍，要暗中把他压死。他只能乱想。自从有了小纯，金钱的毒手已经扼住他们的咽喉。该买的东西不知道有多少，意外的花费几乎时时来伸手；他们以前没想到过省钱！但是小纯是一切。他不但是爱，而且是爱的生长，爱的有形的可捉摸的香暖的活宝贝。夫妇间的亲密有第三者来分润、增加、调和、平衡、完成。爱会从小纯流溢到他或她的心间；小纯不阻隔，而能传导。夫妇间彼此该挑剔的，都因小纯而互相原谅。他们更明白了生命，生命是责任，希望，与继续。金钱压迫的苦恼被小纯的可爱给调剂着；婴儿的微笑是多少年的光明；盘算什么呢？况且梅是努力的，过了满月便把女仆辞去，她操作一切。洗、作、买，都是她。文觉得对不起她，可是她乐意这样。她必须为小纯而受苦。等他会走了，她便能再去挣钱……

　　但是，假如这一个将能省点心，那一个又来了呢？大的耽误了，小的也养不好怎办呢？梅一个人照顾俩，这个睡了，那个醒，六十块钱，六十块钱怎么对待梅呢？永远就这么作下母亲去？孩子长大了能不上学么？钱造成天大的黑暗！

　　梅呜咽着！

　　第二天，梅决定到医院去检查。和文商议的时候，谁也不敢看谁。梅是有胆气的，除了怕黑潮虫，她比文还勇敢——在交涉一点事，还个物价,找医生等等上,她都比文的胆壮。她决定去找西医。文笑着,把眼睛藏起去。

"可怜的纯!"二人不约而同的低声儿说。小纯在床上睡呢。为可怜的纯,另一个生命是不许见天日的。

文还得请半天假。

梅走后,小纯还没有醒。文呆立在床前看着纯的长眼毛,一根一根清楚的爬在眼皮下。他不知怎样好。看着梅上医院,可与看着她上街买菜去不同了;这分明是白天奴使,夜间蹂躏的宣言,他觉得自己没有半点人味。

小纯醒了,揉开眼,傻子似的就笑。文抱起他来,一阵刺心的难过。他无聊的瞎说,纯像打电话似的啊啊。文的心在梅身上。以前,梅只是他的梅;现在,梅是母亲。假如没了梅,只剩下他和纯?他不敢再想下去。生死苦痛、爱、杀、妻、母……没有系统的在他心上浮着,像水上的屑沫。

快到晌午,梅才回来。她眼下有些青影。不必问了,她也不说,坐在床沿上发愣。只有纯的啊啊是声音,屋中似在死的掌握里。半天,梅忽然一笑,笑得像死囚那样无可奈何的虚假:"死刑!"说完,她用手挡起脸来,有泪无声的哭着,小纯奔着妈妈要奶吃。

该伤心的地方多了;眼前,梅哭的是怕什么偏有什么。这种伤心是无法止住的,它把以前的快乐一笔勾销,而暗示出将来是不可测的,前途是雾阵。怕什么偏有什么,她不能相信这是事实,可是医生又不扯谎。已经两个多月了,谁信呢?

无名的悲苦发泄了以后,她细细的盘算:必须除掉这个祸胎。她太爱纯，不能为一个未来的把纯饿坏。纯是头一个，也得是最好的。但是，应当不应当这么办呢？ 母性使她迟疑起来，她得和文商议。

文没有主张。梅如愿意，便那么办。但是，怕有危险呢！ 他愿花些钱作为赎罪的罚金，可是钱在哪里呢？ 他不能对梅提到钱的困难，梅并非是去享受。假如梅为眼前的省钱而延迟不决，直到新的生命降生下来，那又怎样办？ 哪个孩子不是用金子养起的呢？ 他没主意，金钱锁住那未生的生命，痛苦围困住了梅——女人。痛苦老是妇女的。

几个医院都打听了。法国医院是天主教的，绝对不管打胎。美国医院是耶稣教的，不能办这种事。私立的小医院们愿意作这种买卖，可是看着就不保险。只有亚陆医院是专门作这个的，手术费高，宿膳费高，可是有经验，有设备，而且愿意杀戮中国的胎儿。

去还是不去呢？

去还是不去呢？

生还是灭呢？ 在这复杂而无意义的文化里？

梅下了决心，去！

文勇敢起来，当了他的表，戒指……去！

梅住二等七号。没带铺盖，而医院并不预备被褥；文得回家取。

取来铺盖，七号已站满了小脚大娘，等梅选用。医院的护士只管陪着大夫来，和测温度；其余的事必须雇用小脚大娘，因为中国人喜欢这样。梅只好选用了一位——王大娘。

王大娘被选，登时报告一切：八号是打胎的——十五岁的小妞，七个月的肚子，前两天用了撑子，叫唤了两夜。昨天已经打下来，今天已经唱着玩了。她的野汉子是三十多岁的掌柜的。第九号是打胎的，一位女教员。她的野汉子陪着她住院；已经打完了，正商量着结婚。为什么不省下这回事呢？ 谁知道。第十号是打胎的，可不是位小姐（王大娘似乎不大重视太太而打胎的），而小孩也不是她丈夫的。第十一号可不是打胎的，已经住了两个多月，夫妇都害胃病，天天吃中国药，专为在这儿可以痛快的吃大烟。

她刚要报告第十二号，进来一群人：送牛奶的问定奶不定，卖报的吆喝报，三仙斋锅贴铺报告承办伙食，卖瓜子的让瓜子，香烟……王大娘代为说明："太太，这儿比市场还方便。要不怎么永远没有闲房呢，老住得满满的，贵点，真方便呢。抽大烟没人敢抄，巡警也怕东洋人不是？"

八号的小姐又唱呢，紧接着九号开了留声机，唱着《玉堂春》。文想抱起小纯，马上回家。可是梅不动。纯洁与勇敢是他的孩子与妻，因他而放在这里——这提倡蹂躏女性的地方，这凭着金钱遮掩所谓丑德的地方，这使异国人杀害胎儿的地方！

他想叫梅同他回家，可是他是祸首，他没有管辖她的权利。他和那些"野汉子"是同类。

王大娘问：先生也住在这里吗？ 好去找铺板。这里是可以住一家子的，可以随意作饭吃。

文回答不出。

"少爷可真俊！"王大娘夸奖小纯："几个月了？"看他们无意回答，继续下去："一共有几位少爷了？"

梅用无聊与厌烦挤出一点笑来："头一个。"

"哟！ 就这一位呀！？ 为什么，啊，何不留着小的呢？ 不是一共才俩?"

文不由的拿起帽子来。可是小纯不许爸走,伸着小手向他啊啊。他把帽扣在头上,抱过纯来,坐在床沿上。

九号又换了戏片。

(原载1934年8月《文学》第三卷第二号)

月 牙 儿

一

是的,我又看见月牙儿了,带着点寒气的一钩儿浅金。多少次了,我看见跟现在这个月牙儿一样的月牙儿;多少次了。它带着种种不同的感情,种种不同的景物,当我坐定了看它,它一次一次的在我记忆中的碧云上斜挂着。它唤醒了我的记忆,像一阵晚风吹破一朵欲睡的花。

二

那第一次,带着寒气的月牙儿确是带着寒气。它第一次在我的云中是酸苦,它那一点点微弱的浅金光儿照着我的泪。那时候我也不过是七岁吧,一个穿着短红棉袄的小姑娘。戴着妈妈给我缝的一顶小帽儿,蓝布的,上面印着小小的花,我记得。我倚着那间小屋的门垛,看着月牙儿。屋里是药味,烟味,妈妈的眼泪,爸爸的病;我独自在台阶上看着月牙,没人招呼我,没人顾得给我作晚饭。我晓得屋里的惨凄,因为大家说爸爸的病……可是我更感觉自己的悲惨,我冷,饿,没人理我。

一直的我立到月牙儿落下去。什么也没有了，我不能不哭。可是我的哭声被妈妈的压下去；爸，不出声了，面上蒙了块白布。我要掀开白布，再看看爸，可是我不敢。屋里只是那么点点地方，都被爸占了去。妈妈穿上白衣，我的红袄上也罩了个没缝襟边的白袍，我记得，因为不断地撕扯襟边上的白丝儿。大家都很忙，嚷嚷的声儿很高，哭得很恸，可是事情并不多，也似乎值不得嚷：爸爸就装入那么一个四块薄板的棺材里，到处都是缝子。然后，五六个人把他抬了走。妈和我在后边哭。我记得爸，记得爸的木匣。那个木匣结束了爸的一切：每逢我想起爸来，我就想到非打开那个木匣不能见着他。但是，那木匣是深深地埋在地里，我明知在城外哪个地方埋着它，可又像落在地上的一个雨点，似乎永难找到。

三

妈和我还穿着白袍，我又看见了月牙儿。那是个冷天，妈妈带我出城去看爸的坟。妈拿着很薄很薄的一摞儿纸。妈那天对我特别的好，我走不动便背我一程，到城门上还给我买了一些炒栗子。什么都是凉的，只有这些栗子是热的；我舍不得吃，用它们热我的手。走了多远，我记不清了，总该是很远很远吧。在爸出殡的那天，我似乎没觉得这么远，或者是因为那天人多；这次只是我们娘儿俩，妈不说话，我也懒得出声，什么都是静寂的；那些黄土路静寂得没有头儿。天是短的，我记得那个坟：小小的一堆儿土，远处有一些高土岗儿，太阳在黄土岗儿上头斜着。妈妈似乎顾不得我了，把我放在一旁，抱着坟头儿去哭。我坐在坟头的旁边，弄着手里那几个栗子。妈哭了一阵，把那点纸焚化了，一些纸灰在我眼前卷成一两个旋儿,而后懒懒地落在地上;风很小,可是很够冷的。妈妈又哭起来。我也想爸,可是我不想哭他;我倒是为妈妈哭得可怜而也落了泪。过去拉住妈妈的手:"妈不哭! 不哭!"妈妈哭得更恸了。她把我搂在怀里。眼看太阳就落下去,四外没有一个人,只有我们娘儿俩。妈似乎也有点怕了,含着泪,扯起我就走,走出老远,她回头看了看,我也转过身去:爸的坟已经辨不清了;土岗的这边都是坟头,一小堆一小堆,一直摆到土岗底下。妈妈叹了口气。我们紧走慢走,还没有走到城门,我看见了月牙儿。四外漆黑,没有声音,只有月牙儿放出一道儿冷光。我乏了,妈妈抱起我来。怎样进的城,我就不知道了,只记得迷迷糊糊的天上有个月牙儿。

四

刚八岁,我已经学会了去当东西。我知道,若是当不来钱,我们娘儿俩就不要吃晚饭;因为妈妈但分有点主意,也不肯叫我去。我准知道她每逢交给我个小包,锅里必是连一点粥底儿也看不见了。我们的锅有时干净得像个体面的寡妇。这一天,我拿的是一面镜子。只有这件东西似乎是不必要的,虽然妈妈天天得用它。这是个春天,我们的棉衣都刚脱下来就入了当铺。我拿着这面镜子,我知道怎样小心,小心而且要走得快,当铺是老早就上门的。我怕当铺的那个大红门,那个大高长柜台。一看见那个门,我就心跳。可是我必须进去,似乎是爬进去,那个高门坎儿是那么高。我得用尽了力量,递上我的东西,还得喊:"当当!"得了钱和当票,我知道怎样小心的拿着,快快回家,晓得妈妈不放心。可是这一次，当铺不要这面镜子，告诉我再添一号来。我懂得什么叫"一号"。把镜子搂在胸前，我拚命的往家跑。妈妈哭了；她找不到第二件东西。我在那间小屋住惯了，总以为东西不少；及至帮着妈妈一找可当的衣物，我的小心里才明白过来，我们的东西很少，很少。妈妈不叫我去了。可是"妈妈咱们吃什么呢？"妈妈哭着递给我她头上的银簪——只有这一件东西是银的。我知道，她拔下过来几回，都没肯交给我去当。这是妈妈出门子时，姥姥家给的一件首饰。现在，她把这末一件银器给了我，叫我把镜子放下。我尽了我的力量赶回当铺，那可怕的大门已经严严地关好了。我坐在那门墩上，握着那根银簪。不敢高声地哭，我看着天，啊，又是月牙儿照着我的眼泪！哭了好久，妈妈在黑影中来了，她拉住了我的手，呕，多么热的手。我忘了一切的苦处，连饿也忘了，只要有妈妈这只热手拉着我就好。我抽抽搭搭地说："妈！咱们回家睡觉吧。明儿早上再来！"妈一声没出。又走了一会儿："妈！你看这个月牙；爸死的那天，它就是这么斜斜着。为什么它老这么斜斜着呢？"妈还是一声没出，她的手有点颤。

五

妈妈整天地给人家洗衣裳。我老想帮助妈妈，可是插不上手。我只好等着妈妈，非到她完了事，我不去睡。有时月牙儿已经上来，她还哼哧哼哧地洗。那些臭袜子，硬牛皮似的，都是买卖地的伙计们送来的。妈妈洗完这些"牛皮"就吃不下饭去。我坐在她旁边，看着月牙，蝙蝠专会在那条光儿底下穿过来穿过去，像银线上穿着个大菱角，极快的又掉到暗处去。我越可怜妈妈，便越爱这个月牙，因为看着它，使我心中痛快一点。它在夏天更可爱，它老有那么点凉气，像一条冰似的。我爱它给地上的那点小影子，一会儿就没了；迷迷糊糊的不甚清楚，及至影子没了，地上就特别的黑，星也特别的亮，花也特别的香——我们的邻居有许多花木，那棵高高的洋槐总把花儿落到我们这边来，像一层雪似的。

六

妈妈的手起了层鳞，叫她给搓搓背顶解痒痒了。可是我不敢常劳动她，她的手是洗粗了的。她瘦，被臭袜子熏的常不吃饭。我知道妈妈要想主意了，我知道。她常把衣裳推到一边，楞着。她和自己说话。她想什么主意呢？我可是猜不着。

七

妈妈嘱咐我不叫我别扭，要乖乖地叫"爸"：她又给我找到一个爸。这是另一个爸，我知道，因为坟里已经埋好一个爸了。妈嘱咐我的时候，眼睛看着别处。她含着泪说："不能叫你饿死！"呕，是因为不饿死我，妈才另给我找了个爸！我不明白多少事，我有点怕，又有点希望——果然不再挨饿的话。多么凑巧呢，离开我们那间小屋的时候，天上又挂着月牙。这次的月牙比哪一回都清楚，都可怕；我是要离开这住惯了的小屋了。妈坐了一乘红轿，前面还有几个鼓手，吹打得一点也不好听。

轿在前边走，我和一个男人在后边跟着，他拉着我的手。那可怕的月牙放着一点光，仿佛在凉风里颤动。街上没有什么人，只有些野狗追着鼓手们咬；轿子走得很快。上哪去呢？是不是把妈抬到城外去，抬到坟地去？那个男人扯着我走，我喘不过气来，要哭都哭不出来。那男人的手心出了汗，凉得像个鱼似的，我要喊"妈"，可是不敢。一会儿，月牙像个要闭上的一道大眼缝，轿子进了个小巷。

八

我在三四年里似乎没再看见月牙。新爸对我们很好，他有两间屋子，他和妈住在里间，我在外间睡铺板。我起初还想跟妈妈睡，可是几天之后，我反倒爱"我的"小屋了。屋里有白白的墙，还有条长桌，一把椅子。这似乎都是我的。我的被子也比从前的厚实暖和了。妈妈也渐渐胖了点，脸上有了红色，手上的那层鳞也慢慢掉净。我好久没去当当了。新爸叫我去上学。有时候他还跟我玩一会儿。我不知道为什么不爱叫他"爸"，虽然我知道他很可爱。他似乎也知道这个，他常常对我那么一笑；笑的时候他有很好看的眼睛。可是妈妈偷告诉我叫爸，我也不愿十分的别扭。我心中明白，妈和我现在是有吃有喝的，都因为有这个爸，我明白。是的，在这三四年里我想不起曾经看见过月牙儿；也许是看见过而不大记得了。爸死时那个月牙，妈轿子前面那个月牙，我永远忘不了。那一点点光，那一点寒气，老在我心中，比什么都亮，都清凉，像块玉似的，有时候想起来仿佛能用手摸到似的。

九

我很爱上学。我老觉得学校里有不少的花,其实并没有;只是一想起学校就想到花罢了,正像一想起爸的坟就想起城外的月牙儿——在野外的小风里歪歪着。妈妈是很爱花的,虽然买不起,可是有人送给她一朵,她就顶喜欢的戴在头上。我有机会便给她折一两朵来;戴上朵鲜花,妈的后影还很年轻似的。妈喜欢,我也喜欢。在学校里我也很喜欢。也许因为这个,我想起学校便想起花来?

十

当我要在小学毕业那年,妈又叫我去当当了。我不知道为什么新爸忽然走了。他上了哪儿,妈似乎也不晓得。妈妈还叫我上学,她想爸不久就会回来的。他许多日子没回来,连封信也没有。我想妈又该洗臭袜子了,这使我极难受。可是妈妈并没这么打算。她还打扮着,还爱戴花;奇怪! 她不落泪,反倒好笑;为什么呢? 我不明白! 好几次,我下学来,看她在门口儿立着。又隔了不久,我在路上走,有人"嗨"我了:"嗨! 给你妈捎个信儿去!""嗨! 你卖不卖呀? 小嫩的!"我的脸红得冒出火来,把头低得无可再低。我明白,只是没办法。我不能问妈妈,不能。她对我很好,而且有时候极庄重的说我:"念书! 念书!"妈是不识字的,为什么这样催我念书呢? 我疑心;又常由疑心而想到妈是为我才作那样的事。妈是没有更好的办法。疑心的时候,我恨不能骂妈妈一顿。再一想,我要抱住她,央告她不要再作那个事。我恨自己不能帮助妈妈。所以我也想到：我在小学毕业后又有什么用呢？我和同学们打听过了，有的告诉我，去年毕业的有好几个作姨太太的。有的告诉我，谁当了暗门子。我不大懂这些事，可是由她们的说法，我猜到这不是好事。她们似乎什么都知道，也爱偷偷地谈论她们明知是不正当的事 —— 这些事叫她们的脸红红的而显出得意。我更疑心妈妈了，是不是等我毕业好去作……这么一想，有时候我不敢回家，我怕见妈妈。妈妈有时候给我点心钱，我不肯花，饿着肚子去上体操，常常要晕过去。看着别人吃点心，多么香甜呢！可是我得省着钱，万一妈妈叫我去……我可以跑，假如我手中有钱。我最阔的时候，手中有一毛多钱！在这些时候，即使在白天，我也有时望一望天上，找我的月牙儿呢。我心中的苦处假若可以用个形状比喻起来，必是个月牙儿形的。它无倚无靠的在灰蓝的天上挂着，光儿微弱，不大会儿便被黑暗包住。

十一

叫我最难过的是我慢慢地学会了恨妈妈。可是每当我恨她的时候，我不知不觉地便想起她背着我上坟的光景。想到了这个，我不能恨她了。我又非恨她不可。我的心像 —— 还是像那个月牙儿，只能亮那么一会儿，而黑暗是无限的。妈妈的屋里常有男人来了，她不再躲避着我。他们的眼像狗似地看着我，舌头吐着，垂着涎。我在他们的眼中是更解馋的，我看出来。在很短的期间，我忽然明白了许多的事。我知道我得保护自己，我觉出我身上好像有什么可贵的地方，我闻得出我已有一种什么味道，使我自己害羞，多感。我身上有了些力量，可以保护自己，也可以毁了自己。我有时很硬气,有时候很软。我不知怎样好。我愿爱妈妈,这时候我有好些必要问妈妈的事,需要妈妈的安慰;可是正在这个时候,我得躲着她,我得恨她;要不然我自己便不存在了。当我睡不着的时节,我很冷静地思索,妈妈是可原谅的。她得顾我们俩的嘴。可是这个又使我要拒绝再吃她给我的饭菜。我的心就这么忽冷忽热,像冬天的风,休息一会儿,刮得更要猛;我静候着我的怒气冲来,没法儿止住。

十二

事情不容我想好方法就变得更坏了。妈妈问我,"怎样?"假若我真爱她呢,妈妈说,我应该帮助她。不然呢,她不能再管我了。这不像妈妈能说得出的话,但是她确是这么说了。她说得很清楚:"我已经快老了,再过二年,想白叫人要也没人要了!"这是对的,妈妈近来擦许多的粉,脸上还露出褶子来。她要再走一步,去专伺候一个男人。她的精神来不及伺候许多男人了。为她自己想,这时候能有人要她 —— 是个馒头铺掌柜的愿要她 —— 她该马上就走。可是我已经是个大姑娘了,不像小时候那样容易跟在妈妈轿后走过去了。我得打主意安置自己。假若我愿意"帮助"妈妈呢,她可以不再走这一步,而由我代替她挣钱。代她挣钱,我真愿意;可是那个挣钱方法叫我哆嗦。我知道什么呢,叫我像个半老的妇人那样去挣钱?!妈妈的心是狠的,可是钱更狠。妈妈不逼着我走哪条路,她叫我自己挑选 —— 帮助她,或是我们娘儿俩各走各的。妈妈的眼没有泪,早就干了。我怎么办呢?

十三

我对校长说了。校长是个四十多岁的妇人，胖胖的，不很精明，可是心热。我是真没了主意，要不然我怎会开口述说妈妈的……我并没和校长亲近过。当我对她说的时候，每个字都像烧红了的煤球烫着我的喉，我哑了，半天才能吐出一个字。校长愿意帮助我。她不能给我钱，只能供给我两顿饭和住处——就住在学校和个老女仆作伴儿。她叫我帮助书记员写写字，可是不必马上就这么办，因为我的字还需要练习。两顿饭，一个住处，解决了天大的问题。我可以不连累妈妈了。妈妈这回连轿也没坐，只坐了辆洋车，摸着黑走了。我的铺盖，她给了我。临走的时候，妈妈挣扎着不哭，可是心底下的泪到底翻上来了。她知道我不能再找她去，她的亲女儿。我呢，我连哭都忘了怎么哭了，我只咧着嘴抽达，泪蒙住了我的脸。我是她的女儿，朋友，安慰。但是我帮助不了她，除非我得作那种我决不肯作的事。在事后一想，我们娘儿俩就像两个没人管的狗，为我们的嘴我们得受着一切的苦处，好像我们身上没有别的，只有一张嘴。为这张嘴，我们得把其余一切的东西都卖了。我不恨妈妈了，我明白了。不是妈妈的毛病，也不是不该长那张嘴，是粮食的毛病，凭什么没有我们的吃食呢？这个别离，把过去一切的苦楚都压过去了。那最明白我的眼泪怎流的月牙这回会没出来，这回只有黑暗，连点萤火的光也没有。妈妈就在暗中像个活鬼似的走了，连个影子也没有。即使她马上死了，恐怕也不会和爸埋在一处了，我连她将来的坟在哪里都不会知道。我只有这么个妈妈，朋友。我的世界里剩下我自己。

十四

妈妈永不能相见了,爱死在我心里,像被霜打了的春花。我用心地练字,为是能帮助校长抄写些不要紧的东西。我必须有用,我是吃着别人的饭。我不像那些女同学,她们一天到晚注意别人,别人吃了什么,穿了什么,说了什么;我老注意我自己,我的影子是我的朋友。"我"老在我的心上,因为没人爱我。我爱我自己,可怜我自己,鼓励我自己,责备我自己;我知道我自己,仿佛我是另一个人似的。我身上有一点变化都使我害怕,使我欢喜,使我莫名其妙。我在我自己手中拿着,像捧着一朵娇嫩的花。我只能顾目前,没有将来,也不敢深想。嚼着人家的饭,我知道那是晌午或晚上了,要不然我简直想不起时间来;没有希望,就没有时间。我好像钉在个没有日月的地方。想起妈妈,我晓得我曾经活了十几年。对将来,我不像同学们那样盼望放假,过节,过年;假期,节,年,跟我有什么关系呢?可是我的身体是往大了长呢,我觉得出。觉出我又长大了一些,我更渺茫,我不放心我自己。我越往大了长,我越觉得自己好看,这是一点安慰;美使我抬高了自己的身分。可是我根本没身分,安慰是先甜后苦的,苦到末了又使我自傲。穷,可是好看呢!这又使我怕:妈妈也是不难看的。

十五

我又老没看月牙了,不敢去看,虽然想看。我已毕了业,还在学校里住着。晚上,学校里只有两个老仆人,一男一女。他们不知怎样对待我好,我既不是学生,也不是先生,又不是仆人,可有点像仆人。晚上,我一个人在院中走,常被月牙给赶进屋来,我没有胆子去看它。可是在屋里,我会想象它是什么样,特别是在有点小风的时候。微风仿佛会给那点微光吹到我的心上来,使我想起过去,更加重了眼前的悲哀。我的心就好像在月光下的蝙蝠,虽然是在光的下面,可是自己是黑的;黑的东西,即使会飞,也还是黑的,我没有希望。我可是不哭,我只常皱着眉。

十六

我有了点进款:给学生织些东西,她们给我点工钱。校长允许我这么办。可是进不了许多,因为她们也会织。不过她们自己急于要用,而赶不来,或是给家中人打双手套或袜子,才来照顾我。虽然是这样,我的心似乎活了一点,我甚至想到:假若妈妈不走那一步,我是可以养活她的。一数我那点钱,我就知道这是梦想,可是这么想使我舒服一点。我很想看看妈妈。假若她看见我,她必能跟我来,我们能有方法活着,我想——不十分相信,可是。我想妈妈,她常到我的梦中来。有一天,我跟着学生们去到城外旅行,回来的时候已经是下午四点多了。为是快点回来,我们抄了个小道。我看见了妈妈!在个小胡同里有一家卖馒头的,门口放着个元宝筐,筐上插着个顶大的白木头馒头。顺着墙坐着妈妈,身儿一仰一弯地拉风箱呢。从老远我就看见了那个大木馒头与妈妈,我认识她的后影。我要过去抱住她。可是我不敢,我怕学生们笑话我,她们不许我有这样的妈妈。越走越近了,我的头低下去,从泪中看了她一眼,她没看见我。我们一群人擦着她的身子走过去,她好像是什么也没看见，专心地拉她的风箱。走出老远，我回头看了看，她还在那儿拉呢。我看不清她的脸，只看到她的头发在额上披散着点。我记住这个小胡同的名儿。

十七

像有个小虫在心中咬我似的，我想去看妈妈，非看见她我心中不能安静。正在这个时候，学校换了校长。胖校长告诉我得打主意，她在这儿一天便有我一天的饭食与住处，可是她不能保险新校长也这么办。我数了数我的钱，一共是两块七毛零几个铜子。这几个钱不会叫我在最近的几天中挨饿，可是我上哪儿呢？我不敢坐在那儿呆呆地发愁，我得想主意。找妈妈去是第一个念头。可是她能收留我吗？假若她不能收留我，而我找了她去，即使不能引起她与那个卖馒头的吵闹，她也必定很难过。我得为她想，她是我的妈妈，又不是我的妈妈，我们母女之间隔着一层用穷作成的障碍。想来想去，我不肯找她去了。我应当自己担着自己的苦处。可是怎么担自己的苦处呢？我想不起。我觉得世界很小，没有安置我与我的小铺盖卷的地方。我还不如一条狗，狗有个地方便可以躺下睡；街上不准我躺着。是的，我是人，人可以不如狗。假若我扯着脸不走，焉知新校长不往外撵我呢？我不能等着人家往外推。这是个春天。我只看见花儿开了，叶儿绿了，而觉不到一点暖气。红的花只是红的花，绿的叶只是绿的叶，我看见些不同的颜色，只是一点颜色；这些颜色没有任何意义，春在我的心中是个凉的死的东西。我不肯哭，可是泪自己往下流。

十八

我出去找事了。不找妈妈,不依赖任何人,我要自己挣饭吃。走了整整两天,抱着希望出去,带着尘土与眼泪回来。没有事情给我作。我这才真明白了妈妈,真原谅了妈妈。妈妈还洗过臭袜子,我连这个都作不上。妈妈所走的路是唯一的。学校里教给我的本事与道德都是笑话,都是吃饱了没事时的玩艺。同学们不准我有那样的妈妈,她们笑话暗门子;是的,她们得这样看,她们有饭吃。我差不多要决定了:只要有人给我饭吃,什么我也肯干;妈妈是可佩服的。我才不去死,虽然想到过;不,我要活着。我年轻,我好看,我要活着。羞耻不是我造出来的。

十九

这么一想,我好像已经找到了事似的。我敢在院中走了,一个春天的月牙在天上挂着。我看出它的美来。天是暗蓝的,没有一点云。那个月牙清亮而温柔,把一些软光儿轻轻送到柳枝上。院中有点小风,带着南边的花香,把柳条的影子吹到墙角有光的地方来,又吹到无光的地方去;光不强,影儿不重,风微微地吹,都是温柔,什么都有点睡意,可又要轻软地活动着。月牙下边,柳梢上面,有一对星儿好像微笑的仙女的眼,逗着那歪歪的月牙和那轻摆的柳枝。墙那边有棵什么树,开满了白花,月的微光把这团雪照成一半儿白亮,一半儿略带点灰影,显出难以想到的纯净。这个月牙是希望的开始,我心里说。

二十

我又找了胖校长去,她没在家。一个青年把我让进去。他很体面,也很和气。我平素很怕男人,但是这个青年不叫我怕他。他叫我说什么,我便不好意思不说;他那么一笑,我心里就软了。我把找校长的意思对他说了,他很热心,答应帮助我。当天晚上,他给我送了两块钱来,我不肯收,他说这是他婶母 —— 胖校长 —— 给我的。他并且说他的婶母已经给我找好了地方住,第二天就可以搬过去。我要怀疑,可是不敢。他的笑脸好像笑到我的心里去。我觉得我要疑心便对不起人,他是那么温和可爱。

二十一

他的笑唇在我的脸上,从他的头发上我看着那也在微笑的月牙。春风像醉了,吹破了春云,露出月牙与一两对儿春星。河岸上的柳枝轻摆,青蛙唱着恋歌,嫩蒲的香味散在春晚的暖气里。我听着水流,像给嫩蒲一些生力,我想象着蒲梗轻快地往高里长。小蒲公英在潮暖的地上似乎正往叶尖花瓣上灌着白浆。什么都在溶化着春的力量,把春收在那微妙的地方,然后放出一些香味,像花蕊顶破了花瓣。我忘了自己,像四外的花草似的,承受着春的透入;我没了自己,像化在了那点春风与月的微光中。月儿忽然被云掩住,我想起来自己,我觉得他的热力在压迫我。我失去那个月牙儿,也失去了自己,我和妈妈一样了!

二十二

我后悔，我自慰，我要哭，我喜欢，我不知道怎样好。我要跑开，永不再见他；我又想他，我寂寞。两间小屋，只有我一个人，他每天晚上来。他永远俊美，老那么温和。他供给我吃喝，还给我作了几件新衣。穿上新衣，我自己看出我的美。可是我也恨这些衣服，又舍不得脱去。我不敢思想，也懒得思想，我迷迷糊糊的，腮上老有那么两块红。我懒得打扮，又不能不打扮，太闲在了，总得找点事作。打扮的时候，我怜爱自己；打扮完了，我恨自己。我的泪很容易下来，可是我设法不哭，眼终日老那么湿润润的，可爱。我有时候疯了似的吻他，然后把他推开，甚至于破口骂他；他老笑。

二十三

我早知道，我没希望；一点云便能把月牙遮住，我的将来是黑暗。果然，没有多久，春便变成了夏，我的春梦作到了头儿。有一天，也就是刚晌午吧，来了一个少妇。她很美，可是美得不玲珑，像个磁人儿似的。她进到屋中就哭了。不用问，我已明白了。看她那个样儿，她不想跟我吵闹，我更没预备着跟她冲突。她是个老实人。她哭，可是拉住我的手："他骗了咱们俩！"她说。我以为她也只是个"爱人"。不，她是他的妻。她不跟我闹，只口口声声的说："你放了他吧！"我不知怎么才好，我可怜这个少妇。我答应了她。她笑了。看她这个样儿，我以为她是缺个心眼，她似乎什么也不懂，只知道要她的丈夫。

二十四

我在街上走了半天。很容易答应那个少妇呀,可是我怎么办呢? 他给我的那些东西,我不愿意要;既然要离开他,便一刀两断。可是,放下那点东西,我还有什么呢? 我上哪儿呢? 我怎么能当天就有饭吃呢? 好吧,我得要那些东西,无法。我偷偷的搬了走。我不后悔,只觉得空虚,像一片云那样的无倚无靠。搬到一间小屋里,我睡了一天。

二十五

我知道怎样俭省,自幼就晓得钱是好的。凑合着手里还有那点钱,我想马上去找个事。这样,我虽然不希望什么,或者也不会有危险了。事情可是并不因我长了一两岁而容易找到。我很坚决,这并无济于事,只觉得应当如此罢了。妇女挣钱怎这么不容易呢! 妈妈是对的,妇人只有一条路走,就是妈妈所走的路。我不肯马上就往那么走,可是知道它在不很远的地方等着我呢。我越挣扎,心中越害怕。我的希望是初月的光,一会儿就要消失。一两个星期过去了,希望越来越小。最后,我去和一排年轻的姑娘们在小饭馆受选阅。很小的一个饭馆,很大的一个老板;我们这群都不难看,都是高小毕业的女子们,等皇赏似的,等着那个破塔似的老板挑选。他选了我。我不感谢他,可是当时确有点痛快。那群女孩子们似乎很羡慕我,有的竟自含着泪走去,有的骂声"妈的!"女人够多么不值钱呢!

二十六

我成了小饭馆的第二号女招待。摆菜,端菜,算账,报菜名,我都不在行。我有点害怕。可是"第一号"告诉我不用着急,她也都不会。她说,小顺管一切的事;我们当招待的只要给客人倒茶,递手巾把,和拿账条;别的不用管。奇怪!"第一号"的袖口卷起来很高,袖口的白里子上连一个污点也没有。腕上放着一块白丝手绢,绣着"妹妹我爱你"。她一天到晚往脸上拍粉,嘴唇抹得血瓢似的。给客人点烟的时候,她的膝往人家腿上倚;还给客人斟酒,有时候她自己也喝了一口。对于客人,有的她伺候得非常的周到;有的她连理也不理,她会把眼皮一搭拉,假装没看见。她不招待的,我只好去。我怕男人。我那点经验叫我明白了些,什么爱不爱的,反正男人可怕。特别是在饭馆吃饭的男人们,他们假装义气,打架似的让座让账;他们拚命的猜拳,喝酒;他们野兽似的吞吃,他们不必要而故意的挑剔毛病,骂人。我低头递茶递手巾,我的脸发烧。客人们故意的和我说东说西,招我笑;我没心程说笑。晚上九点多钟完了事,我非常的疲乏了。到了我的小屋,连衣裳没脱,我一直地睡到天亮。醒来,我心中高兴了一些,我现在是自食其力,用我的劳力自己挣饭吃。我很早的就去上工。

二十七

"第一号"九点多才来,我已经去了两点多钟。她看不起我,可也并非完全恶意地教训我:"不用那么早来,谁八点来吃饭?告诉你,丧气鬼,把脸别搭拉得那么长;你是女跑堂的,没让你在这儿送殡玩。低着头,没人多给酒钱;你干什么来了? 不为挣子儿吗? 你的领子太矮,咱这行全得弄高领子,绸子手绢,人家认这个!"我知道她是好意,我也知道设若我不肯笑,她也得吃挂落,少分酒钱;小账是大家平分的。我也并非看不起她,从一方面看,我实在佩服她,她是为挣钱。妇女挣钱就得这么着,没第二条路。但是,我不肯学她。我仿佛看得很清楚:有朝一日,我得比她还开通,才能挣上饭吃。可是那得到了山穷水尽的时候;"万不得已"老在那儿等我们女子,我只能叫它多等几天。这叫我咬牙切齿,叫我心中冒火,可是妇女的命运不在自己手里。又干了三天,那个大掌柜的下了警告:再试我两天,我要是愿意往长了干呢,得照"第一号"那么办。"第一号"一半嘲弄,一半劝告的说:"已经有人打听你,干吗藏着乖的卖傻的呢? 咱们谁不知道谁是怎着? 女招待嫁银行经理的,有的是;你当是咱们低搭呢? 闯开脸儿干呀,咱们也他妈的坐几天汽车!"这个,逼上我的气来,我问她:"你什么时候坐汽车?"她把红嘴唇撇得要掉下去:"不用你耍嘴皮子,干什么说什么;天生下来的香屁股,还不会干这个呢!"我干不了,拿了一块另五分钱,我回了家。

二十八

最后的黑影又向我迈了一步。为躲它,就更走近了它。我不后悔丢了那个事,可我也真怕那个黑影。把自己卖给一个人,我会。自从那回事儿,我很明白了些男女之间的关系。女人把自己放松一些,男人闻着味儿就来了。他所要的是肉,他所给的也是肉。他咬了你,压着你,发散了兽力,你便暂时有吃有穿;然后他也许打你骂你,或者停止了你的供给。女人就这么卖了自己,有时候还很得意,我曾经觉到得意。在得意的时候,说的净是一些天上的话;过了会儿,你觉得身上的疼痛与丧气。不过,卖给一个男人,还可以说些天上的话;卖给大家,连这些也没法说了,妈妈就没说过这样的话。怕的程度不同,我没法接受"第一号"的劝告;"一个"男人到底使我少怕一点。可是,我并不想卖我自己。我并不需要男人,我还不到二十岁。我当初以为跟男人在一块儿必定有趣,谁知道到了一块他就要求那个我所害怕的事。是的,那时候我像把自己交给了春风,任凭人家摆布;过后一想,他是利用我的无知,畅快他自己。他的甜言蜜语使我走入梦里;醒过来,不过是一个梦,一些空虚;我得到的是两顿饭,几件衣服。我不想再这样挣饭吃,饭是实在的,实在地去挣好了。可是,若真挣不上饭吃,女人得承认自己是女人,得卖肉!一个多月,我找不到事作。

二十九

我遇见几个同学,有的升入了中学,有的在家里作姑娘。我不愿理她们,可是一说起话儿来,我觉得我比她们精明。原先,在学校的时候,我比她们傻;现在,"她们"显着呆傻了。她们似乎还都作梦呢。她们都打扮得很好,像铺子里的货物。她们的眼溜着年轻的男子,心里好像作着爱情的诗。我笑她们。是的,我必定得原谅她们,她们有饭吃,吃饱了当然只好想爱情,男女彼此织成了网,互相捕捉;有钱的,网大一些,捉住几个,然后从容地选择一个。我没有钱,我连个结网的屋角都找不到。我得直接地捉人,或是被捉,我比她们明白一些,实际一些。

三十

有一天,我碰见那个小媳妇,像磁人似的那个。她拉住了我,倒好像我是她的亲人似的。她有点颠三倒四的样儿。"你是好人! 你是好人! 我后悔了,"她很诚恳地说,"我后悔了! 我叫你放了他,哼,还不如在你手里呢! 他又弄了别人,更好了,一去不回头了!"由探问中,我知道她和他也是由恋爱而结的婚,她似乎还很爱他。他又跑了。我可怜这个小妇人,她也是还作着梦,还相信恋爱神圣。我问她现在的情形,她说她得找到他,她得从一而终。要是找不到他呢? 我问。她咬上了嘴唇,她有公婆,娘家还有父母,她没有自由,她甚至于羡慕我,我没有人管着。还有人羡慕我,我真要笑了! 我有自由,笑话! 她有饭吃,我有自由;她没自由,我没饭吃,我俩都是女子。

三十一

自从遇上那个小磁人,我不想把自己专卖给一个男人了,我决定玩玩了;换句话说,我要"浪漫"地挣饭吃了。我不再为谁负着什么道德责任,我饿。浪漫足以治饿,正同吃饱了才浪漫,这是个圆圈,从哪儿走都可以。那些女同学与小磁人都跟我差不多,她们比我多着一点梦想,我比她们更直爽,肚子饿是最大的真理。是的,我开始卖了。把我所有的一点东西都折卖了,作了一身新行头,我的确不难看。我上了市。

三十二

我想我要玩玩,浪漫。啊,我错了。我还是不大明白世故。男人并不像我想的那么容易勾引。我要勾引文明一些的人,要至多只赔上一两个吻。哈哈,人家不上那个当,人家要初次见面便摸我的乳。还有呢,人家只请我看电影,或逛逛大街,吃杯冰激凌;我还是饿着肚子回家。所谓文明人,懂得问我在哪儿毕业,家里作什么事。那个态度使我看明白,他若是要你,你得给他相当的好处;你若是没有好处可贡献呢,人家只用一角钱的冰激凌换你一个吻。要卖,得痛痛快快的,拿钱来,我陪你睡。我明白了这个。小磁人们不明白这个。我和妈妈明白,我很想妈了。

三十三

据说有些女人是可以浪漫地挣饭吃,我缺乏资本;也就不必再这样想了。我有了买卖。可是我的房东不许我再住下去,他是讲体面的人。我连瞧他也没瞧,就搬了家,又搬回我妈妈和新爸爸曾经住过的那两间房。这里的人不讲体面,可也更真诚可爱。搬了家以后,我的买卖很不错。连文明人也来了。文明人知道了我是卖,他们是买,就肯来了;这样,他们不吃亏,也不丢身分。初干的时候,我很害怕,因为我还不到廿岁。及至作过了几天,我也就不怕了,身体上哪部分多运动都可以发达的。况且我不留情呢,我身上的各处都不闲着,手,嘴……都帮忙。他们爱这个。多咱他们像了一摊泥,他们才觉得上了算,他们满意,还替我作义务的宣传。干过了几个月,我明白的事情更多了,差不多每一见面我就能断定他是怎样的人。有的很有钱,这样的人一开口总是问我的身价,表示他买得起我。他也很嫉妒,总想包了我;逛暗娼他也想独占,因为他有钱。对这样的人,我不大招待。他闹脾气,我不怕,我告诉他,我可以找上他的门去,报告给他的太太。在小学里念了几年书,到底是没白念,他唬不住我。教育是有用的,我相信了。有的人呢,来的时候,手里就攥着一块钱,唯恐上了当。对这种人,我跟他细讲条件,干什么多少钱,干什么多少钱,他就乖乖地回家去拿钱,很有意思。最可恨的是那些油子,不但不肯花钱,反倒要占点便宜走,什么半盒烟卷呀,什么一小瓶雪花膏呀,他们随手拿去。这种人还是得罪不得,他们在地面上很熟,得罪了他们,他们会叫巡警跟我捣乱。我不得罪他们,我喂着他们;及至我认识了警官,才一个个的收拾他们。世界就是狼吞虎咽的世界,谁坏谁就有便宜。顶可怜的是那像中学学生样儿的,袋里装着一块钱,和几十铜子,叮当地直响,鼻子上出着汗。我可怜他们,可是也照常卖给他们。我有什么办法呢! 还有老头子呢,都是些规矩人,或者家中已然儿孙成群。对他们,我不知道怎样好;但是我知道他们有钱,想在死前买些快乐,我只好供给他们所需要的。这些经验叫我认识了"钱"与"人"。钱比人更厉害一些,人若是兽,钱就是兽的胆子。

三十四

我发现了我身上有了病。这叫我非常的苦痛,我觉得已经不必活下去了。我休息了,我到街上去走;无目的,乱走。我想去看看妈,她必能给我一些安慰,我想象着自己已是快死的人了。我绕到那个小巷,希望见着妈妈;我想起她在门外拉风箱的样子。馒头铺已经关了门。打听,没人知道搬到哪里去。这使我更坚决了,我非找到妈妈不可。在街上丧胆游魂地走了几天,没有一点用。我疑心她是死了,或是和馒头铺的掌柜的搬到别处去,也许在千里以外。这么一想,我哭起来。我穿好了衣裳,擦上了脂粉,在床上躺着,等死。我相信我会不久就死去的。可是我没死。门外又敲门了,找我的。好吧,我伺候他,我把病尽力地传给他。我不觉得这对不起人,这根本不是我的过错。我又痛快了些,我吸烟,我喝酒,我好像已是三四十岁的人了。我的眼圈发青,手心发热,我不再管;有钱才能活着,先吃饱再说别的吧。我吃得并不错,谁肯吃坏的呢! 我必须给自己一点好吃食,一些好衣裳,这样才稍微对得起自己一点。

三十五

一天早晨,大概有十点来钟吧,我正披着件长袍在屋中坐着,我听见院中有点脚步声。我十点来钟起来,有时候到十二点才想穿好衣裳,我近来非常的懒,能披着件衣服呆坐一两个钟头。我想不起什么,也不愿想什么,就那么独自呆坐。那点脚步声向我的门外来了,很轻很慢。不久,我看见一对眼睛,从门上那块小玻璃向里面看呢。看了一会儿,躲开了;我懒得动,还在那儿坐着。待了一会儿,那对眼睛又来了。我再也坐不住,我轻轻的开了门。"妈!"

三十六

我们母女怎么进了屋,我说不上来。哭了多久,也不大记得。妈妈已老得不像样儿了。她的掌柜的回了老家,没告诉她,偷偷地走了,没给她留下一个钱。她把那点东西变卖了,辞了房,搬到一个大杂院里去。她已找了我半个多月。最后,她想到上这儿来,并没希望找到我,只是碰碰看,可是竟自找到了我。她不敢认我了,要不是我叫她,她也许就又走了。哭完了,我发狂似的笑起来:她找到了女儿,女儿已是个暗娼!她养着我的时候,她得那样;现在轮到我养着她了,我得那样! 女子的职业是世袭的,是专门的!

三十七

我希望妈妈给我点安慰。我知道安慰不过是点空话,可是我还希望来自妈妈的口中。世上的妈妈都最会骗人,我们把妈妈的诓骗叫作安慰。我的妈妈连这个都忘了。她是饿怕了,我不怪她。她开始检点我的东西,问我的进项与花费,似乎一点也不以这种生意为奇怪。我告诉她,我有了病,希望她劝我休息几天。没有;她只说出去给我买药。"我们老干这个吗?"我问她。她没言语。可是从另一方面看,她确是想保护我,心疼我。她给我作饭,问我身上怎样,还常常偷看我,像妈妈看睡着了的小孩那样。只是有一层她不肯说,就是叫我不用再干这行了。我心中很明白 —— 虽然有一点不满意她 —— 除了干这个,还想不到第二个事情作。我们母女得吃得穿 —— 这个决定了一切。什么母女不母女,什么体面不体面，钱是无情的。

三十八

  妈妈想照应我，可是她得听着看着人家蹂躏我。我想好好对待她，可是我觉得她有时候讨厌。她什么都要管管，特别是对于钱。她的眼已失去年轻时的光泽，不过看见了钱还能发点光。对于客人，她就自居为仆人，可是当客人给少了钱的时候，她张嘴就骂。这有时候使我很为难。不错，既干这个还不是为钱吗？可是干这个的也似乎不必骂人。我有时候也会慢待人，可是我有我的办法，使客人急不得恼不得。妈妈的方法太笨了，很容易得罪人。看在钱的面上，我们不应当得罪人。我的方法或者出于我还年轻，还幼稚；妈妈便不顾一切的单单站在钱上了，她应当如此，她比我大着好些岁。恐怕再过几年我也就这样了，人老心也跟着老，渐渐老得和钱一样的硬。是的，妈妈不客气。她有时候劈手就抢客人的皮夹，有时候留下人家的帽子或值钱一点的手套与手杖。我很怕闹出事来，可是妈妈说的好："能多弄一个是一个，咱们是拿十年当作一年活着的，等七老八十还有人要咱们吗？"有时候，客人喝醉了，她便把他架出去，找个僻静地方叫他坐下，连他的鞋都拿回来。说也奇怪，这种人倒没有来找账的，想是已人事不知，说不定也许病一大场。或者事过之后，想过滋味，也就不便再来闹了，我们不怕丢人，他们怕。

三十九

妈妈是说对了:我们是拿十年当一年活着。干了二三年,我觉出自己是变了。我的皮肤粗糙了,我的嘴唇老是焦的,我的眼睛里老灰不溜的带着血丝。我起来的很晚,还觉得精神不够。我觉出这个来,客人们更不是瞎子,熟客渐渐少起来。对于生客,我更努力的伺候,可是也更厌恶他们,有时候我管不住自己的脾气。我暴躁,我胡说,我已经不是我自己了。我的嘴不由的老胡说,似乎是惯了。这样,那些文明人已不多照顾我,因为我丢了那点"小鸟依人"——他们唯一的诗句——的身段与气味。我得和野鸡学了。我打扮得简直不像个人,这才招得动那不文明的人。我的嘴擦得像个红血瓢,我用力咬他们,他们觉得痛快。有时候我似乎已看见我的死,接进一块钱,我仿佛死了一点。钱是延长生命的,我的挣法适得其反。我看着自己死,等着自己死。这么一想,便把别的思想全止住了。不必想了,一天一天地活下去就是了,我的妈妈是我的影子,我至好不过将来变成她那样,卖了一辈子肉,剩下的只是一些白头发与抽皱的黑皮。这就是生命。

四十

我勉强地笑,勉强地疯狂,我的痛苦不是落几个泪所能减除的。我这样的生命是没什么可惜的,可是它到底是个生命,我不愿撒手。况且我所作的并不是我自己的过错。死假如可怕,那只因为活着是可爱的。我决不是怕死的痛苦,我的痛苦久已胜过了死。我爱活着,而不应当这样活着。我想象着一种理想的生活,像作着梦似的;这个梦一会儿就过去了,实际的生活使我更觉得难过。这个世界不是个梦,是真的地狱。妈妈看出我的难过来,她劝我嫁人。嫁人,我有了饭吃,她可以弄一笔养老金。我是她的希望。我嫁谁呢?

四十一

因为接触的男子很多了,我根本已忘了什么是爱。我爱的是我自己,及至我已爱不了自己,我爱别人干什么呢? 但是打算出嫁,我得假装说我爱,说我愿意跟他一辈子。我对好几个人都这样说了,还起了誓;没人接受。在钱的管领下,人都很精明。嫖不如偷,对,偷省钱。我要是不要钱,管保人人说爱我。

四十二

正在这个期间,巡警把我抓了去。我们城里的新官儿非常地讲道德,要扫清了暗门子。正式的妓女倒还照旧作生意,因为她们纳捐;纳捐的便是名正言顺的,道德的。抓了去,他们把我放在了感化院,有人教给我作工。洗,做,烹调,编织,我都会;要是这些本事能挣饭吃,我早就不干那个苦事了。我跟他们这样讲,他们不信,他们说我没出息,没道德。他们教给我工作,还告诉我必须爱我的工作。假如我爱工作,将来必定能自食其力,或是嫁个人。他们很乐观。我可没这个信心。他们最好的成绩,是已经有十几多个女的,经过他们感化而嫁了人。到这儿来领女人的,只须花两块钱的手续费和找一个妥实的铺保就够了。这是个便宜。从男人方面看;据我想,这是个笑话。我干脆就不受这个感化。当一个大官儿来检阅我们的时候,我唾了他一脸唾沫。他们还不肯放了我,我是带危险性的东西。可是他们也不肯再感化我。我换了地方,到了狱中。

四十三

狱里是个好地方,它使人坚信人类的没有起色;在我作梦的时候都见不到这样丑恶的玩艺。自从我一进来,我就不再想出去,在我的经验中,世界比这儿并强不了许多。我不愿死,假若从这儿出去而能有个较好的地方;事实上既不这样,死在哪儿不一样呢。在这里,在这里,我又看见了我的好朋友,月牙儿!多久没见着它了!妈妈干什么呢?我想起来一切。

(原载1935年4月1日至15日《国闻周报》第十二卷第十二至十四期)

老 字 号

　　钱掌柜走后，辛德治——三合祥的大徒弟，现在很拿点事——好几天没正经吃饭。钱掌柜是绸缎行公认的老手，正如三合祥是公认的老字号。辛德治是钱掌柜手下教练出来的人。可是他并不专因私人的感情而这样难过，也不是自己有什么野心。他说不上来为什么这样怕，好像钱掌柜带走了一些永难恢复的东西。

　　周掌柜到任。辛德治明白了，他的恐怖不是虚的；"难过"几乎要改成咒骂了。周掌柜是个"野鸡"，三合祥——多少年的老字号！——要满街拉客了！辛德治的嘴撇得像个煮破了的饺子。老手，老字号，老规矩——都随着钱掌柜的走了，或者永远不再回来。钱掌柜，那样正直，那样规矩，把买卖作赔了。东家不管别的，只求年底下多分红。

　　多少年了，三合祥是永远那么官样大气：金匾黑字，绿装修，黑柜蓝布围子，大机凳①包着蓝呢子套，茶几上永放着鲜花。多少年了，三合祥除了在灯节才挂上四只宫灯，垂着大红穗子；此外，没有半点不像买卖地儿的胡闹八光。多少年了，三合祥没打过价钱，抹过零儿，或是

---

　　①　大机凳，大的方凳。

贴张广告，或者减价半月；三合祥卖的是字号。多少年了，柜上没有吸烟卷的，没有大声说话的；有点响声只是老掌柜的咕噜水烟与咳嗽。

这些，还有许许多多可宝贵的老气度，老规矩，由周掌柜一进门，辛德治看出来，全要完！周掌柜的眼睛就不规矩，他不低着眼皮，而是满世界扫，好像找贼呢。人家钱掌柜，老坐在大机凳上合着眼，可是哪个伙计出错了口气，他也晓得。

果然，周掌柜——来了还没有两天——要把三合祥改成蹦蹦戏①的棚子：门前扎起血丝胡拉的一座彩牌，"大减价"每个字有五尺见方，两盏煤气灯，把人们照得脸上发绿，好像一群大烟鬼。这还不够，门口一档子洋鼓洋号，从天亮吹到三更；四个徒弟，都戴上红帽子，在门口，在马路上，见人就给传单。这还不够，他派定两个徒弟专管给客人送烟递茶，哪怕是买半尺白布，也往后柜让，也递香烟：大兵，清道夫，女招待，都烧着烟卷，把屋里烧得像个佛堂。这还不够，买一尺还饶上一尺，还赠送洋娃娃，伙计们还要和客人随便说笑；客人要买的，假如柜上没有，不告诉人家没有，而拿出别种东西硬叫人家看；买过十元钱的东西，还打发徒弟送了去，柜上买了两个一走三歪的自行车！

辛德治要找个地方哭一大场去！在柜上十五六年了，没想到过——更不用说见过了——三合祥会落到这步田地！怎么见人呢？合街上有谁不敬重三合祥的？伙计们晚上出来，提着三合祥的大灯笼，连巡警们都另眼看待。那年兵变，三合祥虽然也被抢一空，可是没像左右的铺户那样连门板和"言无二价"的牌子都被摘了走——三合祥的金匾有种尊

---

① 蹦蹦戏，北京以前对评剧的称呼。

严！他到城里已经二十来年了,其中的十五六年是在三合祥,三合祥是他第二家庭,他的说话,咳嗽与蓝布大衫的样式,全是三合祥给他的。他因三合祥,也为三合祥而骄傲。他给铺子去索债,都被人请进去喝碗茶;三合祥虽是个买卖,可是照顾主儿似乎是些朋友。钱掌柜是常给照顾主儿行红白人情的。三合祥是"君子之风"的买卖:门凳上常坐着附近最体面的人;遇到街上有热闹的时候,照顾主儿的女眷们到这里向老掌柜借个座儿。这个光荣的历史,是长在辛德治的心里的。可是现在?

辛德治也并不是不晓得,年头是变了。拿三合祥的左右铺户说,多少家已经把老规矩舍弃,而那些新开的更是提不得的,因为根本就没有过规矩。他知道这个。可是因此他更爱三合祥,更替它骄傲,它是人造丝品中唯一的一匹道地大缎子,仿佛是。假如三合祥也下了桥,世界就没了!哼,现在三合祥和别人家一样了,假如不是更坏!

他最恨的是对门那家正香村:掌柜的踢拉着鞋,叼着烟卷,镶着金门牙。老板娘背着抱着,好像兜儿里还带着,几个男女小孩,成天出来进去,进去出来,打着南方话唧唧喳喳,不知喊些什么。老板和老板娘吵架也在柜上,打孩子,给孩子吃奶,也在柜上。摸不清他们是作买卖呢,还是干什么玩呢,只有老板娘的胸口老在柜前陈列着是件无可疑的事儿。那群伙计,不知是从哪儿找来的,全穿着破鞋,可是衣服多半是绸缎的。有的贴着太阳膏,有的头发梳得像漆杓,有的戴着金丝眼镜。再说那份儿厌气:一年到头老是大减价,老悬着煤气灯,老磨着留声机。买过两元钱的东西,老板便亲自让客人吃块酥糖;不吃,他能往人家嘴里送!什么东西也没有一定的价钱,洋钱也没有一定的行市。辛德治永远不正眼看"正香村"那三个字,也永不到那边买点东西。他想不到世上会有这样的买卖，而且和三合祥正对门！

更奇怪的，正香村发财，而三合祥一天比一天衰微。他不明白这是什么道理。难道买卖必定得不按着规矩作才行吗？果然如此，何必学徒呢？是个人就可以作生意了！不能是这样，不能；三合祥到底是不会那样的！谁知道竟自来了个周掌柜，三合祥的与正香村的煤气灯把街道照青了一大截，它们是一对儿！三合祥与正香村成了一对？！这莫非是作梦么？不是梦，辛德治也得按着周掌柜的办法走。他得和客人瞎扯，他得让人吸烟，他得把人诓到后柜，他得拿着假货当真货卖，他得等客人争竞才多放二寸，他得用手术量布 —— 手指一捻就抽回来一块！他不能受这个！

可是多数的伙计似乎愿意这么作。有个女客进来，他们恨不能把她围上，恨不能把全铺子的东西都搬来给她瞧，等她买完 —— 哪怕是买了二尺掸布 —— 他们恨不能把她送回家去。周掌柜喜爱这个，他愿意看伙计们折跟头，打把式，更好是能在空中飞。

周掌柜和正香村的老板成了好朋友。有时候还凑上天成的人们打打"麻雀"。天成也是本街上的绸缎店，开张也有四五年了，可是钱掌柜就始终没招呼过他们。天成故意和三合祥打对仗，并且吹出风来，非把三合祥顶趴下不可。钱掌柜一声也不出，只偶尔说一句：咱们作的是字号。天成一年倒有三百六十五天是纪念，大减价。现在天成的人们也过来打牌了。辛德治不能答理他们。他有点空闲，便坐在柜里发楞，面对着货架子 —— 原先架上的布匹都用白布包着，现在用整幅的通天扯地的作装饰，看着都眼晕，那么花红柳绿的！三合祥已经完了，他心里说。

但是，过了一节，他不能不佩服周掌柜了。节下报账，虽然没赚什么，可是没赔。周掌柜笑着给大家解释："你们得记住，这是我的头一节呀！我还有好些没施展出来的本事呢。还有一层，扎牌楼，赁煤气灯……哪个不花钱呢？所以呀！"他到说上劲来的时节总这么"所以呀"一下。"日后无须扎牌楼了，咱会用新的，还要省钱的办法，那可就有了赚头，所以呀！"辛德治看出来，钱掌柜是回不来了；世界的确是变了。周掌柜和天成、正香村的人们说得来，他们都是发财的。

过了节，检查日货嚷嚷动了。周掌柜疯了似的上东洋货。检查的学生已经出来了，他把东洋货全摆在大面上，而且下了命令："进来买主，先拿日本布；别处不敢卖，咱们正好作一批生意。看见乡下人，明说这是东洋布，他们认这个；对城里的人，说德国货。"

检查的学生到了。周掌柜脸上要笑出几个蝴蝶儿来，让吸烟，让喝茶。"三合祥，冲这三个字，不是卖东洋货的地方，所以呀！诸位看吧！门口那些有德国布，也有土布；内柜都是国货绸缎，小号在南方有联号，自办自运。"

学生们疑心那些花布。周掌柜笑了："张福来，把后边剩下的那匹东洋布拿来。"

布拿来了。他扯住检查队的队长："先生，不屈心，只剩下这么一匹东洋布，跟先生穿的这件大衫一样的材料，所以呀！"他回过头来，"福来，把这匹料子扔到街上去！"

队长看着自己的大衫，头也没抬，便走出去了。

这批随时可以变成德国货，国货，英国货的日本布赚了一大笔钱。有识货的人，当着周掌柜的面，把布扔在地上，周掌柜会笑着命令徒弟："拿真正西洋货去，难道就看不出先生是懂眼的人吗？"然后对买主："什么人要什么货,白给你这个,你也不要,所以呀!"于是又作了一号买卖。客人临走,好像怪舍不得周掌柜。辛德治看透了,作买卖打算要赚钱的话,得会变戏法和说相声。周掌柜是个人物。可是辛德治不想再在这儿干,他越佩服周掌柜,心里越难过。他的饭由脊梁骨下去。打算睡得安稳一些,他得离开这样的三合祥。

可是,没等到他在别处找好位置,周掌柜上天成领柜去了。天成需要这样的人,而周掌柜也愿意去,因为三合祥的老规矩太深了,仿佛是长了根,他不能充分施展他的才力。

辛德治送出周掌柜去,好像是送走了一块心病。

对于东家们,辛德治以十五六年老伙计的资格,是可以说几句话的,虽然不一定发生什么效力。他知道哪些位东家是更老派一些,他知道怎样打动他。他去给钱掌柜运动,也托出钱掌柜的老朋友们来帮忙。他不说钱掌柜的一切都好,而是说钱与周二位各有所长,应当折中一下,不能死守旧法,也别改变的太过火。老字号是值得保存的,新办法也得学着用。字号与利益两顾着——他知道这必能打动了东家们。

他心里,可是,另有个主意。钱掌柜回来,一切就都回来,三合祥必定是"老"三合祥,要不然便什么也不是。他想好了:减去煤气灯,洋鼓洋号,广告,传单,烟卷;至必不得已的时候,还可以减人,大概可以省去一大笔开销。况且,不出声而贱卖,尺大而货物地道。难道人们就都是傻子吗?

钱掌柜果然回来了。街上只剩了正香村的煤气灯,三合祥恢复了昔日的肃静,虽然因为欢迎钱掌柜而悬挂上那四个宫灯,垂着大红穗子。

三合祥挂上宫灯那天,天成号门口放上两只骆驼,骆驼身上披满了各色的缎条,驼峰上安着一明一灭的五彩电灯。骆驼的左右辟了抓彩部,一人一毛钱,凑足了十个人就开彩,一毛钱有得一匹摩登绸的希望。天成门外成了庙会,挤不动的人。真有笑嘻嘻夹走一匹摩登绉的吗!

  三合祥的门凳上又罩上蓝呢套,钱掌柜眼皮也不抬,在那里坐着。伙计们安静地坐在柜里,有的轻轻拨弄算盘珠儿,有的徐缓地打着哈欠,辛德治口里不说什么,心中可是着急。半天儿能不进来一个买主。偶尔有人在外边打一眼,似乎是要进来,可是看看金匾,往天成那边走去。有时候已经进来,看了货,因不打价钱,又空手走了。只有几位老主顾,时常来买点东西;可也有时候只和钱掌柜说会儿话,慨叹着年月这样穷,喝两碗茶就走,什么也不买。辛德治喜欢听他们说话,这使他想起昔年的光景,可是他也晓得,昔年的光景,大概不会回来了;这条街只有天成"是"个买卖!

  过了一节,三合祥非减人不可了。辛德治含着泪和钱掌柜说:"我一人干五个人的活,咱们不怕!"老掌柜也说:"咱们不怕!"辛德治那晚睡得非常香甜,准备次日干五个人的活。

  可是过了一年,三合祥倒给天成了。

(原载1935年4月10日《新文学》第一卷第一期)

邻 居 们

明太太的心眼很多。她给明先生已生了儿养了女,她也烫着头发,虽然已经快四十岁;可是她究竟得一天到晚悬着心。她知道自己有个大缺点,不认识字。为补救这个缺欠,她得使碎了心;对于儿女,对于丈夫,她无微不至的看护着。对于儿女,她放纵着,不敢责罚管教他们。她知道自己的地位还不如儿女高,在她的丈夫眼前,他不敢对他们发威。她是他们的妈妈,只因为他们有那个爸爸。她不能不多留个心眼,她的丈夫是一切,她不能打骂丈夫的儿女。她晓得丈夫要是恼了,满可以用最难堪的手段待她;明先生可以随便再娶一个,她一点办法也没有。

她爱疑心,对于凡是有字的东西,她都不放心。字里藏着一些她猜不透的秘密。因此,她恨那些识字的太太们,小姐们。可是,回过头来一想,她的丈夫,她的儿女,并不比那些读书识字的太太们更坏,她又不能不承认自己的聪明,自己的造化,与自己的身分。她不许别人说她的儿女不好,或爱淘气。儿女不好便是间接的说妈妈不好,她不能受这个。她一切听从丈夫,其次就是听从儿女;此外,她比一切人都高明。对邻居,对仆人,她时时刻刻想表示出她的尊严。孩子们和别家的儿女打架,她是可以破出命的加入战争;叫别人知道她的厉害,她是明太太,她的霸道是反射出丈夫的威严,像月亮那样的使人想起太阳的光荣。

她恨仆人们,因为他们看不起她。他们并非不口口声声的叫她明太太,而是他们有时候露出么点神气来,使她觉得他们心里是说:"脱了你那件袍子,咱们都是一样;也许你更胡涂。"越是在明太太详密的计画好了事情的时候,他们越爱露这种神气。这使她恨不能吃了他们。她常辞退仆人,她只能这么吐一口恶气。

明先生对太太是专制的,可是对她放纵儿女,和邻居吵闹,辞退仆人这些事,他给她一些自由。他以为在这些方面,太太是为明家露脸。他是个勤恳而自傲的人。在心里,他真看不起太太,可是不许别人轻看她;她无论怎样,到底是他的夫人。他不能再娶,因为他是在个笃信宗教而很发财的外国人手下作事;离婚或再娶都足以打破他的饭碗。既得将就着这位夫人,他就不许有人轻看她。他可以打她,别人可不许斜看她一眼。他既不能真爱她,所以不能不溺爱他的儿女。他的什么都得高过别人,自己的儿女就更无须乎说了。

明先生的头抬得很高。他对得起夫人,疼爱儿女,有赚钱的职业,没一点嗜好,他看自己好像看一位圣人那样可钦仰。他求不着别人,所以用不着客气。白天他去工作,晚上回家和儿女们玩耍;他永远不看书,因为书籍不能供给他什么,他已经知道了一切。看见邻居要向他点头,他转过脸去。他没有国家,没有社会。可是他有个理想,就是他怎样多积蓄一些钱,使自己安稳独立像座小山似的。

可是,他究竟还有点不满意。他嘱告自己应当满意,但在生命里好像有些不受自己支配管辖的东西。这点东西不能被别的物件代替了。他清清楚楚的看见自己身里有个黑点,像水晶里包着的一个小物件。除了这个黑点，他自信，并且自傲，他是遍体透明，无可指摘的。可是他没法去掉它，它长在他的心里。

他知道太太晓得这个黑点。明太太所以爱多心，也正因为这个黑点。她设尽方法，想把它除掉，可是她知道它越长越大。她会从丈夫的笑容与眼神里看出这黑点的大小，她可不敢动手去摸，那是太阳的黑点，不定多么热呢。那些热力终久会叫别人承受，她怕，她得想方法。

明先生的小孩偷了邻居的葡萄。界墙很矮，孩子们不断的过去偷花草。邻居是对姓杨的小夫妇，向来也没说过什么，虽然他们很爱花草。明先生和明太太都不奖励孩子去偷东西，可是既然偷了来，也不便再说他们不对。况且花草又不同别的东西，摘下几朵并没什么了不得。在他们夫妇想，假如孩子们偷几朵花，而邻居找上门来不答应，那简直是不知好歹。杨氏夫妇没有找来，明太太更进一步的想，这必是杨家怕姓明的，所以不敢找来。明先生是早就知道杨家怕他。并非杨家小两口怎样明白的表示了惧意，而是明先生以为人人应当怕他，他是永远抬着头走路的人。还有呢，杨家夫妇都是教书的，明先生看不起这路人。他总以为教书的人是穷酸，没出息的。尤其叫他恨恶杨先生的是杨太太很好看。他看不起教书的，可是女教书的——设若长得够样儿——多少得另眼看待一点。杨穷酸居然有这够样的太太，比起他自己的要好上十几倍，他不能不恨。反过来一想，挺俊俏的女人而嫁个教书的，或者是缺个心眼，所以他本不打算恨杨太太，可是不能不恨。明太太也看出这么一点来——丈夫的眼睛时常往矮墙那边溜。因此，孩子们偷杨家老婆的花与葡萄是对的，是对杨老婆的一种惩罚。她早算计好了，自要那个老婆敢出一声，她预备着厉害的呢。

杨先生是最新式的中国人，处处要用礼貌表示出自己所受过的教育。对于明家孩子偷花草，他始终不愿说什么，他似乎想到明家夫妇要是受过教育的，自然会自动的过来道歉。强迫人家来道歉未免太使人难堪。可是明家始终没自动的过来道歉。杨先生还不敢动气，明家可以无礼，杨先生是要保持住自己的尊严的。及至孩子们偷去葡萄，杨先生却有点受不住了，倒不为那点东西，而是可惜自己花费的那些工夫；种了三年，这是第一次结果；只结了三四小团儿，都被孩子们摘了走。杨太太决定找明太太去报告。可是杨先生，虽然很愿意太太去，却拦住了她。他的讲礼貌与教师的身分胜过了怒气。杨太太不以为然，这是该当去的，而且是抱着客客气气的态度去，并且不想吵嘴打架。杨先生怕太太想他太软弱了，不便于坚决的拦阻。于是明太太与杨太太见了面。

杨太太很客气："明太太吧？我姓杨。"

明太太准知道杨太太是干什么来的，而且从心里头厌恶她："啊，我早知道。"

杨太太所受的教育使她红了脸，而想不出再说什么。可是她必须说点什么。"没什么，小孩们，没多大关系，拿了点葡萄。"

"是吗？"明太太的音调是音乐的："小孩们都爱葡萄，好玩。我并不许他们吃，拿着玩。"

"我们的葡萄，"杨太太的脸渐渐白起来，"不容易，三年才结果！"

"我说的也是你们的葡萄呀，酸；我只许他们拿着玩。你们的葡萄泄气，才结那么一点！"

"小孩呀，"杨太太想起教育的理论，"都淘气。不过，杨先生和我都爱花草。"

"明先生和我也爱花草。"

"假如你们的花草被别人家的孩子偷去呢?"

"谁敢呢?"

"你们的孩子偷了别人家的呢?"

"偷了你们的,是不是? 你们顶好搬家呀,别在这儿住哇。我们的孩子就是爱拿葡萄玩。"

杨太太没法再说什么了,嘴唇哆嗦着回了家。见了丈夫,她几乎要哭。

杨先生劝了她半天。虽然他觉得明太太不对,可是他不想有什么动作,他觉得明太太野蛮;跟个野蛮人打吵子是有失身分的。但是杨太太不答应,他必得替她去报仇。他想了半天,想起来明先生是不能也这样野蛮的,跟明先生交涉好了。可是还不便于当面交涉,写封信吧,客客气气的写封信,并不提明太太与妻子那一场,也不提明家孩子的淘气,只求明先生嘱咐孩子们不要再来糟蹋花草。这像个受过教育的人,他觉得。他也想到什么,近邻之谊⋯⋯无任感激⋯⋯至为欣幸⋯⋯等等好听的词句。还想象到明先生见了信,受了感动,亲自来道歉⋯⋯他很满意的写成了一封并不十分短的信,叫老妈子送过去。

明太太把邻居窝回去,非常的得意。她久想窝个像杨太太那样的女人,而杨太太给了她这机会。她想象着杨太太回家去应当怎样对丈夫讲说,而后杨氏夫妇怎样一齐的醒悟过来他们的错误 —— 即使孩子偷葡萄是不对的,可是也得看谁家的孩子呀。明家孩子偷葡萄是不应当抱怨的。这样,杨家夫妇便完全怕了明家;明太太不能不高兴。

杨家的女仆送来了信。明太太的心眼是多的。不用说,这是杨老婆写给明先生的，把她"刷"了下来。她恨杨老婆，恨字，更恨会写字的杨老婆。她决定不收那封信。

杨家的女仆把信拿了走，明太太还不放心，万一等先生回来而他们再把这信送回来呢！虽然她明知道丈夫是爱孩子的，可是那封信是杨老婆写来的；丈夫也许看在杨老婆的面上而跟自己闹一场，甚至于挨顿揍也是可能的。丈夫设若揍她一顿给杨老婆听，那可不好消化！为别的事挨揍还可以，为杨老婆……她得预备好了，等丈夫回来，先垫下底儿——说杨家为点酸葡萄而来闹了一大阵，还说要给他写信要求道歉。丈夫听了这个，必定也可以不收杨老婆的信，而胜利完全是她自己的。

她等着明先生，编好了所要说的话语，设法把丈夫常爱用的字眼都加进去。明先生回来了。明太太的话很有力量的打动了他爱子女的热情。他是可以原谅杨太太的，假若她没说孩子们不好。他既然是看不起他的孩子，便没有可原谅的了，而且勾上他的厌恶来——她嫁给那么个穷教书的，一定不是什么好东西。赶到明太太报告杨家要来信要求道歉，他更从心里觉得讨厌了；他讨厌这种没事儿就动笔的穷酸们。在洋人手下作事，他晓得签字与用打字机打的契约是有用的；他想不到穷教书的人们写信有什么用。是的，杨家再把信送来，他决定不收。他心中那个黑点使他希望看看杨太太的字迹；字是讨厌的，可是看谁写的。明太太早防备到这里，她说那封信是杨先生写的。明先生没那么大工夫去看杨先生的臭信。他相信中国顶大的官儿写的信，也不如洋人签个字有用。

明太太派孩子到门口去等着，杨家送信来不收。她自己也没闲着，时时向杨家那边望一望。她得意自己的成功，没话找话，甚至于向丈夫建议，把杨家住的房买过来。明先生虽然知道手中没有买房的富余，可是答应着，因为这个建议听着有劲，过瘾，无论那所房是杨家的，还是杨家租住的，明家要买，它就得出卖，没有问题。明先生爱听孩子们说"赶明儿咱们买那个"。"买"是最大胜利。他想买房，买地，买汽车，买金物件……每一想到买，他便觉到自己的伟大。

杨先生不主张再把那封信送回去，虽然他以为明家不收他的信是故意污辱他。他甚至于想到和明先生在街上打一通儿架，可是只能这么想想，他的身分不允许他动野蛮的。他只能告诉太太，明家都是混蛋，不便和混蛋们开仗；这给他一些安慰。杨太太虽然不出气，可也想不起好方法；她开始觉得作个文明人是吃亏的事，而对丈夫发了许多悲观的议论，这些议论使他消了不少的气。

夫妇们正这样碎叨唠着出气，老妈子拿进一封信来。杨先生接过一看，门牌写对了，可是给明先生的。他忽然想到扣下这封信，可是马上觉得那不是好人应干的事。他告诉老妈子把信送到邻家去。

明太太早在那儿埋伏着呢。看见老妈子往这边来了，唯恐孩子们还不可靠，她自己出了马。"拿回去吧，我们不看这个！"

"给明先生的！"老妈子说。

"是呀，我们先生没那么大工夫看你们的信！"明太太非常的坚决。

"是送错了的，不是我们的！"老妈子把信递过去。

"送错了的？"明太太翻了翻眼，马上有了主意："叫你们先生给收着吧。当是我看不出来呢，不用打算诈我！"啪的一声，门关上了。

老妈子把信拿回来，杨先生倒为了难：他不愿亲自再去送一趟，也不肯打开看看；同时，他觉得明先生也是个混蛋——他知道明先生已经回来了，而是与明太太站在一条战线上。怎么处置这封信呢？私藏别人的信件是不光明的。想来想去，他决定给外加一个信封，改上门牌号数，第二天早上扔在邮筒里；他还得赔上二分邮票，他倒笑了。

第二天早晨，夫妇忙着去上学，忘了那封信。已经到了学校，杨先生才想起来，可是不能再回家去取。好在呢，他想，那只是一封平信，大概没有什么重要的事，迟发一天也没多大关系。

下学回来，懒得出去，把那封信可是放在书籍一块，预备第二天早上必能发出去。这样安排好，刚要吃饭，他听见明家闹起来了。明先生是高傲的人，不愿意高声的打太太，可是被打的明太太并不这样讲体面，她一劲儿的哭喊，孩子们也没敢闲着。杨先生听着，听不出怎回事来，可是忽然想起那封信，也许那是封重要的信。因为没得到这封信，而明先生误了事，所以回家打太太。这么一想，他非常的不安。他想打开信看看，又没那个勇气。不看，又怪憋闷得慌，他连晚饭也没吃好。

饭后，杨家的老妈子遇见了明家的老妈子。主人们结仇并不碍于仆人们交往。明家的老妈子走漏了消息：明先生打太太是为一封信，要紧的信。杨家的老妈回家来报告，杨先生连觉也睡不安了。所谓一封信者，他想必定就是他所存着的那一封信了。可是，既是要紧的信，为什么不挂号，而且马马虎虎写错了门牌呢？他想了半天，只能想到商人们对于文字的事是粗心的。这大概可以说明他为什么写错了门牌。又搭上明先生平日没有什么来往的信，所以邮差按着门牌送，而没注意姓名，甚至或者不记得有个明家。这样一想，使他觉出自己的优越，明先生只是个会抓几个钱的混蛋。明先生既是混蛋，杨先生很可以打开那封信看看了。私看别人的信是有罪的，可是明先生还会懂得这个？不过，万一明先生来索要呢？不妥。他把那封信拿起好几次，到底不敢拆开。同时，他也不想再寄给明先生了。既是要紧的信,在自己手中拿着是有用的。这不光明正大,但是谁叫明先生是混蛋呢,谁教他故意和杨家捣乱呢? 混蛋应受惩罚。他想起那些葡萄来。他想着想着可就又变了主意,他第二天早晨还是把那封送错的信发出去。而且把自己寄的那封劝告明家管束孩子的信也发了;到底叫明混蛋看看读书的人是怎样的客气与和蔼;他不希望明先生悔过,只教他明白过来教书的人是君子就够了。

明先生命令着太太去索要那封信。他已经知道了信的内容,因为已经见着了写信的人。事情已经有了预备,可是那封信不应当存在杨小子手里。事情是这样:他和一个朋友借着外国人的光儿私运了一些货物,被那个笃信宗教而很发财的洋人晓得了;那封信是朋友的警告,叫他设法别招翻了洋人。明先生不怕杨家发表了那封信,他心中没有中国政府,也没看起中国的法律;私运货物即使被中国人知道了也没多大关系。他怕杨家把那封信寄给洋人,证明他私运货物。他想杨先生必是这种鬼鬼祟祟的人,必定偷看了他的信,而去弄坏他的事。他不能自己去讨要,假若和杨小子见着面,那必定得打起来,他从心里讨厌杨先生这种人。他老觉得姓杨的该挨顿揍。他派太太去要,因为太太不收那封信才惹起这一套,他得惩罚她。

明太太不肯去,这太难堪了。她楞愿意再挨丈夫一顿打也不肯到杨家去丢脸。她耗着,把丈夫耗走,又偷偷的看看杨家夫妇也上了学,她才打发老妈子向杨家的老妈子去说。

杨先生很得意的把两封信一齐发了。他想象着明先生看看那封客气的信必定悔悟过来,而佩服杨先生的人格与手笔。

明先生被洋人传了去,受了一顿审问。幸而他已经见着写错了门牌的那位朋友,心中有个底儿,没被洋人问秃露①了。可是他还不放心那封信。最难堪的是那封信偏偏落在杨穷酸手里!他得想法子惩治姓杨的。

回到了家,明先生第一句话是问太太把那封信要回来没有。明太太的心眼是多的,告诉丈夫杨家不给那封信,这样她把错儿都从自己的肩膀上推下去,明先生的气不打一处而来,就凭个穷酸教书的敢跟明先生斗气。哼!他发了命令,叫孩子们跳过墙去,先把杨家的花草都踩坏,然后再说别的。孩子们高了兴,把能踩坏的花草一点也没留下。

孩子们远征回来,邮差送到下午四点多钟那拨儿信。明先生看完了两封信,心中说不出是难受还是痛快。那封写错了门牌的信使他痛快,因为他看明白了,杨先生确是没有拆开看;杨先生那封信使他难过,使他更讨厌那个穷酸,他觉得只有穷酸才能那样客气,客气得讨厌。冲这份讨厌也该把他的花草都踏平了。

杨先生在路上,心中满痛快:既然把那封信送回了原主,而且客气的劝告了邻居,这必能感动了明先生。

一进家门,他楞了,院中的花草好似垃圾箱忽然疯了,一院子满是破烂儿。他知道这是谁作的。可是怎办呢?他想要冷静的找主意,受过教育的人是不能凭着冲动作事的。但是他不能冷静,他的那点野蛮的血沸腾起来,他不能思索了。扯下了衣服,他捡起两三块半大的砖头,隔着墙向明家的窗子扔了去。哗啦哗啦的声音使他感到已经是惹下祸,可是心中痛快,他继续着扔;听着玻璃的碎裂。他心里痛快,他什么也不

---

① 秃露,露底。

计较了,只觉得这么作痛快,舒服,光荣。他似乎忽然由文明人变成野蛮人,觉出自己的力量与胆气,像赤裸裸的洗澡时那样舒服,无拘无束的领略着一点新的生活味道。他觉得年轻,热烈,自由,勇敢。

把玻璃打的差不多了,他进屋去休息。他等着明先生来找他打架,他不怕,他狂吸着烟卷,仿佛打完一个胜仗的兵士似的。等了许久,明先生那边一点动静没有。

明先生不想过来,因为他觉得杨先生不那么讨厌了。看着破碎玻璃,他虽不高兴,可也不十分不舒服。他开始想到有嘱告孩子们不要再去偷花的必要,以前他无论怎样也想不到这里;那些碎玻璃使他想到了这个。想到了这个,他也想起杨太太来。想到她,他不能不恨杨先生;可是恨与讨厌,他现在觉出来,是不十分相同的。"恨"有那么一点佩服的气味在里头。

第二天是星期日,杨先生在院中收拾花草,明先生在屋里修补窗户。世界上仿佛很平安,人类似乎有了相互的了解。

(原载1935年4月10日《水星》第二卷第一期)

善　人

　　汪太太最不喜欢人叫她汪太太；她自称穆凤贞女士，也愿意别人这样叫她。她的丈夫很有钱，她老实不客气的花着；花完他的钱，而被人称穆女士，她就觉得自己是个独立的女子，并不专指着丈夫吃饭。

　　穆女士一天到晚不用提多么忙了，又搭着长的富泰，简直忙得喘不过气来。不用提别的，就光拿上下汽车说，穆女士——也就是穆女士！——一天得上下多少次。哪个集会没有她，哪件公益事情没有她？换个人，那么两条胖腿就够累个半死的。穆女士不怕，她的生命是献给社会的；那两条腿再胖上一圈，也得设法带到汽车里去。她永远心疼着自己，可是更爱别人，她是为救世而来的。

　　穆女士还没起床，丫环自由就进来回话。她嘱咐过自由们不止一次了：她没起来，不准进来回话。丫环就是丫环，叫她"自由"也没用，天生来的不知好歹。她真想抄起床旁的小桌灯向自由扔了去，可是觉得自由还不如桌灯值钱，所以没扔。

　　"自由，我嘱咐你多少回了！"穆女士看了看钟，已经快九点了，她消了点气，不为别的，是喜欢自己能一气睡到九点，身体定然是不错；她得为社会而心疼自己，她需要长时间的休息。

"不是，太太，女士！"自由想解释一下。

"说，有什么事！别磨磨蹭蹭的！"

"方先生要见女士。"

"哪个方先生？方先生可多了，你还会说话呀！"

"老师方先生。"

"他又怎样了？"

"他说他的太太死了！"自由似乎很替方先生难过。

"不用说，又是要钱！"穆女士从枕头底下摸出小皮夹来："去，给他这二十，叫他快走；告诉明白，我在吃早饭以前不见人。"

自由拿着钱要走，又被主人叫住：

"叫博爱放好了洗澡水；回来你开这屋子的窗户。什么都得我现告诉，真劳人得慌！大少爷呢？"

"上学了，女士。"

"连个kiss都没给我，就走，好的。"穆女士连连的点头，腮上的胖肉直动。

"大少爷说了，下学吃午饭再给您一个kiss。"自由都懂得什么叫kiss, pie 和 bath。

"快去，别废话；这个劳人劲儿！"

自由轻快的走出去，穆女士想起来：方先生家里落了丧事，二少爷怎么办呢？无缘无故的死哪门子人，又叫少爷得荒废好几天的学！穆女士是极注意子女们的教育的。

博爱敲门，"水好了，女士。"

穆女士穿着睡衣到浴室去。雪白的澡盆，放了多半盆不冷不热的清水。凸花的玻璃，白磁砖的墙，圈着一些热气与香水味。一面大镜子，几块大白毛巾；胰子盒，浴盐瓶，都擦得放着光。她觉得痛快了点。把白胖腿放在水里，她楞了一会儿；水给皮肤的那点刺激使她在舒适之中有点茫然。她想起点久已忘了的事。坐在盆中，她看着自己的白胖腿；腿在水中显着更胖，她心中也更渺茫。用一点水，她轻轻的洗脖子；洗了两把，又想起那久已忘了的事——自己的青春：二十年前，自己的身体是多么苗条，好看！她仿佛不认识了自己。想到丈夫，儿女，都显着不大清楚，他们似乎是些生人。她撩起许多水来，用力的洗，眼看着皮肤红起来。她痛快了些，不茫然了。她不只是太太，母亲；她是大家的母亲，一切女同胞的导师。她在外国读过书，知道世界大势，她的天职是在救世。

可是救世不容易！二年前，她想起来，她提倡沐浴，到处宣传："没有澡盆，不算家庭！"有什么结果？人类的愚蠢，把舌头说掉了，他们也不了解！摸着她的胖腿，她想应当灰心，任凭世界变成个狗窝，没澡盆，没卫生！可是她灰心不得，要牺牲就得牺牲到底。她喊自由：

"窗户开五分钟就得！"

"已经都关好了，女士！"自由回答。

穆女士回到卧室。五分钟的工夫屋内已然完全换了新鲜空气。她每天早上得作深呼吸。院内的空气太凉，屋里开了五分钟的窗子就满够她呼吸用的了。先弯下腰，她得意她的手还够得着脚尖，腿虽然弯着许多，可是到底手尖是碰到脚尖。俯仰了三次，她然后直立着喂了她的肺五六次。她马上觉出全身的血换了颜色，鲜红，和朝阳一样的热、艳。

"自由，开饭！"

穆女士最恨一般人吃的太多，所以她的早饭很简单：一大盘火腿蛋，两块黄油面包，草果果酱，一杯加乳咖啡。她曾提倡过俭食：不要吃五六个窝头，或四大碗黑面条，而多吃牛乳与黄油。没人响应；好事是得不到响应的。她只好自己实行这个主张，自己单雇了个会作西餐的厨子。

吃着火腿蛋，她想起方先生来。方先生教二少爷读书，一月拿二十块钱，不算少。她就怕寒苦的人有多挣钱的机会；钱在她手里是钱，到了穷人手里是祸。她不是不能多给方先生几块，而是不肯，一来为怕自己落个冤大头的名儿，二来怕给方先生惹祸。连这么着，刚教了几个月的书，还把太太死了呢。不过，方先生到底是可怜的。她得设法安慰方先生：

"自由，叫厨子把'我'的鸡蛋给方先生送十个去；嘱咐方先生不要煮老了，嫩着吃！"

穆女士咂摸着咖啡的回味，想象着方先生吃过嫩鸡蛋必能健康起来，足以抵抗得住丧妻的悲苦。继而一想呢，方先生既丧了妻，没人给他作饭吃，以后顶好是由她供给他两顿饭。她总是给别人想得这样周到；不由她，惯了。供给他两顿饭呢，可就得少给他几块钱。他少得几块钱，可是吃得舒服呢。方先生应当感谢她这份体谅与怜爱。她永远体谅人怜爱人，可是谁体谅她怜爱她呢？ 想到这儿，她觉得生命无非是个空虚的东西；她不能再和谁恋爱，不能再把青春唤回来；她只能去为别人服务，可是谁感激她，同情她呢？

她不敢再想这可怕的事，这足以使她发狂。她到书房去看这一天的工作；工作，只有工作使她充实，使她疲乏，使她睡得香甜，使她觉到快活与自己的价值。

她的秘书冯女士已经在书房里等了一点多钟了。冯女士才二十三岁，长得不算难看，一月挣十二块钱。穆女士给她的名义是秘书，按说有这么个名义，不给钱也满下得去。穆女士的交际是多么广，做她的秘书当然能有机会遇上个阔人；假如嫁个阔人，一辈子有吃有喝，岂不比现在挣五六十块钱强？穆女士为别人打算老是这么周到，而且眼光很远。

见了冯女士，穆女士叹了口气："哎！今儿个有什么事？说吧！"她倒在个大椅子上。

冯女士把记事簿早已预备好了："今儿个早上是，穆女士，盲哑学校展览会，十时二十分开会；十一点十分，妇女协会，您主席；十二点，张家婚礼；下午……"

"先等等，"穆女士又叹了口气，"张家的贺礼送过去没有？"

"已经送过去了，一对鲜花篮，二十八块钱，很体面。"

"啊，二十八块的礼物不太薄——"

"上次汪先生作寿，张家送的是一端寿幛，并不——"

"现在不同了，张先生的地位比原先高了；算了吧，以后再找补吧。下午一共有几件事？"

"五个会呢！"

"哼！甭告诉我，我记不住。等我由张家回来再说吧。"穆女士点了根烟吸着，还想着张家的贺礼似乎太薄了些。"冯女士，你记下来，下星期五或星期六请张家新夫妇吃饭，到星期三你再提醒我一声。"

冯女士很快的记下来。

"别忘了问我张家摆的什么酒席，别忘了。"

"是，穆女士。"

穆女士不想上盲哑学校去，可是又怕展览会照像，像片上没有自己，怪不合适。她决定晚去一会儿，顶好是正赶上照像才好。这么决定了，她很想和冯女士再说几句，倒不是因为冯女士有什么可爱的地方，而是她自己觉得空虚，愿意说点什么，解解闷儿。她想起方先生来：

"冯，方先生的妻子过去了，我给他送了二十块钱去，和十个鸡子，怪可怜的方先生！"穆女士的眼圈真的有点发湿了。

冯女士早知道方先生是自己来见汪太太，她不见，而给了二十块钱。可是她晓得主人的脾气："方先生真可怜！可也是遇见女士这样的人，赶着给他送了钱去！"

穆女士脸上有点笑意，"我永远这样待人；连这么着还讨不出好儿来，人世是无情的！"

"谁不知道女士的慈善与热心呢！"

"哎！也许！"穆女士脸上的笑意扩展得更宽了些。

"二少爷的书又得荒废几天！"冯女士很关心似的。

"可不是，老不叫我心静一会儿！"

"要不我先好歹的教着他？我可是不很行呀！"

"你怎么不行！我还真忘了这个办法呢！你先教着他得了，我白不了你！"

"您别又给我报酬，反正就是几天的事，方先生事完了还叫方先生教。"

穆女士想了会儿，"冯，简直这么办好不好？你就教下去，我每月一共给你二十五块钱，岂不整重？"

"就是有点对不起方先生！"

"那没什么，反正他丧了妻，家中的嚼谷小了；遇机会我再给他弄个十头八块的事；那没什么！我可该走了，哎！一天一天的，真累死人！"

（原载1935年4月15日《新小说》第一卷第三期）

阳　光

一

　　想起幼年来，我便想到一株细条而开着朵大花的牡丹，在春晴的阳光下，放着明艳的红瓣儿与金黄的蕊。我便是那朵牡丹。偶尔有一点愁恼，不过像一片早霞，虽然没有阳光那样鲜亮，到底还是红的。我不大记得幼时有过阴天；不错，有的时候确是落了雨，可是我对于雨的印象是那美的虹，积水上飞来飞去的蜻蜓，与带着水珠的花。自幼我就晓得我的娇贵与美丽。自幼我便比别的小孩精明，因为我有机会学事儿。要说我比别人多会着什么，倒未必；我并不须学习什么。可是我精明，这大概是因为有许多人替我作事；我一张嘴，事情便作成了。这样，我的聪明是在怎样支使人，和判断别人作的怎样：好，还是不好。所以我精明。别人比我低，所以才受我的支使；别人比我笨，所以才不能老满足我的心意。地位的优越使我精明。可是我不愿承认地位的优越，而永远自信我很精明。因此，不但我是在阳光中，而且我自居是个明艳光暖的小太阳；我自己发着光。

二

我的父母兄弟，要是比起别人的，都很精明体面。可是跟我一比，他们还不算顶精明，顶体面。父母只有我这么一个女儿，兄弟只有我这么一个姊妹，我天生来的可贵。连父母都得听我的话。我永远是对的。我要在平地上跌倒，他们便争着去责打那块地；我要是说苹果咬了我的唇，他们便齐声的骂苹果。我并不感谢他们，他们应当服从我。世上的一切都应当服从我。

三

记忆中的幼年是一片阳光，照着没有经过排列的颜色，像风中的一片各色的花，摇动复杂而浓艳。我也记得我曾害过小小的病，但是病更使我娇贵，添上许多甜美的细小的悲哀，与意外的被人怜爱。我现在还记得那透明的冰糖块儿，把药汁的苦味减到几乎是可爱的。在病中我是温室里的早花，虽然稍微细弱一些，可是更秀丽可喜。

四

到学校去读书是较大的变动，可是父母的疼爱与教师的保护使我只记得我的胜利，而忘了那一点点痛苦。在低级里，我已经觉出我自己的优越。我不怕生人，对着生人我敢唱歌，跳舞。我的装束永远是最漂亮的。我的成绩也是最好的；假若我有作不上来的，回到家中自有人替我作成，而最高的分数是我的。因为这些学校中的训练，我也在亲友中得到美誉与光荣，我常去给新娘子拉纱，或提着花篮，我会眼看着我的脚尖慢慢的走，觉出我的腮上必是红得像两瓣儿海棠花。我的玩具，我的学校用品，都证明我的阔绰。我很骄傲，可也有时候很大方，我爱谁就给谁一件东西。在我生气的时候，我随便撕碎摔坏我的东西，使大家知道我的脾气。

五

　　入了高小，我开始觉出我的价值。我厉害，我美丽，我会说话，我背地里听见有人讲究我，说我聪明外露，说我的鼻孔有点向上翻着。我对着镜子细看，是的，他们说对了。但是那并不减少我的美丽。至于聪明外露，我喜欢这样。我的鼻孔向上撑着点，不但是件事实而且我自傲有这件事实。我觉出我的鼻孔可爱，它向上翻着点，好像是藐视一切，和一切挑战；我心中的最厉害的话先由鼻孔透出一点来；当我说过了那样的话，我的嘴唇向下撇一些，把鼻尖坠下来，像花朵在晚间自己并上那样甜美的自爱。对于功课，我不大注意；我的学校里本来不大注意功课。况且功课与我没多大关系，我和我的同学们都是阔家的女儿，我们顾衣裳与打扮还顾不来，哪有工夫去管功课呢。学校里的穷人与先生与工友们！我们不能听工友的管辖，正像不能受先生们的指挥。先生们也知道她们不应当管学生。况且我们的名誉并不因此而受损失；讲跳舞，讲唱歌，讲演剧，都是我们的最好，每次赛会都是我们第一。就是手工图画也是我们的最好，我们买得起的材料，别的学校的学生买不起。我们说不上爱学校与先生们来，可也不恨它与她们，我们的光荣常常与学校分不开。

六

在高小里，我的生活不尽是阳光了。有时候我与同学们争吵得很厉害。虽然胜利多半是我的，可是在战斗的期间到底是费心劳神的。我们常因服装与头发的式样，或别种小的事，发生意见，分成多少党。我总是作首领的。我得细心的计划，因为我是首领。我天生来是该作首领的，多数的同学好像是木头作的，只能服从，没有一点主意；我是她们的脑子。

七

在毕业的那一年，我与班友们都自居为大姑娘了。我们非常的爱上学。不是对功课有兴趣，而是我们爱学校中的自由。我们三个一群，两个一伙，挤着搂着，充分自由的讲究那些我们并不十分明白而愿意明白的事。我们不能在另一个地方找到这种谈话与欢喜，我们不再和小学生们来往，我们所知道的和我们以为已经知道的那些事使我们觉得像小说中的女子。我们什么也不知道，也不愿意知道什么；我们只喜爱小说中的人与事。我们交换着知识使大家都走入一种梦幻境界。我们知道许多女侠，许多烈女，许多不守规矩的女郎。可是我们所最喜欢的是那种多心眼的，痴情的女子，像林黛玉那样的。我们都愿意聪明，能说出些尖酸而伤感的话。我们管我们的课室叫"大观园"。是的,我们也看电影,但是电影中的动作太粗野,不像我们理想中的那么缠绵。我们既都是阔家的女儿,在谈话中也低声报告着在家中各人所看到的事,关于男女的事。这些事正如电影中的,能满足我们一时的好奇心,而没有多少味道。我们不希望干那些姨太太们所干的事,我们都自居为真正的爱人,有理想,有痴情;虽然我们并不懂得什么。无论怎说吧,我们的一半纯洁一半污浊的心使我们愿意听那些坏事,而希望自己保持住娇贵与聪明。我们是一群十四五岁的鲜花。

八

在初入中学的时候,我与班友们由大姑娘又变成了小姑娘;高年级的同学看不起我们。她们不但看不起我们,也故意的戏弄我们。她们常把我们捉了去,作她们的 dear,大学生自居为男子。这个,使我们害羞,可是并非没有趣味。这使我觉到一些假装的,同时又有点味道的,爱恋情味。我们仿佛是由盆中移到地上的花,虽然环境的改变使我们感觉不安,可是我们也正在吸收新的更有力的滋养;我们觉出我们是女子,觉出女子的滋味,而自惜自怜。在这个期间,我们对于电影开始吃进点味儿;看到男女的长吻,我们似乎明白了些意思。

九

到了二三年级,我们不这么老实了。我简直可以这么说,这二年是我的黄金时代。高年级的学生没有我们的胆量大,低年级的有我们在前面挡着也闹不起来;只有我们,既然和高年级的同学学到了许多坏招数,又不像新学生那样怕先生。我们要干什么便干什么。高年级的学生会思索,我们不必思索;我们的脸一红,动作就跟着来了,像一口血似的啐出来。我们粗暴,小气,使人难堪,一天到晚唧唧咕咕,笑不正经笑,哭也不好生哭。我非常好动怒,看谁也不顺眼。我爱作的不就去好好作,我不爱作的就干脆不去作,没有理由,更不屑于解释。这样,我的脾气越大,胆子也越大。我不怕男学生追我了。我与班友们都有了追逐的男学生。而且以此为荣。可是男学生并追不上我们,他们只使我们心跳,使我们彼此有的谈论,使我们成了电影狂。及至有机会真和男人——亲戚或家中的朋友——见面,我反倒吐吐舌头或端端肩膀,说不出什么。更谈不到交际。在事后,我觉得泄气,不成体统,可是没有办法。人是要慢慢长起来的,我现在明白了。但是,无论怎说吧,这是个黄金时代;一天一天胡胡涂涂的过去,完全没有忧虑,像棵傻大的热带的树,常开着花,一年四季是春天。

十

提到我的聪明,哼,我的鼻尖还是向上翻着点;功课呢,虽然不能算是最坏的,可至好也不过将就得个丙等。作小孩的时候,我愿意人家说我聪明;入了中学,特别是在二三年级的时候,我讨厌人家夸奖我。自然我还没完全丢掉争强好胜的心,可是不在功课上;因此,对于先生的夸奖我觉得讨厌;有的同学在功课上处处求好,得到荣誉,我恨这样的人。在我的心里，我还觉得我聪明；我以为我是不屑于表现我的聪明，所以得的分数不高；那能在功课上表现出才力来的不过是多用着点工夫而已，算不了什么。我才不那么傻用工夫，多演几道题，多作一些文章，干什么用呢？我的父母并没仗着我的学问才有饭吃。况且我的美已经是出名的，报纸上常有我的像片，称我为高材生，大家闺秀。用功与否有什么关系呢？我是个风筝，高高的在春云里，大家都仰着头看我，我只须晃动着，在春风里游戏便够了。我的上下左右都是阳光。

十一

可是到了高年级，我不这么野调无腔的了。我好像开始觉到我有了个固定的人格，虽然不似我想象的那么固定，可是我觉得自己稳重了一些，身中仿佛有点沉重的气儿。我想，这一方面是由于我的家庭，一方面是由于我自己的发育，而成的。我的家庭是个有钱而自傲的，不允许我老淘气精似的；我自己呢，从身体上与心灵上都发展着一些精微的，使我自怜的什么东西。我自然的应当自重。因为自重，我甚至于有时候循着身体或精神上的小小病痛，而显出点可怜的病态与娇羞。我好像正在培养着一种美，叫别人可怜我而又得尊敬我的美。我觉出我的尊严，而愿显露出自己的娇弱。其实我的身体很好。因为身体好，所以才想象到那些我所没有的姿态与秀弱。我仿佛要把女性所有的一切动人的情态全吸收到身上来。女子对于美的要求，至少是我这么想，是得到一切，要不然便什么也没有也好。因为这个绝对的要求，我们能把自己的一点美好扩展得像一个美的世界。我们醉心的搜求发现这一点点美所包含的力量与可爱。不用说,这样发现自己,欣赏自己,不知不觉的有个目的,为别人看。在这个时节我对于男人是老设法躲避的。我知道自己的美,而不能轻易给谁,我是有价值的。我非常的自傲,理想很高。影影抄抄的我想到假如我要属于哪个男人,他必是世间罕有的美男子,把我带到天上去。

十二

因为家里有钱,所以我得加倍的自尊自傲。有钱,自然得骄傲;因为钱多而发生的不体面的事,使我得加倍骄傲。我这时候有许多看不上眼的事都发生在家里,我得装出我们是清白的;钱买不来道德,我得装成好人。我家里的人用钱把别人家的女子买来,而希望我给他们转过脸来。别人家的女儿可以糟蹋在他们的手里,他们的女子——我——可得纯洁,给他们争脸面。我父亲,哥哥,都弄来女人,他们的乱七八糟都在我眼里。这个使我轻看他们,也使他们更重看我,他们可以胡闹,我必须贞洁。我是他们的希望。这个,使我清醒了一些,不能像先前那么欢蹦乱跳的了。

十三

可是在清醒之中,我也有时候因身体上的刺激,与心里对父兄的反感,使我想到去浪漫。我凭什么为他们而守身如玉呢? 我的脸好看,我的身体美好,我有青春,我应当在个爱人的怀里。我还没想到结婚与别的大问题,我只想把青春放出一点去,像花不自己老包着香味,而是随着风传到远处去。在这么想的时节,我心中的天是蓝得近乎翠绿,我是这蓝绿空中的一片桃红的霞。可是一回到家中,我看到的是黑暗。我不能不承认我是比他们优越,于是我也就更难处置自己。即使我要肉体上的快乐,我也比他们更理想一些。因此,我既不能完全与他们一致,又恨我不能实际的得到什么。我好像是在黄昏中,不像白天也不像黑夜。我失了我自幼所有的阳光。

十四

我很想用功,可是安不下心去。偶尔想到将来,我有点害怕:我会什么呢? 假若我有朝一日和家庭闹翻了,我仗着什么活着呢? 把自己细细的分析一下,除了美丽,我什么也没有。可是再一想呢,我不会和家中决裂;即使是不可免的,现在也无须那样想。现在呢,我是富家的女儿;将来我总不至于陷在穷苦中吧。我庆幸我的命运,以过去的幸福预测将来的一帆风顺。在我的手里,不会有恶劣的将来,因为目前我有一切的幸福。何必多虑呢,忧虑是软弱的表示。我的前途是征服,正像我自幼便立在阳光里,我的美永远能把阳光吸了来。在这个时候,我听见一点使我不安的消息:家中已给我议婚了。

十五

我才十九岁! 结婚,这并没吓住我;因为我老以为我是个足以保护自己的大姑娘。可是及至这好像真事似的要来到头上,我想起我的岁数来,我有点怕了。我不应这么早结婚。即使非结婚不可,也得容我自己去找到理想的英雄;我的同学们哪个不是抱着这样的主张,况且我是她们中最聪明的呢。可是,我也偷偷听到,家中所给提的人家,是很体面的,很有钱,有势力;我又痛快了点。并不是我想随便的被家里把我聘出去,我是觉出我的价值——不论怎说,我要是出嫁,必嫁个阔公子,跟我的兄弟一样。我过惯了舒服的日子,不能嫁个穷汉。我必须继续着在阳光里。这么一想,我想象着我已成了个少奶奶,什么都有,金钱,地位,服饰,仆人,这也许是有趣的。这使我有点害羞,可也另有点味道,一种渺茫而并非不甜美的味道。

十六

这可只是一时的想象。及至我细一想,我决定我不能这么断送了自己;我必须先尝着一点爱的味道。我是个小姐,但是在爱的里面我满可以把"小姐"放在一边。我忽然想自由,而自由必先平等。假如我爱谁,即使他是个叫花子也好。这是个理想;非常的高尚,我觉得。可是,我能不能爱个叫花子呢? 不能! 先不用提乞丐,就是拿个平常人说吧,一个小官,或一个当教员的,他能养得起我吗? 别的我不知道,我知道我不会受苦。我生来是朵花,花不会工作,也不应当工作。花只嫁给富丽的春天。我是朵花,就得有花的香美,我必须穿的华丽,打扮得动人,有随便花用的钱,还有爱。这不是野心,我天生的是这样的人,应当享受。假若有爱而没有别的,我没法想到爱有什么好处。我自幼便精明,这时候更需要精明的思索一番了。我真用心思索了,思索的甚至于有点头疼。

十七

我的不安使我想到动作。我不能像乡下姑娘那样安安顿顿的被人家娶了走。我不能。可是从另一方面想,我似乎应当安顿着。父母这么早给我提婚,大概就是怕我不老实而丢了他们的脸。他们想乘我还全须全尾的送了出去,成全了他们的体面,免去了累赘。为作父母的想,这或者是很不错的办法,但是我不能忍受这个;我自己是个人,自幼儿娇贵;我还是得作点什么,作点惊人的,浪漫的,而又不吃亏的事。说到归齐①,我是个"新"女子呀,我有我的价值呀!

十八

机会来了!我去给个同学作伴娘,同时觉得那个伴郎似乎可爱。即使他不可爱,在这么个场面下,也当可爱。看着别人结婚是最受刺激的事:新夫妇,伴郎伴娘,都在一团喜气里,都拿出生命中最像玫瑰的颜色,都在花的香味里。爱,在这种时候,像风似的刮出去刮回来,大家都荡漾着。我觉得我应当落在爱恋里,假如这个场面是在爱的风里。我,说真的,比全场的女子都美丽。设若在这里发生了爱的遇合,而没有我的

---

① 说到归齐,总而言之。

事，那是个羞辱。全场中的男子就是那个伴郎长的漂亮，我要征服，就得是他。这自然只是环境使我这么想，我还不肯有什么举动；一位小姐到底是小姐。虽然我应当要什么便过去拿来，可是爱情这种事顶好得维持住点小姐的身分。及至他看我了，我可是没了主意。也就不必再想主意，他先看我的，我总算没丢了身分。况且我早就想他应当看我呢。他或者是早就明白了我的心意，而不能不照办；他既是照我的意思办，那就不必再否认自己了。

十九

事过之后，我走路都特别的爽利。我的胸脯向来没这样挺出来过，我不晓得为什么我老要笑；身上轻得像根羽毛似的。在我要笑的时节，我渺茫的看到一片绿海，被春风吹起些小小的浪。我是这绿波上的一只小船，挂着雪白的帆，在阳光下缓缓的飘浮，一直飘到那满是桃花的岛上。我想不到什么更具体的境界与事实，只感到我是在春海上游戏。我倒不十分的想他，他不过是个灵感。我还不会想到他有什么好处，我只觉得我的初次的胜利，我开始能把我的香味送出去，我开始看见一个新的境界，认识了个更大的宇宙，山水花木都由我得到鲜艳的颜色与会笑的小风。我有了力量，四肢有了弹力，我忘了我的聪明与厉害，我温柔得像一团柳絮。我设若不能再见到他，我想我不会惦记着他，可是我将永久忘不下这点快乐，好像头一次春雨那样不易被忘掉。有了这次春雨，一切便有了主张，我会去创造一个顶完美的春天。我的心展开了一条花径，桃花开后还有紫荆呢。

二十

可是,他找我来了。这个破坏了我的梦境,我落在尘土上,像只伤了翅的蝴蝶。我不能不拿出我在地上的手段来了。我不答理他,我有我的身分。我毫不迟疑的拒绝了他。等他羞惭的还勉强笑着走去之后,我低着头慢慢的走,我的心中看清楚我全身的美,甚至我的后影。我是这样的美,我觉得我是立在高处的一个女神刻像,只准人崇拜,不许动手来摸。我有女神的美,也有女神的智慧与尊严。

二十一

过了一会儿,我又盼他再回来了:不是我盼望他,惦记他;他应当回来,好表示出他的虔诚,女神有时候也可以接收凡人的爱,只要他虔诚。果然在不久之后,他又来了。这使我心里软了点。可是我还不能就这么轻易给他什么,我自幼便精明,不能随便任着冲动行事。我必须把他揉搓得像块皮糖;能绕在我的小手指上,我才能给他所要求的百分之一二。爱是一种游戏,可由得我出主意。我真有点爱他了,因为他供给了我作游戏的材料。我总让他闻见我的香味,而这个香味像一层厚雾隔开他与我,我像雾后的一个小太阳,微微的发着光,能把四围射成一圈红晕,但是他觉不到我的热力,也看不清楚我。我非常的高兴,我觉出我青春的老练,像座小春山似的,享受着春的雨露,而稳固不能移动。我自信对男人已有了经验,似乎把我放在什么地方,我也可以有办法。我没有可怕的了,我不再想林黛玉,黛玉那种女子已经死绝了。

二十二

因此我越来越胆大了。我的理想是变成电影中那个红发女郎，多情而厉害，可以叫人握着手，及至他要吻的时候，就抡手给他个嘴巴。我不稀罕他请我看电影，请我吃饭，或送给我点礼物。我自己有钱。我要的是香火，我是女神。自然我有时候也希望一个吻，可是我的爱应当是另一种，一种没有吻的爱，我不是普通的女子。他给我开了爱的端，我只感激他这点；我的脚底下应有一群像他的青年男子；我的脚是多么好看呢！

二十三

家中还进行着我的婚事。我暗中笑他们，一声儿不出。我等着。等到有了定局再说，我会给他们一手儿看看。是的，我得多预备人，万一到和家中闹翻的时候，好挑选一个捉住不放。我在同学中成了顶可羡慕的人，因为我敢和许多男子交际。那些只有一个爱人的同学，时常的哭，把眼哭得桃儿似的。她们只有一个爱人，而且任着他的性儿欺侮，怎能不哭呢。我不哭，因为我有准备。我看不起她们，她们把小姐的身分作丢了。她们管哭哭啼啼叫作爱的甘蔗，我才不吃这样的甘蔗，我和她们说不到一块。她们没有脑子。她们常受男人的骗。回到宿舍哭一整天，她们引不起我的同情，她们该受骗！ 我在爱的海边游泳，她们闭着眼往里跳。这群可怜的东西。

二十四

中学毕了业，我要求家中允许我入大学。我没心程读书，只为多在外面玩玩，本来吗，洗衣有老妈，作衣裳有裁缝，作饭有厨子，教书有先生，出门有汽车，我学本事干什么呢？我得入学，因为别的女子有入大学的，我不能落后；我还想出洋呢。学校并不给我什么印象，我只记得我的高跟鞋在洋灰路上或地板上的响声，咯噔咯噔的，怪好听。我的宿室顶阔气，床下堆着十来双鞋，我永远不去整理它们，就那么堆着。屋中越乱越显出阔气。我打扮好了出来，像个青蛙从水中跳出，谁也想不到水底下有泥。我的眉须画半点多钟，哪有工夫去收拾屋子呢？赶到下雨的天，鞋上沾了点泥，我才去访那好清洁的同学，把泥留在她的屋里。她们都不敢惹我。入学不久我便被举为学校的皇后。与我长的同样美的都失败了，她们没有脑子，没有手段；我有。在中学交的男朋友全断绝了关系，连那个伴郎。我的身分更高了，我的阅历更多了，我既是皇后，至少得有个皇帝作我的爱人。被我拒绝了的那些男子还有时候给我来信，都说他们常常因想我而落泪；落吧，我有什么法子呢？他们说我狠心，我何尝狠心呢？我有我的身分，理想，与美丽。爱和生命一样，经验越多便越高明，聪明的爱是理智的，多咱爱把心迷住——我由别人的遭遇看出来——便是悲剧。我不能这么办。作了皇后以后，我的新朋友很多很多了。我戏耍他们，嘲弄他们，他们都羊似的驯顺老实。这几乎使我绝望了，我找不到可征服的，他们永远投降，没有一点战斗的心思与力量。谁说男子强硬呢？我还没看见一个。

二十五

我的办法使我自傲,但是和别人的一比较,我又有点嫉妒:我觉得空虚。别的女同学们每每因为恋爱的波折而极伤心的哭泣,或因恋爱的成功而得意,她们有哭有笑,我没有。在一方面呢,我自信比她们高明,在另一方面呢,我又希望我也应表示出点真的感情。可是我表示不出,我只会装假,我的一切举动都被那个"小姐"管束着,我没了自己。说话,我团着舌头;行路,我扭着身儿;笑,只有声音。我作小姐作惯了,凡事都有一定的程式,我找不到自己在哪儿。因此,我也想热烈一点,愚笨一点,也使我能真哭真笑。可是不成功。我没有可哭的事,我有一切我所需要的;我也不会狂喜,我不是三岁的小孩儿能被一件玩艺儿哄得跳着脚儿笑。我看父母,他们的悲喜也多半是假的,只在说话中用几个适当的字表示他们的情感,并不真动感情。有钱,天下已没有可悲的事;欲望容易满足,也就无从狂喜;他们微笑着表示出气度不凡与雍容大雅。可是我自己到底是个青年女郎,似乎至少也应当偶然愚傻一次,我太平淡无奇了。这样,我开始和同学们捣乱了,谁叫她们有哭有笑而我没有呢? 我设法引诱她们的"朋友",和她们争斗,希望因失败或成功而使我的感情运动运动。结果,女同学们真恨我了,而我还是觉不到什么重大的刺激。我太聪明了,开通了,一定是这样;可是几时我才能把心打开,觉到一点真的滋味呢?

二十六

我几乎有点着急了,我想我得闭上眼往水里跳一下,不再细细的思索,跳下去再说。哼,到了这个时节,也不知怎么了,男子不上我的套儿了。他们跟我敷衍,不更进一步使我尝着真的滋味,他们怕我。我真急了,我想哭一场;可是无缘无故的怎好哭呢? 女同学们的哭都是有理由的。我怎能白白的不为什么而哭呢? 况且,我要是真哭起来,恐怕也得不到同情,而只招她们暗笑。我不能丢这个脸。我真想不再读书了,不再和这群破同学们周旋了。

二十七

　　正在这个期间,家中已给我定了婚。我可真得细细思索一番了。我是个小姐——我开始想——小姐的将来是什么? 这么一问我把许多男朋友从心中注销了。这些男朋友都不能维持住我——小姐——所希望的将来。我的将来必须与现在差不多,最好是比现在还好上一些。家中给找的人有这个能力;我的将来,假如我愿嫁他,可很保险的。可是爱呢? 这可有点不好办。那群破女同学在许多事上不如我,可是在爱上或者足以向我夸口;我怎能在这一点上输给她们呢? 假若她们知道我的婚姻是家中给定的,她们得怎样轻看我呢? 这倒真不好办了! 既无顶好的办法,我得退一步想了:倘若有个男子,既然可以给我爱,而且对将来的保障也还下得去,虽不能十分满意,我是不是该当下嫁他呢? 这把小姐的身分与应有的享受牺牲了些,可是有爱足以抵补;说到归齐,我是位新式小姐呀。是的,可以这么办。可是,这么办,怎样对付家里呢? 奋斗,对,奋斗!

二十八

我开始奋斗了,我是何等的强硬呢,强硬得使我自己可怜我自己了。家中的人也很强硬呀,我真没想到他们会能这么样。他们的态度使我怀疑我的身分了,他们一向是怕我的,为什么单在这件事上这么坚决呢?大概他们是并没有把我看在眼里,小事由着我,大事可得他们拿主意。这可使我真动了气。啊,我明白了点什么,我并不是像我所想的那么贵重。我的太阳没了光,忽然天昏地暗了。

二十九

怎办呢! 我既是位小姐,又是个"新"小姐,这太难安排了。我好像被圈在个夹壁墙里了,没法儿转身。身分地位是必要的,爱也是必要的,没有哪样也不行。即使我肯舍去一样,我应当舍去哪个呢? 我活了这么大,向来没有着过这样的急。我不能只为我打算,我得为"小姐"打算,我不是平常的女子。抛弃了我的身分,是对不起自己。我得勇敢,可不能装疯卖傻,我不能把自己放在危险的地方。那些男朋友都说爱我,可是哪一个能满足我所应当要的,必得要的呢? 他们多数是学生,他们自己也不准知道他们的将来怎样;有一两个怪漂亮的助教也跟我不错,我能不能要个小小的助教? 即使他们是教授,教授还不是一群穷酸? 我应当,必须,对得起自己,把自己放在最高最美丽的地点。

三十

奋斗了许多日子，我自动的停战了。家中给提的人家到底是合乎我的高尚的自尊的理想。除了欠着一点爱，别的都合适。爱，说回来，值多少钱一斤呢？我爽性不上学了，既怕同学们暗笑我，就躲开她们好了。她们有爱，爱把她们拉到泥塘里去！我才不那么傻。在家里，我很快乐，父母们对我也特别的好。我开始预备嫁衣。作好了，我偷偷的穿上看一看，戴上钻石的戒指与胸珠，确是足以压倒一切！我自傲幸而我机警，能见风转舵，使自己能成为最可羡慕的新娘子，能把一切女人压下去。假若我只为了那点爱，而随便和个穷汉结婚，头上只戴上一束纸花，手指套上个铜圈，头纱在地上抛着一尺多，我怎样活着，羞也羞死了！

三十一

自然我还不能完全忘掉那个无利于实际而怪好听的字——爱。但是没法子再转过这个弯儿来。我只好拿这个当作一种牺牲，我自幼儿还没牺牲过什么，也该挑个没多大用处的东西扔出去了。况且要维持我的"新"还另有办法呢，只要有钱，我的服装，鞋袜，头发的样式，都足以作新女子的领袖。只要有钱，我可以去跳舞，交际，到最文明而热闹的地方去。钱使人有生趣，有身分，有实际的利益。我想象着结婚时的热闹与体面，婚后的娱乐与幸福，我的一生是在阳光下，永远不会有一小片黑云。我甚至于迷信了一些，觉得父母看宪书，择婚日，都是善意的，婚仪虽是新式的，可是择个吉日吉时也并没什么可反对的。他们是尽其所能的使我吉利顺当。我预备了一件红小袄，到婚期好穿在里面，以免身上太素淡了。

三十二

不能不承认我精明，我作对了！我的丈夫是个顶有身分，顶有财产，顶体面，而且顶有道德的人。他很精明，可是不肯自由结婚。他是少年老成，事业是新的，思想是新的，而愿意保守着旧道德。他的婚姻必须经过父母之命，媒妁之言，他要给胡闹的青年们立个好榜样，要挽回整个社会道德的堕落。他是二十世纪的孔孟，我们的结婚像片在各报纸上刊出来，差不多都有一些评论，说我们俩是挽救颓风的一对天使！我在良心上有点害羞了，我曾想过奋斗呢！曾经要求过爱的自由呢！幸而我转变的那么快，不然……

三十三

我的快乐增加了我的美丽，我觉得出全身发散着一种新的香味，我胖了一些，而更灵活，大气，我像一只彩凤！可是我并不专为自己的美丽而欣喜，丈夫的光荣也在我身上反映出去，到处我是最体面最有身分最被羡慕的太太。我随便说什么都有人爱听。在作小姐的时候，我的尊傲没有这么足；小姐是一股清泉，太太是一座开满了桃李的山。山是更稳固的，更大样的，更显明的，更有一定的形式与色彩的。我是一座春山，丈夫是阳光，射到山坡上，我腮上的桃花向阳光发笑，那些阳光是我一个人的。

三十四

可是我也必得说出来。我的快乐是对于我的光荣的欣赏，我像一朵阳光下的花，花知道什么是快乐吗？除了这点光荣，我必得说，我并没有从心里头感到什么可快活的。我的快活都在我见客人的时候，出门的时候，像只挂着帆，顺风而下的轻舟，在晴天碧海的中间儿。赶到我独自坐定的时候，我觉到点空虚，近于悲哀。我只好不常独自坐定，我把帆老挂起来，有阵风儿我便出去。我必须这样，免得万一我有点不满意的念头。我必须使人知道我快乐，好使人家羡慕我。还有呢，我必须谨慎一点，因为我的丈夫是讲道德的人，我不能得罪他而把他给我的光荣糟蹋了。我的光荣与身分值得用心看守着，可是因此我的快活有时候成为会变动的，像忽晴忽阴的天气，冷暖不定。不过，无论怎么说吧，我必须努力向前；后悔是没意思的，我顶好利用着风力把我的一生光美的度过去；我一开首总算已遇到顺风了，往前走就是了。

三十五

以前的事像离我很远了，我没想到能把它们这么快就忘掉。自从结婚那一天我仿佛忽然入了另一个世界，就像在个新地方酣睡似的，猛一睁眼，什么都是新的。及至过了相当时期，我又逐渐的把它们想起来，一个一个的，零散的，像拾起一些散在地上的珠子。赶到我把这些珠子又串起来，它们给我一些形容不出的情感，我不能再把这串珠子挂在项上，拿不出手来了。是的，我的丈夫的道德使我换了一对眼睛，用我这对新眼睛看，我几乎有点后悔从前是那样的狂放了。我纳闷，为什么他——一个社会上的柱石——要娶我呢？难道他不晓得我的行为吗？是，我知道，我的身分家庭足以配得上他，可是他不能不知道在学校里我是个浪漫皇后吧？我不肯问他，不问又难受。我并不怕他，我只是要明白明白。说真的，我不甚明白，他待我很好，可是我不甚明白他。他是个太阳，给我光明，而不使我摸到他。我在人群中，比在他面前更认识他；人们尊敬我，因为他们尊敬他；及至我俩坐在一处，没人提醒我或他的身分，我觉得很渺茫。在报纸上我常见到他的姓名，这个姓名最可爱；坐在他面前，我有时候忘了他是谁。他很客气，有礼貌，每每使我想到他是我的教师或什么保护人，而不是我的丈夫。在这种时节，似有一小片黑云掩住了太阳。

三十六

阳光要是常被掩住，春天也可以很阴惨。久而久之，我的快活的热度低降下来。是的，我得到了光荣，身分，丈夫；丈夫，我怎能只要个丈夫呢？我不是应当要个男子么？一个男子，哪怕是个顶粗莽的，打我骂我的男子呢，能把我压碎了，吻死的男子呢！我的丈夫只是个丈夫，他衣冠齐楚，谈吐风雅，是个最体面的杨四郎，或任何戏台上的穿绣袍的角色。他的行止言谈都是戏文儿。我这是一辈子的事呀！可是我不能马上改变态度，"太太"的地位是不好意思随便扔弃了的。不扔弃了吧，我又觉得空虚,生命是多么不易安排的东西呢!当我回到母家,大家是那么恭维我,我简直张不开口说什么。他们为我骄傲,我不能鼻一把泪一把像个受气的媳妇诉委屈,自己泄气。在娘家的时候我是小姐,现在我是姑奶奶,作小姐的时候我厉害,作姑奶奶的更得撑起架子。我母亲待我像个客人,我张不开口说什么。在我丈夫的家里呢,我更不能向谁说什么,我不能和女仆们谈心,我是太太。我什么也别说了,说出去只招人笑话;我的苦处须自己负着。是呀,我满可以冒险去把爱找到,但是我怎么对我母家与我的丈夫呢?我并不为他们生活着,可是我所有的光荣是他们给我的,因为他们给我光荣,我当初才服从他们,现在再反悔似乎不大合适吧? 只有一条路给我留着呢,好好的作太太,不要想别的了。这是永远有阳光的一条路。

三十七

人到底是肉作的。我年轻,我美,我闲在,我应当把自己放在血肉的浓艳的香腻的旋风里,不能呆呆对着镜子,看着自己消灭在冰天雪地里。我应当从各方面丰富自己,我不是个尼姑。这么一想我管不了许多了。况且我若是能小心一点呢 —— 我是有聪明的 —— 或者一切都能得到,而出不了毛病。丈夫给我支持着身分,我自己再找到他所不能给我的,我便是个十全的女子了,这一辈子总算值得!小姐,太太,浪漫,享受,都是我的,都应当是我的;我不再迟疑了,再迟疑便对不起自己。我不害怕,我这是种冒险,牺牲;我怕什么呢? 即使出了毛病,也是我吃亏,把我的身分降低,与父母丈夫都无关。自然,我不甘心丢失了身分，但是事情还没作，怎见得结果必定是坏的呢？精明而至于过虑便是愚蠢。饥鹰是不择食的。

三十八

我的海上又飘着花瓣了，点点星星暗示着远地的春光。像一只早春的蝴蝶，我顾盼着，寻求着，一些渺茫而又确定的花朵。这使我又想到作学生的时候的自由，愿意重述那种种小风流勾当。可是这次我更热烈一些，我已经在别方面成功，只缺这一样完成我的幸福。这必须得到，不准再落个空。我明白了点肉体需要什么，希望大量的增加，把一朵花完全打开，即使是个雹子也好，假如不能再细腻温柔一些，一朵花在暗中谢了是最可怜的。同时呢，我的身分也使我这次的寻求异于往日的，我须找到个地位比我的丈夫还高的，要快活便得登峰造极，我的爱须在水晶的宫殿里，花儿都是珊瑚。私事儿要作得最光荣，因为我不是平常人。

三十九

我预料着这不是什么难事，果然不是什么难事，我有眼光。一个粗莽的，俊美的，像团炸药样的贵人，被我捉住。他要我的一切，他要把我炸碎而后再收拾好，以便重新炸碎。我所缺乏的，一次就全补上了；可是我还需要第二次。我真哭真笑了，他野得像只老虎，使我不能安静。我必须全身颤动着，不论是跟他玩耍，还是与他争闹，我有时候完全把自己忘掉，完全焚烧在烈火里，然后我清醒过来，回味着创痛的甜美，像老兵谈战那样。他能一下子把我掷在天外，一下子又拉回我来贴着他的身。我晕在爱里，迷忽的在生命与死亡之间，梦似的看见全世界都是红花。我这才明白了什么是爱，爱是肉体的，野蛮的，力的，生死之间的。

四十

这个实在的，可捉摸的爱，使我甚至于敢公开的向我的丈夫挑战了。我知道他的眼睛是尖的，我不怕，在他鼻子底下漂漂亮亮的走出去，去会我的爱人。我感谢他给我的身分，可是我不能不自己找到他所不能给的。我希望点吵闹，把生命更弄得火炽一些；我确是快乐得有点发疯了。奇怪，奇怪，他一声也不出。他仿佛暗示给我——"你作对了！"多么奇怪呢！他是讲道德的人呀！他这个办法减少了好多我的热烈；不吵不闹是多么没趣味呢！不久我就明白了，他升了官，那个贵人的力量。我明白了，他有道德，而缺乏最高的地位，正像我有身分而缺乏恋爱。因为我对自己的充实，而同时也充实了他，他不便言语。我的心反倒凉了，我没希望这个，简直没想到过这个。啊，我明白了，怨不得他这么有道德而娶我这个"皇后"呢，他早就有计划！我软倒在地上，这个真伤了我的心，我原来是个傀儡。我想脱身也不行了，我本打算偷偷的玩一会儿，敢情我得长期的伺候两个男子了。是呀，假如我愿意，我多有些男朋友岂不是可喜的事。我可不能听从别人的指挥。不能像妓女似的那么干，丈夫应当养着妻子，使妻子快乐；不应当利用妻子获得利禄——这不成体统，不是官派儿！

四十一

  我可是想不出好办法来。设若我去质问丈夫,他满可以说,"我待你不错,你也得帮助我。"再急了,他简直可以说,"干吗当初嫁给我呢?"我辩论不过他。我断绝了那个贵人吧,也不行,贵人是我所喜爱的,我不能因要和丈夫赌气而把我的快乐打断。况且我即使冷淡了他,他很可以找上前来,向我索要他对我丈夫的恩惠的报酬。我已落在陷坑里了。我只好闭着眼混吧。好在呢,我的身分在外表上还是那么高贵,身体上呢,也得到满意的娱乐,算了吧。我只是不满意我的丈夫,他太小看我,把我当作个礼物送出去,我可是想不出办法惩治他。这点不满意,继而一想,可也许能给我更大的自由。我这么想了:他既是仗着我满足他的志愿,而我又没向他反抗,大概他也得明白以后我的行动是自由的了,他不能再管束我。这无论怎说,是公平的吧。好了,我没法惩治他,也不便惩治他了,我自由行动就是了。焉知我自由行动的结果不叫他再高升一步呢! 我笑了,这倒是个办法,我又在晴美的阳光中生活着了。

四十二

  没看见过榕树,可是见过榕树的图。若是那个图是正确的,我想我现在就是株榕树,每一个枝儿都能生根,变成另一株树,而不和老本完全分离开。我是位太太,可是我有许多的枝干,在别处生了根,我自己成了个爱之林。我的丈夫有时候到外面去演讲,提倡道德,我也坐在台上；他讲他的道德，我想我的计划。我觉得这非常的有趣。社会上都知道我的浪漫，可是这并不妨碍他们管我的丈夫叫作道德家。他们尊敬我的丈夫，同时也羡慕我，只要有身分与金钱，干什么也是好的；世界上没有什么对不对，我看出来了。

四十三

要是老这么下去，我想倒不错。可是事实老不和理想一致，好像不许人有理想似的。这使我恨这个世界，这个不许我有理想的世界。我的丈夫娶了姨太太。一个讲道德的人可以娶姨太太，嫖窑子；只要不自由恋爱与离婚就不违犯道德律。我早看明白了这个，所以并不因为这点事恨他。我所不放心的是我觉到一阵风，这阵风不好。我觉到我是往下坡路走了。怎么说呢，我想他绝不是为娶小而娶小，他必定另有作用。我已不是他升官发财的唯一工具了。他找来个生力军。假如这个女的能替他谋到更高的差事，我算完了事。我没法跟他吵，他办的名正言顺，娶妾是最正当不过的事。设若我跟他闹，他满可以翻脸无情，剥夺我的自由，他既是已不完全仗着我了。我自幼就想征服世界，啊，我的力量不过如是而已！我看得很清楚，所以不必去招瘪子吃①；我不管他，他也别管我，这是顶好的办法。家里坐不住，我出去消遣好了。

---

① 招瘪子吃，招人讨厌，自讨没趣。

四十四

　　哼,我不能不信命运。在外边,我也碰了;我最爱的那个贵人不见我了。他另找到了爱人。这比我的丈夫娶妾给我的打击还大。我原来连一个男人也抓不住呀! 这几年我相信我和男子要什么都能得到,我是顶聪明的女子。身分,地位,爱情,金钱,享受,都是我的;啊,现在,现在,这些都顺着手缝往下溜呢! 我是老了么? 不,我相信我还是很漂亮;服装打扮我也还是时尚的领导者。那么,是我的手段不够? 不能呀,设若我的手段不高明,以前怎能有那样的成功呢? 我的运气! 太阳也有被黑云遮住的时候呀。是,我不要灰心,我将慢慢熬着,把这一步恶运走过去再讲。我不承认失败;只要我不慌,我的心老清楚,自会有办法。

四十五

　　但是,我到底还是作下了最愚蠢的事! 在我独自思索的时候,我大概是动了点气。我想到了一篇电影:一个贵家的女郎,经过多少情海的风波,最后嫁了个乡村的平民,而得到顶高的快乐。村外有些小山,山上满是羽样的树叶,随风摆动。他们的小家庭面着山,门外有架蔓玫瑰,她在玫瑰架下作活,身旁坐着个长毛白猫,头儿随着她的手来回的动。他在山前耕作,她有时候放下手中的针线,立起来看看他。他工作回来,她已给预备好顶简单而清净的饭食,猫儿坐在桌上希冀着一点牛奶或肉屑。他们不多说话,可是眼神表现着深情……我忽然想到这个故事,而且借着气劲而想我自己也可以抛弃这一切劳心的事儿,华丽的衣服,而到那个山村去过那简单而甜美的生活。我明知这只是个无聊的故事,可是在生气的时候我信以为真有其事了。我想,只要我能遇到那个多情的少年,我一定不顾一切的跟了他去。这个,使我从记忆中掘出许多旧日的朋友来:他们都干什么呢? 我甚至于想起那第一个爱人,那个伴郎,他作什么了? 这些人好像已离开许多许多年了,当我想起他们来,他们都有极新鲜的面貌,像一群小孩,像春后的花草,我不由的想再见着他们,他们必至少能打开我的寂寞与悲哀,必能给生命一个新的转变。我想他们,好像想起幼年所喜吃的一件食物,如若能得到它,我必定能把青春再唤回来一些。想到这儿,我没再思索一下,便出去找他们了,即使找不到他们,找个与他们相似的也行;我要尝尝生命的另一方面,可以说是生命的素淡方面吧,我已吃腻了山珍海味。

四十六

我找到一个旧日的同学,虽然不是乡村的少年,可已经合乎我的理想了。他有个入钱不多的职业,他温柔,和蔼,亲热,绝不像我日常所接触的男人。他领我入了另一世界,像是厌恶了跳舞场,而逛一回植物园那样新鲜有趣。他很小心,不敢和我太亲热了;同时我看出来,他也有点得意,好像穷人拾着一两块钱似的。我呢,也不愿太和他亲近了,只是拿他当一碟儿素菜,换换口味。可是,呕,我的愚蠢! 这被我的丈夫看见了! 他拿出我以为他绝不会的厉害来。我给他丢了脸,他说!我明白他的意思:我们阔人尽管乱七八糟,可是得有个范围;同等的人彼此可以交往,这个圈必得划清楚了! 我犯了不可赦的罪过。

四十七

我失去了自由。遇到必须出头的时候,他把我带出去;用不着我的时候,他把我关在屋里。在大众面前,我还是太太;没人看着的时节,我是个囚犯。我开始学会了哭,以前没想到过我也会有哭的机会。可是哭有什么用呢! 我得想主意。主意多了,最好的似乎是逃跑:放下一切,到村间或小城市去享受,像那个电影中玫瑰架下的女郎。可是,再一想,我怎能到那里去享受呢? 我什么也不会呀! 没有仆人,我连饭也吃不上,叫我逃跑,我也跑不了啊!

四十八

有了,离婚! 离婚,和他要供给,那就没有可怕的了。脱离了他,而手中有钱,我的将来完全在自己的手中,爱怎着便可以怎着。想到这里,我马上办起来,看守我的仆人受了贿赂,给我找来律师。呕,我的胡涂! 状子递上去了,报纸上宣扬起来,我的丈夫登时从最高的地方堕下来。他是提倡旧道德的人呀,我怎会忘了呢? 离婚;呕! 别的都不能打倒他,只有离婚! 只有离婚! 他所认识的贵人们,马上变了态度,不认识了他,也不认识了我。和我有过关系的人,一点也不责备我与他们的关系,现在恨起我来,我什么不可以作,单单必得离婚呢? 我的母家与我断绝了关系。官司没有打,我的丈夫变成了个平民,官司也无须再打了,我丢了一切。假如我没有这一个举动,失了自由,而到底失不了身分啊,现在我什么也没有了。

四十九

事情还不止于此呢。我的丈夫倒下来,墙倒人推,大家开始控告他的劣迹了。贵人们看着他冷笑,没人来帮忙。我们的财产,到诉讼完结以后,已剩了不多。我还是不到三十岁的人哪,后半辈子怎么过呢?太阳不会再照着我了!我这样聪明,这样努力,结果竟会是这样,谁能相信呢!谁能想到呢!坐定了,我如同看着另一个人的样子,把我自己简略的,从实的,客观的,描写下来。有志的女郎们呀,看了我,你将知道怎样维持住你的身分,你宁可失了自由,也别弃掉你的身分。自由不会给你饭吃,控告了你的丈夫便是拆了你的粮库!我的将来只有回想过去的光荣,我失去了明天的阳光!

(原载1935年5月1日《文学》第四卷第五号)

听来的故事

宋伯公是个可爱的人。他的可爱由于互相关联的两点：他热心交友，舍己从人；朋友托给他的事，他都当作自己的事那样给办理；他永远不怕多受累。因为这个，他的经验所以比一般人的都丰富，他有许多可听的故事。大家爱他的忠诚，也爱他的故事。找他帮忙也好，找他闲谈也好，他总是使人满意的。

对于青岛的樱花，我久已听人讲究过；既然今年有看着的机会，一定不去未免显着自己太别扭；虽然我经验过的对风景名胜和类似樱花这路玩艺的失望使我并不十分热心。太阳刚给嫩树叶油上一层绿银光，我就动身向公园走去，心里说：早点走，省得把看花的精神移到看人上去。这个主意果然不错，树下应景而设的果摊茶桌，还都没摆好呢，差不多除了几位在那儿打扫甘蔗渣子、橘皮和昨天游客们所遗下的一切七零八碎的清道夫，就只有我自己。我在那条樱花路上来回蹓跶，远观近玩的细细的看了一番樱花。

樱花说不上有什么出奇的地方，它艳丽不如桃花，玲珑不如海棠，清素不如梨花，简直没有什么香味。它的好处在乎"盛"：每一丛有十多朵，每一枝有许多丛；再加上一株挨着一株，看过去是一团团的白雪，微染着朝阳在雪上映出的一点浅粉。来一阵微风,樱树没有海棠那样的轻动多姿,而是整团的雪全体摆动;隔着松墙看过去,不见树身,只见一片雪海轻移,倒还不错。设若有下判断的必要,我只能说樱花的好处是使人痛快,它多、它白、它亮,它使人觉得春忽然发了疯,若是以一朵或一株而论,我简直不能给它六十分以上。

无论怎说吧,我算是看过了樱花。不算冤,可也不想再看,就带着这点心情我由花径中往回走,朝阳射着我的背。走到了梅花路的路头,我疑惑我的眼是有了毛病:迎面来的是宋伯公!这个忙人会有工夫来看樱花!

不是他是谁呢,他从远远的就"嘿喽",一直"嘿喽"到握着我的手。他的脸朝着太阳,亮得和春光一样。

"嘿喽,嘿喽,"他想不起说什么,只就着舌头的便利又补上这么两下。

"你也来看花?"我笑着问。

"可就是,我也来看花!"他松了我的手。

"算了吧,跟我回家溜溜舌头去好不好?"我愿意听他瞎扯,所以不管他怎样热心看花了。

"总得看一下,大老远来的;看一眼,我跟你回家,有工夫;今天我们的头儿逛崂山去,我也放了自己一天的假。"他的眼向樱花那边望了望,表示非去看看不可的样子。

我只好陪他再走一遭了。他的看花法和我的大不相同了。在他的眼中,每棵树都像人似的,有历史,有个性,还有名字:"看那棵'小歪脖',今年也长了本事;嘿!看这位'老太太',居然大卖力气;去年,去年,她才开了,哼,二十来朵花吧!嘿喽!"他立在一棵细高的樱树前面:"'小旗杆',这不行呀,净往云彩里钻,不别枝子!不行,我不看电线杆子,告诉你!"然后他转向我来:"去年,它就这么细高,今年还这样,没办法!"

"它们都是你的朋友?"我笑了。

宋伯公也笑了:"哼,那边的那一片,几时栽的,哪棵是补种的,我都知道。"

看一下!他看了一点多钟!我不明白他怎么会对这些树感到这样的兴趣。连树干上抹着的白灰,他都得摸一摸,有一片话。诚然,他讲说什么都有趣;可是我对树木本身既没他那样的热诚,所以他的话也就打不到我的心里去。我希望他说些别的。我也看出来,假如我不把他拉走,他是满可以把我说得变成一棵树,一声不出的听他说个三天五天的。

我把他硬扯到家中来。我允许给他打酒买菜;他接收了我的贿赂。他忘了樱花,可是我并想不起一定的事儿来说。瞎扯了半天,我提到孟智辰来。他马上接了过去:

"提起孟智辰来,那天你见他的经过如何?"

我并不很认识这个孟先生——或者应说孟秘书长——我前几天见过他一面,还是由宋伯公介绍的。我不是要见孟先生,而是必须见孟秘书长;我有件非秘书长不办的事情。

"我见着了他,"我说,"跟你告诉我的一点也不差:四棱子脑袋;牙和眼睛老预备着发笑唯恐笑晚了;脸上的神气明明宣布着:我什么也记不住,只能陪你笑一笑。"

"是不是?"宋伯公有点得意他形容人的本事。"可是,对那件事他怎么说？"

"他，他没办法。"

"什么？又没办法？这小子又要升官了！"宋伯公咬上嘴唇，像是想着点什么。

"没办法就又要升官了？"我有点惊异。

"你看，我这儿不是想哪吗？"

我不敢再紧问了，他要说一件事就要说完全了，我必须忍耐的等他想。虽然我的惊异使我想马上问他许多问题，可是我不敢开口；"凭他那个神气，怎能当上秘书长？"这句最先来到嘴边上的，我也咽下去。

我忍耐的等着他，好像避雨的时候渴望黑云裂开一点那样。不久——虽然我觉得仿佛很久——他的眼球里透出点笑光来，我知道他是预备好了。

"哼！"他出了声："够写篇小说的！"

"说吧，下午请你看电影！"

"值得看三次电影的，真的！"宋伯公知道他所有的故事的价值："你知道，孟秘书长是我大学里的同学？一点不瞎吹！同系同班，真正的同学。那时候，他就是个重要人物：学生会的会长呀，作各种代表呀，都是他。"

"这家伙有两下子？"我问。

"有两下子？连半下子也没有！"

"因为——"

"因为他连半下子没有，所以大家得举他。明白了吧？"

"大家争会长争得不可开交，"我猜想着："所以让给他作，是不是？"

宋伯公点了点头："人家孟先生的本事是凡事无办法，因而也就没主张与意见，最好作会长，或作菩萨。"

"学问许不错？"没有办事能干的人往往有会读书的聪明，我想。

"学问？哈哈！我和他都在英文系里，人家孟先生直到毕业不晓得莎士比亚是谁。可是他毕了业，因为无论是主任、教授、讲师，都觉得应当，应当，让他毕业。不让他毕业，他们觉得对不起人。人家老孟四年的工夫，没在讲堂上发过问。哪怕教员是条驴呢，他也对着书本发楞，一声不出。教员当然也不问他；即使偶尔问到他，他会把牙露出来，把眼珠收起去，那么一笑。这是天字第一号的好学生，当然得毕业。既准他毕业，大家就得帮助他作卷子，所以他的试卷很不错，因为是教员们给作的。自然，卷子里还有错儿，那可不是教员们作的不好，是被老孟抄错了；他老觉得 M 和 N 是可以通用的，所以把 name 写成 mane，在他，一点也不算出奇。把这些错儿应扣的分数减去，他实得平均分数八十五分，文学士。来碗茶……

"毕业后，同班的先后都找到了事；前些年大学毕业生找事还不像现在这么难。老孟没事。有几个热心教育的同学办了个中学，那时候办中学是可以发财的。他们听说老孟没事，很想拉拔他一把儿，虽然准知道他不行；同学到底是同学，谁也不肯看着他闲起来。他们约上了他。叫他作什么呢，可是？教书，他教不了；训育，他管不住学生；体育，他不会，他顶好作校长。于是他作了校长。他一点不晓得大家为什么让他作校长，可是他也不骄傲，他天生来的是馒首幌子——馒头铺门口放着的那个大馒头，大，体面，木头作的，上着点白漆。

"一来二去不是，同学们看出来这位校长太没用了，可是他既不骄傲,又没主张,生生的把他撑了,似乎不大好意思。于是大家给他运动了个官立中学的校长。这位馒头幌子笑着搬了家。这时候,他结了婚,他的夫人是自幼定下的。她家中很有钱,兄弟们中有两位在西洋留学的。她可是并不认识多少字,所以很看得起她的丈夫。结婚不久,他在校长的椅子上坐不牢了;学校里发生了风潮,他没办法。正在这个时候,他的内兄由西洋回来,得了博士;回来就作了教育部的秘书。老孟一点主意没有,可也并不着急:倒慌了教育局局长——那时候还不叫教育局;管它叫什么呢——这玩艺,免老孟的职简直是和教育部秘书开火;不免职吧,事情办不下去。局长想出条好道,去请示部秘书好了。秘书新由外国回来,还没完全把西洋忘掉,'局长看着办吧。不过,派他去考查教育也好。'局长鞠躬而退;不几天,老孟换了西装,由馒头改成了面包。临走的时候,他的内兄嘱咐他:不必调查教育,安心的念二年书倒是好办法,我可以给你办官费。再来碗热的……

"二年无话,赶老孟回到国来,博士内兄已是大学校长。校长把他安置在历史系,教授。孟教授还是不骄傲,老实不客气的告诉系主任:东洋史,他不熟;西洋史,他知道一点;中国史,他没念过。系主任给了他两门最容易的功课,老孟还是教不了。到了学年终,系主任该从新选过——那时候的主任是由教授们选举的——大家一商议,校长的妹夫既是教不了任何功课,顶好是作主任;主任只须教一门功课就行了。老孟作了系主任,一点也不骄傲,可是挺喜欢自己能少教一门功课,笑着向大家说:我就是得少教功课。好像他一点别的毛病没有,而最适宜当主任似的。有一回我到他家里吃饭,孟夫人指着脸子说他:'我哥哥也溜过学,你也溜过学,怎么哥哥会作大校长,你怎就不会?'老孟低着头对自己笑了一下：'哼，我作主任合适！'我差点没憋死，我不敢笑出来。

"后来，他的内兄校长升了部长，他作了编译局局长。叫他作司长吧，他看不懂公事；叫他作秘书吧，他不会写；叫他作编辑委员吧，他不会编也不会译，况且职位也太低。他天生来的该作局长，既不须编，也无须译，又不用天天办公。'哼，我就是作局长合适！'这家伙仿佛很有自知之明似的。可是，我俩是不错的朋友，我不能说我佩服他，也不能说讨厌他。他几乎是一种灵感，一种哲理的化身。每逢当他升官，或是我自己在事业上失败，我必找他去谈一谈。他使我对于成功或失败都感觉到淡漠，使我心中平静。由他身上，我明白了我们的时代——没办法就是办法的时代。一个人无须为他的时代着急，也无须为个人着急，他只须天真的没办法，自然会在波浪上浮着，而相信：'哼，我浮着最合适。'这并不是我的生命哲学，不过是由老孟看出来这么点道理，这个道理使我每逢遇到失败而不去着急。再来碗茶！"

他喝着茶，我问了句："这个人没什么坏心眼？"

"没有，坏心眼多少需要一些聪明；茶不错，越焖越香！"宋伯公看着手里的茶碗。"在这个年月，凡要成功的必须掏坏；现在的经济制度是大鱼吃小鱼，小鱼吃虾米的制度。掏了坏，成了功；可不见就站得住。三摇两摆，还得栽下来；没有保险的事儿。我说老孟是一种灵感，我的意思就是他有种天才，或是直觉，他无须用坏心眼而能在波浪上浮着，而且浮得很长久。认识了他便认识了保身之道。他没计划，没志愿，他只觉得合适，谁也没法子治他。成功的会再失败；老孟只有成功，无为而治。"

"可是他有位好内兄？"我问了一句。

"一点不错；可是你有那么位内兄，或我有那么位内兄，照样的失败。你，我，不会觉得什么都正合适。不太自傲，便太自贱；不是想露一手儿，便是想故意的藏起一招儿，这便必出毛病。人家老孟自然。糊涂得像条骆驼，可是老那么魁梧壮实，一声不出，能在沙漠里慢慢溜达一个星期！他不去找缝子钻，社会上自然给他预备好缝子，要不怎么他老预备着发笑呢。他觉得合适。你看，现在人家是秘书长；作秘书得有本事，他没有；作总长也得有本事，而且不愿用个有本事的秘书长；老孟正合适。他见客，他作代表，他没意见，他没的可泄露，他老笑着，他有四棱脑袋，种种样样他都合适。没人看得起他，因而也没人忌恨他；没人敢不尊敬他，因为他作什么都合适，而且越作地位越高。学问，志愿，天才，性格，都足以限制个人事业的发展，老孟都没有。要得着一切的须先失去一切，就是老孟。这个人的前途不可限量。我看将来的总统是给他预备着的。你爱信不信！"

"他连一点脾气都没有？"

"没有，纯粹顺着自然。你看，那天我找他去，正赶上孟太太又和他吵呢。我一进门，他笑脸相迎的：'哼，你来得正好，太太也不怎么又炸了。'一点不动感情。我把他约出去洗澡，喝！他那件小褂，多么黑先不用提，破的就像个地板擦子。'哼，太太老不给做新的吗。'这只是陈述，并没有不满意的意思。我请他洗了澡，吃了饭，他都觉得好：'这澡堂子多舒服呀！这饭多好吃呀！'他想不起给钱，他觉得被请合适。他想不起抓外钱，可是他的太太替他收下'礼物'，他也很高兴：'多进俩钱也不错！'你看，他歪打正着，正合乎这个时代的心理——礼物送给太太，而后老爷替礼物说话。他以自己的胡涂给别人的聪明开了一条路。他觉得合适，别人也觉得合适。他好像是个神秘派的诗人，默默中抓住种种现象下的一致的真理。他抓到——虽然他自己并不知道——自古以来中国人的最高的生命理想。"

"先喝一盅吧？"我让他。

他好像没听见。"这像篇小说不？"

"不大像，主角没有强烈的性格！"我假充懂得文学似的。

"下午的电影大概要吹？"他笑了笑。"再看看樱花去也好。"

"准请看电影，"我给他斟上一盅酒。"孟先生今年多大？"

"比我——想想看——比我大好几岁呢。大概有四十八九吧。干吗？呕，我明白了，你怕他不够作总统的年纪？再过几年，五十多岁，正合适！"

（原载1935年5月12日天津《大公报·文艺》第十五期）

断 魂 枪

"生命是闹着玩,事事显出如此;从前我这么想过,现在我懂得了。"

沙子龙的镖局已改成客栈。

东方的大梦没法子不醒了。炮声压下去马来与印度野林中的虎啸。半醒的人们,揉着眼,祷告着祖先与神灵;不大会儿,失去了国土、自由与主权。门外立着不同面色的人,枪口还热着。他们的长矛毒弩,花蛇斑彩的厚盾,都有什么用呢;连祖先与祖先所信的神明全不灵了啊!龙旗的中国也不再神秘,有了火车呀,穿坟过墓破坏着风水。枣红色多穗的镖旗,绿鲨皮鞘的钢刀,响着串铃的口马①,江湖上的智慧与黑话,义气与声名,连沙子龙,他的武艺、事业,都梦似的变成昨夜的。今天是火车、快枪,通商与恐怖。听说,有人还要杀下皇帝的头呢!

这是走镖已没有饭吃,而国术还没被革命党与教育家提倡起来的时候。

谁不晓得沙子龙是短瘦、利落、硬棒,两眼明得像霜夜的大星?可是,现在他身上放了肉。镖局改了客栈,他自己在后小院占着三间北房,

---

① 口马,指张家口外的马匹。

大枪立在墙角,院子里有几只楼鸽。只是在夜间,他把小院的门关好,熟习熟习他的"五虎断魂枪"。这条枪与这套枪,二十年的工夫,在西北一带,给他创出来:"神枪沙子龙"五个字,没遇见过敌手。现在,这条枪与这套枪不会再替他增光显胜了;只是摸摸这凉、滑、硬而发颤的杆子,使他心中少难过一些而已。只有在夜间独自拿起枪来,才能相信自己还是"神枪沙"。在白天,他不大谈武艺与往事;他的世界已被狂风吹了走。

在他手下闯练起来的少年们还时常来找他。他们大多数是没落子的,都有点武艺,可是没地方去用。有的在庙会上去卖艺:踢两趟腿,练套家伙,翻几个跟头,附带着卖点大力丸,混个三吊两吊的。有的实在闲不起了,去弄筐果子,或挑些毛豆角,赶早儿在街上论斤吆喝出去。那时候,米贱肉贱,肯卖膀子力气本来可以混个肚儿圆;他们可是不成:肚量既大,而且得吃口当事儿的①;干馇馇辣饼子②咽不下去。况且他们还时常去走会:五虎棍,开路,太狮少狮……虽然算不了什么——比起走镖来——可是到底有个机会活动活动,露露脸。是的,走会捧场是买脸的事,他们打扮的得像个样儿,至少得有条青洋绉裤子,新漂白细市布的小褂,和一双鱼鳞洒鞋——顶好是青缎子抓地虎靴子。他们是神枪沙子龙的徒弟——虽然沙子龙并不承认——得到处露脸,走会得赔上俩钱,说不定还得打场架。没钱,上沙老师那里去求。沙老师不含糊,多少不拘,不让他们空着手儿走。可是,为打架或献技去讨教一个招数,或是请给说个"对子"——什么空手夺刀,或虎头钩进枪——

---

① 当事儿的,有营养,吃了不至于不久又饿的。
② 辣饼子,剩下的隔夜干粮。

沙老师有时说句笑话，马虎过去："教什么？拿开水浇吧！"有时直接把他们逐出去。他们不大明白沙老师是怎么了，心中也有点不乐意。

可是，他们到处为沙老师吹腾，一来是愿意使人知道他们的武艺有真传授，受过高人的指教；二来是为激动沙老师：万一有人不服气而找上老师来，老师难道还不露一两手真的么？所以：沙老师一拳就砸倒了个牛！沙老师一脚把人踢到房上去，并没使多大的劲！他们谁也没见过这种事，但是说着说着，他们相信这是真的了，有年月，有地方，千真万确，敢起誓！

王三胜——沙子龙的大伙计——在土地庙拉开了场子，摆好了家伙。抹了一鼻子茶叶末色的鼻烟，他抡了几下竹节钢鞭，把场子打大一些。放下鞭，没向四围作揖，叉着腰念了两句："脚踢天下好汉，拳打五路英雄！"向四围扫了一眼："乡亲们，王三胜不是卖艺的；玩艺儿会几套，西北路上走过镖，会过绿林上的朋友。现在闲着没事，拉个场子陪诸位玩玩。有爱练的尽管下来，王三胜以武会友，有赏脸的，我陪着。神枪沙子龙是我的师傅；玩艺地道！诸位，有愿下来的没有？"他看着，准知道没人敢下来，他的话硬，可是那条钢鞭更硬，十八斤重。

王三胜，大个子，一脸横肉，努着对大黑眼珠，看着四围。大家不出声。他脱了小褂，紧了紧深月白色的"腰里硬"，把肚子杀进去。给手心一口唾沫，抄起大刀来：

"诸位，王三胜先练趟瞧瞧。不白练，练完了，带着的扔几个；没钱，给喊个好，助助威。这儿没生意口。好，上眼[①]！"

---

① 上眼，请观众注意看。

大刀靠了身，眼珠努出多高，脸上绷紧，胸脯子鼓出像两块老桦木根子。一跺脚，刀横起，大红缨子在肩前摆动。削砍劈拨，蹲越闪转，手起风生，忽忽直响。忽然刀在右手心上旋转，身弯下去，四围鸦雀无声，只有缨铃轻叫。刀顺过来，猛的一个"踩泥"，身子直挺，比众人高着一头，黑塔似的。收了势："诸位！"一手持刀，一手叉腰，看着四围。稀稀的扔下几个铜钱，他点点头。"诸位！"他等着，等着，地上依旧是那几个亮而削薄的铜钱，外层的人偷偷散去。他咽了口气："没人懂！"他低声的说，可是大家全听见了。

"有功夫！"西北角上一个黄胡子老头儿答了话。

"啊？"王三胜好似没听明白。

"我说：你——有——功——夫！"老头子的语气很不得人心。

放下大刀，王三胜随着大家的头往西北看。谁也没看重这个老人：小干巴个儿，披着件粗蓝布大衫，脸上窝窝瘪瘪，眼陷进去很深，嘴上几根细黄胡，肩上扛着条小黄草辫子，有筷子那么细，而绝对不像筷子那么直顺。王三胜可是看出这老家伙有功夫，脑门亮，眼睛亮——眼眶虽深，眼珠可黑得像两口小井，深深的闪着黑光。王三胜不怕：他看得出别人有功夫没有，可更相信自己的本事，他是沙子龙手下的大将。

"下来玩玩，大叔！"王三胜说得很得体。

点点头，老头儿往里走。这一走，四外全笑了。他的胳臂不大动；左脚往前迈，右脚随着拉上来，一步步的往前拉扯，身子整着①，像是患过瘫痪病。蹭到场中，把大衫扔在地上，一点没理会四围怎样笑他。

---

① 身子整着，两臂不动，身体僵硬地走路。

"神枪沙子龙的徒弟,你说?好,让你使枪吧;我呢?"老头子非常的干脆,很像久想动手。

人们全回来了,邻场耍狗熊的无论怎敲锣也不中用了。

"三截棍进枪吧?"王三胜要看老头子一手,三截棍不是随便就拿得起来的家伙。

老头子又点点头,拾起家伙来。

王三胜努着眼,抖着枪,脸上十分难看。

老头子的黑眼珠更深更小了,像两个香火头,随着面前的枪尖儿转,王三胜忽然觉得不舒服,那俩黑眼珠似乎要把枪尖吸进去!四外已围得风雨不透,大家都觉出老头子确是有威。为躲那对眼睛,王三胜耍了个枪花。老头子的黄胡子一动:"请!"王三胜一扣枪,向前躬步,枪尖奔了老头子的喉头去,枪缨打了一个红旋。老人的身子忽然活展了,将身微偏,让过枪尖,前把一挂,后把撩王三胜的手。拍,拍,两响,王三胜的枪撒了手。场外叫了好。王三胜连脸带胸口全紫了,抄起枪来;一个花子,连枪带人滚了过来,枪尖奔了老人的中部。老头子的眼亮得发着黑光;腿轻轻一屈,下把掩裆,上把打着刚要抽回的枪杆;拍,枪又落在地上。

场外又是一片彩声。王三胜流了汗,不再去拾枪,努着眼,木在那里。老头子扔下家伙,拾起大衫,还是拉拉着腿,可是走得很快了。大衫搭在臂上,他过来拍了王三胜一下:"还得练哪,伙计!"

"别走!"王三胜擦着汗:"你不离,姓王的服了!可有一样,你敢会会沙老师?"

"就是为会他才来的!"老头子的干巴脸上皱起点来,似乎是笑呢。

"走；收了吧；晚饭我请！"

王三胜把兵器拢在一处，寄放在变戏法二麻子那里，陪着老头子往庙外走。后面跟着不少人，他把他们骂散。

"你老贵姓？"他问。

"姓孙哪，"老头子的话与人一样，都那么干巴。"爱练；久想会会沙子龙。"

沙子龙不把你打扁了！王三胜心里说。他脚底下加了劲，可是没把孙老头落下。他看出来，老头子的腿是老走着查拳门中的连跳步；交起手来，必定很快。但是，无论他怎么快，沙子龙是没对手的。准知道孙老头要吃亏，他心中痛快了些，放慢了些脚步。

"孙大叔贵处？"

"河间的，小地方。"孙老者也和气了些："月棍年刀一辈子枪，不容易见功夫！说真的，你那两手就不坏！"

王三胜头上的汗又回来了，没言语。

到了客栈，他心中直跳，唯恐沙老师不在家，他急于报仇。他知道老师不爱管这种事，师弟们已碰过不少回钉子，可是他相信这回必定行，他是大伙计，不比那些毛孩子；再说，人家在庙会上点名叫阵，沙老师还能丢这个脸么？

"三胜，"沙子龙正在床上看着本《封神榜》，"有事吗？"

三胜的脸又紫了，嘴唇动着，说不出话来。

沙子龙坐起来，"怎了，三胜？"

"栽了跟头！"

只打了个不甚长的哈欠，沙老师没别的表示。

王三胜心中不平，但是不敢发作；他得激动老师："姓孙的一个老头儿，门外等着老师呢；把我的枪，枪，打掉了两次！"他知道"枪"字在老师心中有多大分量。没等吩咐，他慌忙跑出去。

客人进来，沙子龙在外间屋等着呢。彼此拱手坐下，他叫三胜去泡茶。三胜希望两个老人立刻交了手，可是不能不沏茶去。孙老者没话讲，用深藏着的眼睛打量沙子龙。沙很客气：

"要是三胜得罪了你，不用理他，年纪还轻。"

孙老者有些失望，可也看出沙子龙的精明。他不知怎样好了，不能拿一个人的精明断定他的武艺。"我来领教领教枪法！"他不由地说出来。

沙子龙没接碴儿。王三胜提着茶壶走进来——急于看二人动手，他没管水开了没有，就沏在壶中。

"三胜，"沙子龙拿起个茶碗来，"去找小顺们去，天汇见，陪孙老者吃饭。"

"什么！"王三胜的眼珠几乎掉出来。看了看沙老师的脸，他敢怒而不敢言地说了声"是啦！"走出去，撅着大嘴。

"教徒弟不易！"孙老者说。

"我没收过徒弟。走吧，这个水不开！茶馆去喝，喝饿了就吃。"沙子龙从桌子上拿起青缎子褡裢，一头装着鼻烟壶，一头装着点钱，挂在腰带上。

"不，我还不饿！"孙老者很坚决，两个"不"字把小辫从肩上抡到后边去。

"说会子话儿。"

"我来为领教领教枪法。"

"功夫早搁下了,"沙子龙指着身上,"已经放了肉!"

"这么办也行,"孙老者深深的看了沙老师一眼:"不比武,教给我那趟五虎断魂枪。"

"五虎断魂枪?"沙子龙笑了:"早忘干净了!早忘干净了!告诉你,在我这儿住几天,咱们各处逛逛,临走,多少送点盘缠。"

"我不逛,也用不着钱,我来学艺!"孙老者立起来,"我练趟给你看看,看够得上学艺不够!"一屈腰已到了院中,把楼鸽都吓飞起去。拉开架子,他打了趟查拳:腿快,手飘洒,一个飞脚起去,小辫儿飘在空中,像从天上落下来一个风筝;快之中,每个架子都摆得稳、准、利落;来回六趟,把院子满都打到,走得圆,接得紧,身子在一处,而精神贯串到四面八方。抱拳收势,身儿缩紧,好似满院乱飞的燕子忽然归了巢。

"好!好!"沙子龙在台阶上点着头喊。

"教给我那趟枪!"孙老者抱了抱拳。

沙子龙下了台阶,也抱着拳:"孙老者,说真的吧;那条枪和那套枪都跟我入棺材,一齐入棺材!"

"不传?"

"不传!"

孙老者的胡子嘴动了半天,没说出什么来。到屋里抄起蓝布大衫,拉拉着腿:"打搅了,再会!"

"吃过饭走!"沙子龙说。

孙老者没言语。

沙子龙把客人送到小门,然后回到屋中,对着墙角立着的大枪点了点头。

他独自上了天汇,怕是王三胜们在那里等着。他们都没有去。

王三胜和小顺们都不敢再到土地庙去卖艺,大家谁也不再为沙子龙吹腾;反之,他们说沙子龙栽了跟头,不敢和个老头儿动手;那个老头子一脚能踢死个牛。不要说王三胜输给他,沙子龙也不是"个儿"。不过呢,王三胜到底和老头子见了个高低,而沙子龙连句硬话也没敢说。"神枪沙子龙"慢慢似乎被人们忘了。

夜静人稀,沙子龙关好了小门,一气把六十四枪刺下来;而后,挂着枪,望着天上的群星,想起当年在野店荒林的威风。叹一口气,用手指慢慢摸着凉滑的枪身,又微微一笑,"不传!不传!"

(原载1935年9月22日天津《大公报·文艺》第十三期)

新时代的旧悲剧

一

"老爷子!"陈廉伯跪在织锦的垫子上,声音有点颤,想抬起头来看看父亲,可是不能办到;低着头,手扶在垫角上,半闭着眼,说下去:"儿子又孝敬您一个小买卖!"说完这句话,他心中平静一些,可是再也想不出别的话来,一种渺茫的平静,像秋夜听着点远远的风声那样无可如何的把兴奋、平静、感慨与情绪的激动,全融化在一处,不知怎样才好。他的两臂似乎有点发麻,不能再呆呆的跪在那里;他只好磕下头去。磕了三个,也许是四个头,他心中舒服了好多,好像又找回来全身的力量,他敢抬头看看父亲了。

在他的眼里,父亲是位神仙,与他有直接关系的一位神仙;在他拜孔圣人、关夫子,和其他的神明的时节,他感到一种严肃与敬畏,或是一种敷衍了事的情态。唯有给父亲磕头的时节他才觉到敬畏与热情联合到一处,绝对不能敷衍了事。他似乎觉出父亲的血是在他身上,使他单纯得像初生下来的小娃娃,同时他又感到自己的能力,能报答父亲的恩惠,能使父亲给他的血肉更光荣一些,为陈家的将来开出条更光洁香热的血路；他是承上起下的关节，他对得起祖先，而必定得到后辈的钦感！

他看了父亲一眼，心中更充实了些，右手一拄，轻快的立起来，全身都似乎特别的增加了些力量。陈老先生——陈宏道，——仍然端坐在红木椅上，微笑着看了儿子一眼，没有说什么；父子的眼睛遇到一处已经把心中的一切都倾洒出来，本来不须再说什么。陈老先生仍然端坐在那里，一部分是为回味着儿子的孝心，一部分是为等着别人进来贺喜——每逢廉伯孝敬给老先生一所房，一块地，或是——像这次——一个买卖，总是先由廉伯在堂屋里给父亲叩头，而后全家的人依次的进来道喜。

陈老先生的脸是红而开展，长眉长须还都很黑，头发可是有些白的了。大眼睛，因为上了年纪，眼皮下松松的搭拉着半圆的肉口袋；口袋上有些灰红的横纹，颇有神威。鼻子不高，可是宽，鼻孔向外撑着，身量高。手脚都很大；手扶着膝在那儿端坐，背还很直，好似座小山儿：庄严、硬朗、高傲。

廉伯立在父亲旁边，嘴微张着些，呆呆的看着父亲那个可畏可爱的旁影。他自己只有老先生的身量，而没有那点气度。他是细长，有点水蛇腰，每逢走快了的时候自己都有些发毛咕。他的模样也像老先生，可是脸色不那么红；虽然将近四十岁，脸上还没有多少须子茬；对父亲的长须，他只有羡慕而已。立在父亲旁边，他又渺茫的感到常常袭击他的那点恐惧。他老怕父亲有个山高水远，而自己压不住他的财产与事业。从气度上与面貌上看，他似乎觉得陈家到了他这一辈，好像兑了水的酒，已经没有那么厚的味道了。在别的方面，他也许比父亲还强，可是他缺乏那点神威与自信。父亲是他的主心骨，像个活神仙似的，能暗中保佑他。有父亲活着，他似乎才敢冒险，敢见钱就抓，敢和人们结仇作对，敢下毒手。每当他遇到困难，迟疑不决的时候，他便回家一会儿。父亲的红脸长须给他胆量与决断；他并不必和父亲商议什么，看看父亲的红脸就够了。现今，他又把刚置买了的产业献给父亲，父亲的福气能压得住一切；即使产业的来路有些不明不白的地方，也被他的孝心与父亲的福分给镇下去。

头一个进来贺喜的是廉伯的大孩子，大成，十一岁的男孩，大脑袋，大嗓门，有点傻，因为小时候吃多了凉药。老先生看见孙子进来，本想立起来去拉他的小手，继而一想大家还没都到全，还不便马上离开红木椅子。

"大成，"老先生声音响亮的叫，"你干什么来了？"

大成摸了下鼻子，往四围看了一眼："妈叫我进来，给爷道，道……"傻小子低下头去看地上的锦垫子。马上弯下身去摸垫子四围的绒绳，似乎把别的都忘了。

陈老先生微微的一笑，看了廉伯一眼，"痴儿多福！"连连的点头。廉伯也陪着一笑。

廉仲——老先生的二儿子——轻轻的走进来。他才有二十多岁，个子很大，脸红而胖，很像陈老先生，可是举止显着迟笨，没有老先生的气派与身分。

没等二儿子张口，老先生把脸上的微笑收起去。叫了声："廉仲！"

廉仲的胖脸上由红而紫，不知怎样才好，眼睛躲着廉伯。

"廉仲！"老先生又叫了声。"君子忧道不忧贫，你倒不用看看你哥哥尽孝，心中不安，不用！积善之家自有余福，你哥哥的顺利，与其说是他有本事，还不如说是咱们陈家过去几代积成的善果。产业来得不易，可是保守更难，此中消息，"老先生慢慢摇着头，"大不易言！箪食瓢饮，那乃是圣道，我不能以此期望你们；腾达显贵，显亲扬名，此乃人道，虽福命自天，不便强求，可是彼丈夫也，我丈夫也，有为者亦若是。我不求你和你哥哥一样的发展，你的才力本来不及他，况且又被你母亲把你惯坏；我只求你循规蹈矩的去作人，帮助父兄去守业，假如你不能自己独创的话。你哥哥今天又孝敬我一点产业，这算不了什么，我并不因此——这点产业——而喜欢；可是我确是喜欢，喜欢的是他的那点孝心。"老先生忽然看了孙子一眼："大成，叫你妹妹去！"

廉仲的胖脸上见了汗，不知怎样好，乘着父亲和大成说话，慢慢的转到老先生背后，去看墙上挂着的一张山水画。大成还没表示是否听明白祖父的话，妈妈已经携着妹妹进来了。女人在陈老先生心中是没有一点价值的，廉伯太太大概早已立在门外，等着传唤。

廉伯太太有三十四五岁，长得还富泰。倒退十年，她一定是个漂亮的小媳妇。现在还不难看，皮肤很细，可是她的白胖把青春埋葬了，只是富泰，而没有美的诱力了。在安稳之中，她有点不安的神气，眼睛偷偷的，不住的，往四下望。胖脸上老带着点笑容；似乎是给谁道歉，又似乎是自慰，正像个将死了婆婆，好脾气，而没有多少本事的中年主妇。她一进屋门，陈老先生就立了起来，好似传见的典礼已经到了末尾。

"爷爷大喜！"廉伯太太不很自然的笑着，眼睛不敢看公公，可又不晓得去看什么好。

"有什么可喜！有什么可喜！"陈老先生并没发怒，脸上可也不带一点笑容，好似个说话的机器在那儿说话，一点也不带感情，公公对儿媳是必须这样说话的，他仿佛是在表示。"好好的相夫教子，那是妇人的责任；就是别因富而骄惰，你母家是不十分富裕的，哎，哎……"老先生似乎不愿把话说到家，免得使儿媳太难堪了。

廉伯太太胖脸上将要红，可是就又挂上了点无聊的笑意，拉了拉小女儿，意思是叫她找祖父去。祖父的眼角撩到了孙女，可是没想招呼她。女儿都是赔钱的货，老先生不愿偏疼孙子，但是不由的不肯多亲爱孙女。

老先生在屋里走了几步，每一步都用极坚实的脚力放在地上，作足了昂举阔步。自己的全身投在穿衣镜里，他微停了一会儿，端详了自己一下。然后转过身来，向大儿子一笑。

"冯唐易老，李广难封！才难，才难；但是知人惜才者尤难！我已六十多了……"老先生对着镜子摇了半天头。"怀才不遇，一无所成……"他捻着须梢儿，对着镜子细端详自己的脸。

老先生没法子不爱自己的脸。他是个文人，而有武相。他有一切文人该有的仁义礼智，与守道卫教的志愿，可是还有点文人所不敢期冀的，他自比岳武穆。他是，他自己这么形容，红脸长髯高吟"大江东去"的文人。他看不起普通的白面书生。只有他，文武兼全，才担得起翼教爱民的责任。他自信学问与体魄都超乎人，他什么都知道，而且知道的最深最好。可惜，他只是个候补知县而永远没有补过实缺。因此，他一方面以为自己的怀才不遇是人间的莫大损失；在另一方面，他真喜欢大儿子——文章经济，自己的文章无疑的是可以传世的，可是经济方面只好让给儿子了。

廉伯现在作侦探长，很能抓弄些个钱。陈老先生不喜欢"侦探长"，可是侦探长有升为公安局长的希望，公安局长差不多就是原先的九门提督正堂，那么侦探长也就可以算作……至少是三品的武官吧。自从革命以后，官衔往往是不见经传的，也就只好承认官便是官，虽然有的有失典雅，可也没法子纠正。况且官总是"学优而仕"，名衔纵管不同，道理是万世不变的。老先生心中的学问老与作官相联，正如道德永远和利益分不开。儿子既是官，而且能弄钱，又是个孝子，老先生便没法子不满意。只有想到自己的官运不通，他才稍有点忌妒儿子，可是这点牢骚正好是作诗的好材料，那么作一两首律诗或绝句也便正好是哀而不伤。

老先生又在屋中走了两趟，哀意渐次发散净尽。"廉伯，今天晚上谁来吃饭。"

"不过几位熟朋友。"廉伯笑着回答。

"我不喜欢人家来道喜！"老先生的眉皱上一些。"我们的兴旺是父慈子孝的善果；是善果，他们如何能明白……"

"熟朋友，公安局长，还有王处长……"廉伯不愿一一的提名道姓，他知道老人的脾气有时候是古怪一点。

老先生没再说什么。过了一会儿："别都叫陈寿预备，外边叫几个菜，再由陈寿预备几个，显着既不太难看，又有家常便饭的味道。"老先生的眼睛放了光，显出高兴的样子来，这种待客的计划，在他看，也是"经济"的一部分。

"那么老爷子就想几个菜吧；您也同我们喝一盅？"

"好吧，我告诉陈寿；我当然出来陪一陪；廉仲，你也早些回来！"

二

陈宅西屋的房脊上挂着一钩斜月，阵阵小风把院中的声音与桂花的香味送走好远。大门口摆着三辆汽车，陈宅的三条狼狗都面对汽车的大鼻子趴着，连车带狗全一声不出，都静听着院里的欢笑。院里很热闹：外院南房里三个汽车夫，公安局长的武装警卫，和陈廉伯自用的侦探，正推牌九。里院，晚饭还没吃完。廉伯不是正式的请客，而是随便约了公安局局长，卫生处处长，市政府秘书主任，和他们的太太们来玩一玩；自然，他们都知道廉伯又置买了产业，可是只暗示出道喜的意思，并没送礼，也就不好意思要求正式请客。菜是陈寿作的，由陈老先生外点了几个，最得意的是个桂花翅子——虽然是个老菜，可是多么迎时当令呢。陈寿的手艺不错，客人们都吃得很满意；虽然陈老先生不住的骂他混蛋。老先生的嘴能够非常的雅，也能非常的野，那要看对谁讲话。

老先生喝了不少的酒，眼皮下的肉袋完全紫了；每干一盅，他用大手慢慢的捋两把胡子，检阅军队似的看客人们一眼。

"老先生海量！"大家不住的夸赞。

"哪里的话！"老先生心里十分得意，而设法不露出来，他似乎知道虚假便是涵养的别名。可是他不完全是个瘦弱的文人，他是文武双全，所以又不能不表示一些豪放的气概："几杯还可以对付，哈哈！请，请！"他又灌下一盅。

大家似乎都有点怕他。他们也许有更阔或更出名的父亲，可是没法不佩服陈老先生的气派与神威。他们看出来，假若他们的地位低卑一些，陈老先生一定不会出来陪他们吃酒。他们懂得，也自己常应用，这种虚假的应酬方法，可是他们仍然不能不佩服老先生把这个运用得有声有色，把儒者、诗人、名士、大将，所该有的套数全和演戏似的表现得生动而大气。

饭撤下去，陈福来放牌桌。陈老先生不打牌，也反对别人打牌。可是廉伯得应酬，他不便干涉。看着牌桌摆好，他闭了一会儿眼，好似把眼珠放到肉袋里去休息。而后，打了个长的哈欠。廉伯赶紧笑着问：

"老爷子要是——"

陈老先生睁开眼，落下一对大眼泪，看着大家，腮上微微有点笑意。

"老先生不打两圈？两圈？"客人们问。

"老矣，无能为矣！"老先生笑着摇头，仿佛有无限的感慨。又坐了一会儿，用大手连抹几把胡子，唧唧的咂了两下嘴，慢慢的立起来："不陪了。陈福，倒茶！"向大家微一躬身，马上挺直，扯开方步，一座牌坊似的走出去。

男女分了组：男的在东间，女的在西间。廉伯和弟弟一手，先让弟弟打。

牌打到八圈上，陈福和刘妈分着往东西屋送点心。廉伯让大家吃，大家都眼看着牌，向前面点头。廉伯再让，大家用手去摸点心，眼睛完全用在牌上。卫生处处长忘了卫生，市政府秘书主任差点把个筹码放在嘴里。廉仲不吃，眼睛钉着面前那个没用而不敢打出去的白板，恨不能用眼力把白板刻成个么筒或四万。

廉仲无论如何不肯放手那张白板。公安局长手里有这么一对儿宝贝。廉伯让点心的时节，就手儿看了大家的牌，有心给弟弟个暗号，放松那个值钱的东西，因为公安局长已经输了不少。叫弟弟少赢几块，而讨局长个喜欢，不见得不上算。可是，万一局长得了一张牌而幸起去呢？赌就是赌，没有谦让。他没通知弟弟。设若光是一张牌的事，他也许不这么狠。打给局长，讨局长的喜欢，局长，局长，他不肯服这个软儿。在这里，他自信得了点父亲的教训：应酬是手段，一往直前是陈家的精神；他自己将来不止于作公安局长，可是现在他可以，也应当作公安局长。他不能退让，没看起那手中有一对白板的局长，弟弟手里那张牌是不能送礼的。

又摸了两手，局长把白板摸了上来，和了牌。廉仲把牌推散，对哥哥一笑。廉伯的眼把弟弟的笑整个的瞪了回去。

局长自从掏了白板，转了风头，马上有了闲话："处长，给你张卫生牌吃吃！"顶了处长一张九万。可是，八圈完了，大家都立起来。

"接着来！"廉伯请大家坐下："早得很呢！"

卫生处处长想去睡觉，以重卫生，可是也想报复，局长那几张卫生牌顶得他出不来气。什么早睡晚睡，难道卫生处长就不是人，就不许用些感情？他自己说服了自己。

秘书长一劲儿谦虚，纯粹为谦虚而谦虚，不愿挑头儿继续作战，也不便主张散局，而只说自己打得不好。

只等局长的命令。"好吧，再来；廉伯还没打呢！"

大家都迟迟的坐下，心里颇急切。廉仲不敢坐实在了，眼睛瞄着哥哥，心中直跳。一边瞄着哥哥，一边鼓逗骰子，他希望廉伯还让给他——哪怕是再让一圈呢。廉伯决定下场，廉仲像被强迫爬起来的骆驼，极慢极慢的把自己收拾起来。连一句"五家来，作梦，"都没人说一声！他的脸烧起来，别人也没注意。他恨这群人，特别恨他的哥哥。可是他舍不得走开。打不着牌，看看也多少过点瘾。他坐在廉伯旁边。看了两把，他的茄子色慢慢的降下去，只留下两小帖红而圆的膏药在颧骨上，很傻而有点美。

从第九圈上起,大家的语声和牌声比以前加高了一倍。礼貌、文化、身分、教育,都似乎不再与他们相干,或者向来就没和他们发生过关系。越到夜静人稀,他们越粗暴,把细心全放在牌张的调动上。他们用最粗暴的语气索要一个最小的筹码。他们的脸上失去那层温和的笑意,眼中射出些贼光,瞄着别人的手而掩饰自己的心情变化。他们的唇被香烟烧焦,鼻上结着冷汗珠,身上放射着湿潮的臭气。

西间里,太太们的声音并不比东间里的小,而且非常尖锐。可是她们打得慢一点,东间的第九圈开始,她们的八圈还没有完。毛病是在廉伯太太。显然的,局长太太们不大喜欢和她打,她自己也似乎不十分热心的来。可是没有她便成不上局,大家无法,她也无法。她打的慢,算和慢,每打一张她还得那么抱歉的、无聊的、无可奈何的笑一笑,大家只看她的张子,不看她的笑;她发的张子老是很臭:吃上的不感激她,吃不上的责难她。她不敢发脾气,也不大会发脾气,她只觉得很难受,而且心中嘀嘀咕咕,惟恐丈夫过来检查她——她打的不好便是给他丢人。那三家儿都是牌油子。廉伯太太对于她们的牌法如何倒不大关心,她羡慕她们因会打牌而能博得丈夫们的欢心。局长太太是二太太,可是打起牌来就有了身分,而公然的轻看廉伯太太。

八圈完了,廉伯太太缓了一口气,可是不敢明说她不愿继续受罪。刘妈进来伺候茶水,她忽然想起来,胖胖的一笑:"刘妈,二爷呢?"

局长太太们知道廉仲厉害,可是不反对他代替嫂子;要玩就玩个痛快,在赌钱的时节她们有点富于男性。廉仲一坐下,仿佛带来一股春风,大家都高兴了许多。大家都长了精神,可也都更难看了,没人再管脸上花到什么程度;最美的局长二太太的脸上也黄一块白一块的,有点像连阴天时的壁纸。屋中潮渌渌的有些臭味。

廉伯太太心中舒服了许多，但还不能马上躲开。她知道她的责任是什么，一种极难堪，极不自然，而且不被人钦佩与感激的责任。她坐在卫生处长太太旁边，手放在膝上，向桌子角儿微笑。她觉到她什么也不是，只是廉伯太太，这四个字把她捆在那里。

廉仲可是非常的得意。"赌"是他的天才所在，提到打牌，推牌九，下棋，抽签子，他都不但精通，而且手里有花活。别的，他无论怎样学也学不会；赌，一看就明白。这个，使他在家里永远得不着好气，可是在外边很有人看得起他，看他是把手儿。他恨陈老先生和廉伯，特别是在陈老先生说"都是你母亲惯坏了你"的时候。他爱母亲，设若母亲现在还活着，他绝不会受他们这么大的欺侮，他老这样想。母亲是死了，他只能跟嫂子亲近，老嫂比母，他对嫂子十分的敬爱。因此，陈老先生更不待见他，陈家的男子都是轻看妇女的，只有廉仲是个例外，没出息。

他每打一张俏皮的牌，必看嫂子一眼，好似小儿耍俏而要求大人夸奖那样。有时候他还请嫂子过来看看他的牌，虽然他明知道嫂子是不很懂得牌经的。这样作，他心中舒服，嫂子的笑容明白的表示出她尊重二爷的技巧与本领，他在嫂子眼中是"二爷"，不是陈家的"吃累"。

三

快天亮了。凉风儿在还看不出一定颜色的云下轻快的吹着，吹散了院中的桂香，带来远处的犬声。风儿虽然清凉，空中可有些潮湿，草叶上挂满还没有放光的珠子。墙根下处处虫声，急促而悲哀。陈家的牌局已完,大家都用喷过香水的热毛巾擦脸上的油腻,跟着又点上香烟,烫那已经麻木了的舌尖,好似为赶一赶内部的酸闷。大家还舍不得离开牌桌。可是嘴中已不再谈玩牌的经过,而信口的谈着闲事,谈得而且很客气,仿佛把礼貌与文化又恢复了许多;廉伯太太的身分在天亮时节突然提高,大家都想起她的小孩,而殷勤的探问。陈福和刘妈都红着眼睛往屋里端鸡汤挂面,大家客气了一番,然后闭着眼往口中吞吸,嘴在运动,头可是发沉,大家停止了说话。第二把热毛巾递上来,大家才把脸上的筋肉活动开,咬着牙往回堵送哈欠。

"局长累了吧?"廉伯用极大的力量甩开心中的迷忽。

"哪!哪累!"局长用热手巾捂着脖梗。

"陈太太,真该歇歇了,我们太不客气了!"卫生处长的手心有点发热,渺茫的计划着应回家吃点什么药。

廉伯太太没说出什么来,笑了笑。

局长立起来,大家开始活动,都预备着说"谢谢"。局长说了;紧跟着一串珠似的"谢谢"。陈福赶紧往外跑,门外的汽车喇叭响成一阵,三条狼狗打着欢儿咬,全街的野狗家狗一致响应。大家仍然很客气,过一道门让一次,话很多而且声音洪亮。主人一定叫陈福去找毛衣,一定说天气很凉;客人们一定说不凉,可是都微微有点发抖。毛衣始终没拿来,汽车的门关好,又是一阵喇叭,大家手中的红香烟头儿上下摆动,"谢谢!""慢待;"嘟嘟的响成一片。陈福扯开嗓子喊狗。大门雷似的关好,上了闩。院中扯着几个长而无力的哈欠,一阵桂花香,天上剩了不几个星星。

草叶上的水珠刚刚发白,陈老先生起来了。早睡早起,勤俭兴家,他是遵行古道的。四外很安静，只有他自己的声音传达到远处，他摔门、咳嗽、骂狗、念诗……四外越安静，他越爱听自己的声音，他是警世的晨钟。

陈老先生的诗念得差不多，大成——因为晚饭吃得不甚合适——起来了，起来就嚷肚子饿。老先生最关心孩子，高声喊陈寿，想法儿先治大成的饿。陈寿已经一夜没睡，但是听见老主人喊他，他不敢再多迟延一秒钟。熬了一夜，可是得了"头儿钱"呢；他晓得这句是在老主人的嘴边上等着他，他不必找不自在。他晕头打脑的给小主人预备吃食，而且假装不困，走得很快，也很迷忽。

听着孙子不再叫唤了，老先生才安心继续读诗。天下最好听的莫过于孩子哭笑与读书声，陈家老有这两样，老先生不由的心中高兴。

陈寿喂完小主人，还不敢去睡，在老主人的屋外脚不出声的来回走；他怕一躺下便不容易再睁开眼。听着老主人的诗声落下一个调门来，他把香片茶、点心端进去。出来，就手儿喂了狗，然后轻轻跑到自己屋中，闭上了眼。

陈老先生吃过点心，到院中看花草。他并不爱花，可是每遇到它们，他不能不看，而且在自己家中是早晚必找上它们去看一会儿，因为诗中常常描写花草霜露，他可以不爱花，而不能表示自己不懂得诗。秋天的朝阳把多露的叶子照得带着金珠，他觉得应当作诗，泄一泄心中的牢骚。可是他心中，在事实上，是很舒服、快活，而且一心惦记着那个新买过来的铺子。诗无从作起。牢骚可不能去掉，不管有诗没有。没有牢骚根本算不了个儒生、诗人、名士。是的，他觉得他的六十多岁是虚度，满腹文章，未曾施展过一点。"不才明主弃！"想不起来全句。老杜、香山、东坡……都作过官;饶作过官,还那么牢骚抑郁,况且陈老先生,惭愧、空虚。他想起那个买卖。儿子孝敬给他的产业,实在的,须用心经营的,经之营之……他决定到铺子去看看。他看不起作买卖,可是不能不替儿子照管一下,再说呢,"道"在什么地方也存在着。子贡也是贤人!书须活念,不能当书痴。他开始换衣服。刚换好了鞋,廉伯自用的侦探兼陈家的门房冯有才进来请示:

"老先生,"冯有才——四十多岁,嘴像鲇鱼似的——低声的说:"那个,他们送来,那什么,两个封儿。"

"为什么来告诉我?"老先生的眼睛瞪得很大。

"不是那个,大先生还睡觉哪吗,"鲇鱼嘴试着步儿笑:"我不好,不敢去惊动他,所以——"

陈老先生不好意思去思索,又得出个妥当的主意:"他们天亮才散,我晓得!"缓了口气。"你先收下好啦,回头交给大爷:我不管,我不管!"走过去,把那本诗拿在手中,没看冯有才。

冯有才像从鱼网的孔中漏了出去,脚不擦地的走了。老先生又把那本诗放下,看了一眼:"凉风起天末,君子意如何?!""君子——意——如——何——"老先生心中茫然,惭愧,没补上过知县,连个封儿都不敢接;冯有才,混蛋,必定笑我呢! 送封儿是自古有之,可是应当什么时候送呢? 是不是应当直接的说来送封儿,如邮差那样喊"送信"? 说不清,惭愧! 文章经济,自己到底缺乏经验,空虚——"意如何!"对着镜子看了看:"养拙干戈际,全生麋鹿群!"细看看镜中的老眼有没有泪珠,没有;古人的性情,有不可及者!

老先生换好衣服,正想到铺子去看看,冯有才又进来了:"老先生,那什么,我刚才忘记回了:钱会长派人来送口信,请您今天过去谈谈。"

"什么时候?"

"越早越好。"

老先生的大眼睛闭了闭,冯有才退出去。老先生翻眼回味着刚才那一闭眼的神威,开始觉到生命并不空虚,一闭眼也有作用;假如自己是个"重臣",这一闭眼应当有多么大的价值?可惜只用在冯有才那混蛋的身上;白废!到底生命还是不充实,儒者三月无君……

他决定先去访钱会长。没坐车,为是活动活动腿脚。微风吹斜了长须,触着一些阳光,须梢闪起金花。他端起架子,渐渐的忘记是自己的身体在街上走,而是一个极大极素美的镜框子,被一股什么精神与道气催动着,在街上为众人示范——镜框子当中是个活圣贤。走着走着,他觉得有点不是味儿:知道那两封儿里是支票呢,还是现款呢?交给冯有才那个混蛋收着……不能,也许不能……可是,钱若是不少,谁保得住他不携款潜逃!世道人心!他想回去,可是不好意思,身分、礼教,都不准他回去。然而这绝不是多虑,应当回去!自己越有修养,别人当然越不可靠,不是过虑。回去不呢?没办法!

四

花厅里坐着两位,钱会长和武将军。钱会长从前作过教育次长和盐运使,现在却愿意人家称呼他会长,国学会的会长。武将军是个退职的武人,自从退隐以后,一点也不像个武人,肥头大耳的倒像个富商,近来很喜欢读书。

陈老先生和他们并非旧交，还是自从儿子升了侦探长以后才与他们来往。他对钱子美钱会长有相当的敬意，一来因为会长的身分，二来因为会长对于经学确是有研究，三来因为会长沉默寡言而又善于理财——文章经济。对武将军，陈老先生很大度的当个朋友待，完全因为武将军什么也不知道而好向老先生请教。

三人打过招呼，钱会长一劲儿咕噜着水烟，两只小眼专看着水烟袋，一声不出。武将军倒想说话，而不知说什么好，在文人面前他老有点不自然。陈老先生也不便开口，以保持自己的尊严。

坐了有十分钟，钱会长的脚前一堆一堆的烟灰已经像个义冢的小模型。他放下了烟袋，用右手无名指的长指甲轻轻刮了刮头。小眼睛从心里透出点笑意，像埋在深处的种子顶出个小小的春芽。用左手小指的指甲剔动右手的无名指，小眼睛看着两片指甲的接触，笑了笑：

"陈老先生，武将军要读《春秋》；怎样？我以为先读《尚书》，更根本一些；自然《春秋》也好，也好！"

"一以贯之，《十三经》本是个圆圈，"陈老先生手扶在膝上，看着自己的心，听着自己的声音："从哪里始，于何处止，全无不可！子美翁？"

武将军看着两位老先生，觉得他们的话非常有意思，可是又不甚明白。他搭不上嘴，只好用心的听着，心中告诉自己："这有意思，很深！"

"是的，是的！"会长又拿起水烟袋，揉着点烟丝，暂时不往烟筒上放。想了半天："宏道翁，近来以甲骨文证《尚书》者，有无是处。前天——"

"那——"

会长点头相让。陈老先生觉得差点沉稳，也不好不接下去："那，离经叛道而已。经所以传道，传道！见道有深浅，注释乃有不同，而无伤于经；以经为器，支解割裂，甲骨云乎哉！哈哈哈哈！"

"卓见！"咕噜咕噜。"前天，一个少年来见我，提到此事，我也是这么说，不谋而合。"

武将军等着听个结果，到底他应当读《春秋》还是《书经》，两位老先生全不言语了，好像刚斗过一阵的俩老鸡，休息一会儿，再斗。

陈老先生非常的得意，居然战胜了钱会长。自己的地位、经验，远不及钱子美，可是说到学问，自己并不弱，一点不弱。可见学问与经验也许不必互相关联？或者所谓学问全在嘴上，学问越大心中越空？他不敢决定，得意的劲儿渐次消散，他希望钱会长，哪怕是武将军呢，说些别的。

武将军忽然想起来："会长，娘们是南方的好，还是北方的好？"

陈老先生的耳朵似乎被什么猛的刺了一下。

武将军傻笑，脖子缩到一块，许多层肉褶。

钱会长的嘴在水烟袋上，小眼睛挤咕着，唏唏的笑。"武将军，我们谈道，你谈妇人，善于报复！"

武将军反而扬起脸来："不瞒吵，我真想知道哇。你们比我年纪大，经验多，娘们，谁不爱娘们？"

"这倒成了问题！"会长笑出了声。

陈老先生没言语，看着钱子美。他真不爱听这路话，可是不敢得罪他们；地位的优越，没办法。

"陈老先生？"武将军将错就错，闹哄起来。

"武将军天真，天真！食色性也，不过——"陈老先生假装一笑。

"等着，武将军，等多咱咱们喝几盅的时候，我告诉你；你得先背熟了《春秋》！"会长大笑起来，可依然没有多少声音，像狗喘那样。

陈老先生陪着笑起来。讲什么他也不弱于会长，他心里说，学问、手段……不过，他也的确觉到他是跟会长学了一招儿。文人所以能驾驭武人者在此，手段。

可是他自己知道，他笑得很不自然。他也想到：假若他不在这里，或者钱会长和武将军就会谈起妇女来。他得把话扯到别处去，不要大家楞着，越楞着越会使会长感到不安。

"那个，子美翁，有事商量吗？我还有点别的……"

"可就是。"钱会长想起来："别人都起不了这么早，所以我只约了你们二位来。水灾的事，马上需要巨款，咱先凑一些发出去，刻不容缓。以后再和大家商议。"

"很好！"武将军把话都听明白，而且非常愿意拿钱办善事。"会长分派吧，该拿多少！"

"昨天晚上遇见吟老，他拿一千。大家量力而为吧。"钱会长慢慢的说。

"那么，算我两千吧。"武将军把腿伸出好远，闭上眼养神，仿佛没了他的事。

陈老先生为了难。当仁不让，不能当场丢人。可是书生，没作过官的书生，哪能和盐运使与将军比呢。不错，他现在有些财产，可是他没觉到富裕，他总以为自己还是个穷读书的；因为感觉到自己穷，才能作出诗来。再说呢，那点财产都是儿子挣来的，不容易；老子随便挥霍——即使是为行善——岂不是慷他人之慨？父慈子孝，这是两方面的。为儿子才拉拢这些人！可是没拉拢出来什么，而先倒出一笔钱去，儿子的，怎对得起儿子？自然，也许出一笔钱，引起会长的敬意。对儿子不无好处；但是希望与拿现钱是两回事。引起他们的敬意，就不能少拿，而且还得快说，会长在那儿等着呢！乐天下之乐，忧天下之忧，常这么说；可谁叫自己连个知县也没补上过呢！陈老先生的难堪甚于顾虑，他恨自己。他将了把胡子，手微有一点颤。

"寒士，不过呢，当仁不让，我也拿吟老那个数儿吧。唯赈无量不及破产！哈哈！"他自己听得出哈哈中有点颤音。

他痛快了些，像把苦药吞下去那样，不感觉舒服，而是减少了迟疑与苦闷。

武将军两千，陈老先生一千，不算很小的一个数儿。可是会长连头也没抬，依然咕噜着他的水烟。陈老先生一方面羡慕会长的气度，一方面想知道到底会长拿多少呢。

"为算算钱数，会长，会长拿多少？"

会长似乎没有听见。待了半天，仍然没抬头："我昨天就汇出去了，五千；你们诸公的几千，今天晌午可以汇了走；大家还方便吧？若是不方便的话，我先打个电报去报告个数目，一半天再汇款。"

"容我们一半天的工夫也好。"陈老先生用眼睛问武将军，武将军点点头。

大家又没的可说了。

武将军又忽然想起来："宏老，走，上我那儿吃饭去！会长去不去？"

"我不陪了，还得找几位朋友去，急赈！"会长立起来，"不忙，天还早。"

陈老先生愿意离开这里，可是不十分热心到武宅去吃饭。他可没思索便答应了武将军，他知道自己心中是有点乱，有个地方去也好。他惭愧，为一千块钱而心中发乱；毛病都在他没作过盐运使与军长；他不能不原谅自己。到底心中还是发乱。

坐上将军的汽车，一会儿就到了武宅。

武将军的书房很高很大，好像个风雨操场似的，可是墙上挂满了字画，到处是桌椅，桌上挤满了摆设。字画和摆设都是很贵买来的，而几乎全是假古董。懂眼的人不好意思当着他的面说是假的，可是即使说了，将军也不在乎；遇到阴天下雨没事可作的时候，他不看那些东西，而一件件的算价钱：加到一块统计若干，而后分类，字画值多钱，铜器值若干，玉器……来回一算，他可以很高兴的过一早晨，或一后半天。

陈老先生不便说那些东西"都"是假的，也不便说"都"是真的，他指出几件不地道，而嘱咐将军："以后再买东西，找我来；或是讲明了，付过了钱哪时要退就可以退。"他可惜那些钱。

"正好，我就去请你，买不买的，说会子话儿！"武将军马上想起话来。这所房子值五万；家里现在只剩了四个娘们，原先本是九个来着，裁去了五个，保养身体，修道。他有朝一日再掌兵权也不再多杀人，太缺德……

陈老先生搭不上话，可是这么想：假若自己是宰相，还能不和将军们来往么？自己太褊狭，因为没作过官；一个儒者，书生的全部经验是由作官而来。他把心放开了些，慢慢的觉到武将军也有可爱之处，就拿将军的大方说，会长刚一提赈灾，他就认两千，无论怎说，这是有益于人民的……至少他不能得罪了将军，儿子的前途——文王的大德，武王的功绩，相辅而成，相辅而成！

仆人拿进一封信来。武将军接过来，随手放在福建漆的小桌上。仆人还等着。将军看了信封一眼："怎回事？"

"要将军的片子，要紧的信！"

"找张名片去，请王先生来！"王先生是将军的秘书。

"王先生吃饭去了，大概得待一会儿……"

将军撕开了信封。抽出信纸，顺手儿递给了陈老先生："老先生给看一眼，就是不喜欢念信！那谁，抽屉里有名片。"

陈老先生从袋中摸出大眼镜，极有气势的看信：

"武将军仁兄阁下敬启者恭维

起居纳福金体康宁为盼舍侄之事前曾面托是幸今闻钱子美

次长与

将军仁兄交情甚厚次长与秦军长交情亦甚厚如蒙

鼎助与次长书通一声则薄酬六千二位平分可也次常至军长家中顺便一说定奏成功无任感激心照不宣祗祝

钧安　　　　　　　　　　　如小弟马应龙顿首"

陈老先生的胡子挡不住他的笑了。文人的身份，正如文人的笑的资料，最显然的是来自文字。陈老先生永远忘不了这封信。

"怎回事？"武将军问。

老先生为了难；这样的信能高声朗诵的给将军念一过吗？他们俩并没有多大交情；他想用自己的话翻译给将军，可是六千元等语是没法翻得很典雅的；况且太文雅了，将军是否能听得明白，也是个问题。他用白话儿告诉了将军，深恐将军感到不安；将军听明白了，只说了声：

"就是别拜把子，麻烦！"态度非常的自然。

陈老先生明白了许多的事。

五

廉伯太太正在灯下给傻小子织毛袜子，嘴张着点，时时低声的数数针数。廉伯进来。她看了丈夫一眼，似笑非笑的低下头去照旧作活。廉伯心中觉得不合适，仿佛不大认识她了。结婚时的她忽然极清楚浮现在心中，而面前的她倒似乎渺茫不真了。他无聊的，慢慢的，坐在椅子上。不肯承认已经厌恶了太太，可也无从再爱她。她现在只是一堆肉，一堆讨厌的肉，对她没有可说的，没有可作的。

"孩子们睡了？"他不愿呆呆的坐着。

"刚睡。"她用编物针向西指了指，孩子们是由刘妈带着在西套间睡。说完，她继续的编手中的小袜子。似用着心，又似打着玩，嘴唇轻动，记着针数；有点傻气。

廉伯点上枝香烟，觉到自己正像个烟筒，细长，空空的，只会冒着点烟。吸到半枝上，他受不住了，想出去，他有地方去。可是他没动，已经忙了一天，不愿再出去。他试着找她的美点，刚找到便又不见了。不想再看。说点什么，完全拿她当个"太太"看，谈些家长里短。她一声不出,连咳嗽都是在嗓子里微微一响,恐怕使他听见似的。

"嗨!"他叫了声,低,可是非常的硬,"哑巴!"

"哟!"她将针线按在心口上,"你吓我一跳!"

廉伯的气不由的撞上来,把烟卷用力的摔在地上,蹦起一些火花。"别扭!"

"怎啦?"她慌忙把东西放下,要立起来。

他没言语;可是见她害了怕,心中痛快了些,用脚把地上的烟踩灭。她呆呆的看着他,像被惊醒的鸡似的,不知怎样才好。

"说点什么,"他半恼半笑的说,"老编那个鸡巴东西!离冬天还远着呢,忙什么!"

她找回点笑容来:"说冷可就也快;说吧。"

他本来没的可说,临时也想不出。这要是搁在新婚的时候,本来无须再说什么,有许多的事可以代替说话。现在,他必得说些什么,他与她只是一种关系;别的都死了。只剩下这点关系;假若他不愿断绝这点关系的话,他得天天回来,而且得设法找话对她说!

"二爷呢?"他随便把兄弟拾了起来。

"没回来吧;我不知道。"她觉出还有多说点的必要:"没回来吃饭,横是又凑上了。"

"得给他定亲了,省得老不着家。"廉伯痛快了些,躺在床上,手枕在脑后。"你那次说的是谁来着?"

"张家的三姑娘,长得仙女似的!"

"啊,美不美没多大关系。"

她心中有点刺的慌。她娘家没有陈家阔,而自己在作姑娘的时候也很俊。

廉伯没注意她。深感觉到廉仲婚事的困难。弟弟自己没本事,全仗着哥哥,而哥哥的地位还没达到理想的高度。说亲就很难:高不成,低不就。可是即使哥哥的地位再高起许多,还不是弟弟跟着白占便宜?廉伯心中有点不自在:以陈家全体而言,弟弟应当娶个有身分的女子,以弟弟而言,痴人有个傻造化,苦了哥哥!慢慢再说吧!

把弟弟的婚事这么放下,紧跟着想起自己的事。一想起来,立刻觉得屋中有点闭气,他想出去。可是……

"说,把小凤接来好不好?你也好有个伴儿。"

廉伯太太还是笑着,一种代替哭的笑:"随便。"

"别随便,你说愿意。"廉伯坐起来。"不都为我,你也好有个帮手;她不坏。"

她没话可说,转来转去还是把心中的难过笑了出来。

"说话呀,"他紧了一板:"愿意就完了,省事!"

"那么不等二弟先结婚啦?"

他觉出她的厉害。她不哭不闹,而拿弟弟来支应,厉害!设若她吵闹,好办;父亲一定向着儿子,父亲不能劝告儿子纳妾,可是一定希望再有个孙子,大成有点傻,而太太不易再生养。不等弟弟先结婚了?多么冠冕堂皇!弟弟算什么东西!十几年的夫妇,跟我掏鲐坏!他立起来,找帽子,不能再在这屋里多停一分钟。

"上哪儿?这早晚!"

没有回答。

六

微微的月光下，那个小门像图画上的，门楼上有些树影。轻轻的拍门，他口中有点发干，恨不能一步迈进屋里去。小凤的母亲来开，他希望的是小凤自己。老妈妈问了他一句什么，他只哼了一声，一直奔了北屋去。屋中很小，很干净，还摆着盆桂花。她从东里间出来："你，哟？"

老妈妈没敢跟进来，到厨房去泡茶。他想搂住小凤。可是看了她一眼，心中凉了些，闻到桂花的香味。她没打扮着，脸黄黄的，眼圈有点发红，好似忽然老了好几岁。廉伯坐在椅上，想不起说什么好。

"我去擦把脸，就来！"她微微一笑，又进了东里间。

老妈妈拿进茶来，又闲扯了几句，廉伯没心听。老妈妈的白发在电灯下显着很松很多，蓬散开个白的光圈。他呆呆的看着这团白光，心中空虚。

不大一会儿，小凤回来了。脸上擦了点粉，换了件衣裳，年轻了些，淡绿的长袍，印着些小碎花。廉伯爱这件袍儿，可是刚才的红眼圈与黄脸仍然在心中，他觉得是受了骗。同时，他又舍不得走，她到底还有点吸力。无论如何，他不能马上又折回家去，他不能输给太太。老妈妈又躲出去。

小凤就是没擦粉，也不算难看；擦了粉，也不妖媚。高高的细条身子，长脸，没有多少血，白净。鼻眼都很清秀，牙非常的光白好看。她不健康，不妖艳，但是可爱。她身上有点什么天然带来的韵味，像春雾，像秋水，淡淡的笼罩着全身，没有什么特别的美点，而处处轻巧自然，一举一动都温柔秀气；衣服在她身上像遮月的薄云，明洁飘洒。她不爱笑，但偶尔一笑,露出一些好看的牙,是她最美的时候,可是仅仅那么一会儿,转眼即逝,使人追味,如同看着花草,忽然一个白蝶飞来,又飘然飞过了墙头。

"怎这么晚?"她递给他一枝烟,扔给他一盒洋火。

"忙!"廉伯舒服了许多。看着蓝烟往上升,他定了定神,为什么单单爱这个贫血的女人?奇怪,自从有了这个女人,把寻花问柳的事完全当作应酬,心上只有她一个人,为什么从烟中透过一点浓而不厌的桂香,对,她的味儿长远!

"眼圈又红了,为什么?"

"没什么,"她笑得很小,只在眼角与鼻翅上轻轻一逗,可是表现出许多心事:"有点头疼,吃完饭也没洗脸。"

"又吵了架? 一定!"

"不愿意告诉你,弟弟又回来了!"她皱了一下眉。

"他在哪儿呢?"他喝了一大口茶,很关切的样子。

"走了,妈妈和我拿你吓唬他来着。"

"别遇上我,有他个苦子吃!"廉伯说得极大气。

"又把妈妈的钱……"她仿佛后悔了,轻轻叹了口气。

"我还得把他赶跑!"廉伯很坚决,自信有这个把握。

"也别太急了,他——"

"他还能怎样了陈廉伯?"

"不是,我没那么想;他也有好处。"

"他?"

"要不是他,咱俩还到不了一块,不是吗?"

陈廉伯哈哈的笑起来:"没见过这样的红娘!"

"我简直没办法。"她又皱上了眉。"妈妈就有这么一个儿子,恨他,可是到底还疼他,作妈妈的大概都这样。只苦了我,向着妈妈不好,向着弟弟不好!"

"算了吧,说点别的,反正我有法儿治他!"廉伯其实很愿听她这么诉苦,这使他感到他的势力与身分,至少也比在家里跟夫人对楞着强;他想起夫人来:"我说,今儿个我可不回家了。"

"你们也又吵了嘴,为我?"她要笑,没能笑出来。

"为你;可并没吵架。我有我的自由,我爱上这儿来别人管不着我!不过,我不愿意这么着;你是我的人,我得把你接到家中去;这么着别扭!"

"我看还是这么着好。"她低着头说。

"什么?"他看准了她的眼问。

她的眼光极软,可是也对准他的:"还是这么着好。"

"怎么?"他的嘴唇并得很紧。

"你还不知道?"她还看着他,似乎没理会到他的要怒的神气。

"我不知道!"他笑了,笑得很冷。"我知道女人们别扭。吃着男人,喝着男人,吃饱喝足了成心气男人。她不愿意你去,你不愿意见她,我晓得。可是你们也要晓得,我的话才算话!"他挺了挺他的水蛇腰。

她没再说什么。

因为没有光明的将来,所以她不愿想那黑暗的过去。她只求混过今天。可是躺在陈廉伯的旁边,她睡不着,过去的图画一片片的来去,她没法赶走它们。它们引逗她的泪，可是只有哭仿佛是件容易作的事。

她并不叫"小凤"，宋凤贞才是她；"小凤"是廉伯送给她的，为是听着像个"外家"。她是师范毕业生，在小学校里教书，养活她的母亲。她不肯出嫁，因为弟弟龙云不肯负起养活老母的责任。妈妈为他们姐弟吃过很大的苦处，龙云既不肯为老人想一想，凤贞仿佛一点不能推脱奉养妈妈的义务；或者是一种权利，假如把"孝"字想到了的话。为这个，她把出嫁的许多机会让过去。

她在小学里很有人缘，她有种引人爱的态度与心路，所以大家也就喜欢她。校长是位四十多岁的老姑娘，已办了十几年的学，非常的糊涂，非常的任性，而且有一头假头发。她有钱，要办学，没人敢拦着她。连她也没挑出凤贞什么毛病来，可是她的弟弟说凤贞不好，所以她也以为凤贞可恶。凤贞怕失业，她到校长那里去说：校长的弟弟常常跟随着她，而且给她写信，她不肯答理他。校长常常辞退教员，多半是因为教员有了爱人。校长自己是老姑娘，不许手下的教员讲恋爱；因为这个，社会上对于校长是十二分尊敬的；大家好像是这样想：假若所有的校长都能这样，国家即使再弱上十倍，也会睡醒一觉就梦似的强起来。凤贞晓得这个，所以觉得跟校长说明一声，校长必会管教她的兄弟。

可是校长很简单的告诉凤贞："不准诬赖好人，也不准再勾引男子，再有这种事，哼……"

凤贞的泪全咽在肚子里。打算辞职，可是得等找到了别的事，不敢冒险。

慢慢的，这件事被大家知道了，都为凤贞不平。校长听到了一些，她心中更冒了火。有一天朝会的时候，她教训了大家一顿，话很不好听，有个暴性子的大学生喊了句:"管教管教你弟弟好不好!"校长哈哈的笑起来:"不用管教我弟弟,我得先管教教员!"她从袋中摸出个纸条来:"看! 收了我弟弟五百块钱,反说我兄弟不好。宋凤贞! 我待你不错,这就是你待朋友的法儿,是不是? 你给我滚!"

凤贞只剩了哆嗦。学生们马上转变过来,有的向她呸呸的啐。她不晓得怎样走回了家。到了家中,她还不敢哭;她知道那五百块钱是被弟弟使了,不能告诉妈妈;她失了业,也不能告诉妈妈。她只说不大舒服,请了两天假;她希望能快快的在别处找个事。

找了几个朋友,托给找事,人家都不大高兴理她。

龙云回来了,很恳切的告诉姐姐:

"姐,我知道你能原谅我。我有我的事业,我需要钱。我的手段也许不好,我的目的没有错儿。只有你能帮助我,正像只有你能养着母亲。为帮助母亲与我,姐,你须舍掉你自己,好像你根本没有生在世间过似的。校长弟弟的五百元,你得替我还上;但是我不希望你跟他去。侦探长在我的背后,你能拿住了侦探长,侦探长就拿不住了我,明白,姐? 你得到他,他就会还那五百元的账,他就会给你找到事,他就会替你养活着母亲。得到他,替我遮掩着,假如不能替我探听什么。我得走了,他就在我背后呢! 再见,姐,原谅我不能听听你的意见! 记住,姐姐,你好像根本没有生在世间过!"

她明白弟弟的话。明白了别人,为别人作点什么,只有舍去自己。

弟弟的话都应验了,除了一句——他就会给你找到事。他没给凤贞找事,他要她陪着睡。凤贞没再出过街门一次,好似根本没有生在世间过。对于弟弟,她只能遮掩,说他不孝、糊涂、无赖;为弟弟探听,她不会作，也不想作，她只求混过今天，不希望什么。

七

陈老先生明白了许多的事。有本领的人使别人多懂些事，没有本事的人跟着别人学，惭愧！自己跟着别人学！但是不能不学，一事不知，君子之耻，活到老学到老！谁叫自己没补上知县呢！作官方能知道一切。自己的祖父作过道台，自己的父亲可是只作到了"坊里德表"，连个功名也没得到！父亲在族谱上不算个数，自己也差不多；可是自己的儿子……不，不能全靠着儿子，自己应当老当益壮，假若功名无望，至少得帮助儿子成全了伟大事业。自己不能作官，还不会去结交官员吗？打算帮助儿子非此不可！他看出来，作官的永远有利益，盐运使，将军，退了职还有大宗的入款。官和官声气相通，老相互帮忙。盟兄弟、亲戚、朋友，打成一片；新的官是旧官的枝叶；即使平地云雷，一步登天，还是得找着旧官宦人家求婚结友；一人作官，福及三代。他明白了这个。想到了二儿子。平日，看二儿子是个废物，现在变成了宝贝。廉伯可惜已经结了婚，廉仲大有希望。比如说武将军有个小妹或女儿，给了廉仲？即使廉仲没出息到底，可是武将军又比廉仲高明着多少？他打定了主意，廉仲必须娶个值钱的女子，哪怕丑一点呢，岁数大一点呢，都没关系。廉伯只是个侦探长，那么，丑与老便是折冲时的交换条件：陈家地位低些，可是你们的姑娘不俊秀呢！惭愧，陈家得向人家交换条件，无法，谁叫陈宏道怀才不遇呢！谈笑有鸿儒，往来无白丁，何等气概！老先生心里笑了笑。

他马上托咐了武将军,武将军不客气的问老先生有多少财产。老先生不愿意说,又不能不说,而且还得夸张着点儿说。由君子忧道不忧贫的道理说,他似乎应当这样的回答——方宅十余亩,草屋八九间。即使这是瞒心昧己的话,听着到底有些诗味。可是他现在不是在谈道,而是谈实际问题,实际问题永远不能作写诗的材料。他得多说,免得叫武将军看他不起:

"诗书门第,不过呢,也还有个十几万;先祖作过道台……"想给儿子开脱罪名。

"廉伯大概也抓弄不少?官不在大,缺得合适。"武将军很亲热的说。

"那个,还好,还好!"老先生既不肯像武人那样口直心快,又不愿说倒了行市。

"好吧,老先生,交给我了;等着我的信儿吧!"武将军答应了。

老先生吐了一口气,觉得自己并非缺乏实际的才干,只可惜官运不通;喜完不免又自怜,胡子嘴儿微微的动着,没念出声儿来:"耽酒须微禄,狂歌托圣朝……"

"哼!"武将军用力拍了大腿一下:"真该揍,怎就忘了呢!宝斋不是有个老妹子!"他看着陈老先生,仿佛老先生一定应该知道宝斋似的。

"哪个宝斋?"老先生没希望事来得这样快,他渺茫的有点害怕了。

"不就是孟宝斋,顶好的人!那年在南口打个大胜仗,升了旅长。后来邱军长倒戈,把他也连累上,撤了差,手中多也没有,有个二十来万,顶好的人。我想想看,他——也就四十一二,老妹子过不去二十五六,'老'妹子。合适,就这么办了,我明天就去找他,顶熟的朋友。还真就是合适！"

陈老先生心中有点慌，事情太顺当了恐怕出毛病！孟宝斋究竟是何等样的人呢？婚姻大事，不是随便闹着玩的。可是，武将军的善意是不好不接受的。怎能刚求了人家又撤回手来呢！但是，跟个旅长作亲——难道儿子不是侦探长？儿孙自有儿孙福，廉仲有命呢，跟再阔一点的人联姻，也无不可；命不济呢，娶个娥皇似的贤女，也没用。父亲只能尽心焉而已，其余的……再说呢，武将军也不一定就马到成功，试试总没什么不可以的。他点了头。

辞别了武将军，他可是又高兴起来，即使是试试，总得算是个胜利；假使武将军看不起陈家的话，他能这样热心给作媒么？这回不成，来日方长，陈家算是已打入了另一个圈儿，老先生的力量。廉仲也不坏，有点傻造化；希望以后能多给他点好脸子看！

把二儿子的事放下，想起那一千块钱来。告诉武将军自己有十来万，未免，未免，不过，一时的手段；君子知权达变。虽然没有十来万，一千块钱还不成问题。可是，会长与将军的捐款并不必自己掏腰包，一个买卖就回来三四千——那封信！为什么自己应当白白拿出一千呢？况且，焉知道他们的捐款本身不是一种买卖呢！作官的真会理财，文章经济。大概廉伯也有些这种本领，一清早来送封儿，不算什么不体面的事；自己不要，不过是便宜了别人；人不应太迂阔了。这一千块钱怎能不叫儿子知道，而且不白白拿出去呢？陈老先生极用心的想，心中似乎充实了许多：作了一辈子书生，现在才明白官场中的情形，才有实际的问题等着解决。儿子尽孝是种光荣，但究竟是空虚的，虽然不必受之有愧，可是并显不出为父亲的真本事。这回这一千元，不能由儿子拿，老先生要露露手段，儿子的孝心是儿子的，父亲的本事是父亲的，至少这两回事——廉仲的婚事和一千元捐款——要由父亲负责，也教他们年轻的看一看，也证实一下自己并不是酸秀才。

街上仿佛比往日光亮着许多，飞尘在秋晴中都显着特别的干爽，高高的浮动着些细小金星。蓝天上飘着极高极薄的白云，将要同化在蓝色里，鹰翅下悬着白白的长丝。老先生觉得有点疲乏，可是非常高兴，头上出了些汗珠，依然扯着方步。来往的青年男女都换上初秋的新衣，独行的眼睛不很老实，同行的手拉着手，或并着肩低语。老先生恶狠狠的瞪着他们，什么样子，男女无别，混帐！老先生想到自己设若还能作官，必须斩除这些混帐们。爱民以德，齐民以礼；不过，乱国重刑，非杀几个不可！国家将亡，必有妖孽，这种男女便是妖孽。只有读经崇礼，方足以治国平天下。

但是，自己恐怕没有什么机会作官了，顶好作个修身齐家的君子吧。"圣贤虽远诗书在，殊胜邻翁击磬声！"修身，自己生平守身如执玉；齐家，父慈子孝。俯仰无愧，耿耿此心！忘了街上的男女；我道不行，且独善其身吧。

他想到新铺子中看看，儿子既然孝敬给老人，老人应当在开市以前去看看，给他们出些主意，"为商为士亦奚异"，天降德于予，必有以用其才者。

聚元粮店正在预备开市，门匾还用黄纸封着，右上角破了一块，露出极亮的一块黑漆和一个鲜红的"民"字。铺子外卸着两辆大车，一群赤背的人往里边扛面袋，背上的汗湿透了披着的大布巾，头发与眉毛上都挂着一层白霜。肥骡子在车旁用嘴偎着料袋，尾巴不住的抡打秋蝇。

面和汗味裹在一处,招来不少红头的绿蝇,带着闪光乱飞。铺子里面也很紧张,笸箩已摆好,都贴好红纸签,小伙计正按着标签往里倒各种粮食,糠飞满了屋中,把新油的绿柜盖上一层黄白色。各处都是新油饰的,大红大绿,像个乡下的新娘子,尽力打扮而怪难受的。面粉堆了一人多高,还往里扛,软软的,印着绿字,像一些发肿的枕头。最着眼的是悬龛里的关公,脸和前面的一双大红烛一样红,龛底下贴着一溜米色的挂钱和两三串元宝。

陈老先生立在门外,等着孙掌柜出来迎接。伙计们和扛面的都不答理他,他的气要往上撞。"借光,别挡着道儿!"扛着两个面的,翻着眼瞪他。

"叫掌柜的出来!"陈老先生吼了一声。

"老东家!老东家!"一个大点儿的伙计认出来。

"老东家!老东家!"传递过去,大家忽然停止了工作,脸在汗与面粉的底下露出敬意。

老先生舒服了些,故意不睬不闻。抬头看匾角露出的红"民"字。

孙掌柜胖胖的由内柜扭出来,脸上的笑纹随着光线的强度增多,走到门口,脸上满是阳光也满是笑纹。山东绸的裤褂在日光下起闪,脚下的新千层布底白得使人忽然冷一下。

"请吧,请吧,老先生。"掌柜的笑向老东家放射,眼角撩着面车,千层底躲着马尿,脑瓢儿指挥小徒弟去沏茶打手巾。一点不忙,而一切都作到了掌柜的身分。慢慢的向内柜走,都不说话,掌柜的胖笑脸向左向右,微微一抬,微微向后;老先生的眼随着胖笑脸看到了一切。

到了内柜,新油漆味,老关东烟味,后院的马粪味,前面浮进来的糠味，拌成一种很沉重而得体的臭味。老先生入了另一世界。这个味道使他忘了以前的自己，而想到一些比书生更充实更有作为的事儿。平日的感情是来自书中，平日的愿望是来自书中，空的，都是空的。现在他看着墙上斜挂着一溜蓝布皮的账簿，桌上的紫红的算盘，墙角放着的大钱柜，锁着放光的巨锁，贴着"招财进宝"……他觉得这是实在的、可捉摸的事业；这个事业未必比作官好，可是到底比向着书本发呆，或高吟"天生德于予"强的多。这是生命、作为、事业。即使不幸，儿子搁下差事，这里，这里！到底是有米有面有钱，经济！

他想起那一千块来。

"孙掌柜，比如说，闲谈，咱们要是能应下来一笔赈粮；今年各处闹灾，大概不久连这里也得收容不少灾民；办赈粮能赔钱不能？请记住，这可是慈善事儿！"

孙掌柜摸不清老东家的意思，只能在笑上努力："赔不了，怎能赔呢？"

"闲谈；怎就不能赔呢？"

又笑了一顿，孙掌柜拿起长烟袋，划着了两根火柴，都倒插在烟上，而后把老玉的烟嘴放在唇间。"办赈粮只有赚，弄不到手的事儿！"撇着嘴咽了口很厚很辣的烟。"怎么说呢，是这么着：赈粮自然免税，白运，啊！——"

"还怎着？"老先生闭上眼，气派很大。

"谁当然也不肯专办赈；白运，这里头就有伸缩了。"他等了等，看老东家没作声，才接着说："赶到粮来了，发的时候还有分寸。"

"那可——"老先生睁开了眼。

"不必一定那么办,不必;假如咱们办,实入实出;占白运的便宜,不苦害难民,落个美名,正赶上开市,也好立个名誉。买卖是活的,看怎调动。"孙掌柜叼着烟袋,斜看着白千层底儿。

"买卖是活的,"在老先生耳中还响着,跟作文章一样,起承转合……

"老先生,有路子吗?"孙掌柜试着步儿问。

"什么路子?"

"办赈粮。"

"我想想看。"

"运动费可也不小。"

"有人,有人;我想想看。"老先生慢慢觉得孙掌柜并不完全讨厌。武将军与孙掌柜都不像想象的那么讨厌,自己大概是有点太板了;道足以正身,也足以杀灭生机,仿佛是要改一改,自己有了财,有了身分,传道岂不更容易;汤武都是皇帝,富有四海,仍不失为圣人。拿那一千,再拿一二千去运动也无所不可,假如能由此买卖兴隆起来,日进斗金……

他和孙掌柜详细的计议了一番。

临走,孙掌柜想起来:

"老先生,内柜还短块匾,老先生给选两个好字眼,写一写;明天我亲自去取。"

"写什么呢?"老先生似乎很尊重掌柜的意见。

"老先生想吧,我一肚子俗字!"

老先生哈哈的笑起来,微风把长须吹斜了些,在阳光中飘着疏落落的金丝。

八

"大嫂!"廉仲在窗外叫:"大嫂!"

"进来,二弟。"廉伯太太从里间匆忙走出来。"哟,怎么啦?"

廉仲的脸上满是汗,脸蛋红得可怕,进到屋中,一下子坐在椅子上,好像要昏过去的样子。

"二弟,怎啦? 不舒服吧?"她想去拿点糖水。

廉仲的头在椅背上摇了摇,好容易喘过气来。"大嫂!"叫了一声,他开始抽噎着哭起来,头捧在手里。

"二弟! 二弟! 说话! 我是你的老嫂子!"

"我知道,"廉仲挣扎着说出话来,满眼是泪的看着嫂子:"我只能对你说,除了你,没人在这里拿我当作人。大嫂你给我个主意!"他净下了鼻子。

"慢慢说,二弟!"廉伯太太的泪也在眼圈里。

"父亲给我定了婚,你知道?"

她点了点头。

"他没跟我提过一个字;我自己无意中听到了,女的,那个女的,大嫂,公开的跟她家里的汽车夫一块睡,谁都知道! 我不算人,我没本事,他们只图她的父亲是旅长,媒人是将军,不管我 …… 王八 ……"

"父亲当然不知道她的 ……"

"知道也罢,不知道也罢,我不能受。可是,我不是来告诉你这个。

"你看,大嫂,"廉仲的泪渐渐干了,红着眼圈,"我知道我没本事,我傻,可是我到底是个人。我想跑,穷死,饿死,我认命,不再登陈家的门。这口饭难咽!"

"咱们一样,二弟!"廉伯太太低声的说。

"我很想玩他们一下,"他见嫂子这样同情,爽性把心中的话都抖落出来:"我知道他们的劣迹,他们强迫买卖家给送礼——乾礼。他们抄来'白面'用面粉顶换上去,他们包办赈粮……我都知道。我要是揭了他们的盖儿,枪毙,枪毙!"

"呕,二弟,别说了,怕人!你跑就跑得了,可别这么办哪!于你没好处,于他们没好处。我呢,你得为我想想吧!我一个妇道人家……"她的眼又向四下里望了,十分害怕的样子。

"是呀,所以我没这么办。我恨他们,我可不恨你,大嫂;孩子们也与我无仇无怨。我不糊涂。"廉仲笑了,好像觉得为嫂子而没那样办是极近人情的事,心中痛快了些,因为嫂子必定感激他。"我没那么办,可是我另想了主意。我本打算由昨天出去,就不登这个门了,我去赌钱,大嫂你知道我会赌?我是这么打好了主意:赌一晚上,赢个几百,我好远走高飞。"

"可是你输了。"廉伯太太低着头问。

"我输了!"廉仲闭上了眼。

"廉仲,你预备输,还是打算赢?"宋龙云问。

"赢!"廉仲的脸通红。

"不赌;两家都想赢还行。我等钱用。"

那两家都笑了。

"没你缺一手。"廉仲用手指肚来回摸着一张牌。

"来也不打麻将,没那么大工夫。"龙云向黑的屋顶喷了一口烟。

"我什么也陪着,这二位非打牌不可,专为消磨这一晚上。坐下!"廉仲很急于开牌。

"好吧,八圈,多一圈不来?"

三家勉强的点头。"坐下!"一齐说。

"先等等,拍出钱来看看,我等钱用!"龙云不肯坐下。

三家掏出票子扔在桌上,龙云用手拨弄了一下:"这点钱? 玩你们的吧!"

"根本无须用钱;筹码! 输了的,明天早晨把款送到;赌多少的?"廉仲立起来,拉住龙云的臂。

"我等两千块用,假如你一家输,输过两千,我只要两千,多一个不要;明天早上清账!"

"坐下! 你输了也是这样?"廉仲知道自己有把握。

"那还用说,打座!"

八圈完了,廉仲只和了个末把,胖手哆嗦着数筹码,他输了一千五。

"再来四圈?"他问。

"说明了八圈一散。"龙云在裤子上擦擦手上的汗:"明天早晨我同你一块去取钱,等用!"

"你们呢?"廉仲问那二家,眼中带着乞怜的神气。

"再来就再来,他一家赢,我不输不赢。"

"我也输,不多,再来就再来。"

"赢家说话！"廉仲还有勇气，他知道后半夜能转败为胜，必不得已，他可以耍花活；似乎必得耍花活！

"不能再续，只来四圈；打座！"龙云仿佛也打上瘾来。

廉仲的运气转过点来。

"等会儿！"龙云递给廉仲几个筹码。"说明白了，不带花招儿的！"

廉仲拧了下眉毛，没说什么。

打下一圈来，廉仲和了三把。都不小。

"抹好了牌，再由大家随便换几对儿，心明眼亮；谁也别掏坏，谁也别吃亏！"龙云用自己门前的好几对牌换过廉仲的几对来。

廉仲不敢说什么，瞪着大家的手。

可是第二圈，他还不错，虽然只和了一把，可是很大。他对着牌笑了笑。

"脱了你的肥袖小褂！"龙云指着廉仲的胖脸说。

"干什么？"廉仲的脸紧得很难看，用嘴唇干挤出这三个字来。

"不带变戏法儿的，仙人摘豆，随便的换，哎？"

哗—— 廉仲把牌推了，"输钱小事，名誉要紧，太爷不玩啦！"

"你？你要打的；捡起来！"龙云冷笑着。

"不打犯法呀！"

"好啦，不打也行，这两圈不能算数，你净欠我一千五？"

"我一个子儿不欠你的？"廉仲立起来。

"什么？你以为还出得去吗？"龙云也立起来。

"绑票是怎着？我看见过！"廉仲想吓唬吓唬人。牌是不能再打了，抹不了自己的牌，换不了张，自己没有必赢的把握。凭气儿，他敌不住龙云。

"用不着废话,我输了还不是一样拿出钱?"

"我没钱!"廉仲说了实话。

"嗨,你们二位请吧,我和廉仲谈谈。"龙云向那两家说:"你不输不赢,你输不多;都算没事,明天见。"

那两家穿好长衣服,"再见。"

"坐下,"龙云和平了一些,"告诉我,怎回事。"

"没什么,想赢俩钱,作个路费,远走高飞。"廉仲无聊的,失望的,一笑。

"没想到输,即使输了,可以拿你哥哥唬事,侦探长。"

"他不是我哥哥!"廉仲可是想不起别的话来。他心中忽然很乱:回家要钱,绝对不敢。最后一次利用哥哥的势力,不行,龙云不是好惹的。再说呢,龙云是廉伯的对头,帮助谁也不好;廉伯拿住龙云至少是十年监禁,龙云得了手,廉伯也许吃不住。自己怎办呢?

"你干吗这么急着用钱? 等两天行不行?"

"我有我的事,等钱用就是等钱用;想法拿钱好了,你!"龙云一点不让步。

"我告诉你了,没钱!"廉仲找不着别的话说。

"家里去拿。"

"你知道他们不能给我。"

"跟你嫂子要!"

"她哪有钱?"

"你怎知道她没钱?"

廉仲不言语了。

"我告诉你怎办,"龙云微微一笑,"到家对你嫂子明说,就说你输了钱,输给了我。我干吗用钱呢,你对嫂子这么讲:龙云打算弄俩钱,把妈妈姐姐都偷偷的带了走。你这么一说,必定有钱。明白不?"

"你真带她们走吗?"

"那你不用管。"

"好啦,我走吧?"廉仲立起来。

"等等!"龙云把廉仲拦住。"那儿不是张大椅子?你睡上一会儿,明天九点我放你走。我不用跟着你,你知道我是怎个人。你乖乖的把款送来,好;你一去不回头,也好;我不愿打死人,连你哥哥的命我都不想要。不过,赶到气儿上呢,我也许放一两枪玩!"龙云拍了拍后边的裤袋。

"大嫂,你知道我不能跟他们要钱?记得那年我为踢球挨那顿打?捆在树上!我想,他们想打我,现在大概还可以。"

"不必跟他们要,"廉伯太太很同情的说,"这么着吧,我给你凑几件首饰,你好歹的对付吧。"

"大嫂!我输了一千五呢!"

"二弟!"她咽了口气:"不是我说你,你的胆子可也太大了!一千五!"

"他们逼的我!我平常就没有赌过多大的耍儿。父亲和哥哥逼的我!"

"输给谁了呢?"

"龙云！他……"廉仲的泪又转起来。只有嫂子疼他，怎肯瞪着眼骗她呢？

可是，不清这笔账是不行的，龙云不好惹。叫父兄知道了也了不得。只有骗嫂子这条路，一条极不光明而必须走的路！

"龙云，龙云，"他把耻辱、人情，全咽了下去，"等钱用，我也等钱用，所以越赌越大。"

"宋家都不是好人，就不应当跟他赌！"她说得不十分带气，可是露出不满意廉仲的意思。

"他说，拿到这笔钱就把母亲和姐姐偷偷的带了走！"每一个字都烫着他的喉。

"走不走吧，咱们哪儿弄这么多钱去呢？"大嫂缓和了些。"我虽然是过着这份日子，可是油盐酱醋都有定数，手里有也不过是三头五块的。"

"找点值钱的东西呢！"廉仲像坐在针上，只求快快的完结这一场。

"哪样我也不敢动呀！"大嫂楞了会儿。"我也豁出去了！别的不敢动，私货还不敢动吗？就是他跟我闹，他也不敢嚷嚷。再说呢，闹我也不怕！看他把我怎样了！他前两天交给我两包'白面'，横是值不少钱，我可不知道能清你这笔账不能？"

"哪儿呢？大嫂，快！"

九

已是初冬时节。廉伯带着两盆细瓣的白菊，去看"小凤"。菊已开足，长长的细瓣托着细铁丝，还颤颤欲堕。他嘱咐开车的不要太慌，那些白长瓣动了他的怜爱，用脚夹住盆边，唯恐摇动得太厉害了。车走的很稳，花依然颤摇，他呆呆的看着那些玉丝，心中忽然有点难过。太阳已压山了。

到了"小凤"门前，他就自搬起一盆花，叫车夫好好的搬着那一盆。门没关着，一直的进去；把花放在阶前，他告诉车夫九点钟来接。

"怎么这么早？"小凤已立在阶上，"妈，快来看这两盆花，太好了！"

廉伯立在花前，手插着腰儿端详端详小凤，又看看花："帘卷西风，人比黄菊瘦！大概有这么一套吧！"他笑了。

"还真亏你记得这么一套！"小凤看着花。

"哎，今天怎么直挑我的毛病？"他笑着问。"一进门就嫌我来得早，这又亏得我……"

"我是想你忙，来不了这么早，才问。"

"啊，反正你有的说；进来吧。"

桌上放着本展开的书，页上放着个很秀美的书签儿。他顺手拿起书来："喝，你还研究侦探学？"

小凤笑了；他仿佛初次看见她笑似的，似乎没看见她这么美过。"无聊，看着玩。你横是把这个都能背过来？"

"我？就没念过！"还看着她的脸，好似追逐着那点已逝去的笑。

"没念过？"

"书是书，事是事：事是地位与威权。自要你镇得住就行。好，要是作事都得拉着图书馆，才是笑话！你看我，作什么也行，一本书不用念。"

"念念可也不吃亏?"

"谁管;先弄点饭吃吃。哟,忘了,我把车夫打发了。这么着吧,咱们出去吃?"

"不用,我们有刚包好了的饺子,足够三个人吃的。我叫妈妈去给你打点酒,什么酒?"

"嗯 —— 一瓶佛手露。可又得叫妈妈跑一趟?"

"出口儿就是。佛手露、青酱肉、醉蟹、白梨果子酒,好不好?"

"小饮赏菊? 好!"廉伯非常的高兴。

吃过饭,廉伯微微有些酒意,话来得很方便。

"凤,"他拉住她的手,"我告诉你,我有代理公安局局长的希望,就在这两天!"

"是吗,那可好。"

"别对人说!"

"我永远不出门,对谁去说? 跟妈说,妈也不懂。"

"龙云没来?"

"多少日子了。"

"谁也不知道,我预备好了!"廉伯向镜子里看了看自己。"这两天,"他回过头来,放低了声音:"城里要出点乱子,局长还不知道呢! 我知道,可是不管。等事情闹起来,局长没了办法,我出头,我知底,一伸手事就完。可是我得看准了,他决定辞职,不到他辞职我不露面。我抓着老根;也得先看准了,是不是由我代理;不是我,我还是不下手!"

"那么城里乱起来呢?"她皱了皱眉。

"乱世造英雄，凤！"廉伯非常郑重了。"小孩刺破手指，妈妈就心疼半天，妈妈是妇人。大丈夫拿事当作一件事看，当作一局棋看；历史是伟人的历史！你放心，无论怎乱，也乱不到你这儿来。遇必要的时候，我派个暗探来。"他的严重劲儿又灭去了许多。"放心了吧？"

她点点头，没说出什么来。

"没危险，"廉伯点上支烟，烟和话一齐吐出来。"没人注意我；我还不够个角儿，"他冷笑了一下，"内行人才能晓得我是他们这群东西的灵魂；没我，他们这个长那个员的连一天也作不了。所以，事情万一不好收拾呢，外间不会责备我；若是都顺顺当当照我所计划的走呢，局里的人没有敢向我摇头的。嗯？"他听了听，外面有辆汽车停住了。"我叫他九点来，钟慢了吧？"他指着桌上的小八音盒。

"不慢，是刚八点。"

院里有人叫："陈老爷！"

"谁？"廉伯问。

"局长请！"

"老朱吗？进来！"廉伯开开门，灯光射在白菊上。

"局长说请快过去呢，几位处长已都到了。"

凤贞在后面拉了他一下："去得吗？"

他退回来："没事，也许他们打听着点风声，可是万不会知底；我去，要是有工夫的话，我还回来；过十一点不用等。"他匆匆的走出去。

汽车刚走，又有人拍门，拍得很急。凤贞心里一惊。"妈！叫门！"她开了屋门等着看是谁。

龙云三步改作一步的走进来。

"妈，姐，穿衣裳，走！"

"上哪儿？"凤贞问。

妈妈只顾看儿子，没听清他说什么。

"姐，九点的火车还赶得上，你同妈妈走吧。这儿有三百块钱，姐你拿着；到了上海我再给你寄钱去，直到你找到事作为止；在南方你不会没事作了。"

"他呢？"凤贞问。

"谁？"

"陈！"

"管他干什么，一半天他不会再上这儿来。"

"没危险？"

"妇女到底是妇女，你好像很关心他？"龙云笑了。

"他待我不错！"凤贞低着头说。

"他待他自己更不错！快呀，火车可不等人！"

"就空着手走吗？"妈妈似乎听明白了点。

"我给看着这些东西，什么也丢不了，妈！"他显然是说着玩呢。

"哎，你可好好的看着！"

凤贞落了泪。

"姐，你会为他落泪，真差！"龙云像逗着她玩似的说。

"一个女人对一个男的，"她慢慢的说，"一个同居的男的，若是不想杀他，就多少有点爱他！"

"谁管你这一套，你不是根本就没生在世间过吗？走啊，快！"

十

陈老先生很得意。二儿子的亲事算是定规了,武将军的秘书王先生给合的婚,上等婚。老先生并不深信这种合婚择日的把戏,可是既然是上等婚,便更觉出自己对儿辈是何等的尽心。

第二件可喜的事是赈粮由聚元粮店承办,利益是他与钱会长平分。他自己并不像钱会长那样爱财,他是为儿孙创下点事业。

第三件事虽然没有多少实际上的利益,可是精神上使他高兴痛快。钱会长约他在国学会讲四次经,他的题目是"正心修身",已经讲了两次。听讲的人不能算少,多数都是坐汽车的。老先生知道自己的相貌、声音,已足惊人;况且又句句出经入史,即使没有人来听,说给自己听也是痛快的。讲过两次以后,他再在街上闲步的时节,总觉得汽车里的人对他都特别注意似的。已讲过的稿子不但在本地的报纸登出来,并且接到两份由湖北寄来的报纸,转载着这两篇文字。这使老先生特别的高兴:自己的话与力气并没白费,必定有许多许多人由此而潜心读经,说不定再加以努力也许成为普遍的一种风气,而恢复了固有的道德,光大了古代的文化;那么,老先生可以无愧此生矣!立德立功立言,老先生虽未能效忠庙廊,可是德与言已足不朽;他想象着听众眼中看他必如"每为后生谈旧事,始知老子是陈人",那样的可敬可爱的老儒生、诗客。他开始觉到了生命,肉体的、精神的,形容不出的一点像"西风白发三千丈"的什么东西!

"廉仲怎么老不在家?"老先生在院中看菊,问了廉伯太太——拉着小妞儿正在檐前立着——这么一句。

"他大概晚上去学英文，回来就不早了。"她眼望着远处，扯了个谎。

"学英文干吗？中文还写不通！小孩子！"看了孙女一眼，"不要把指头放在嘴里！"顺势也瞪了儿媳一下。

"大嫂！"廉仲忽然跑进来，以为父亲没在家，一直奔了嫂子去。及至看见父亲，他立住不敢动了："爸爸！"

老先生上下打量了廉仲一番，慢慢的，细细的，厉害的，把廉仲的心看得乱跳。看够多时，老先生往前挪了一步，廉仲低下头去。

"你上哪儿啦？天天连来看看我也不来，好像我不是你的父亲！父亲有什么对不起你的地方，说！事情是我给你找的，凭你也一月拿六十元钱？婚姻是我给说定的，你并不配娶那么好的媳妇！白天不来省问，也还可以，你得去办公；晚上怎么也不来？我还没死！进门就叫大嫂，眼里就根本没有父亲！你还不如大成呢，他知道先叫爷爷！你并不是小孩子了；眼看就成婚生子；看看你自己，哪点儿像呢！"老先生发气之间，找不到文话与诗句，只用了白话，心中更气了。

"妈，妈！"小女孩轻轻的叫，连扯妈妈的袖子："咱们上屋里去！"

廉伯太太轻轻搡了小妞子一下，没敢动。

"父亲，"廉仲还低着头，"哥哥下了监啦！您看看去！"

"什么？"

"我哥哥昨儿晚上在宋家叫局里捉了去，下了监！"

"没有的事！"

"他昨天可是一夜没回来！"廉伯太太着了急。

"冯有才呢？一问他就明白了。"老先生还不相信廉仲的话。

"冯有才也拿下去了！"

"你说公安局拿的？"老先生开始有点着急了："自家拿自家的人？为什么呢？"

"我说不清，"廉仲大着胆看了老先生一眼："很复杂！"

"都叫你说清了，敢情好了，糊涂！"

"爷爷就去看看吧！"廉伯太太的脸色白了。

"我知道他在哪儿呢？"老先生的声音很大。他只能向家里的人发怒，因为心中一时没有主意。

"您见见局长去吧；您要不去，我去！"廉伯太太是真着急。

"妇道人家上哪儿去？"老先生的火儿逼了上来："我去！我去！有事弟子服其劳，废物！"他指着廉仲骂。

"叫辆汽车吧？"廉仲为了嫂子，忍受着骂。

"你叫去呀！"老先生去拿帽子与名片。

车来了，廉仲送父亲上去；廉伯太太也跟到门口。叔嫂见车开走，慢慢的往里走。

"怎回事呢？二弟！"

"我真不知道！"廉仲敢自由的说话了。"是这么回事，大嫂，自从那天我拿走那两包东西，始终我没离开这儿，我舍不得这些朋友，也舍不得这块地方。我自幼生在这儿！把那两包东西给了龙云，他给了我一百块钱。我就白天还去作事，晚上住在个小旅馆里。每一想起婚事，我就要走；可是过一会儿，又忘了。好在呢，我知道父亲睡得早，晚上不会查看我。廉伯呢一向就不注意我，当然也不会问。我倒好几次要来看你，大嫂，我知道你一定不放心。可是我真懒得再登这个门，一看见这个街门，我就连条狗也不如了，仿佛是。我就这么对付过这些日子，说不上痛快,也说不上不痛快,马马糊糊。昨天晚上我一个人无聊瞎走,走到宋家门口,也就是九点多钟吧。哥哥的汽车在门口放着呢。门是路北的,车靠南墙放着。院里可连个灯亮也没有。车夫在车里睡着了,我推醒了他,问大爷什么时候来的。他说早来了,他这是刚把车开回来接侦探长,等了大概有二十分钟了,不见动静。所以他打了个盹儿。"

把小女孩交给了刘妈,他们叔嫂坐在了台阶上,阳光挺暖和。廉仲接着说:

"我推了推门,推不开。拍了拍,没人答应。奇怪!又等了会儿,还是没有动静。我跟开车的商议,怎么办。他说,里边一定是睡了觉,或是都出去听戏去了。我不敢信,可也不敢再打门。车夫决定在那儿等着。"

"你那天不是说,龙云要偷偷把她们送走吗?"廉伯太太想起来。

"是呀,我也疑了心;莫非龙云把她们送走,然后把哥哥诓进去……"廉仲不愿说下去,他觉得既不应当这么关心哥哥,也不应当来惊吓嫂子。可是这的确是他当时的感情,哥哥到底是哥哥,不管怎样恨他,"我决定进去,哪怕是跳墙呢!我正在打主意,远远的来了几个人,走在胡同的电灯底下,我看最先的一个像老朱,公安局的队长。他们一定是来找哥哥,我想;我可就藏在汽车后面,不愿叫他们或哥哥看见我。他们走到车前,就和开车的说开了话。他们问他等谁呢,他笑着说,还能等别人吗?呕,他还不知道,老朱说。你大概是把陈送到这儿,找地方吃饭去了,刚才又回来?我没听见车夫说什么,大概他是点了点头。好了,老朱又说了,就用你的车吧。小凤也得上局里去!说着,他们就推门了。推不开。他们似乎急了,老朱上了墙,墙里边有棵不大的树。一会儿他从里面把门开开,大家都进去。我乘势就跑出老远去,躲在黑影里等着。好大半天,他们才出来,并没有她。汽车开了。我绕着道儿去找龙云。什么地方也找不着他,我一直找到夜里两点,我知道事情是坏了:'小凤也得上局里去!'也得去!这不是说哥哥已经去了吗?他要是保护不了小凤,必定是他已顾不了自己!可是我不敢家来,我到底没得到确信。今天早晨,我给侦探队打电,找冯有才,他没在那儿。刚才我一到家,他也没在门房,我晓得他也完了。打完电,我更疑心了,可是究竟没个水落石出。我不敢向公安局去打听,我又不能不打听,乱碰吧,我找了聚元的孙掌柜去,他,昨天晚上也被人抓了去,便衣巡警把着门,铺子可是还开着,大概是为免得叫大家大惊小怪,同时又禁止伙计们出来。我假装问问米价,大伙计还精明,偷偷告诉了我一句:汽车装了走,昨晚上!"

"二弟,"廉伯太太脸上已没一点血色,出了冷汗。"二弟!你哥哥……"她哭起来。

"大嫂。别哭!咱们等爸爸回来就知道了。大概没多大关系!"

"他活不了,我知道,那两包白面!"她哭着说。

"不至于!大嫂!咱们快快想主意!"

傻小子大成拿着块点心跑来了:

"胖叔!你又欺侮妈哪?回来告诉爷爷,叫爷爷揍你!"

十一

要在平常日子,以陈老先生的服装气度,满可以把汽车开进公安局的里边去;这天门前加了岗,都持枪,上着刺刀;车一到就被拦住了。老先生要见局长,掏出片子来,巡警当时说局长今天不见客。老先生才知道事情是非常严重了,不敢发作,立刻坐上车去找钱会长。他知道了事情是很严重,可是想不出儿子犯了什么罪;儿子没有什么不好的地方。大概是在局里得罪了人,那么,有人出来调停一下也就完了。设若仍然不行呢,花上点钱,送上些礼,疏通疏通总该一天云雾散了。这么一想,他心中宽了些。

见着钱会长,他略把他所知道的说了一遍:

"子美翁你知道,廉伯是个孝子;未有孝悌而好犯上者也。他不会作出什么不体面的事来。我自己,你先生也晓得,在今日像我们这样的家庭有几个? 恐怕只是廉伯于无意中开罪于人,那么我想请子美翁给调解一下,大概也就没什么了。"

"大概没多大关系,官场中彼此倾轧是常有的事,"钱会长一边咕噜着水烟,"我打听打听看。"

"会长若是能陪我到趟公安局才好,因为我到底还不知其详,最好能见见局长,再见见廉伯,然后再详为计划。"

"我想想看,"会长一劲儿点头,"事情倒不要这么急,想想看,总该有办法的。"

陈老先生心中凉了些。"子美翁看能不能代我设法去见见公安局长,我独自去,武将军能不能 ——"

"是的,武将军对地面的官员比我还接近,是的,找找他看!"

希望着武将军能代为出力,陈老先生忽略了钱会长的冷淡。

见着武将军,他完全用白话讲明来意,怕将军听不明白。武将军很痛快的答应与他一同去见局长。

在公安局门口,武将军递进自己的片子,马上被请进去,陈老先生在后面跟着。

局长很亲热的和将军握手,及至看见了陈老先生,他皱了一下眉,点了点头。

"刚才老先生来过,局长大概很忙,没见着,所以我同他来了。"武将军一气说完。

"啊,是的,"局长对将军说,没看老先生一眼,"对不起,适才有点紧要的公事。"

"廉伯昨晚没回去,"陈老先生往下用力的压着气,"听说被扣起来,我很不放心。"

"呕,是的,"局长还对着武将军说,"不过一种手续,没多大关系。"

"请问局长,他犯了什么法呢?"老先生的腰挺起来,语气也很冷硬。

"不便于说,老先生,"局长冷笑了一下,脸对着老先生:"公事,公事,朋友也有难尽力的地方!"

"局长高见,"陈老先生晓得事情是很难办了。可是他想不出廉伯能作出什么不规矩的事。一定这是局长的阴谋,他再也压不住气。"局长晓得廉伯是个孝子,老夫是个书生,绝不会办出不法的事来。局长也有父母,也有儿女,我不敢强迫长官泄露机要,我只以爱子的一片真心来格外求情,请局长告诉我到底是怎回事! 士可杀不可辱,这条老命可以不要,不能忍受……"

"哎哎,老先生说远了!"局长笑得缓和了些。"老先生既不能整天跟着他,他作的事你哪能都知道?"

"我见见廉伯呢?"老先生问。

"真对不起!"局长的头低下去,马上抬起来。

"局长,"武将军插了嘴,"告诉老先生一点,一点,他是真急。"

"当然着急,连我都替他着急,"局长微笑了下,"不过爱莫能助!"

"廉伯是不是有极大的危险?"老先生的脑门上见了汗。

"大概,或者,不至于;案子正在检理,一时自然不能完结。我呢,凡是我能尽力帮忙的地方无不尽力,无不尽力!"局长立起来。

"等一等,局长,"陈老先生也立起来,脸上煞白,两腮咬紧,胡子根儿立起来。"我最后请求你告诉我个大概,人都有个幸不幸,莫要赶尽杀绝。设若你错待了个孝子,你知道你将遗臭万年。我虽老朽,将与君周旋到底!"

"那么老先生一定要知道,好,请等一等!"局长用力按了两下铃。

进来一个警士,必恭必敬的立在桌前。

"把告侦探长的呈子取来,全份!"局长的脸也白了,可是还勉强的向武将军笑。

陈老先生坐下,手在膝上哆嗦。

不大会儿,警士把一堆呈子送在桌上。局长随便推送在武将军与老先生面前,将军没动手。陈老先生翻了翻最上边的几本,很快的翻过,已然得到几种案由:强迫商家送礼;霸占良家妇女;假公济私,借赈私运粮米;窃卖赃货……老先生不能往下看了,手扶在桌上,只剩了哆嗦。哆嗦了半天,他用尽力量抬起头来,脸上忽然瘦了一圈,极慢极低的说:

"局长,局长!谁没有错处呢!他不见得比人家坏,这些状子也未必都可靠。局长,他的命在你手里,你积德就完了!你闭一闭眼,我们全家永感大德!"

"能尽力处我无不尽力! 武将军,改天再过去请安!"

武将军把老先生搀了出来。将军把他送到家中,他一句话也没说。那些罪案,他知道,多半都是真的。而且有的是他自己给儿子造成的。可是,他还不肯完全承认这是他们父子的过错,局长应负多一半责任;局长是可以把那些状子压下不问的。他的怨怒多于羞愧,心中和火烧着似的,可是说不出话来。他恨自己的势力小,不能马上把局长收拾了。他恨自己的命不好,命给他带来灾殃,不是他自己的毛病,天命!

到了家中,他越想越怕了。事不宜迟,他得去为儿子奔走。幸而他已交结了不少有势力的朋友。第一个被想到的是孟宝斋,新亲自然会帮忙。可是孟宝斋的大烟吃上没完,虽然答应给设法,而始终不动弹。老先生又去找别人,大家都劝他不要着急,也就是表示他们不愿出力。绕到晚上,老先生明白了世态炎凉还不都是街上的青年男女闹的! 与他为道义之交的人们,听他讲经的人们,也丝毫没有古道。但是他没心细想这个,他身上疲乏,心中发乱。立在镜前,他已不认识自己了。他的眼陷下好深,眼下的肉袋成了些鲇皮,像一对很大的瘪臭虫。他愤恨,渺茫,心里发辣。什么都可以牺牲,只要保住儿子的命。儿媳妇在屋中放声的哭呢! 她带着大成去探望廉伯,没有见到。听着她哭,老先生的泪止不住了,越想越难过,他也放了声。

他只想喝水,晚饭没有吃。早早的躺下,疲乏,可是合不上眼。想起什么都想到半截便忘了,迷乱,心中像老映着破碎不全的电影片。想得讨厌了,心中仍不愿休息,还希望在心的深处搜出一半个好主意。没有主意,他只能低声的叫,叫着廉伯的乳名。一直到夜中三点,他迷忽过去，不是睡，是像飘在云里那样惊心吊胆的闭着眼。时时仿佛看见儿子回来了，又仿佛听见儿媳妇啼哭，也看见自己死去的老伴儿……可是始终没有睁开眼，恍惚像风里的灯苗，似灭不灭，顾不得再为别人照个亮儿。

十二

太阳出来好久，老先生还半睡半醒的忍着，他不愿再见这无望的阳光。

忽然，儿媳妇与廉仲都大哭起来，老先生猛孤仃的爬起来。没顾得穿长衣，急忙的跑过来，儿媳妇已哭背过气去，他明白了。他咬上了牙，心中突然一热，咬着牙把撞上来的一口黏的咽回去。扶住门框，他吼了一声：

"廉仲，你嫂子！"他蹲在了地上，颤成一团。

廉仲和刘妈，把廉伯太太撅巴起来，她闭着眼只能抽气。

"爸，送信来了，去收尸！"廉仲的胖脸浮肿着，黄蜡似的流着两条泪。

"好！好！"老先生手把着门框想立起来，手一软，蹲得更低了些。"你去吧，用我的寿材好了；我还得大办丧事呢！哈，哈。"他坐在地上狂号起来。

陈老先生真的遍发讣闻，丧事办得很款式。来吊祭的可是没有几个人，连孟宅都没有人过来。武将军送来一个鲜花圈，钱会长送来一对挽联；廉伯的朋友没来一个。老先生随着棺材，一直送到墓地。临入土的时候，老先生拍了拍棺材："廉伯，廉伯，我还健在，会替你教子成名！"说完他亲手燃着自己写的挽联：

> 孝子忠臣，风波于汝莫须有；
> 孤灯白发，经史传孙知奈何？

事隔了许久，事情的真相渐渐的透露出来，大家的意见也开始显出公平。廉伯的罪过是无可置辩的，可是要了他的命的罪名，是窃卖"白面"——搜检了来，而用面粉替换上去。然而这究竟是个"罪名"，骨子里面还是因为他想"顶"公安局长。又正赶上政府刚下了严禁白面的命令，于是局长得了手。设若没有这道命令，或是这道命令已经下了好多时候，不但廉伯的命可以保住，而且局长为使自己的地位稳固，还得至少教廉伯兼一个差事。不能枪毙他，就得给他差事，局长只有这么两条路。他不敢撤廉伯的差，廉伯可以帮助局长，也可以随时倒戈，他手下有人，能扰乱地面。大家所以都这么说：廉伯与局长是半斤八两，不过廉伯的运气差一点，情屈命不屈。

有不少人同情于陈家：无论怎说，他是个孝子，可惜！这个增高了陈老先生的名望。那对挽联已经脍炙人口。就连公安局长也不敢再赶尽杀绝。聚元的孙掌柜不久就放了出来，陈家的财产也没受多少损失："经史传孙知奈何？"多么气势！局长不敢结世仇，而托人送来五百元的教育费，陈老先生没有收下。

陈家的财产既没受多少损失，亲友们慢慢的又转回来。陈老先生在国学会未曾讲完的那两讲——正心修身——在廉伯死的六七个月后，又经会中敦聘续讲。老先生瘦了许多，腰也弯了一些，可是声音还很足壮。听讲的人是很多，多数是想看看被枪毙的孝子的老父亲是什么样儿。老先生上台后，戴上大花镜，手微颤着摸出讲稿，长须已有几根白的，可是神气还十分的好看。讲着讲着，他一手扶着桌子，一手放在头上，楞了半天，好像忘记了点什么。忽然他摘下眼镜，匆忙的下了台。大家莫名其妙，全立起来。

会中的职员把他拦住。他低声的，极不安的说：

"我回家去看看，不放心！我的大儿子，孝子，死了。廉仲——虽然不肖——可别再跑了！他想跑，我知道！不满意我给他定下的媳妇；自由结婚，该杀！我回家看看，待一会儿再来讲：我不但能讲，还以身作则！不用拦我，我也不放心大儿媳妇。她，死了丈夫，心志昏乱；常要自杀，胡闹！她老说她害了丈夫，什么拿走两包东西咧，乱七八糟！无法，无法！几时能'买蘘山县云藏市，横笛江城月满楼'呢？"说完，他弯着点腰，扯开不十分正确的方步走去。

大家都争着往外跑，先跑出去的还看见了老先生的后影，肩头上飘着些长须。

（原载1935年10月1日《文学》第八卷第四号）

新韩穆烈德

一

有一次他稍微喝多了点酒,田烈德一半自嘲一半自负的对个朋友说:"我就是莎士比亚的韩穆烈德;同名不同姓,仿佛是。"

"也常见鬼?"那个朋友笑着问。

"还不止一个呢!不过,"田烈德想了想,"不过,都不白衣红眼的出来巡夜。"

"新韩穆烈德!"那个朋友随便的一说。

这可就成了他的外号,一个听到而使他微微点头的外号。

大学三年级的学生,他非常的自负,非常的严重,事事要个完整的计划,时时在那儿考虑。越爱考虑他越觉得凡事都该有个办法,而任何办法——在细细想过之后——都不适合他的理想。因此,他很愿意听听别人的意见,可是别人的意见又是那么欠高明,听过了不但没有益处,而且使他迷乱,使他得顺着自己的思路从头儿再想过一番,才能见着可捉摸的景象,好像在暗室里洗像片那样。

所以他觉得自己非常的可爱,也很可怜。他常常对着镜子看自己,长瘦的脸,脑门很长很白。眼睛带着点倦意。嘴大唇薄,能并成一条长线。稀稀的黑长发往后拢着。他觉得自己的相貌入格,不是普通的俊美。

有了这个肯定的认识,所以洋服穿得很讲究,在意。凡是属于他的都值得在心,这样才能使内外一致,保持住自己的优越与庄严。

可是看看脸,看看衣服,并不能完全使他心中平静。面貌服装即使是没什么可指摘的了,他的思想可是时时混乱,并不永远像衣服那样能整理得齐齐楚楚。这个,使他常想到自己像个极雅美的磁盆,盛着清水,可是只养着一些浮萍与几团绒似的绿苔!自负有自知之明,这点点缺欠正足以使他越发自怜。

二

寒假前的考试刚完,他很累得慌,自己觉得像已放散了一天的香味的花,应当敛上了瓣休息会儿。他躺在了床上。

他本想出去看电影,可是躺在了床上。多数的电影片是那么无聊,他知道;但是有时候他想去看。看完,他觉得看电影的好处只是为证明自己的批评能力,几乎没有一片能使他满意的。他不明白为什么一般人那样爱看电影。及至自己也想去看去的时候,虽然自信自己的批评能力是超乎一般人的,可是究竟觉得有点不大是味儿,这使他非常的苦恼。"后悔"破坏了"享受"。

这次他决定不去。有许多的理由使他这样下了决心。其中的一个是父亲没有给他寄了钱来。他不愿承认这是个最重要的理由,可是他无法不去思索这点事儿。

二年没有回家了。前二年不愿回家的理由还可以适用于现在,可是今年父亲没有给寄来钱。这个小小的问题强迫着他去思索,仿佛一切的事都需要他的考虑,连几块钱也在内!

回家不回呢?

三

点上支香烟,顺着浮动的烟圈他看见些图画。

父亲,一个从四十到六十几乎没有什么变动的商人,老是圆头圆脸的,头剃得很光,不爱多说话,整个儿圆木头墩子似的!

田烈德不大喜欢这个老头子。绝对不是封建思想在他心中作祟,他以为;可是,可是,什么呢?什么使他不大爱父亲呢?客观的看去,父亲应当和平常一件东西似的,无所谓可爱与不可爱。那么,为什么不爱父亲呢?原因似乎有很多,可是不能都标上"客观的"签儿。

是的,想到父亲就没法不想到钱,没法不想到父亲的买卖。他想起来:兴隆南号,兴隆北号,两个果店;北市有个栈房;家中有五间冰窖。他也看见家里,顶难堪的家里,一家大小终年在那儿剥皮:花生,胡桃,榛子,甚至于山楂,都得剥皮。老的小的,姑娘媳妇,一天到晚不识闲,老剥老挑老煮。赶到预备年货的时节就更了不得,山楂酪,炒红果,山楂糕,榲桲,玫瑰枣,都得煮,拌,大量的加糖。人人的手是黏的,人人的手红得和胡萝卜一样。到处是糊糖味,酸甜之中带着点像烫糊了的牛乳味,使人恶心。

为什么老头子不找几个伙计作这些,而必定拿一家子人的苦力呢?

田烈德痛快了些,因为得到父亲一个罪案——一定不是专为父亲卖果子而小看父亲。

更讨厌的是收蒜苗的时候:五月节后,蒜苗臭了街,老头子一收就上万斤,另为它们开了一座窖。天上地下全是蒜苗,全世界是辣蒿蒿的蒜味。一家大小都得动手,大捆儿改小捆儿,老的烂的都得往外剔,然后从新编辫儿。剔出来的搬到厨房,早顿接着晚顿老吃炒蒜苗,能继续的吃一个星期,和猪一样。

五月收好,十二月开窖,蒜苗还是那么绿,拿出去当鲜货卖。钱确是能赚不少,可是一家子人都成了猪。能不能再体面一些赚钱呢?

四

把烟头扔掉,他不愿再想这个。可是,像夏日天上的浮云,自自然然的会集聚到一处,成些图画,他仿佛无法阻止住心中的活动。他刚放下家庭与蒜苗,北市的栈房又浮现在眼前。在北市的西头,两扇大黑门,门的下半截老挂着些马粪。门道非常的脏,车马出入使地上的土松得能陷脚;时常由蹄印作成个小湖,蓄着一汪草黄色的马尿。院里堆满了荆篓席筐与麻袋,骡马小驴低头吃着草料。马粪与果子的香气调成一种沉重的味道,挂在鼻上不容易消失。带着气瘰脖的北山客,精明而话多的西山客,都拐着点腿出来进去,说话的声音很高,特别在驴叫的时候,驴叫人嚷,车马出入,栈里永远充满了声音;在上市的时候,栈里与市上的喧哗就打成一片。

每一张图画都含着过去的甜蜜,可是田烈德不想只惆怅的感叹,他要给这些景象加以解释。他想起来,客人住栈,驴马的草料,和用一领破席遮盖果筐,都须出钱。果客们必须付这些钱,而父亲的货是直接卸到家里的窖中;他的栈房是一笔生意,他自己的货又无须下栈,无怪他能以多为胜的贱卖一些,而把别家果店挤得走投无路。

父亲的货不从果客手中买,他直接的包山。田烈德记得和父亲去看山园。总是在果木开花的时节吧,他们上山。远远的就看见满山腰都是花,像青山上横着条绣带。花林中什么声音也没有,除了蜜蜂飞动的轻响。小风吹过来,一阵阵清香像花海的香浪。最好看的是走到小山顶上,看到后面更高的山。两山之间无疑的有几片果园,分散在绿田之间。低处绿田,高处白花,更高处黄绿的春峰,倚着深蓝的晴天。山溪中的短藻与小鱼,与溪边的白羊,更觉可爱,他还记得小山羊那种娇细可怜的啼声。

可是父亲似乎没觉到这花与色的世界有什么美好。他嘴中自言自语的老在计算,而后到处与园主们死命的争竞。他们住在山上等着花谢,处处落花,舞乱了春山。父亲在这时节,必强迫着园主承认春风太强,果子必定受伤,必定招虫。有这个借口,才讲定价钱;价钱讲好,园主还得答应种种罚款:迟交果子,虫伤,雹伤,水锈,都得罚款。四六成交账,园主答应了一切条件,父亲才交四成账。这个定钱是庄家们半年的过活,没它就没法活到果子成熟的时期。为顾眼前,他们什么条件也得答应;明知道条件的严苛使他们将永成为父亲的奴隶。交货时的六成账,有种种罚项在那儿等着,他们永不能照数得到;他们没法不预支第二年的定银……

父亲收了货,等行市;年底下"看起"是无可疑的,他自己有窖。他是干鲜果行中的一霸！

五

  这便有了更大的意义：田烈德不是纯任感情而反对父亲的；也不是看不起果商，而是为正义应当，应当，反对父亲。他觉得应当到山园去宣传合作的方法，应当到栈房讲演种种"用钱"的非法，应当煽动铺中伙计们要求增高报酬而减轻劳作，应当到家里宣传剥花生与打山楂酪都须索要工钱。

  可是，他二年没回家了。他不敢回家。他知道家里的人对于那种操作不但不抱怨，而且觉得足以自傲；他们已经三辈子是这样各尽所能的大家为大家效劳。他们不会了解他。假若他一声不出呢，他就得一天到晚闻着那种酸甜而腻人的味道，还得远远的躲着大家，怕溅一身山楂汤儿。他们必定会在工作的时候，彼此低声的讲论"先生"；他是在自己家中的生人！

  他也不敢到铺中去。那些老伙计们管他叫"师弟"，他不能受。他有很重要的，高深的道理对他们讲；可是一声"师弟"便结束了一切。

  到栈房，到山上？似乎就更难了。

  啊！他把手放在脑后，微微一笑，想明白了。这些都是感情用事，即使他实地的解放了一两家山上的庄家户，解放了几个小伙计与他自己的一家人，有什么用？他所追求的是个更大的理想，不是马上直接与张三或李四发生关系的小事，而是一种从新调整全个文化的企图。他不仅是反对父亲，而且反抗着全世界。用全力捉兔，正是狮的愚蠢，他用不着马上去执行什么。就是真打算从家中作起 —— 先不管这是多么可笑 —— 他也得另有办法，不能就这么直入公堂的去招他们笑他。

暂时还是不回家的好。他从床上起来，坐在床沿上，轻轻提了提裤缝。裤袋里还有十几块钱，将够回家的路费。没敢去摸。不回家！关在屋中，读一寒假的书。从此永不回家，拒绝承袭父亲的财产，不看电影……专心的读书。这些本来都是不足一提的事，但是为表示坚决，不能不这么想一下。放弃这一切腐臭的，自己是由清新塘水出来的一朵白莲。是的，自己至少应成个文学家，像高尔基那样给世界一个新的声音与希望。

六

看了看窗外，从玻璃的上部看见一小片灰色的天，灰冷静寂，正像腊月天气。不由的又想起家来，心中像由天大的理想缩到个针尖上来。他摇了摇头，理想大概永远与实际生活不能一致，没有一个哲人能把他的人生哲理与日常生活完全联结到一处，像鸳鸯身上各色的羽毛配合得那么自然匀美。

别的先不说，第一他怕自己因用脑过度而生了病。想象着自己病倒在床上，连碗热水都喝不到，他怕起来。摸摸自己的脸，不胖；自己不是个粗壮的人。一个用脑子的不能与一个用笨力气的相提并论，大概在这点上人类永远不会完全平等，他想。他不能为全人类费着心思，而同时还要受最大的劳力，不能；这不公道！

立起来，走在窗前向外看。灰冷的低云要滴下水来。可是空中又没有一片雪花。天色使人犹疑苦闷;他几乎要喊出来:"爽性来一场大雪,或一阵狂风!"

同学们欢呼着,往外搬行李,毛线围脖的杪儿前后左右的摆动,像撒欢时的狗尾巴:"过年见了,张!""过年见了,李!"大家喊着;连工友们也分外的欢喜,追着赏钱。

"这群没脑子的东西!"他要说而没说出来,呆呆的立着。他想同学们走净,他一定会病倒的;无心中摸了摸袋中的钱——不够买换一点舒适与享乐。他似乎立在了针尖上,不能转身;回家仿佛是唯一平安的路子。

他慢慢的披上大衣,把短美的丝围脖细心的围好,尖端压在大衣里;他不能像撒欢儿的狗。还要拿点别的东西,想了想,没去动。知道一定是回家么? 也许在街上转转就回来的;他选择了一本书,掀开,放在桌上;假如转转就回来的话,一定便开始读那本书。

走到车站,离开车还有一点多钟呢。车站使他决定暂且作为要回家吧。这个暂时的决定,使他想起回家该有的预备:至少该给妹妹们买点东西。这不是人情,只是随俗的一点小小举动。可是钱将够买二等票的,设若匀出一部分买礼物,他就得将就着三等了。三等车是可爱的,偶尔坐一次总有些普罗神味。可是一个人不应该作无益的冒险,三等车的脏乱不但有实际上的危险,而且还能把他心中存着的那点对三等票阶级的善意给削除了去。从哪一方面看,这也不是完美的办法。至于买礼物一层,他会到了家,有了钱,再补送的;即使不送,也无伤于什么;俗礼不应该仗着田烈德去维持的。

都想通了,他买了二等票。在车上买了两份大报;虽然卖报的强塞给他一全份小报，他到底不肯接收。大报，即使不看，也显着庄严。

七

到了自家门口，他几乎不敢去拍门。那两扇黑大门显着特别的丑恶可怕。门框上红油的"田寓"比昔日仿佛更红着许多，他忽然想起佛龛前的大烛，爆竹皮子，压岁钱包儿！……都是红的。不由的把手按在门环上。

没想到开门来的是母亲。母亲没穿着那个满了糖汁与红点子的围裙。她的头发几乎全白了，脸上很干很黄，眉间带着忧郁。田烈德一眼看明白这些，不由的叫出声"妈"来。

"哟，回来啦？"她那不很明亮的眼看着儿子的脸，要笑，可是被泪截了回去。

随着妈妈往里走，他不知想什么好，只觉得身旁有个慈爱而使人无所措手足的母亲，一拐过影壁来，二门上露着个很俊的脸："哟，哥哥来了！"那个脸不见了，往里院跑了去。紧跟着各屋的门都响了，全家的人都跑了出来。妹妹们把他围上，台阶上是婶母与小孩们，祖母的脸在西屋的玻璃里。妹妹们都显着出息了，大家的纯洁黑亮的眼都看着哥哥，亲爱而稍带着小姑娘们的羞涩，谁也不肯说什么，嘴微笑的张着点。

祖母的嘴隔着玻璃缓缓的动。母亲赶过去，高声一字一字的报告："烈德！烈德来了！大孙子回来了！"母亲回头招呼儿子："先看看祖母来！"烈德像西医似的走进西屋去，全家都随过来。没看出祖母有什么改变，除了摇头疯更厉害了些，口中连一个牙也没有了。

和祖母说了几句话,他的舌头像是活动开了。随着大家的话,他回答,他发问,他几乎不晓得都说了些什么。大妹妹给他拿过来支蝙蝠牌的烟卷,他也没拒绝,辣辣的烧着嘴唇。祖母,母亲,妹妹们,始终不肯把眼挪开,大家看他的长脸,大嘴,洋服,都觉得可爱;他也觉得自己可爱。

他后悔没给妹妹们带来礼物。既然到了家,就得迁就着和大家敷衍,可是也应当敷衍得到家;没带礼物来使这出大团圆缺着一块。后悔是太迟了,他的回来或者已经是赏了她们脸,礼物是多余的。这么一想,他心中平静了些,可是平静得不十分完全,像晓风残月似的虽然清幽而欠着完美。

八

奇怪的是为什么大家都不工作呢?他到堂屋去看了看,只在大案底下放着一盆山楂酪,一盆。难道年货已经早赶出来,拿到了铺中去?再看妹妹们的衣裳,并不像赶完年货而预备过年的光景,二妹的蓝布裙大襟上补着一大块补钉。

"怎么今年不赶年货?"他不由的问出来。

大妹妹搭拉着眼皮,学着大人的模样说:"去年年底,我们还预备了不少,都剩下了。白海棠果五盆,摆到了过年二月,全起了白沫,现今不比从前了,钱紧!"

田烈德看着二妹襟上的补钉,听着大妹的摹仿成人,觉得很难堪。特别是大妹的态度与语调,使他身上发冷。他觉得妇女们不作工便更讨厌。

最没办法的是得陪着祖母吃饭。母亲给他很下心的作了两三样他爱吃的菜,可是一样就那么一小碟;没想到母亲会这么吝啬。

"跟祖母吃吧,"母亲很抱歉似的说,"我们吃我们的。"

他不知怎样才好。祖母的没有牙的嘴,把东西扁一扁而后整吞下去,像只老鸭似的!祖母的不住的摇头,铁皮了的皮肤老像糊着一层水锈!他不晓得怎能吃完这顿饭而不都吐出来!他想跑出去嚷一大顿,喊出家庭的毁坏是到自由之路的初步!

可是到底他陪着祖母吃了饭。饭后,祖母躺下休息;母亲把他叫在一旁。由她的眼神,他看出来还得殉一次难。他反倒笑了。

"你也歇一会儿,"母亲亲热而又有点怕儿子的样儿,"回头你先看看爸去,别等他晚上回来,又发脾气;你好容易回来这么一趟……"母亲的言语似乎不大够表现心意的。

"唉。"为敷衍母亲,他答应了这么一声。

母亲放了点心。"你看,烈德,这二年他可改了脾气!我不愿告诉你这些,你刚回来;可是我一肚子委屈真……"她提起衣襟擦了擦眼角。"他近来常喝酒,喝了就闹脾气。就是不喝酒,他也嘴不识闲,老叨唠,连躺在被窝里还跟自己叨唠,仿佛中了病;你知道原先他是多么不爱说话。"

"现在,他在南号还是在北号呢?"他明知去见父亲又是一个劫难,可是很愿意先结束了目前这一场。

"还南号北号呢!"母亲又要往上提衣襟。"南号早倒出去了,要不怎么他闹脾气呢。南号倒出不久,北市的栈房也出了手。"

"也出了手。"烈德随口重了一句。

"这年月不讲究山货了,都是论箱的来洋货。栈房不大见得着人!那么个大栈呀,才卖了一千五,跟白舍一样!"

九

进了兴隆北号,大师哥秀权没认出他来,很客气的问,"先生看点什么?"双手不住的搓着。田烈德摘了帽子,秀权师哥又看了一眼,"师弟呀!你可真够高的了;我猛住了,不敢认,真不敢认!坐下!老人家出去了;来,先喝碗茶。"

田烈德坐在果筐旁的一把老榆木擦漆的椅子上,非常的不舒服。

"这一向好吧?"秀权师哥想不起别的话来,"外边的年成还好吧?"他已五十多岁,还没留须,红脸大眼睛,看着也就是四十刚出头的样子。

"他们呢?"烈德问。

"谁?啊,伙计们哪?别提了——"秀权师哥把"了"字拉得很长,"现在就剩下我和秀山,还带着个小徒弟。秀山上南城匀点南货去了,眼看就过年,好歹总得上点货,看看,"他指着货物,"哪有东西卖呀!"

烈德看了看,磁缸的红木盖上只摆着些不出眼的梨和苹果;干果筐箩里一些栗子和花生;靠窗有一小盆蜜饯海棠,盆儿小得可怜。空着的地方满是些罐头筒子,藕粉匣子,与永远卖不出去的糖精酒糖搀水的葡萄酒,都装璜得花花绿绿的,可是看着就知道专为占个地方。他不愿再看这些——要关市的铺子都拿这些糊花纸的瓶儿罐儿装门面。

"他们都上哪儿去了?"

"谁知道！各自奔前程吧！"秀权师哥摇着头，身子靠着笸箩。"不用提了，师弟，我自幼干这一行，今年五十二了，没看见过这种事！前年年底，门市还算作得不离，可是一搂账啊，亏着本儿呢。毛病是在行市上。咱们包山，钱货两清；等到年底往回叫本的时候，行市一劲往下掉。东洋橘子，高丽苹果，把咱们顶得出不来气。花生花生也掉盘，咱们也是早收下的。山楂核桃什么的倒有价儿，可是糖贵呀；你看，"他掀起蓝布帘向对过的一个小铺指着："看，蜜饯的东西咱们现今卖不过他；他什么都用糖精；咱们呢，山楂看赚，可赔在糖上，这年月，人们过年买点果子和蜜饯当摆设，买点儿是个意思，不管好坏，价儿便宜就行。咱们的货地道，地道有什么用呢！人家贱，咱们也得贱，把货铲出去呢，混个热闹；卖不出去呢，更不用说，连根儿烂！"他叹了口气。又给烈德满满的倒了一碗茶，好像拿茶出气似的。

"经济的侵略与民间购买力的衰落！"烈德看得很明白，低声对自己说。

秀权忙着想自己的话，没听明白师弟说的是什么，也没想问；他接着诉苦："老人家想裁人。我们可就说了，再看一节吧。这年月，哪柜上也不活动，裁下去都上哪儿去呢！到了五月节，赔的更多了，本来春天就永远没什么买卖。老人家把两号的伙计叫到一处，他说得惨极了：你们都没过错，都帮过我的忙。可是我实在无了法。大家抓阄吧，谁抓着谁走。大家的泪都在眼圈里！顶义气的是秀明，师弟你还记得秀明？他说了话：两柜上的大师哥，秀权秀山不必抓。所以你看我俩现在还在这儿。我俩明知道这不公道，可是腆着脸没去抓。四五十岁的人了，不同年轻力壮，叫我们上哪儿找事去呢？一共裁了三次，现在就剩下我和秀山。老人家也不敢上山了，行市赔不起！兴隆改成零买零卖了。山上的人连三并四的下来央求，老人家连见他们也不敢！南号出了手，栈房也卖了。我们还指望着蒜苗，哼，也完了！热洞子的王瓜，原先卖一块钱两条，现在满街吆喝一块钱八条；茄子东瓜香椿原先都是进贡的东西，现在全下了市，全不贵。有这些鲜货，谁吃辣蒿蒿的蒜苗呢？我们就这么一天天的耗着，三个老头子一天到晚对着这些筐子发楞。你记得原先大年三十那个光景？买主儿挤破了门；铜子毛钱撒满了地，没工夫往柜里扔。看看现在，今到几儿啦，腊月廿六了，你坐了这大半天，可进来一个买主？好容易盼进一位来，不是嫌贵就是嫌货不好，空着手出去，还瞪我们两眼，没作过这样的买卖！"秀权师哥拿起抹布拚命的擦那些磁缸，似乎是表示他仍在努力；虽然努力是白饶，但求无愧于心。

十

秀权的后半截话并没都进到烈德的耳中去，一半因他已经听腻，一半因他正在思索。事实是很可怕，家里那群，当伙计的那群，山上种果子的那群，都走到了路尽头！

可怕！可是他所要解放的已用不着他来费事了，他们和她们已经不在牢狱中了；他们和她们是已由牢狱中走向地狱去，鬼是会造反的。非走到无路可走，他们不能明白，历史时时在那儿牺牲人命，历史的新光明来自地狱。

他不必鼻一把泪一把的替他们伤心，用不着，也没用。这种现象不过是消极的一个例证，证明不应当存在的便得死亡，不用别人动手，自己就会败坏,像搁陈了的橘子。他用不着着急,更用不着替他们出力;他的眼光已绕到他们的命运之后,用不着动什么感情。

正在这么想着,父亲进来了。

"哟,你!"父亲可不像样子了:脸因削瘦,已经不那么圆了。两腮下搭拉着些松皮,脸好像接出一块来。嘴上留了胡子,惨白,尖上发黄,向唇里卷卷着。脑门上许多皱纹,眼皮下有些黑锈。腰也弯了些。

烈德吓了一跳,猛的立起来。心中忽然空起来,像电影片猛孤仃断了,台上现出一块空白来。

十一

父亲摘了小帽,脑门上有一道白印。看了烈德一会儿:"你来了好,好!"

父亲确是变了,母亲的话不错;父亲原先不这么叨唠。父亲坐下,哈了一声,手按在膝上。又懒懒的抬起头看了烈德一眼:"你是大学的学生,总该有办法!我没了办法。我今儿走了半天,想周转俩现钱,再干一下子。弄点钱来,我也怎么缺德怎办,拿日本橘子充福橘,用糖精熬山里红汤,怎么贱怎么卖,可是连坑带骗,给小分量,用报纸打包。哼,我转了一早上,这不是,"他拍了拍胸口,"怀里揣着房契,想弄个千儿八百的。哼!哼!我明白了,再有一份儿房契,再走上两天,我也弄不出钱来!你有学问,必定有主意;我没有。我老了,等着一领破席把我卷出城去,不想别的。可是,这个买卖,三辈子了,送在我手里,对得起谁呢!两三年的工夫会赔空了,谁信呢?你叔叔们都去挣工钱了,那哪够养家的,还得仗着买卖,买卖可就是这个样!"他嘴里还咕弄着,可是没出声。然后转向秀权去:"秀山还没回来? 不一定能匀得来! 这年景,谁肯帮谁的忙呢! 钱借不到,货匀不来,也好,省事! 哈哈!"他干笑起来,紧跟着咳嗽了一阵,一边咳嗽还一边有声无字的叨唠。

十二

敷衍了父亲几句,烈德溜了出来。

他可以原谅父亲不给他寄钱了,可以原谅父亲是个果贩子,可以原谅父亲的瞎叨唠,但是不能原谅父亲的那句话:"你是大学的学生,总该有办法。"这句话刺着他的心。他明白了家中的一切,他早就有极完密高明的主意,可是他的主意与眼前的光景联不到一处,好像变戏法的一手耍着一个磁碟,不能碰到一处;碰上就全碎了。

他看出来,他决定不能顺着感情而抛弃自己的理想。虽然自己往往因感情而改变了心思,可是那究竟是个弱点;在感情的雾瘴里见不着真理。真理使刚才所见所闻的成为必不可免的,如同冬天的雨点变成雪花。他不必为雪花们抱怨天冷。他不用可怜他们,也不用对他们说明什么。

是的,他现在所要的似乎只是个有实用的办法 —— 怎样马上把自己的脚从泥中拔出来,拔得干干净净的。丧失了自己是最愚蠢的事,因为自己是真理的保护人。逃,逃,逃!

逃到哪里去呢? 怎样逃呢? 自己手里没有钱! 他恨这个世界,为什么自己不生在一个供养得起他这样的人的世界呢?

想起在本杂志上看见过的一张名画的复印:一溪清水,浮着个少年美女,下半身在水中,衣襟披浮在水上,长发像些金色的水藻随着微波上下,美洁的白脑门向上仰着些,好似希望着点什么;胸上袒露着些,雪白的堆着些各色的鲜花。他不知道为什么想起这张图画,也不愿细想其中的故事。只觉得那长发与玉似的脑门可爱可怜,可是那些鲜花似乎有点画蛇添足。这给他一种欣喜,他觉到自己是有批评能力的。

忘了怎样设法逃走,也忘了自己是往哪里走呢,他微笑着看心中的这张图画。

忽然走到了家门口,红色的"田寓"猛的发现在眼前,他吓了一跳!

(原载1936年3月16日《国闻周报》第十三卷第十期)